Janine Trotereau est journaliste et historienne, auteur d'ouvrages relevant de l'histoire (*La France en 1000 photos*, Solar ; *La Fontaine*, Tana) ; de l'architecture (*La Turquie vue d'en haut*, La Martinière ; *La Vie rêvée à Paris*, Solar) ; du tourisme et de la gastronomie (*La Bretagne*, Minerva) ; des traditions populaires (*Symboles et pratiques rituelles dans la maison paysanne traditionnelle*, Berger-Levrault).

Avant-propos

Louis Pasteur est une icône. Républicaine.

On ne compte plus les rues — plus de deux mille rien qu'en France —, les boulevards, les squares, les universités, les écoles, les collèges et les lycées, les instituts, les hôpitaux, les navires, les musées, les cantons, les villages, les stations de métro, les plaques commémoratives à son nom ; les billets de banque et les pièces de monnaie, les timbres-poste, les médaillons, les monuments, les statues et les bustes à son effigie. Les manuels scolaires, tout au long de la IIIe et même de la IVe République, en ont fait une figure emblématique de l'Histoire de France. Un indispensable héros national, au même titre que Jeanne d'Arc ou que le chevalier Bayard. Mais une figure plus lumineuse et profondément humaine. Une iconographie naïve le représente coiffé d'une calotte, en savant à barbe blanche et à profil de médaille, penché sur le jeune Joseph Meister qu'il sauve de la rage. Un bienfaiteur de l'Humanité.

L'image perdure lorsqu'on lit son tout premier biographe. Bon fils, bon frère, bon époux, bon père, bon chrétien, bon patriote, bon savant, bourreau de travail, génie de la science et brave homme d'une exceptionnelle simplicité... le bon Pasteur en quelque sorte, un homme vertueux, pour ne pas dire parfait, une manière de saint laïque auréolé de gloire scientifique et médicale.

Cette pieuse figure est cependant trop lisse, trop excessive pour ne pas soulever un certain nombre d'interrogations. Qui fut véritablement cet homme public, universellement encensé, tant dans son environnement professionnel de chercheur et d'enseignant que dans son intimité familiale ? L'homme disparaît, en effet, sous une avalanche de clichés bien-pensants. C'est que le savant a lui-même organisé cette légende dorée en dictant à son gendre les grands faits et gestes de sa saga personnelle comme pour garder la maîtrise de sa destinée posthume. Une véritable hagiographie sortie de la plume d'un René Vallery-Radot fasciné par son célèbre et célébré beau-père que la famille Pasteur comme la communauté scientifique française se sont employées à pérenniser. Jusqu'à nos jours.

On s'étonne encore que Louis Pasteur ne repose pas au Panthéon parmi les grands hommes, lui l'ancien professeur à la faculté des sciences de Strasbourg et à l'École des beaux-arts de Paris, doyen honoraire de la faculté de Lille, ancien administrateur de l'École normale supérieure, membre de l'Académie des sciences, de l'Académie de médecine et de l'Académie française, grand-croix de la Légion d'honneur, savant adulé et reconnu dans le monde entier. Cependant, il a bénéficié de grandioses funérailles nationales comme on les affectionne en France. Elles se sont déroulées à la cathédrale Notre-Dame de Paris, en présence du président de la République Félix Faure, des corps constitués, du prince Nicolas de Grèce, du grand-duc Constantin de Russie et, surtout, du grand concours d'un peuple empli de ferveur et de reconnaissance envers l'éminent homme de science, vainqueur de la rage et pionnier de la vaccination. Et ce fut Raymond Poincaré, alors ministre de l'Instruction publique et des Beaux-Arts, qui eut l'insigne honneur de prononcer l'éloge funèbre du savant devant son catafalque dressé sur le parvis. Son tombeau est dans la crypte de l'Institut Pasteur qu'il a fondé, et l'on s'émeut d'une sépulture somme toute modeste voulue par sa famille, que contredit cependant la mise en scène grandiloquente de cette chapelle funéraire de style néo-byzantin aux mosaïques polychromes rappelant les découvertes du défunt. Et qui s'ouvre par une épitaphe typiquement pasteurienne, extraite de son discours de réception à l'Académie française : « Heureux celui qui porte en soi un dieu, un idéal de beauté et qui lui obéit : idéal de l'art, idéal de la science, idéal de la patrie, idéal des vertus de l'Évangile[1*]. » Tout semble être définitivement dit.

Travailleur acharné, tout à la fois physicien, chimiste, biologiste, fondateur de la stéréochimie,

* Les notes bibliographiques sont regroupées en fin de volume, p. 362.

de la microbiologie, pionnier de l'asepsie et hygiéniste avant la lettre, Louis Pasteur fut bien évidemment aussi un homme de chair et de sang. Ses études expérimentales ont concerné tout autant la cristallographie que les altérations du vin, du vinaigre et de la bière, les maladies infectieuses de l'animal — pébrine du ver à soie, charbon du mouton, rouget du porc, choléra des poules —, que la pathologie humaine dans le cas de la rage. Sans lui, combien de temps aurait-il fallu attendre avant que l'on découvre les lois de la vaccination par virus atténué ? Ses travaux à propos de la théorie de la génération dite spontanée, qu'il réfuta, ont fait date. Tout cela dans une lutte permanente pour obtenir des crédits à une époque où l'on n'en accordait pas à la recherche, pour faire admettre ses idées novatrices, notamment dans le corps médical, pour imposer ses méthodes.

Toutefois, Pasteur ne fut pas qu'un homme de laboratoire rivé à son microscope. Il fut aussi un adepte du terrain, n'hésitant ni à recourir à l'observation sur place ni à aller à la rencontre des vignerons, des agriculteurs, des éleveurs, des industriels, des brasseurs ou des magnaniers concernés par ses recherches, et toujours déterminé à parcourir des centaines de kilomètres pour assouvir sa soif de découvertes.

À l'acharnement à comprendre, à l'amour du travail, cet as de l'expérimentation ajoutait un goût incontestable pour la polémique, une plume directe et acérée dans un style délié et sans ambages, une véritable volonté d'en découdre avec les sceptiques et de sortir la pratique scientifique de son ghetto. En ce sens, il en fut le premier grand vulgarisateur, souvent à son corps défendant.

Mais son parcours vers la notoriété ne fut pas qu'un chemin de roses. Et s'il dut sa réussite à son esprit d'investigation, à ses talents de débatteur hors pair et à son opiniâtreté, Pasteur était aussi doté d'un caractère ombrageux. Chercheur autoritaire et sûr de son bon droit, expérimentateur de génie mais implacable avec ses contradicteurs, bienveillant avec les enfants, exigeant envers sa famille, fidèle en amitié, courtisan envers le pouvoir, à la recherche constante de reconnaissance et d'honneurs mais entièrement dévoué à la science. Et croyant fervent dans l'expérimentation scientifique. Un homme complexe, complet en somme, avec ses qualités et ses imperfections, ses bonheurs et ses drames, loin de l'image éthérée du bon savant-gâteau à laquelle on voudrait le réduire.

« *Laboremus !* » proclamait-il volontiers pour donner à ses assistants du cœur à l'ouvrage. Alors, au travail !

Une enfance arboisienne

(1822-1839)

Il est deux heures du matin. Et il fait un froid de gueux en ce 27 décembre 1822 rue des Tanneurs à Dole, petite ville jurassienne qui fut capitale de la Franche-Comté durant près de trois siècles avant de tomber en disgrâce au profit de Besançon. Dans la chambre sur les bords du canal, monte des fosses une odeur pénétrante et nauséabonde qui n'est pas pour aider la parturiente, Jeanne-Étiennette Roqui. Elle est pourtant habituée depuis des années à cette éprouvante caractéristique des tanneries doloises dont son mari, Jean-Joseph Pasteur, est l'un des artisans les plus reconnus. Dans une pièce voisine, leur aînée Jeanne-Antoine, âgée de quatre ans et demi, que l'on appelle plus volontiers Virginie, attend elle aussi le bébé. C'est un garçon, à la grande joie de son père, ancien soldat des guerres napoléoniennes. Joie d'autant plus grande qu'ils ont déjà perdu un fils, Jean-Denis, mort peu après sa naissance intervenue à peine leur mariage célébré le 27 août 1816 en l'église Saint-Jean-Baptiste de Salins. Ce qui n'avait pas manqué de faire jaser dans le voisinage et avait en partie justifié leur départ pour Dole.

C'est en Espagne qu'à vingt ans le conscrit de 1811, Jean-Joseph Pasteur, a fait ses premières armes, dans une guerre d'embuscades et d'échauffourées sanglantes, une guérilla comme on le dira par la suite. Nommé caporal en 1812, puis fourrier en 1813, il était de retour en France en janvier 1814, à temps pour défendre sa patrie, et l'Empire, face à une coalition d'envahisseurs marchant sur Paris. Fait sergent-major à vingt-trois ans, le 10 mars 1814, au lendemain de la bataille de Bar-sur-Aube où son régiment se battit à un contre cinq face à l'armée de Blücher, il reçut deux jours plus tard l'insigne de chevalier de la Légion d'honneur. Puis ce fut la marche forcée vers Fontainebleau avec ses deux cent soixante-seize compagnons d'armes rescapés d'un régiment qui en avait compté huit mille, pour rejoindre l'Empereur qui les passa en revue dans la cour du Cheval-Blanc du château. Le sergent-major, toutefois, n'assista pas aux adieux du vaincu en ce même lieu, le 20 avril suivant, après une abdication sans conditions, son régiment ayant été envoyé dans le département de l'Eure dès le 9 du mois.

Mais après le départ de Napoléon pour l'île d'Elbe, son régiment, le 3e de ligne, celui que l'on surnommait « le brave parmi les braves », devint le Régiment-Dauphin. Pour un bonapartiste convaincu, il n'était pas question de servir de nouveaux maîtres et d'ailleurs Jean-Joseph n'eut guère le choix. Il fut, comme la majeure partie des soldats de l'Empire, renvoyé dans ses foyers, en congé absolu. Ce fut Talleyrand, à la tête du gouvernement provisoire, qui stipula : « Les conscrits actuellement rassemblés sont libres de retourner chez eux, et ceux qui n'ont pas encore été enlevés de leurs domiciles sont autorisés à y rester. »

Issu d'une famille ayant travaillé le cuir, il revint à Salins où, orphelin de bonne heure, il avait été élevé par ses tantes, et se remit à tanner des peaux chez son oncle Jean-Charles Pasteur, au faubourg Champtave, au bord des eaux de la Furieuse. C'est là qu'il a rencontré Jeanne-Étiennette, d'une famille de jardiniers originaire de Marnoz, et qu'il l'a épousée, il y a un peu plus de six ans, avant de s'installer avec elle, quelque temps plus tard, dans la tannerie de Dole qu'un parent par alliance, désireux de se retirer du métier, lui vendit. Il y a d'ailleurs juste un mois qu'il en a payé les dernières traites.

À l'heure qu'il est, ses rêves de gloire et de combats sont loin, sous le règne d'un Bourbon honni, d'autant que Napoléon est mort à Sainte-Hélène quelques mois auparavant. Toutes ses espérances se reportent désormais sur ce fils nouveau-né qu'il prénomme Louis, comme son parrain et non en hommage au roi. Le 15 janvier, le nourrisson est porté sur les fonts baptismaux par son parrain Louis Bourgeois et sa marraine Désirée Clerc, l'un et l'autre cousins germains de son père.

C'est dans cette maison natale que le petit Louis passe les quatre premières années de sa vie, ici qu'il fait ses premiers pas, qu'il balbutie ses premiers mots. Sa sœur Joséphine y naît également trois ans plus tard, le 10 mars 1825. Mais, de son propre aveu, ses premiers vrais souvenirs datent des années suivantes, lorsque ses parents s'installent pour un temps à Marnoz, au hameau de la Cotaine. Sa mère a reçu en donation-partage la maison familiale des Roqui sise dans ce petit village au nord-ouest de Salins, ce qui incite Jean-Joseph à déménager bien que la situation y soit peu favorable au tannage, faute d'une rivière à fort débit tout au long de l'année. Il n'y a guère que la Vache, un ruisseau à bien faible courant. D'ailleurs, la famille ne restera ici que le temps de voir naître une troisième fille, Émilie, le 4 juin 1826, de forger la mémoire du fils unique qui se souviendra jusque dans ses vieux jours avoir couru sur la route menant à Aiglepierre. Et, pour Jean-Joseph, le temps d'avoir peint durant ses loisirs, sur une porte de la maison, un paysan à moitié soldat, en bras de chemise et tricorne, appuyé sur sa bêche. Comme une réminiscence de son passé héroïque dans la monotonie des jours de la campagne franc-comtoise, lui qui a pris l'habitude de peindre et de sculpter dès que son travail lui laisse quelque répit.

Bientôt, Jean-Joseph entend parler d'une tannerie inoccupée, à sept fosses rondes, située à une dizaine de kilomètres de là, à Arbois, qu'il s'empresse de louer. Le déménagement s'effectue en 1827, dans le faubourg de Courcelles, au bord de la Cuisance. Le tanneur ne sait pas qu'il y passera trente-huit années de son existence, jusqu'à son dernier souffle. C'est ici que se déroule l'enfance de Louis. Ici qu'il est mis à l'école primaire, ce qui à l'époque n'est pas donné à tous, l'enseignement étant encore loin d'être obligatoire et certainement pas gratuit. Sa scolarité, très moyenne, s'y déroule sans encombre. Mais Jean-Joseph surveille de très près son évolution, car l'enfant n'est pas assez assidu à son gré. Aussi se charge-t-il de jouer chaque soir les répétiteurs. Pour y parvenir, il ne cesse de se cultiver lui-même, penché sur les ouvrages scolaires, les grammaires notamment, et les livres d'histoire, ceux chantant la gloire de l'Empereur ayant tout naturellement sa faveur. L'enfant, comme le restant de la famille, grandit dans la mémoire et le culte de l'épopée napoléonienne. Grandeur et patrie.

Louis se souviendra avec émotion de ce père qui le conseillait et le guidait sans relâche. Il rappellera son labeur acharné pour payer les études de son fils, comme son amour de la lecture, du dessin et de la sculpture qu'il pratiquait à ses heures perdues. « Il avait la passion du savoir et de l'étude. Je l'ai vu étudiant des grammaires, la plume à la main, les comparant, les commentant, afin d'apprendre à 40 et 50 ans ce que lui avaient refusé les infortunes de ses premières années. Mais les livres qu'il aimait par-dessus tout, c'étaient ceux qui lui remettaient en mémoire les faits de la grande époque impériale, qu'il avait servie à son heure sur le champ de bataille et qui avait renouvelé la société[1*]. »

* Nous avons conservé dans les citations l'orthographe et la graphie de l'époque.

La vie familiale se déroule sans heurt dans la paisible petite cité viticole, si ce n'est qu'en 1829 la benjamine, Émilie, est atteinte d'une encéphalite. Elle en gardera de nombreuses séquelles et demeurera handicapée mentale pour toujours. Elle mourra à près de vingt-sept ans, le 17 mars 1853, chez les ursulines de Voiteur, dans le Jura, où elle aura été placée après la mort de sa mère.

Les jours de congé, Louis joue avec ses voisins, dont certains resteront ses amis à vie, comme les frères Altin et Jules Vercel, fils de vigneron. En été, on prend des bains et on organise des parties de pêche à la fourchette au bord de la rivière, on piège des oiseaux à la glu ou au collet — ce que Louis dira par la suite avoir peu apprécié —, on se lance dans des glissades sans fin en sabots sur les pentes enneigées en hiver, on pratique tous les plaisirs des garçonnets de cet âge où la balle et les billes tiennent une grande place en toutes saisons.

À l'automne, les vendanges sont la grande affaire du pays et dans cette région de vignobles dont la notoriété n'est plus à faire depuis le Moyen Âge, enfants comme adultes sont à la tâche et à la fête. Louis participe ainsi tous les ans à la fête traditionnelle d'Arbois, avec ses camarades de classe. Une gigantesque grappe pouvant peser jusqu'à cent kilos y est portée en procession par quatre solides vignerons. Ils sont flanqués des « garde-fruits », garants de la sécurité des vignobles et organisateurs de la manifestation, et suivis des autorités municipales, jusqu'à l'église Saint-Just où elle est exposée sur l'autel. C'est le « biou », constitué de centaines de grappes de raisin blanc et noir, réparties par bandes de couleur, et évoquant celle de Canaan rapportée de la Terre promise par Josué et Caleb. Du moins d'après ce que narre un épisode de l'Ancien Testament qui eut une grande vogue dans l'iconographie chrétienne. Cette ancestrale coutume, qui existe toujours et se déroule chaque année le premier dimanche de septembre, est alors le moyen essentiel d'attirer la bénédiction du ciel sur la récolte et d'éviter à celle-ci toutes sortes d'infortunes. D'ailleurs, si la récolte s'avère bonne, ces prémices sont à son image, abondantes. L'année où les vignes ont piètre figure, le biou s'en ressent. Saint Just et saint Vernier, les saints patrons qui veillent sur la vigne à Arbois depuis des siècles, ne peuvent alors s'en prendre qu'à eux-mêmes...

L'homme de science, par la suite, saura se souvenir des problèmes liés à la fermentation des moûts. Il n'est, en effet, pas indifférent que le futur chimiste ait passé son enfance au cœur même des problèmes vinicoles, lorsqu'il cherchera à comprendre l'action exacte de l'oxygène sur l'altération et le vieillissement des vins. D'autant que son goût aura été formé au vin dès l'enfance, à ce vin dont on disait ici depuis toujours : « Le vin d'Arbois, plus on en boit, plus on va droit. » Il aura donc, tout autant qu'un œnologue, les capacités d'en juger les qualités organoleptiques. Celles dues au vieillissement en fûts tout particulièrement.

Les enfants jouent également dans la tannerie avec les écorces de chêne et les résidus de tan. Avec ces derniers, ils confectionnent des « mottes », en les tassant bien au pied dans des moules. Une fois démoulées, elles serviront à allumer le feu dans les cuisinières et les cheminées. Louis, dès son plus jeune âge, est mêlé au travail de son père, car toutes les étapes du tannage se déroulent au sous-sol même de la maison d'habitation. Il n'est, pour rejoindre l'atelier, que d'y descendre par l'escalier extérieur jusqu'au bord de la rivière. Il sait donc très tôt que le tannage est une véritable alchimie, un savant dosage entre eau et tan dans des bains où sont plongées les peaux soigneusement décharnées, épilées, lissées et rincées sous ses yeux. C'est l'acide tannique qui les assouplit lorsqu'on les immerge dans les cuves où elles sont brassées en continu, avant d'être entassées dans les fosses creusées à même le sol et tapissées de planches de chêne. Elles y resteront au moins deux mois et jusqu'à deux ans pour les plus belles, saupoudrées de tan et couvertes d'eau afin de pouvoir se transformer en cuirs souples, solides et résistants aux intempéries. Il assiste ainsi quotidiennement, sans même s'en rendre compte, à un véritable cours d'expérimentation chimique.

L'école se poursuit sous la férule continue de l'instituteur, Étienne Renaud, qui mène sa classe unique et à qui Louis gardera toute sa vie une grande reconnaissance, tant pour son enseignement que pour son enthousiasme et ses encouragements. Il y profite de cet apprentissage à niveaux multiples où les élèves sont à tour de rôle répétiteurs de leurs camarades et secondés par eux. Il peut exhiber en fin de semaine, lorsqu'il l'a méritée, la médaille d'enseignement mutuel créée par son instituteur, une croix à quatre branches avec palmes. Par gratitude, le savant le fera nommer bibliothécaire municipal en 1874 et s'emploiera à faire revaloriser sa retraite de maître d'école.

C'est en septembre 1831 que Louis intègre le petit collège installé dans l'ancien couvent des Minimes, pour faire ses armes dans l'enseignement secondaire. Il n'a pas encore tout à fait dix ans. Un mois plus tard, la région jurassienne doit faire face à une série de décès d'individus mordus par des animaux enragés, des loups notamment. Il y a quatre morts dans la seule cité d'Arbois et Louis assiste aux traitements, totalement empiriques, de quelques-uns d'entre eux. Le terrifiant sujet est sur toutes les lèvres et marque l'enfant pour des années. Il est vrai qu'à cette époque rien n'existe, ni pour comprendre la maladie dont on rend responsables des forces surnaturelles, une sorte de malédiction divine, ni pour éradiquer le mal, ni pour soigner les hommes qui en sont atteints.

On en est encore à recourir aux guérisseurs, aux prières contre la rage, à l'immersion dans l'eau. C'est que les animaux comme les malades sont atteints d'hydrophobie — des spasmes au niveau du larynx se déclenchent à la simple vue d'un liquide —, et l'on tente, de cette façon, de soigner le mal par le mal. Plus que tout, on a recours à l'imposition sur le malade d'une clef, dite de saint Hubert. Bénie dans une des chapelles consacrées à ce puissant saint protecteur, elle est reconnue souveraine tant contre la rage déclarée que pour faire reculer les chiens enragés lorsqu'on la brandit devant eux. Chauffée, elle est encore plus efficace. À Arbois, un homme mordu est conduit chez le maréchal-ferrant, non loin de la tannerie. Celui-ci cautérise les plaies avec une barre rougie au feu. Les hurlements de l'homme poursuivront longtemps le jeune Pasteur.

Louis est d'un naturel timide et réservé, très sérieux pour son âge, peu enclin à s'épancher. En cela, on peut affirmer qu'il est semblable à son père. Celui-ci cause peu, vit assez solitaire et montre quelques réticences à fréquenter ses voisins. Pourtant, en famille comme avec ses amis proches, l'enfant est sujet à des accès de fous rires.

On ne connaît pas les péripéties de sa vie familiale, ses heurs et malheurs, si ce n'est la vision très exemplaire que Louis en a par la suite toujours donnée, aussi bien que ses proches ou ses anciens voisins, dans un style emphatique cher à l'époque, d'un modèle de travail, d'honnêteté et de moralité. Une vraie image d'Épinal.

Rien sur d'éventuels conflits, ne serait-ce que les petites chamailleries existant inévitablement entre enfants de la même famille, rien sur leurs complicités ou leur affection mutuelle. Rien non plus sur la mère. De Jeanne-Étiennette en effet, on ne sait pas grand-chose sinon un : « Tes enthousiasmes ma vaillante mère, tu les as fait passer en moi. Si j'ai toujours associé la grandeur de la science à la grandeur de la patrie, c'est que j'ai été imprégné des sentiments que tu m'avais inspirés[2]. » Ce qui ne dit rien, ni sur le quotidien des enfants ni sur l'amour envers les siens, s'il existe, d'une mère rivée à son foyer et qui, manifestement, n'a jamais eu droit à la parole. Est-ce pudeur du fils, effacement de la mère et de l'épouse, ou rigueur d'une éducation tout entière tournée vers la rectitude morale, sans épanchements affectifs d'aucune sorte ? On conserve toutefois quelques mots qu'elle écrit à son fils le 1er janvier 1848, soit quelques mois avant sa mort, survenue le 21 mai : « Parfois je me reconsole de ton absence en réfléchissant combien j'ai eu de bonheur d'avoir eu un enfant qui se soit fait une position qui l'ait rendu si heureux tel que tu l'as marqué dans ton avant-dernière lettre. Quoi qu'il arrive ne te fais jamais de chagrin, tout n'est que chimère dans la vie[3]. » De quelle déconcertante philosophie, de quel pessimisme ou de quelle lucidité, cette femme d'artisan du milieu du XIXe siècle fait-elle ainsi la preuve !

En classe, si les résultats de Louis sont corrects mais très ordinaires, sa grande affaire est le dessin. Il s'y emploie comme tous ses camarades, mais avec un réel bonheur et un véritable talent. Il est vrai qu'il a quotidiennement sous les yeux un père qui s'y adonne. En cela, il est surtout encouragé par son professeur de dessin, Étienne-Charles Pointurier qui, lui-même, expose ses œuvres et portraiture les notabilités du cru. S'il doit beaucoup à l'insistance de cet enseignant, qui l'appelle affectueusement « mon petit Michel-Ange », il jugera quelque temps plus tard le peintre à sa juste valeur. Écrivant à ses parents à propos d'une visite au Salon de Besançon de 1842, il remarquera :

« En fait de tableaux il y a peu de choses, un *Adam et Ève* de M. Pointurier. Rien n'est plus affreux, soit pour la composition, soit pour le dessin, soit pour le coloris. Tout le monde se récrie en voyant ce tableau[4]. »

Il a treize ans lorsqu'il reproduit une étude, *Napoléon parcourant le champ de bataille d'Eylau*, ce qui est un thème évident pour un garçon élevé par son père dans le culte de l'Empereur. Le résultat n'est pas vraiment probant mais il s'agit d'une copie, non de l'original d'Antoine Gros dont l'adolescent n'a aucune connaissance, mais d'une reproduction réalisée par son professeur. D'où la signature qu'il y appose : *D'après Pointurier par Pasteur Louis*. Comme tous les élèves de sa classe, il reproduit peintures, dessins et plâtres. Si la plupart de ces croquis n'ont pas été jugés dignes d'être conservés, on connaît celui des *Funérailles d'Atala* d'après Girodet, exécuté au fusain, d'autant plus maîtrisé qu'il s'agit de la réalisation d'un tout jeune garçon. Mais il n'est toujours question que de copie.

Il se lance enfin. Sa première œuvre vraiment personnelle est un pastel de sa mère prête à partir au marché. Elle est représentée coiffée de son bonnet tuyauté orné de rubans et noué sous le menton, sur des cheveux bruns séparés par une raie médiane, et étroitement serrée dans un châle écossais qui lui enveloppe tout le buste. Le regard bleu pâle est direct, le pli de la bouche un rien amer, et le visage austère empreint de dignité. Elle a alors quarante-trois ans. L'auteur qui n'en a pas quatorze saisit parfaitement la ressemblance et le caractère de son sujet tout en révélant déjà une réelle maîtrise technique. C'est le premier d'une série de portraits qu'il exécutera durant sept ans. L'ultime sera celui de son père comme si, inconsciemment, ces portraits ouverts par l'image maternelle ne pouvaient se clore que par son pendant naturel. En revanche, si la ressemblance est réussie, pour l'un comme pour l'autre, au dire même des contemporains, il ne s'en dégage aucune chaleur humaine. Tout est précis, froid, sans aucune fantaisie mais bien dans la ligne des portraitistes du temps.

Stimulé par son professeur, il croque notamment à la mine de plomb l'un de ses camarades, Alfred Beschet, puis les deux sœurs de ce dernier. Il a alors tout juste quinze ans. Il ne se met sérieusement au pastel qu'au cours de l'été 1838 et se lance alors dans les portraits de notables locaux. C'est dire si son talent fait les beaux jours d'Arbois, au grand dam de Jean-Joseph Pasteur qui le préférerait attaché à des études plus sérieuses. Un fils artiste est loin d'être une sinécure pour l'ancien soldat devenu l'artisan dur à la tâche que l'on sait. La vie de bohème que cela sous-entend pour lui est aux antipodes de sa philosophie d'une existence faite de labeur, dans un environnement de haute moralité, avec la reconnaissance de ses pairs, comme on pouvait le concevoir alors dans une partie de la petite-bourgeoisie franc-comtoise.

Louis réalise le portrait du père Gaidot aux favoris grisonnants et au regard rêveur, un tonnelier âgé qui vit dans une maison mitoyenne de la tannerie. Il est saisi dans ses habits de cérémonie. Puis celui, plus martial, du capitaine Barbier. Ce dernier est un habitué de la maison Pasteur à chacun de ses congés à Arbois. Officier de la garde municipale de Paris, il retrouve ici le principal du collège, M. Romanet, le docteur Dumont qui officie à l'hôpital et un érudit local, Emmanuel Bousson de Mairet, féru d'histoire arboisienne dont il rédige des annales.

Tous discutent à l'envi de l'avenir de Louis, et l'on commence à suggérer à Jean-Joseph la possibilité d'une entrée à l'École normale. Ce qui sous-tend, pour lui donner les meilleures chances, de l'envoyer poursuivre ses études à Paris afin qu'il essaye d'intégrer l'une des plus prestigieuses écoles du royaume. C'est que l'adolescent fait d'énormes progrès en classe, grâce notamment à Bousson de Mairet qui s'est porté volontaire comme répétiteur bénévole du fils de la maison. Les notes s'en ressentent et Louis se révèle l'un des meilleurs élèves de sa classe en seconde puis en rhétorique.

On comprend que, de prime abord, la réticence du père soit grande. Vue d'Arbois, la capitale est un lieu de perdition propre à occasionner la déchéance du meilleur des enfants. Sans compter le coût de pension — deux mille francs pour l'année — que cela représente pour un artisan tanneur qui, gagnant correctement sa vie, n'en roule pas pour autant sur l'or. Et l'École normale semble un objectif bien chimérique. Au reste, Louis lui-même n'est pas vraiment emballé par ce départ.

Deux arguments viennent toutefois à bout de leurs hésitations. D'abord, le camarade d'enfance de Louis, Jules Vercel, va être envoyé à Paris par son père pour préparer le baccalauréat, et ce dès la rentrée 1838. Ensuite, le capitaine Barbier connaît une école préparatoire à l'École qui prend des élèves en pension en plein Quartier latin, 3 impasse des Feuillantines, et il se propose d'être lui-même le correspondant de Louis à Paris. L'école en question est tenue par un Franc-Comtois originaire de Pagnoz, à côté d'Arbois. Et ce dernier, un certain Barbet, est prêt à rabattre ses prix de pension pour les enfants du pays. La décision est finalement prise après beaucoup de réticences. Louis partira à la rentrée, son inscription est faite au lycée Saint-Louis où Jules Vercel est déjà attendu.

Fin octobre 1838, par une matinée froide et maussade, c'est le grand branle-bas à l'hôtel de la Poste. La diligence pour Paris est prête à partir et à emporter Louis et Jules. Les deux amis se hissent derrière le cocher, à l'abri d'une bâche. Il leur faut dire adieu à leurs proches. Louis a le cœur gros. C'est la première fois qu'il quitte Arbois et sa famille. Il n'a pas tout à fait seize ans et déjà le mal du pays l'étreint.

Il leur faut deux jours pour rallier la capitale et intégrer la pension Barbet, tout près de leur établissement scolaire. Les dortoirs de l'une, le strict uniforme de l'autre ne sont pas pour rasséréner le jeune Pasteur. « Si je respirais seulement l'air de la tannerie », ne cesse-t-il de se plaindre à Jules. Et bien que Barbet fasse tout pour que l'adolescent surmonte son évident mal-être, il lui devient manifeste que Louis ne peut supporter l'exil plus longtemps. Il prévient donc Jean-Joseph Pasteur et l'incite à rapatrier son fils.

Aussi, à la mi-novembre, Louis s'entend-il dire à la pension que quelqu'un veut le voir chez un marchand de vin situé au coin de l'impasse des Feuillantines et de la rue Saint-Jacques. Il s'y rend, à peine intrigué, pour y découvrir son père. « Je suis venu te chercher », murmure simplement Jean-Joseph. Et de ramener son fils en diligence à Arbois sans autre reproche. Père et fils ne desserreront pas les dents du voyage.

Louis, qui n'a pas passé un mois à Paris, ne peut que réintégrer le collège d'Arbois pour y terminer sa rhétorique. Au cours de cette année, sa production picturale est abondante. Comme si la douloureuse expérience parisienne se devait d'être effacée à tout prix par un regain d'activités. Ses aptitudes, très vite reconnues, poussent son professeur de mathématiques, M. Carré, à lui faire réaliser un cadran solaire pour le collège. Calculs et tracés sont de sa main et ont longtemps ornementé la façade de l'établissement. Un savant mélange de talents, scientifique et artistique.

Nombre de notables se prêtent volontiers à des poses face à ses bâtonnets de pastel. Ce sont notamment le maire d'Arbois en personne, Emmanuel Parreau, ceint de son écharpe tricolore et décoré de la Légion d'honneur, sa fille Hortense, le conservateur des hypothèques Jean-Pierre Blondeau puis sa femme, le notaire maître Benoist, ou le quincaillier Roch et ses deux filles, Sophie et Lydie. Tous très solennels, très respectables, un rien compassés, sans que le moindre sourire les illumine jamais. Des parangons de rectitude franc-comtoise.

Un autre portrait, celui de Ferdinand Maizier, un marchand de bois et de vin qui fréquente les Pasteur, aura l'honneur d'une critique dans la *Gazette des Beaux-Arts* de 1913, par Paul Jamot, critique d'art et conservateur des peintures au musée du Louvre : « Il y a de la distinction, de la finesse dans toute sa personne et un peu d'amertume à la Berlioz dans le pli de sa bouche[5]. »

Cette même année, il croque de profil Altin Vercel, le frère de Jules. Celui-ci, amoureux de Joséphine, la sœur de Louis, en fera quelque temps plus tard demander la main à Jean-Joseph — qui refusera catégoriquement. Le jeune homme, qui a abandonné ses études, lui semble trop peu enclin au travail malgré l'héritage attendu du vignoble paternel. Et il a le grand tort de faire partie d'une famille farouchement républicaine. Son grand-père n'a-t-il pas été député du Jura à l'Assemblée constituante ? Jean-Joseph ne dut pas regretter cette fin de non-recevoir. Un an plus tard en effet, Altin Vercel, lors des événements de 1848, hissera le drapeau rouge au clocher d'Arbois ! Joséphine ne se remettra pas de ce refus paternel et mourra fille, à vingt-cinq ans, le 15 novembre 1850.

Ses occupations artistiques n'empêchent pas Louis de travailler en classe. Et il rafle de nombreux prix à la fin de sa rhétorique, ce qui relance le dilemme. À nouveau on parle de l'École normale et, à tout le moins, du baccalauréat. À Arbois, il n'y a pas de classe de philosophie qui y prépare. Alors, Paris ? Ou Besançon ? En raison de la malheureuse tentative de l'année précédente, on se décide pour le collège royal de Besançon. Louis demeurera en Franche-Comté, dans une ville que fréquente Jean-Joseph qui y vient plusieurs fois par an vendre des peaux au marché qui se tient au pied du palais Granvelle. Le dépaysement y sera sans doute moindre et Arbois n'est qu'à une cinquantaine de kilomètres.

Les années bisontines

(1839-1842)

Au collège royal de Besançon, où il entre comme pensionnaire en octobre 1839, Louis travaille d'arrache-pied malgré sa mauvaise vue — il est très myope —, qui lui occasionne nombre de migraines et l'oblige à porter des lunettes. Il est vrai que l'éclairage, le soir, à la chandelle de suif, n'épargne les yeux de personne. « Je me sers pour travailler à la chandelle de mes conserves. Elles soulagent la vue. Aujourd'hui j'achèterai une de ces visières dont vous m'avez parlé. On m'a dit encore que ça était très utile pour les yeux[1]. »

S'il travaille avec assiduité et se soucie de ses études comme le montrent les lettres qu'il écrit régulièrement à sa famille, sa grande passion demeure toutefois le dessin. D'autant qu'il bénéficie à l'académie des cours de Charles-Antoine Flageoulot qui vient d'avoir Gustave Courbet comme élève pendant deux ans. Le professeur est un disciple de David, tenant du classicisme. Ce qui conforte sans doute la manière très soignée, très académique de Pasteur. On ne peut pas en dire autant pour Courbet. Des deux Comtois qui ont hanté le collège et l'académie, l'un à la suite de l'autre, le premier est un conservateur respectueux de l'ordre établi, le second un révolutionnaire, tant en peinture que, plus tard, en politique. En ce qui concerne la science, ce sera une tout autre affaire pour le premier. « Cependant, je vous dirai que je m'aperçois qu'en dessinant ainsi sous la direction de monsieur Flageoulot je fais beaucoup de progrès pour le coloris, sinon pour la ressemblance. M. Pointurier aurait pu me donner bien des conseils[2]. »

Au collège, il partage sa chambre et les frais du fourneau qui les chauffe avec Jules Marcou. Ces deux-là resteront toute leur vie en contact épistolaire malgré l'éloignement géographique. Deux ans plus tard, Louis fera un pastel de son ami en uniforme de collégien. Ce dernier, par la suite, s'expatriera aux États-Unis après avoir obtenu une chaire de géologie à l'université de Cambridge et s'y installera définitivement en épousant une Américaine. On lui doit l'exploration scientifique des Rocheuses et la première carte géologique des États-Unis. C'est là qu'alors chargé par le gouvernement français d'une mission sur l'art aux USA, un critique d'art reconnu, Durand-Gréville, remarquera ce pastel à Boston. Il en écrira dans *L'Intermédiaire des chercheurs et des curieux* en date du 10 septembre 1888 : « Beaucoup de nos peintres médaillés au Salon n'ont jamais dessiné ou modelé une bouche avec autant de justesse. Personne ne regrettera que Pasteur ait choisi la carrière scientifique. Mais s'il l'avait voulu, il serait devenu quelqu'un parmi les peintres et, qui sait ? peut-être un très grand peintre[3]. »

Ce point de vue est corroboré par un peintre finlandais, Albert Edelfelt, qui fera le portrait de Pasteur dans son laboratoire à la fin de sa vie : « En dehors de la science, la peinture est une des rares choses qui l'intéressent. À l'âge de seize ans il avait envisagé de devenir peintre et s'amusait à faire des portraits au pastel de ses parents et d'autres citoyens d'Arbois ; certains de ces pastels sont chez lui à l'Institut et je les ai regardés bien souvent : ils sont excellents et tracés avec force, pleins de caractère, un peu secs dans la couleur, mais très supérieurs aux productions habituelles des jeunes gens qui se destinent à une carrière artistique. Il y a quelque chose du grand analyste dans ces portraits : ils expriment une vérité absolue et une force de volonté exceptionnelle. Je suis certain que si M. Pasteur s'était décidé pour l'art au lieu d'opter pour la science, la France compterait aujourd'hui un excellent peintre de plus[4]. »

Peut-être. Ou peut-être pas. À l'époque de Courbet et de Delacroix, de Manet et de Cézanne, il aurait probablement fait figure de pâle portraitiste de province. En tout cas certainement pas de peintre d'avant-garde. À moins d'avoir fini par gagner en audace, s'il avait persisté, à l'égal de sa hardiesse dans le domaine des sciences. Ses goûts en la matière, tout au long de sa vie, resteront toutefois strictement académiques. Il préférera toujours un peintre de genre à la Meissonier, si admiré de Napoléon III, à un Monet, un Renoir ou un Pissarro.

Et ne rencontrera jamais le peintre d'Ornans, en dépit de leur voisinage, Arbois n'étant qu'à un peu plus de cinquante kilomètres de la résidence de campagne du peintre. Quoi qu'il en soit, comme l'écrira longtemps après Sacha Guitry en commentaire à la reproduction de deux de ses œuvres : « On l'a échappé belle[5] ! »

En matière littéraire, ce n'est pas non plus l'insoumission aux critères petits-bourgeois du régime louis-philippard qui le travaille. Pour un élève de philosophie, ses lectures sont bien loin de l'actualité littéraire du moment. Stendhal a publié *Le Rouge et le Noir* en 1830, Balzac *Eugénie Grandet* et *Le Père Goriot*, respectivement en 1833 et 1835, Victor Hugo, qui est bisontin de naissance, a donné *Hernani* en 1830 et *Ruy Blas* en 1838 et un roman qui fait date, *Notre-Dame de Paris* en 1831. Néanmoins, Louis lit et recommande à ses sœurs *Picciola* du romancier et dramaturge Joseph Xavier Saintine : « Pour mes sœurs j'ai acheté il y a quelques jours un très joli livre, j'entends par très joli quelque chose de très intéressant. C'est un petit ouvrage (il coûte 3f.50 cent.) qui a remporté le prix Montyon il y a quelques années. Il est intitulé *Picciola*. Je crois que si quand elles l'auront elles veulent le lire, il leur sera très utile ; comment aurait-il été couronné du prix Montyon si sa lecture devait n'être pas très avantageuse[6] ? » Pour lui, un prix décerné par l'Académie française est un argument de poids venant d'une institution que n'intégreront jamais ni Balzac, ni Stendhal, ni Zola.

Quant aux philosophes, Pasteur apprécie surtout un moraliste bien-pensant comme Joseph Droz, académicien d'origine bisontine aujourd'hui complètement oublié. Ce qui ne peut effaroucher le conformisme ambiant. Il faut dire à sa décharge que c'est l'auteur lui-même qui lui a prêté son œuvre majeure, *Essai sur l'art d'être heureux*. L'ouvrage enthousiasme le jeune homme, bien loin d'imaginer qu'un autre Bisontin autrement important comme Charles Nodier est au cœur de la vie littéraire parisienne de son temps et que son Cénacle arrête les bases mêmes du romantisme. Mais Besançon à cette époque est si loin de Paris.

Il est vrai qu'il lit ce livre pendant la messe : « Je n'ai jamais rien lu de plus sage, de plus moral et de plus vertueux. J'ai encore un autre de ses ouvrages. Rien n'est mieux écrit. À la fin de l'année je vous rapporterai toutes ces œuvres. On éprouve à les lire un charme irrésistible qui pénètre l'âme et l'enflamme des sentiments les plus sublimes et les plus généreux. Aussi je ne lis le dimanche aux offices que les ouvrages de M. Droz, et je crois en agissant ainsi, malgré tout ce qu'en pourrait dire le cagotisme irréfléchi et niais, me conformer aux plus belles idées religieuses[7]. » Ce qui prouve au moins qu'il n'est pas trop à cheval sur ses dévotions. Comme si elles étaient, ainsi que la lecture, un devoir obligé mais une vraie perte de temps. Les bons livres sont en tout cas pour lui empreints de sentiments religieux et de pensés élevées : « Je ferai dans le courant de l'année quelques emplettes de beaux livres ; j'entends par là des livres instructifs, religieux, moraux[8]... »

Ses principes, qui s'accordent à sa rigidité de caractère, ne l'empêchent toutefois pas de se faire des amis qu'il gardera pour la vie. C'est notamment le cas de Charles Chappuis, fils du notaire de Saint-Vit à une trentaine de kilomètres de Besançon, qui devient vite son confident. Il sera l'une des rares personnes hors sa famille à jamais tutoyer le savant, privilège qu'il partage avec les frères Vercel, les amis d'enfance de Louis, quelques camarades d'Arbois, ainsi que Jules Marcou et Pierre-Augustin Bertin, deux autres élèves du collège. Ce dernier suivra une carrière scientifique parallèle à celle de Louis et sera à ses côtés à plusieurs moments particulièrement cruciaux de son existence.

Louis écrit régulièrement à la maison, rendant compte de ses études et de l'état de son budget. Mais il ne craint pas de sermonner ses sœurs, prenant très (trop) au sérieux son rôle de grand frère, d'homme de la famille, d'autant qu'il est le seul à bénéficier d'une instruction choisie. Le ton est sévère, sans beaucoup d'indulgence, avec toutefois, quoique rarement, une certaine forme de dérision :

J'en viens à vous mes sœurs, en vous faisant compliment sur votre conduite et sur la bienveillance que vous vous portez mutuellement. Ce ne sont pas des conseils que je veux vous donner, car il paraît que vous en tenez autant de compte que si ce n'était rien. On me dit que, plus que jamais, vous ne cessez de vous disputer, de vous battre, d'être jalouses l'une de l'autre, enfin, je ne sais quoi ; mais en somme il paraît que vous êtes toujours en guerre, au point même de vous rendre malades. Je vous assure que ça me fait beaucoup de plaisir ; rien n'est plus propre à m'ennuyer et à me décourager ; encore passe si ça ne faisait de mal qu'à moi, mais vous devez penser et voir combien nos parents doivent en être satisfaits, eux qui vous voient ainsi vous disputer toute la journée. Je ne veux pas vous en dire davantage, parce que j'ai reconnu que c'était perdre mon temps et user du papier. Je suis sûr que dans la première lettre qu'on m'enverra, on aura les mêmes nouvelles à m'annoncer ; mais je vois qu'à la fin j'y deviendrai insensible ; je croyais cependant avoir de meilleures sœurs[9].

Ce genre de rappel à l'ordre est courant dans ses missives, comme si le jeune homme se sentait le droit ou le devoir de prendre la place du père. Ce qui ne l'empêche nullement de morigéner aussi ses parents sans prendre beaucoup de gants : « Je n'ai nullement été satisfait de ce que vous me dites pour Joséphine. Certes, si vous lui écrivez des lettres comme vous me parlez d'elle dans la vôtre, elle ne doit pas être encouragée beaucoup au travail. Vous qui êtes là en famille ça ne vous coûte rien de crier contre elle ; mais quand on est en pension comme elle, ça ne doit pas amuser beaucoup de s'entendre dire que l'on ne sait rien, qu'on a de la mauvaise volonté. Ce n'est pas ainsi qu'on encourage au travail, et si vous n'aviez pas tant brusqué ma sœur Virginie, elle saurait peut-être à présent très bien sa grammaire[10]. » Et même de s'en prendre indirectement — mais exceptionnellement — à sa mère : « D'ailleurs, comme vous me le dites, il n'y a que papa pour écrire : maman et Virginie devraient bien s'en charger quelquefois, surtout pour écrire à Joséphine. Il serait bien plus convenable, à ce qu'il me semble, de voir la mère donner des conseils à la fille que le père, surtout pour bien des choses[11]. » Et il va jusqu'à lui recommander de moins charger ses sœurs de tâches ménagères afin qu'elles puissent se consacrer à leurs études.

Mais le garçon demeure par ailleurs très respectueux envers ses parents et plein d'attentions pour ses sœurs, notamment pour la petite Émilie qu'il n'oublie pas de gâter dans la mesure de ses moyens : « ... Car je ne sache pas que je ferais un plus grand plaisir à Émilie en lui envoyant autre chose que des bonbons. Pour la dernière foire, si papa n'était pas parti si promptement, je lui aurais donné un ou deux cornets pour elle ; mais que rien ne soit perdu, achetez-lui en un beau quand vous recevrez ma lettre et dites-lui que c'est son frère qui le lui envoie[12]. » On n'est pas frère plus gentil. Les grandes ne sont pas non plus négligées à qui il achète, sur son pécule, livres, partitions de musique et colifichets : « Cette fois je charge la maman de me conseiller sur ce que je pourrai acheter à Virginie pour le jour de l'an. J'ai une assez bonne bourse que j'épargne autant que je peux pour ce moment-là. J'ai aussi promis quelque chose à Joséphine ; mais Virginie en qualité de ma sœur aînée sera bien mieux servie[13]. » Le frère moralisateur et autoritaire se transforme donc fréquemment en frère attentionné.

Ses talents d'artiste commencent à être connus à Besançon : « Des élèves m'ont dit que déjà l'on parlait quelque peu dans Besançon d'un élève du collège qui dessinait ses camarades. C'est que, comme je vous l'ai déjà dit, le premier portrait que j'ai fait est exposé au parloir où il va une foule de personnes, toutes celles qui viennent voir des élèves. Mais tout cela ne mène pas à l'École normale. J'aime mieux une place de premier au collège que dix mille éloges jetés superficiellement dans la conversation d'aujourd'hui[14]. » On sent déjà dans cette lettre à ses parents de janvier 1840 que les études sont en train de prendre, dans son esprit, le pas sur les portraits.

Il poursuit toutefois ces derniers, d'autant qu'aux camarades de collège s'adjoignent des personnalités plus importantes. Et qu'il se met par ailleurs à la lithographie. C'est une technique, inventée en Allemagne vers 1796, introduite en France depuis peu mais qu'Honoré Daumier est en passe de porter au pinacle. Louis ne connaît certainement pas ce dernier et aborde ce mode d'expression avec beaucoup de circonspection : « À vous vrai dire, il ne fait pas bon dessiner sur la pierre ; car il n'y a rien de plus ingrat. Ce portrait que je vous ai envoyé et qui a très bien réussi pour le premier est dix fois moins beau qu'il ne l'était sur la pierre. Cependant il a été trouvé généralement très bien. M. le Proviseur vient de le placer au nouveau parloir que l'on va faire au collège ; il a même fait bien du chemin ; car Chappuis en a envoyé quatre épreuves à Vienne en Dauphiné où il a plusieurs parens. C'est encore grâce à ce portrait que demain je vais commencer le portrait du fils du préfet, M. Tourangin. J'ai accepté très volontiers ;

mais je ne le ferai pas en lithographie ; je le ferai à la mine de plomb[15]... »

En août 1840, il passe le baccalauréat à Besançon et s'angoisse pour cette épreuve si l'on en croit une lettre où il exprime le désir d'être entouré des siens : « [...] Et j'engage toujours mon papa à tâcher de se trouver ici le jour de l'examen. Cependant, je le répète encore, il ne faudrait pas que ça nuise en rien à ses occupations ni au travail de la foire. Je répète aussi que j'aimerais voir mes sœurs venir pour la distribution, parce que je crois que ce sera intéressant à voir. Mais je mets ici la même restriction que tout à l'heure, il faut que ça ne dérange personne et que ça ne gêne en rien[16]. »

Il est fait bachelier ès lettres le 29 août. Ses notations sont « bonnes en grec sur Plutarque, en latin sur Virgile, bonnes en rhétorique, médiocres sur l'histoire et la géographie, bonnes sur la philosophie, très bonnes sur les éléments de sciences[17] ». Être bachelier n'est toutefois pas une fin en soi. Car pour intégrer une grande école dans la section scientifique, il faut être bachelier ès sciences. Aussi décide-t-il de revenir au collège une année supplémentaire afin de préparer l'examen. À la rentrée scolaire, il entre donc en classe de mathématiques spéciales tout en assurant, grâce à l'appui du proviseur, un poste de répétiteur auprès des jeunes élèves. Ce statut de maître suppléant lui assure un traitement annuel de trois cents francs qui le met à l'abri du besoin, d'autant qu'il est également logé et nourri aux frais du collège. Cet apport financier lui permet de se payer des cours supplémentaires en physique et en chimie pour mieux préparer son baccalauréat. De pourvoir également aux fournitures en papier et crayons pour ses portraits. Et, surtout, il ne lui est plus nécessaire de compter sur les subsides paternels et de quémander des rallonges à son budget. Afin qu'il puisse améliorer son ordinaire de pensionnaire, sa mère et ses sœurs lui envoient régulièrement confitures et conserves. En réalité, tout le monde, chez lui, s'inquiète de sa santé et de ses trop longues heures de travail.

Son père, qui sait ce que le labeur manuel veut dire, semble tout particulièrement angoissé comme si le travail de l'esprit prédisposait aux pires accidents de santé. Il n'aura de cesse, tout au long des années d'étude de son fils, de l'inciter à moins travailler, à se ménager, à se distraire.

Les seuls liens de Pasteur avec l'extérieur sont les lettres qu'il écrit à sa famille et dans lesquelles il continue de tancer les uns et les autres, sans grande indulgence, sinon pour Émilie, la seule qui ait jamais eu droit à cette faveur : « Je vous embrasse tous, ainsi que ma chère Émilie que je remercie aussi de ses lettres : si elles ne sont pas très expressives et pas très intelligibles, au moins sont-elles plus longues que les vôtres ; si l'exécution n'y est pas, l'intention y est et c'est beaucoup[18]. » À l'exception du père, les autres membres de la famille, en effet, ne lui écrivent guère de peur de se faire vertement rabrouer pour des questions d'orthographe ou de mauvaise utilisation de la grammaire française. Et dans ce domaine, les compliments qu'il prodigue à ses sœurs sont toujours à double tranchant : « J'ai reçu hier aussi une lettre de Joséphine ; sa lettre n'avait pas du tout l'air d'avoir été corrigée ; elle est bien mieux que toutes les précédentes[19]. » Rien donc qui leur donne véritablement envie de s'épancher !

Il se sent désormais très seul à Besançon. Il rencontre son père entre deux cours lorsque celui-ci vient en ville vendre ses cuirs à la foire, mais jamais sa mère, qui ne quitte pas Arbois. Il ne la voit qu'aux vacances passées à la maison où il retrouve également ses sœurs. C'est aussi que ses meilleurs amis sont partis pour Paris préparer le concours d'entrée à l'École normale. Charles Chappuis compte s'y présenter en lettres, Pierre-Augustin Bertin en sciences. Lui sent qu'il végète dans la capitale franc-comtoise.

Au mois d'août 1841, il se rend à Dijon pour passer les épreuves du baccalauréat ès sciences, à ses yeux une simple formalité : « Plus j'avance et plus je le trouve moins difficile, parce que de plus en plus les matières me semblent resserrées, comptant pour rien celles que j'ai étudiées[20]. »

C'est hélas un échec. La perspective d'études à Paris pour préparer les concours n'est plus à l'ordre du jour. Il lui faut recommencer une classe de mathématiques spéciales pour obtenir le fameux sésame. Et à Besançon.

Il lui semble que même sa famille qui l'a toujours soutenu commence à douter de ses capacités : « J'ai bien des fois maudit ce baccalauréat ès sciences que vous avez l'air de regarder comme impossible pour moi[21]. » S'il n'est plus vraiment fier de lui, il n'en continue pas moins à réprimander le travail de ses sœurs, mais organise le sien plus soigneusement. C'est pourquoi il se fait réveiller chaque matin à cinq heures et demie par le veilleur qui frappe à sa porte en l'interpellant d'un : « Allons, chassons le démon de la paresse, monsieur Pasteur[22] ! »

Son programme de travail est chargé puisqu'il compte à l'examen du baccalauréat ajouter les concours d'entrée à l'École polytechnique et à l'École normale, sans renoncer à son travail de répétiteur. Il se heurte aux mathématiques et se laisse aller au découragement : « Rien ne dessèche le cœur comme cette étude des mathématiques ; on n'est plus sensible à rien ; on finit par ne plus voir devant soi que figures géométriques, que lettres, calculs, formules. Moi qui autrefois avais l'âme si expansive, qui chaque soir et chaque matin priais Dieu avec tant de ferveur, j'ai tout abandonné[23]. » Il en vient même à douter de son désir d'enseignement auquel le désignerait une entrée à Normale. Enseignement qui, depuis qu'il est à Besançon, est le vœu le plus cher que son père formule pour lui. Jean-Joseph le verrait bien professeur au collège d'Arbois, de retour au bercail parmi les siens.

Louis pense même avoir plus de chance à Polytechnique et souhaite devenir ingénieur plutôt qu'enseignant. « Pour moi je crois réellement que la carrière qu'offre l'École polytechnique est plus belle que celle de l'enseignement quand on ne sort pas de la première dans le militaire, et vous savez combien je hais cette partie-là pour que, si j'étais admis dans cette école, je fasse tout pour ne pas sortir dans l'artillerie. Dans tous les cas, cela ne coûte rien de se présenter[24]. »

Tout au long de cette année scolaire, il revient sur sa volonté d'entrer à Polytechnique comme il s'en ouvre à Chappuis qui, lui, de son côté, prépare de nouveau Normale où il a échoué alors que Bertin l'a intégrée l'année précédente, major de sa promotion : « Voici cependant ce que j'ai décidé : je me présenterai cette année aux deux écoles, mais travaillant plus spécialement pour l'École polytechnique. Si je ne suis pas admis à cette école, j'aurai encore l'École normale pour laquelle je travaillerai l'année prochaine à Paris ; car, vu mon âge, je ne pourrai plus me présenter à l'École polytechnique, et voilà pourquoi, cette année, j'aurai plus spécialement en vue cette dernière école[25]. »

Curieusement, le jeune homme élevé dans les récits de gloire napoléonienne, d'héroïsme au combat, répugne à la chose militaire. La seule critique de Polytechnique qu'il émet dans ses lettres est bien celle-là, d'être un établissement militaire, mais il sait également que ce sont les places obtenues qui décident d'une sortie de l'École, soit dans le civil, soit dans l'armée. Et parie sur le premier.

Son dégoût ira même jusqu'à faire tout ce qu'il pourra pour échapper à la conscription. « Si je suis reçu à l'École polytechnique, inutile de nous occuper de la conscription. Je suis exempt par là même. Si je suis refusé, je travaillerai l'année prochaine pour l'École normale, et encore alors je suis exempt[26]. » Jusqu'à écrire lui-même par la suite au ministre et à faire jouer ses relations. Ce qui portera ses fruits : il sera exempté à vingt et un ans de tout service. Et, finalement, au grand soulagement de son grognard de père trop heureux de voir son fils unique dispensé de risquer sa vie. Il est vrai que Louis-Philippe est sur le trône et que rien n'indique encore un quelconque retour possible des Bonaparte à la tête de l'État. En août, Louis est de nouveau à Dijon pour passer les épreuves du baccalauréat, épreuves qu'il juge beaucoup plus difficiles que celles de l'année précédente. Cette fois-ci, cependant, il est enfin reçu, sans gloire, il faut bien le dire, avec une notation très médiocre en chimie ! Mais l'étape préliminaire est franchie en ce 13 août 1842 et il est bientôt de retour à Besançon pour passer le concours d'entrée à l'École normale. Il est déclaré admissible le 26 août à la première série d'épreuves, mais au rang de quinzième sur vingt-deux. On dit que cet orgueilleux jeune homme, trouvant le rang trop faible pour lui, décide d'abandonner. Il ne passera ni la deuxième série d'épreuves, orales, à Paris, ni le concours d'entrée à Polytechnique.

Est-ce vraiment de l'orgueil ou bien éprouve-t-il quelque doute quant à ses capacités réelles ? Est-ce la peur d'échouer à l'oral avec si peu d'avance à l'écrit ? Ce n'est en tout cas pas un coup de tête, mais une décision réfléchie. Il avait, en effet, dès le 7 août fait remarquer : « Si je suis admissible dans un bon rang de manière que je puisse espérer l'admission j'abandonnerai probablement l'examen de l'École polytechnique pour ne travailler qu'en vue du second examen de Paris[27]. » Et il n'est pas dans un bon rang, pas même dans la première moitié des admissibles malgré la défection d'un concurrent qui le place en quatorzième position. Par ailleurs il sait qu'à ce rang il ne peut espérer une bourse d'études complète. Peut-être ressent-il simplement la nécessité de mettre tous les atouts dans son jeu, en se concentrant sur ce seul concours pour arriver à l'École entièrement préparé. Mais en s'y consacrant complètement. Avec une opiniâtreté dont il saura faire preuve toute sa vie dans ses expérimentations, quels que seront les obstacles qu'il lui faudra surmonter.

C'est donc décidé, il va mettre désormais toutes les chances de son côté pour l'entrée à l'École normale l'année suivante, sans se disperser, d'autant que Chappuis vient à son tour d'y entrer, et en belle position, à la dixième place. Or ces chances-là n'ont qu'un nom, Paris !

Paris, enfin !

(1842-1848)

C'est enfin le grand départ, le saut dans l'inconnu, sans regret cette fois. Et à la veille de l'exil parisien, Louis prend une dernière fois ses pastels pour un portrait de son père. Dans son habit foncé tout juste ornementé du ruban de sa Légion d'honneur, l'homme a le regard brun pensif. Il a revêtu sa tenue de sortie pour un portrait quasi officiel, au contraire de sa femme qui avait posé six ans auparavant dans sa tenue de tous les jours. Pour Louis, c'est comme un adieu définitif au violon d'Ingres de sa jeunesse. En ce domaine, il ne reviendra jamais en arrière.

Et c'est Paris, qu'il gagne avec Chappuis, premiers pas dans la ville corrompue que son camarade lui a si souvent décrite, où reviennent comme une ritournelle les qualificatifs d'infâme, de crapuleux, de dégoûtant. Le saut ne se fait quand même pas sans filet, pas dans l'inédit. Il rejoint naturellement l'Institution Barbet où le directeur lui propose des répétitions à donner et l'installe à l'annexe, au 1 impasse des Feuillantines, dans un établissement de bains où il partage sa chambre avec deux autres pensionnaires. L'hygiène sur laquelle Jean-Joseph est si sourcilleux n'est donc plus un problème pour celui qui, à Besançon, écrivait à ses parents : « Je me porte très bien et me lave assez régulièrement avec de l'eau-de-vie. Ma bouteille a déjà décru de moitié[1] .» Ici, il pourra prendre les bains que son père ne cesse de lui recommander.

S'il est enthousiasmé par la perspective d'intégrer l'École normale et celle de retrouver ses meilleurs amis, son père est dans la plus grande inquiétude. C'est qu'il voit son fils s'installer pour des mois au cœur de la capitale de la corruption et de la débauche. Il n'a pas oublié non plus l'échec du premier séjour parisien. Mais Louis a maintenant presque vingt ans. L'âge auquel Jean-Joseph le conscrit était confronté à des dangers autrement redoutables, sans correspondant et sans ressources.

Louis, qui n'ignore rien de l'anxiété de son père, s'efforce de le rassurer dès ses premiers courriers : « Voilà ce que je fais mes chers parens, dans cette ville de Paris si belle et si laide sous tous les rapports. Ici, plus que partout ailleurs, se choquent, se croisent la vertu et le vice, la probité et la mauvaise foi, la fortune et la misère, le talent et l'ignorance. Mais quand on a du sang sous les ongles, on y reste le cœur simple et droit comme en un endroit tout autre. Y change qui n'a pas de volonté[2]. »

Voilà qui devrait rasséréner ses parents. Mais parce que ceux-ci s'effraient surtout de mauvaises rencontres possibles, il ne craint pas d'enfoncer le clou : « Qui est-ce que j'y fréquente ? Chappuis. Qui, encore ? Chappuis[3]. » Et il est vrai que les deux amis sont plus proches que jamais. Ils sortent ensemble le dimanche, l'un dissertant philosophie, l'autre relatant ses expériences de laboratoire tandis qu'ils se promènent dans les jardins du Luxembourg, ou déjeunent dans les restaurants à prix fixe du Palais-Royal. Un soir, ils se rendent même exceptionnellement au théâtre, en compagnie d'Altin Vercel, pour voir la comédienne Rachel qui défraie la chronique avec ses amours tumultueuses. Elle joue dans la pièce d'un auteur secondaire et bien oublié, Pierre Lebrun : « Hier j'ai vu cette femme dont on parle tant, Rachel. Elle mérite bien les applaudissements qui lui sont prodigués. Je l'ai vue dans Marie Stuart. Il y a eu un moment où elle a été applaudie pendant plus de dix minutes. On frappait des pieds et des mains. Ses traits ne sont pas beaux, bien faits, mais son énergie la rend superbe[4]. » Ce n'est pas vraiment le stupre ! Même pour un tanneur arboisien très à cheval sur la morale.

Louis est totalement absorbé par ses cours, qu'il prend au lycée Saint-Louis. Et comme il estime sa préparation insuffisante, il suit en auditeur libre ceux de chimie que donne Jean-Baptiste Dumas à la Sorbonne : « Il faut aller une demi-heure d'avance pour avoir une bonne place, absolument comme au théâtre. Pareillement on applaudit beaucoup. Il y a toujours 6 ou 700 personnes[5]. » Et s'il faut vraiment applaudir à tout rompre, Pasteur préférera toujours un Jean-Baptiste Dumas à une Rachel ! Tard dans sa vie, en remerciement à un gala organisé pour récolter des fonds en vue de la création de l'Institut Pasteur, et devant un parterre d'artistes fameux, il aura ces mots : « Il m'est difficile de peindre ce que j'ai ressenti. Oserai-je vous avouer que je vous entendais presque tous et presque toutes pour la première fois ? Je ne crois pas avoir passé dans ma vie dix soirées au théâtre. Mais je n'ai plus de regrets à avoir, puisque, dans l'intervalle de quelques heures, vous m'avez donné, comme dans une synthèse exquise, les sentiments que tant d'autres mettent plusieurs mois et plusieurs années à rassembler[6]. »

Par ailleurs, et cela peut surprendre, il prend des cours de chant auprès d'un professeur franc-comtois. Non par amour du bel canto auquel il se serait brusquement converti, mais pour tenter de comprendre son cours d'acoustique ! C'est bien un avant-goût de la méthode Pasteur : expérimenter pour fonder, comprendre ou discuter une théorie.

À la pension, il donne une heure de mathématiques chaque matin aux élèves de mathématiques élémentaires, afin de pouvoir payer ses frais et s'acquitter de son loyer : « J'attends ces répétitions pour me lever à 6 heures moins le quart. Aussi vous voyez que ce n'est pas être trop matinal[7]. » Mais bien que le loyer soit réduit et ses dépenses minimes, il doit encore recourir à la bourse de son père, comme en témoigne cette lettre : « Mon cher Louis, Je te remets dans cette lettre 100 francs sur Paris payables 26 prochain. Je t'engage à user de ces fonds avec réserve attendu que cette année nous sommes très mal payés. La récolte du vin, qui est la seule du pays pour faire de l'argent, ayant totalement manqué, les cordonniers sont on ne peut plus misérables, nous avons même avec plusieurs de l'argent bien aventuré[8]. »

Le reproche sur sa dépense en est à peine un, énoncé avec prudence, par un père dans la gêne. Il y a fait plusieurs fois allusion, mais Louis ne l'a pas entendu de cette oreille en répondant vertement :

Considérez, mes chers parens, que ma conduite et mon travail à Besançon m'ont valu de ne vous pas forcer à payer pendant deux ans une pension de 700 fr. ; que par là j'ai obtenu pour la conscription une exemption sûre ; que cette année je suis venu à Paris sans rien à payer à la pension. Depuis trois ans mes dépenses ne sont donc que des dépenses accessoires. Il est vrai que vous n'auriez pu me soutenir dans toutes ces dépenses de pension, si vous y aviez été forcés, mais enfin vous en avez été exemptés, et mon avenir ainsi que le vôtre en sera meilleur. Et qui en est l'auteur, sinon moi en grande partie[9] ?

Néanmoins, l'arrogant jeune homme connaît les sacrifices que s'imposent tous les siens pour lui, qui ne connaissent jamais aucune distraction onéreuse. Aussi abandonne-t-il bientôt ses cours de chant. Il change aussi de logement le 27 février 1843, non pour des raisons financières ou de confort mais en raison de l'esprit de sérieux qui ne l'a pas quitté. Il fuit les futilités, les amusements des étudiants de son âge, ne supportant notamment pas les plaisanteries grivoises de ses condisciples : « J'ai changé de logement parce que j'avais besoin d'en changer et pour mon travail et pour mon caractère. Sachez bien que je n'ai jamais été fait pour le vice, et je ne veux pas toute une journée entendre parler de choses plus ou moins dégoûtantes[10]. »

En fin d'année, Louis se présente au concours général de physique et y remporte un accessit. Sa scolarité à Saint-Louis se solde par un prix, de physique toujours. Et quant au concours d'entrée à l'École normale supérieure, il y réussit, classé quatrième dans la section scientifique. Ses efforts n'ont pas été vains. Son père peut être fier de lui.

À la fin de l'été, il est si pressé d'intégrer l'École qu'il y arrive avant tous les autres dans les jours précédant la rentrée. L'École normale, enfin ! Ce nom magique, qui fait rêver des dizaines d'impétrants chaque année depuis un demi-siècle, suppose des bâtiments de prestige, un environnement choisi pour la future élite de la Nation. La réalité, beaucoup plus prosaïque, laisse songeur. Et il n'est, pour en bien parler, que de faire appel à Pasteur lui-même la décrivant devant les élèves d'Ulm près de cinquante années plus tard :

Elle ne payait cependant pas d'apparence et ne ressemblait guère, mes chers camarades, à celle que vous habitez aujourd'hui. Il avait fallu la soutenir par des étais, cette vieille demeure de la rue Saint-Jacques. Tout menaçait de s'effondrer. Notre directeur, qui n'habitait pas l'École, en prenait philosophiquement son parti. Mon cher camarade et compatriote Chappuis se rappelle aujourd'hui encore avec indignation que nous n'avions ni infirmerie, ni cuisine. C'était le lycée Louis-le-Grand qui se chargeait de notre nourriture. On nous apportait les plats quand tous les lycéens étaient servis. L'enseignement supérieur était à la merci de l'enseignement secondaire. Mais dans ce milieu si sombre et si triste, que ce fût dans la cour ombragée de vieux sycomores, à travers les salles obscures qui n'étaient éclairées que par la lumière du nord, au fond de ces laboratoires dont pas un collège communal ne se contenterait aujourd'hui, circulait un mouvement d'idées, une ardeur au travail qui, après plus de cinquante ans, me donnent encore la fièvre[11].

En réalité, l'École est constituée de bâtiments disparates, dispersés dans tout le quartier de la montagne Sainte-Geneviève, de dortoirs humides, de salles de classe tout juste aménagées. Mais les noms les plus prestigieux en sortent. C'est surtout vrai pour les littéraires, qu'ils se nomment Augustin Thierry, Victor Cousin, Henri Wallon ou, quelques années après, Pasteur, Hippolyte Taine. À l'époque, les scientifiques se forment plutôt à l'École polytechnique. C'est le cas notamment de l'astronome François Arago, des mathématiciens Augustin Cauchy et Joseph Bertrand, des physiciens Jean-Baptiste Biot ou Louis Joseph Gay-Lussac. Ou ils y sont professeurs comme le chimiste Jean-Baptiste Dumas, par ailleurs fondateur de l'École centrale des arts et manufactures (actuelle École centrale). Seul l'éblouissant mathématicien Évariste Galois, aux travaux incompris de son temps, a été un élève de Normale. Il est vrai qu'il en a été rapidement renvoyé, pour esprit républicain subversif, avant de mourir à vingt ans, dans un duel. L'École est en tout cas la voie royale qui mène à l'enseignement. Parmi ses condisciples, Pasteur retrouve son cher Chappuis. L'un ne se préoccupe que de science, l'autre est tout entier voué à la philosophie et surnomme son camarade « pilier de laboratoire[12]. »

Le premier est toujours un travailleur acharné, qui consacre douze heures par jour à ses études, ne ménageant rien pour apprendre, comprendre et réussir. On le voit aux conférences données à l'École, à ses cours à la Sorbonne, à ses travaux pratiques, à ses recherches en bibliothèque, au laboratoire de la Sorbonne où le préparateur de Jean-Baptiste Dumas accepte de lui donner des leçons. C'est là qu'il effectue sa première expérience, l'obtention de phosphore naturel à partir d'os broyés et d'acide sulfurique, mélangés, filtrés et chauffés. Une grande première qui l'enthousiasme et lui ouvre les voies de l'expérimentation : tout ne se résume pas à l'étude des livres.

Il ne trouve même plus le temps de retourner à Arbois où son père compte bien le voir revenir enseigner au collège, une fois ses études terminées, ou, au pire, au collège de Besançon. Il est vrai aussi que se rendre à Arbois n'est pas toujours une sinécure ainsi qu'il s'en ouvre avec beaucoup d'humour à Chappuis :

J'ai fait de Paris à Arbois un triste voyage. De Paris à Montereau tout va bien. À Montereau, patache ; à Sens, idem ; à Joigny, idem. À Auxerre pas de voiture pour Dijon, ni le jour de mon arrivée, ni le lendemain, ni après ; enfin pas du tout. Plus qu'un seul moyen de partir, et encore par hasard et par bonheur. Je pars pour Troyes dans la nuit par le courrier des dépêches. Le lendemain à 10 heures, encore par bonheur, je pars de Troyes et j'arrive à Dijon à 3 heures du matin. J'y ai dormi jusqu'à dix heures. Reparti à 3 heures de l'après-midi, je suis arrivé à 9 heures du soir à Dole, et le lendemain dans l'après-dîner à Arbois. À Arbois je suis tombé malade[13].

Le 17 septembre 1846, Pasteur est troisième à l'agrégation de physique sur quatre candidats reçus. L'histoire naturelle lui a barré l'accès à une meilleure place mais ses notes sont excellentes en physique et en chimie. « Voici la liste : Viard, Morot, Pasteur, Forthomme... Une mauvaise leçon d'histoire naturelle m'a placé le troisième, au lieu de second ou même de premier. M. Masson m'a dit que j'étais le premier pour les leçons, que ma leçon de physique avait été bonne, celle de chimie parfaite. Il m'a dit aussi que de tous les admissibles j'avais été le seul professeur bien, sachant faire une leçon[14]. » « Ce sera un excellent professeur[15] », tel est le verdict du jury à la veille de son entrée dans la vie professionnelle.

Il est retourné à Arbois pour les vacances scolaires quand tombe sa première affectation. Un poste de professeur de physique l'attend à la rentrée au collège de Tournon. La déception est grande, pour Louis tout d'abord qui rêve d'un poste à Paris, pour son père ensuite qui a tout misé sur un retour de son fils au pays. Et l'Ardèche semble si loin.

Néanmoins, Louis est décidé à prendre son destin en main et à tenter de forcer la chance. Il écrit au directeur de l'École normale pour y solliciter un emploi de préparateur de chimie, et ose s'adresser à Jean-Baptiste Dumas pour briguer auprès de celui qui vient de fonder l'École centrale un poste d'enseignant dans cette dernière. Il plaide avec beaucoup d'audace, pour ne pas dire avec un phénoménal culot et une certaine habileté, en dévoilant ses ambitions, qui ne sont pas minces, d'« arriver » :

> Vous excuserez mieux peut-être, Monsieur, la hardiesse de ma démarche en vous rappelant le temps où vous aspiriez au talent de professeur. Je suis trop jeune pour avoir vu vos débuts, mais assurément, vous n'êtes pas arrivé tout à coup au sommet que vous avez atteint, et vous avez dû désirer beaucoup, jadis, obtenir un enseignement capable de vous mettre à même d'essayer de gravir cette pente élevée que vous dominez aujourd'hui[16].

C'est toutefois Antoine Jérôme Balard, dont il a été l'élève à Normale, qui lui sauve la mise en lui proposant un poste d'agrégé-préparateur auprès de lui. C'est un pharmacien, chimiste célèbre qui, à vingt-quatre ans à peine, a découvert un nouvel élément, le brome. Il est professeur à la Sorbonne et membre de l'Académie des sciences. Tout en n'hésitant pas à mettre ses compétences au service de l'industrie, en participant par exemple à la création des salins de Giraud, en Camargue. Il a obtenu que l'École mette à sa disposition quelques pièces, à une époque où il n'était évident pour personne qu'un chimiste ait besoin d'un laboratoire pour effectuer des expériences. D'ailleurs, il s'agit officiellement non d'un laboratoire mais d'une salle de collections.

C'est un patron rêvé pour Pasteur. L'homme est, en effet, d'une parfaite égalité d'humeur, modeste, logeant dans une simple chambre de bonne mais passionné par la recherche au point d'avoir installé un lit de camp dans son laboratoire et, surtout, ouvert à tout projet de la part de ses assistants. Il aime que ceux-ci fassent preuve d'imagination en matière d'expérimentation. Et n'hésite pas à les conseiller et à les soutenir.

Pasteur y rencontre un autre préparateur, Auguste Laurent, un homme de presque quarante ans, avec un long passé de chimiste. Il s'est mis en congé de la faculté de Bordeaux où il est titulaire d'une chaire de biochimie pour venir à Normale faire de la recherche. Et comme il est sans ressources, il a pris un travail d'essayeur à la Monnaie.

C'est un pionnier de la théorie atomique, inventeur d'un système de nomenclature des éléments basé sur le groupement des atomes au sein de la molécule. Ses travaux sur la cristallographie sont reconnus, et en la matière il est un tenant de l'isomorphisme : « Le chlore et le brome étant isomorphes avec l'hydrogène, je cherchais à les faire rentrer alternativement par substitution à la place de l'hydrogène dans diverses substances organiques. J'espère obtenir par ce moyen des corps différents qui auraient eu même composition et même forme cristalline[17]. » L'idée est novatrice et n'échappe pas au jeune Pasteur. Laurent prête par ailleurs à ce dernier le *Précis de cristallographie suivi d'une méthode simple d'analyse au chalumeau* qu'il vient de rédiger. Et qui incite Pasteur à s'orienter vers ce domaine, ainsi qu'il s'en explique à Chappuis : « J'avais commencé un travail lorsque il y a quelques jours M. Laurent a bien voulu m'offrir d'en entreprendre un avec lui. Quand il arriverait que ce travail ne mènerait à aucun résultat utile à publier, tu penses que j'y gagnerais beaucoup à manipuler durant plusieurs mois avec un chimiste expérimenté[18]. » Mais il enjoint à son ami de n'en rien dire à personne. Déjà transparaît chez le jeune chercheur un besoin de secret, une peur de se faire déposséder de ses recherches, qu'il observera tout au long de sa carrière.

Pasteur se gardera bien par la suite de citer dans ses communications les apports de Laurent, ce que lui reprochent encore les spécialistes de la question. Il faut dire que celui-ci meurt de phtisie en 1853. Il n'a pas quarante-six ans. Pasteur ne lui rendra jamais quelque hommage que ce soit, excepté à titre privé dans une lettre à Dumas auquel il avoue : « J'avais travaillé sous les yeux de ce bon M. Laurent que la mort va peut-être bientôt enlever à la science. J'étais dans l'âge où l'esprit se façonne sur le modèle qu'on lui présente[19]... » Pasteur choisit donc de s'intéresser à la cristallographie « dans la perspective du savoir que j'en tirerai pour des études chimiques[20] ». Il a lu l'abbé René Just Haüy, fondateur de la minéralogie, et son *Essay d'une théorie sur la structure des crystaux* (1784). Des corps de même structure chimique peuvent présenter des formes cristallines différentes, cristaux qui résultent selon lui de l'empilement de molécules intégrantes. Il connaît également les travaux du chimiste allemand Eilhard Mitscherlich qui montre que des corps différents peuvent avoir la même forme cristalline — ainsi les phosphates et les arséniates d'un même métal cristallisent-ils de la même façon au point d'être interchangeables dans la structure même du cristal — et démontre l'influence de la température sur la cristallisation.

Le 28 août 1847, Pasteur soutient deux thèses : l'une, de chimie, traitant de *Recherches sur la capacité de saturation de l'acide arsénieux*, l'autre, de physique, étant une *Étude relative à la polarisation rotatoire des liquides,* dont son père a financé les frais d'impression. Il obtient une mention très honorable, c'est-à-dire moyenne, mais il est docteur ès sciences alors qu'il n'a terminé ses études que depuis peu.

Cette étape franchie, il est temps pour lui de passer aux recherches sérieuses et de s'occuper attentivement de ces acides tartrique et paratartrique — que Gay-Lussac nomme aussi, dans ce dernier cas, racémique — qui sont la grande affaire du moment chez les chimistes. L'acide tartrique, ainsi que son nom l'indique, a été découvert à la fin du XVIIIe siècle dans le tartre des tonneaux de vin. L'acide racémique est plus récent. Il a été obtenu de façon accidentelle en 1820 par Kestner, un industriel de Thann, en Alsace, alors qu'il préparait de l'acide tartrique nécessaire à la fixation des colorants dans les étoffes. Les deux cristaux ont une parfaite ressemblance et le chimiste suédois Berzelius vient de démontrer qu'ils présentent la même composition moléculaire et le même poids atomique. Seule leur solubilité les différencie. Or, après avoir étudié les tartrate et paratartrate de soude et d'ammoniaque, Mitscherlich affirme que « le tartrate tourne le plan de la lumière polarisée et le paratartrate est indifférent[21] ». Étude que Biot présente à l'Académie des sciences en octobre 1844.

Peut-on réellement concevoir deux substances semblables mais ayant des propriétés différentes ? C'est alors que Pasteur a une idée formidable, celle de comparer le cristal de tartre au cristal minéral par excellence qu'est le quartz. Et donc, de traquer, dans les cristaux d'acides tartrique et paratartrique, le phénomène d'asymétrie. À l'examen, car il multiplie les expériences, il finit par remarquer que les cristaux de tartre dévient la lumière polarisée vers la droite en raison d'une de leur facette plus allongée. Alors que l'acide paratartrique comprend, lui, deux formes cristallines dont l'une dévie la lumière vers la droite — elle est identique au tartrate —, et l'autre vers la gauche. Le paratartrate est donc un composé de tartrate droit et de tartrate gauche.

Pasteur est si excité par sa découverte qu'il veut immédiatement faire une communication sur le sujet à l'Académie des sciences. Mais il faut, c'est l'usage, que celle-ci soit présentée par un membre de l'Académie. Aussi Balard lui recommande-t-il de s'adresser, à cette fin, à Jean-Baptiste Biot. Ce dernier a alors soixante-quatorze ans et est le pionnier de l'utilisation de la lumière polarisée dans l'étude des solutions. C'est également le spécialiste des propriétés optiques du quartz, dont il a démontré que, selon l'orientation de ses facettes, il dévie la lumière polarisée, soit à gauche, soit à droite. Dès 1815, il avait pu constater que certaines matières organiques comme l'acide tartrique déviaient elles aussi la lumière polarisée. Il est donc bien le scientifique approprié pour apprécier le trait de génie du jeune homme. Il est alors une sommité, professeur au Collège de France où il loge. Rendez-vous est donc pris chez lui en ce printemps 1848.

Biot lui fait immédiatement répéter ses expériences, préparer ses solutions, les faire évaporer puis les introduire dans l'appareil de polarisation. Au vu du résultat : « [...] très visiblement ému, l'illustre vieillard me prit le bras et me dit : "Mon cher enfant, j'ai tant aimé les sciences dans ma vie que cela me fait battre le cœur"[22]. » Un compte rendu est fait à l'Académie dès le mois de mai. Avant que Biot, en tant que rapporteur d'une commission d'étude composée de Balard, de Dumas, de Regnault et de lui-même, ne relate cette découverte dans la séance du lundi 23 octobre 1848 :

Le sujet de travail que M. Pasteur s'est ici proposé est un des plus élevés, probablement aussi des plus fructueux, dont les chimistes puissent s'occuper. Découvrir, dans les formes extérieures des substances cristallisables, des caractères sensibles, qui se trouvent en relation de fait avec leurs actions moléculaires, c'est donner à la science des éléments d'investigation qui, dans les circonstances où ils sont applicables, suppléent à la connaissance de ces actions mêmes... l'auteur est arrivé par cette voie à une découverte des plus imprévues et le procédé d'investigation qu'il a employé peut avoir les applications les plus fécondes[23].

Pasteur vient de fonder la stéréochimie et tous les espoirs lui semblent permis.

La grande affaire qui mobilise alors à Paris toutes les énergies du moment, notamment estudiantines, ce sont toutefois les événements de février 1848. La crise politique latente se transforme en véritable révolution dès le 25 février. Contre l'annulation d'un banquet républicain devant se tenir aux Champs-Élysées, des troubles éclatent à Paris dans le quartier de la Madeleine et à Saint-Roch. La garde nationale, mobilisée contre les Parisiens, fait défection le 23. Une fusillade éclate ce même jour boulevard des Capucines, faisant cinquante-deux morts chez les manifestants. L'émeute se transforme en révolution. Les séditieux défilent dans les rues, chargés des cadavres aux cris de « On égorge le peuple ». Des barricades sont élevées un peu partout à la faveur de la nuit. Le 24, des insurgés prennent l'Hôtel de Ville tandis que d'autres progressent dans la capitale. Louis-Philippe abdique ce même jour, cependant que Lamartine fait voter la création d'un gouvernement provisoire. Dupont de l'Eure préside, Lamartine est aux Affaires étrangères, Ledru-Rollin à l'Intérieur, Crémieux à la Justice, François Arago à la Marine avec Victor Schoelcher comme secrétaire d'État, Étienne Arago à la Poste, Hippolyte Carnot à l'Instruction publique.

Des troubles éclatent spontanément dans la plupart des grandes villes dès cette date, à Marseille, Lyon, Besançon, Limoges...

La République est proclamée le 27. Ce même

jour, Carnot annonce un projet de loi rendant l'école primaire obligatoire et gratuite tout en ouvrant largement l'enseignement secondaire. On manifeste toujours le 28 afin d'obtenir la journée de dix heures et la création d'un ministère du Travail. Les délits de presse sont amnistiés tandis que Carnot établit une Commission des études scientifiques et littéraires pour préparer la réforme de l'enseignement. Le 1er mars, les biens de la famille royale sont confisqués. Le lendemain, le temps de la journée de travail est fixé à dix heures. Le 4 mars, les corps des victimes sont enterrés sous la colonne de Juillet. La suppression du droit de timbre entraîne la prolifération des journaux. Alexandre Dumas fonde *Le Mois*, George Sand *La Cause du peuple*, Eugène Sue *La Commune de Paris*, Charles Baudelaire *Salut public*, Raspail *La Voix du Peuple*... D'autant que la censure est abolie le 6 mars. Le 27 avril, à l'instigation de Schoelcher et sur décret signé par Arago, l'esclavage est lui aussi aboli.

Le mouvement est européen. L'insurrection fait tomber Metternich à Vienne, les Milanais chassent les Autrichiens, Venise se soulève, Berlin se hérisse de barricades, Bucarest revendique, Varsovie s'insurge, Prague est dans la rue, reniant l'Autriche, Budapest sous l'égide de Kossuth se rebelle contre Ferdinand de Habsbourg... L'Europe entière s'embrase. C'est le « printemps des peuples ». Mais le 23 avril, les élections à l'Assemblée constituante ont donné la victoire aux républicains les plus modérés. Ces résultats provoquent de nouvelles émeutes à Limoges, Nantes, Nîmes, Rouen.

À Paris, le 15 mai, la gauche républicaine joue son va-tout pour dissoudre l'Assemblée nationale avec une manifestation de cent mille personnes qui défilent de la Bastille au Palais-Bourbon et l'investissent, puis marchent sur l'Hôtel de Ville. Barbès, Blanqui, Raspail sont finalement arrêtés. Les élections du 4 juin portent Louis Napoléon Bonaparte à la députation dans quatre départements. Victor Hugo est élu à Paris.

Les ouvriers des Ateliers nationaux sont licenciés et les barricades refleurissent le 23 juin à Paris. Les combats font rage. On se bat un peu partout dans la capitale. Le 24 juin, l'Assemblée, effrayée par la rue, confie les pleins pouvoirs au général Eugène Cavaignac qui mate l'insurrection. Bilan : quatre mille insurgés et seize cents soldats et gardes nationaux ont été tués. Quinze cents insurgés sont fusillés sans jugement et onze mille autres emprisonnés. Un véritable massacre et une répression sans merci.

Dans ce maelström, qui mobilise des dizaines de milliers d'individus de tout bord, que fait donc Louis Pasteur, placé aux premières loges, en plein Quartier latin, alors que l'École normale tout entière retentit des événements ? Il obéit en grande partie aux consignes de son père, affolé par les nouvelles en provenance de la capitale : « Je t'en prie, mon cher enfant, ne sors pas de chez toi, je sais bien que je n'ai pas besoin de te recommander de te tenir en dehors de toute manifestation politique, mais on peut se laisser entraîner par des amis imprudents même par la simple curiosité et devenir victime d'une démarche inconsidérée, le danger peut tout à coup se rencontrer dans le lieu où on se croyait le plus en sûreté[24]. » Pasteur demeure donc confiné dans son laboratoire avec ses expériences sur les tartrates. Comme toujours, il a travaillé d'arrache-pied et publie le 15 mai, en pleine tourmente, un *Mémoire sur les relations qui peuvent exister entre la forme cristalline, la composition chimique et le sens du pouvoir rotatoire*. Par ailleurs, dès avril, il a écrit au ministre de l'Instruction public et des Cultes pour poser sa candidature à un poste de suppléant à la chaire de chimie de la faculté des sciences de Montpellier.

Un sursaut pourtant : « Ce sont de beaux et de sublimes enseignements que ceux qui se déroulent ici sous les yeux. Je m'aguerris aussi à ces bruits de combats, d'émeutes et, s'il le fallait, je me battrais avec le plus grand courage pour la sainte cause de la République[25]. » L'envolée est belle mais sa contribution aux événements se résume à avoir fait le pied de grue au poste de chemin de fer d'Orléans comme garde national, et un don qu'il fait, en passant, à un autel de la patrie dressé place du Panthéon. Geste que Jean-Joseph voudrait qu'il rende public — « Tu as sans doute un récépissé de tes 150 fr. où est la date du jour et du bureau où tu as fait ce versement[26] » —, avec une communication aux journaux sous cette forme : « Don à la Patrie : 150 F par le fils d'un vieux soldat décoré de l'Empereur. L. P. ancien élève de l'École normale[27]. » Et surtout pour qu'on en parle à Arbois où le mouvement républicain a été très suivi et rien moins que modéré puisque le drapeau rouge a été hissé sur le clocher : « Cela mettra du vin dans nos fameux Républicains d'ici, qui pour sauver la république ne sortiraient pas, je crois, deux pièces de 5 centimes de leur bourse[28]. » Le bonapartiste sommeille toujours sous le patriote républicain modéré, surtout hostile aux légitimistes.

En mai, lorsque Louis sort enfin de chez lui, c'est pour gagner Arbois en toute hâte. Car ce 21 mai 1848, alors qu'elle noue ses lacets devant la fenêtre avant de partir à la messe, Jeanne-Étiennette Pasteur meurt d'une congestion cérébrale, comme elle a vécu, sans déranger personne. Son fils arrive trop tard pour la voir encore vivante. Et le choc est rude pour le jeune homme qui s'en veut brusquement de s'être trop consacré à ses études sans souci des siens : « [...] Et je sais d'ailleurs combien mes sœurs et mon père désirent que je m'éloigne de Paris. Ils sont dans une inquiétude continuelle. Je n'ose penser et l'on n'ose me dire que c'est là ce qui a tué ma mère[29]. »

Son père tremble de le voir retourner dans un Paris où règne l'insécurité. Lui, fier de ses succès en matière de cristallographie, se voit déjà titulaire d'une chaire à l'université dans quelque ville de province. Il lui faut cependant déchanter au plus vite, car c'est un poste au lycée de Dijon qui lui est dévolu pour la rentrée suivante, alors qu'il guignait dans cette même ville une chaire de chimie à la faculté, après en avoir espéré une à Montpellier.

Une affaire de famille

(1848-1851)

À la rentrée de septembre 1848, Pasteur rejoint donc le lycée de Dijon où il vient d'être nommé professeur titulaire et fait ses premières armes dans des classes surchargées, ce qui ne lui permet pas de s'adonner à sa passion de la recherche. Il se heurte au pénible quotidien des lycées de son temps. « Ne penses-tu pas, qu'on a tort de ne pas limiter à cinquante au plus le nombre des élèves ? C'est avec peine que je puis exciter l'attention de tous à la dernière demi-heure. Je n'ai trouvé qu'un moyen que je vais appliquer, c'est de multiplier beaucoup les expériences à la fin de la classe[1] », se plaint-il à Chappuis. Les classes en effet peuvent comprendre quatre-vingts, comme dans sa classe de physique, voire quatre-vingt-dix élèves, quelle que soit la matière !

Mais surtout, Pasteur se sent à l'étroit, et dans la ville et dans l'enseignement secondaire. Il ne rêve que de retourner à Paris et à ses chères expériences sous l'égide de Jean-Baptiste Biot. « Je ne puis matériellement rien faire ici, et si je ne suis pas nommé à Besançon, je retourne de suite à Paris, préparateur. Mon père y consentira, surtout s'il n'y a pas d'émeute après la nomination du Président[2] ».

Il se démène comme un beau diable pour échapper à sa condition de petit professeur de province. Il est vrai qu'il a trouvé deux alliés dévoués, et de poids, Balard et Biot, qui courent les ministères et le Grand Conseil de l'Université pour tirer leur poulain de ce mauvais pas.

Coup de chance, il se trouve qu'à Strasbourg Jean-François Persoz, titulaire de la chaire de chimie, se met en congé, car il ambitionne un poste à Paris. Son suppléant est très vite trouvé et Pasteur, pourtant à peine entré en poste au lycée, peut quitter sans tarder la Bourgogne pour l'Alsace.

À la mi-janvier 1849, sans même attendre d'être remplacé, il débarque tout de go à Strasbourg, où il s'installe rue des Pêcheurs, près de la faculté, dans la maison qu'habite déjà Pierre-Augustin Bertin, son condisciple au collège royal de Besançon puis à Normale. Bertin occupe à la faculté la chaire de physique alors que Pasteur vient d'être nommé professeur suppléant de chimie. Ce n'est pas le poste ambitionné à Normale malgré les efforts qu'a déployés Biot pour le lui obtenir, mais ce n'est plus le lycée de province et ses élèves de seconde, avec l'impossibilité d'y poursuivre quelque recherche que ce soit.

À peine est-il arrivé que le recteur de la faculté, Charles Laurent — lequel n'a aucun lien de parenté avec Auguste Laurent —, invite chez lui les professeurs pour une visite de courtoisie. Il est marié et vit avec sa femme et deux de ses filles, son unique garçon, Henri, qui fréquentait à Paris les poètes, étant mort cinq ans plus tôt, à vingt-trois ans, d'une fièvre typhoïde. La visite officielle est à peine terminée que Louis décide de demander au recteur, sans y avoir été encouragé par quiconque, la main de l'une des demoiselles. Il semble si sûr de son fait qu'il ne se donne même pas la peine de préciser sur laquelle des deux jeunes filles il a jeté son dévolu. Sa lettre de demande en mariage est tout bonnement extraordinaire, pour un jeune homme qui n'a aperçu qu'une seule fois celle qu'il veut épouser, à qui il n'a pas demandé son avis et dont il a à peine entrevu la famille. On imagine aisément la stupeur du destinataire.

Le ton est sérieux, abrupt, presque clinique. Il ne s'agit ni de passion ni d'inclinaison. Un simple constat, lui étant un jeune scientifique plein d'espérances, elle, éduquée dans le sérail, fille d'un universitaire qui a fait une belle carrière.

Certes, à l'époque, les mariages demandent des entremetteurs, le rapprochement des familles se fait autour d'un intérêt commun. Et ce, dans tous les milieux sociaux. Les marieuses ont tout pouvoir jusque dans les campagnes les plus reculées. Mais que peut espérer le fils d'un tanneur en matière d'intermédiaire dans le monde universitaire ? Pasteur, que l'on dit timide, sait ce qu'il veut et prend son destin en main sans tergiverser. Lorsqu'il s'agit de décision, le jeune homme est un rapide et le sera toute sa vie, qu'il s'agisse de mariage, de candidature à un poste, de sollicitation pour une fonction honorifique ou de subventions pour ses recherches, de débats avec ses pairs ou d'expérimentations scientifiques. Il n'hésitera jamais à prendre la plume, même pour les motifs les plus banals. Il faut dire aussi qu'il écrit bien, sans fioriture aucune, en allant droit au but et sans ménagement, ne serait-ce que par courtoisie pour son destinataire, ce qui ne lui fera pas que des amis. Quoi qu'il en soit, il n'est pas à Strasbourg depuis un mois qu'il décide déjà de son mariage avec une parfaite inconnue :

Strasbourg, 10 février 1849

Monsieur,

Une demande d'une haute gravité pour moi et pour votre famille vous sera faite sous peu de jours ; et je crois de mon devoir de vous adresser les renseignements suivants qui pourront servir à décider votre acceptation ou votre refus.

Mon père est tanneur à Arbois, petite ville du Jura. J'ai trois sœurs. La plus jeune à l'âge de trois ans a eu une fièvre cérébrale qui a arrêté chez elle tout développement d'intelligence. C'est une enfant pour l'intelligence, une grande personne pour le corps. Nous devons la placer prochainement dans un couvent où elle passera sans doute le reste de ses jours. Mes deux autres sœurs remplacent auprès de mon père, pour les soins du ménage et du commerce, ma mère, que nous avons eu le malheur de perdre au mois de mai dernier.

Ma famille est dans une position aisée, mais sans fortune. Je n'évalue pas à plus de cinquante mille francs ce que nous possédons ; et, quant à moi, je suis décidé depuis longtemps à laisser intégralement à mes sœurs tout ce qui me reviendra en partage. Je n'ai donc aucune fortune. Tout ce que je possède c'est une bonne santé, un bon cœur et ma position dans l'Université.

Je suis sorti il y a deux ans de l'École normale, agrégé pour les sciences physiques. Je suis docteur depuis dix-huit mois et j'ai présenté à l'Académie des sciences quelques travaux qui ont été très bien accueillis, le dernier surtout. Un rapport très favorable que j'ai l'honneur de vous remettre en même temps que cette lettre, a été fait sur ce travail.

Voilà, Monsieur, toute ma position présente. Quant à l'avenir, tout ce que je puis en dire, c'est que, sauf un changement complet dans mes goûts je me consacrerai à des recherches chimiques. J'ai l'ambition de revenir à Paris lorsque par mes travaux scientifiques je me serai acquis quelque réputation. M. Biot m'a parlé plusieurs fois de songer sérieusement à l'Institut. Dans dix ou quinze ans peut-être je pourrai y songer si je continue à travailler assidûment. De ce rêve autant en emporte le vent ; ce n'est pas lui du tout qui me fait aimer la science pour la science.

Mon père viendra lui-même à Strasbourg faire cette demande en mariage. Personne ici ne connaît ma démarche et je suis assuré, Monsieur, que si vous me refusez, sans rien perdre de votre estime, ce refus ne sera connu de personne.

Recevez, Monsieur, l'assurance de mon profond respect et de mon dévouement.

Louis Pasteur.

J'ai eu 26 ans le 27 décembre dernier[3].

C'est un modeste mais qui sait se mettre en valeur, en glissant notamment le nom de Jean-Baptiste Biot, caution scientifique et morale de premier plan pour le recteur d'Académie qu'est Charles Laurent, et ses perspectives d'entrer à l'Institut, c'est-à-dire à l'Académie des sciences, ambition pourtant démesurée pour un tout jeune homme qui est bien loin d'avoir fait ses preuves.

Aucune réponse n'est encore arrivée qu'il confie à son ami Chappuis, le 1er mars : « Quelles idées vous viennent en province ! Voilà que je pense à me marier, moi qui voulais attendre à trente ans.

C'est sérieux et il est probable que j'épouserai l'une des filles de M. Laurent, Recteur de l'Académie de Strasbourg, si l'on m'accepte. J'en ai déjà parlé à mon père[4]. » L'affaire pour lui est donc bien engagée.

L'histoire ne dit pas quelle a été la réaction de Charles Laurent à la réception de cette lettre. Sans doute assez déconcerté, on l'imagine aisément. Toujours est-il qu'il n'y répond pas. Du moins pas assez vite au gré de l'impétueux prétendant. Aussi, le 31 mars, veut-il forcer sa chance et contourner l'apathie du recteur en écrivant à Mme Laurent et à Marie, sa fille. À la première, il déclare reconnaître ne pas être vraiment ce dont rêve une jeune fille : « Je crains surtout, et c'est pour cela que je vous écris ces quelques mots, qu'elle ne s'attache trop à ses premières impressions qui ne peuvent m'être que défavorables ; car je sens bien que je n'ai rien de ce qui, tout d'abord, plaît à une demoiselle chez un jeune homme. Mais mes souvenirs me disent que quand j'ai été beaucoup connu des personnes, elles m'ont aimé[5]. » Auprès de la seconde, il plaide : « Tout ce que je vous demande, Mademoiselle Marie, c'est de ne pas me juger trop vite : vous pourriez vous tromper. Le temps vous dira que sous ce dehors froid et timide qui doit vous déplaire il y a un cœur plein d'affection pour vous et dont tout le bonheur sera dans votre estime et dans votre amitié sincère[6] ». Le timide semble au contraire bien effronté, du moins sur le papier, mais il signe discrètement : « Votre meilleur ami[7]. »

Ils se revoient probablement chez la jeune fille

car, trois jours plus tard, le toujours meilleur ami s'enflamme quelque peu : « Ma chère Marie, Je crois avoir la certitude maintenant que vous m'aimerez. N'était-ce pas en effet d'un bon cœur qu'hier en me quittant vous m'avez donné la main. Oh merci, merci mille fois si vous m'aimez. C'était là toute mon inquiétude. Depuis la mort de ma pauvre mère je n'avais jamais tant pleuré que ces nuits dernières. Je me réveillais pensant que vous ne m'aimeriez pas, et puis je pleurais, et puis je préparais la triste lettre où je vous disais mes adieux[8]. » Qui aurait pu le croire capable d'accents lamartiniens ? D'élans romantiques et sentimentaux ? Et, démonstration suprême de son indéfectible attachement, ces mots de jeune chercheur : « Mon travail n'est plus rien, moi qui aimais tant mes cristaux, moi qui désirais le soir que la nuit fût très courte pour être plus tôt à mes études[9]... » On ne saurait être plus galant. Quelle jeune fille de bonne famille universitaire ne succomberait à cet argument massue de scientifique métamorphosé en amoureux transi, au point de délaisser ses expériences ? Il fallait bien qu'elle dise oui.

L'affaire, toutefois, a été rondement menée puisque, trois mois après l'avoir rencontrée, Louis Pasteur épouse Marie Aimé Laurent le 29 mai 1849 en l'église Sainte-Madeleine. Encore a-t-il fallu que Charles Laurent, inquiet de ne pas voir arriver son futur gendre à la cérémonie, ait dû envoyer quelqu'un le chercher. Le jeune homme, absorbé par ses cristaux, était en train de laisser passer l'heure !

L'indispensable voyage de noces se déroule dans le pays badois où les deux tourtereaux sont rapidement rejoints par les beaux-parents Laurent et leur fille cadette Amélie. Rien à signaler lors de ce petit périple sinon le voyage de retour en chemin de fer. Celui-ci est en effet attaqué par des soldats badois révoltés qui cherchent à châtier un de leurs officiers, passager du train. Plusieurs coups de feu sont tirés en direction des wagons, le chauffeur est blessé à la cuisse mais il y a plus de peur que de mal pour les jeunes mariés. Qui peuvent enfin s'installer chez eux à Strasbourg, dans la maison Heiligenthal, 3 bis rue des Veaux.

Il a vingt-six ans, elle en a vingt-trois, et passera désormais sa vie à ses côtés, menant sa maison, élevant ses enfants, prenant des notes sous la dictée de son savant de mari, effectuant les démarches qu'il ne pourra faire, écrivant les lettres qu'il n'aura pas le temps d'écrire, dépouillant et collectant les articles de presse à sa gloire comme à sa charge. Sans jamais récriminer, au dire de ses proches, entièrement dévouée à la carrière et aux recherches de son époux. Ce que résume assez bien ce qu'elle écrira beaucoup plus tard à sa fille Marie-Louise : « Votre père toujours fort occupé me parle peu, dort peu, se lève dès l'aurore, en un mot continue la vie que j'ai commencée avec lui, il y a trente-cinq ans aujourd'hui[10]. »

En choisissant Marie Laurent, Louis Pasteur avait-il en tête ce que lui écrivait son père cinq ans plus tôt, à l'occasion du mariage d'une jeune fille d'Arbois : « Celle-ci aussi fera une bonne ménagère, première qualité à chercher dans une femme, plus difficile à rencontrer qu'on ne le pense, car en général elles sont étourdies et légères, très disposées à chercher le bonheur où elles ne le rencontrent jamais. Hors l'intérieur de la famille, il n'y a pour la femme que dépit, souvent de la honte. Je crois te l'avoir déjà assez dit, le choix d'une femme exige une grande prudence, ce n'est pas petite chose qu'un tel marché[11]. » Il conclut même son propos par une verve qui ne lui est pas coutumière, surtout lorsqu'elle a une connotation anticléricale : « S'il y avait des prêtres pour démarier, tous les mariés, ou peu s'en faut, s'accordent à dire qu'ils auraient une grande vogue. Si ces prêtres avaient seulement cinq francs par acte, la place serait plus lucrative que celle d'un archevêque[12]. »

Marie Pasteur, en tout cas, ne se contentera pas du ménage, et sa vie, à l'égal de celle de son époux, comprendra peu de répit, comme le dénote un autre courrier à sa fille, expédié de leur maison familiale d'Arbois : « Ton père vient seulement de me laisser libre. Il a fallu écrire encore une fois une Note qui est longue et la collationner... Il faut à présent passer à deux autres communiqués, moins importants, mais très intéressants. L'Académie verra comme on prend ses congés à Pâques ! En somme, ton père aura été beaucoup plus occupé ici qu'il ne l'est à Paris où les allants et venants le dérangent souvent. Ici, ses journées sont complètes, à part le temps, toujours trop court, que je lui arrache pour la promenade[13]. » Il n'est jusqu'à la petite-fille du couple, Camille, âgée de dix ans, qui bien des années plus tard se rendra compte elle aussi à quel point sa grand-mère est indispensable au savant. En reprochant de manière incisive à son grand-père, abasourdi, de ne pas assez lui rendre grâce : « Ma chère Marie, Camille m'a dit : Tu commenceras ainsi ta lettre à grand'mère : Enfin, je te rends justice. Pourquoi cet enfin ? C'est presque une injure. Elle a très raison, moins cet enfin. Il y a longtemps, très longtemps que je te rends justice de toute manière et tu serais la première à le dire. Mais les enfants ne croient qu'aux choses qu'ils entendent chaque jour[14]. »

Quant aux collaborateurs de Pasteur, ils la considéreront avec amitié et respect, comme une « rude bonne femme[15] » et sauront faire appel à son pouvoir de persuasion sur son époux quand il s'agira de mettre un peu d'huile dans les rouages. C'est Émile Roux qui rendra sans doute le plus bel hommage à l'abnégation de Marie Pasteur lorsqu'à la mort de celle-ci, en 1910, il prononcera son éloge funèbre en ces termes : « Madame Pasteur restera comme le modèle de la femme du savant, et c'est le plus bel éloge qu'on puisse lui faire. Car pour mériter ce titre, il ne suffit pas d'aimer son mari et de supporter avec lui les bons et les mauvais jours, il faut être dévouée jusqu'au renoncement et ne jamais s'offusquer que la science soit dominatrice. Il faut assumer les soucis du ménage afin de laisser à l'époux sa liberté d'esprit pour les recherches et avoir l'intelligence de comprendre la portée de celles-ci[16]. » Surtout lorsque l'on est l'épouse d'un homme plutôt tatillon, soucieux de son image, qui récrimine sur beaucoup de choses et notamment sur l'entretien de ses vêtements : « Je porte encore ma chemise de voyage. 1re chemise : bouton de col parti. 2e chemise : dessous du bouton déchiré. 3e chemise : bouton si serré contre le calicot que je ne puis le saisir. Oh ! Femmes ! que vous savez peu ce qui convient à vos maris[17] ! »

Son dévouement sans borne repose sur la conscience qu'elle a très tôt eue d'avoir épousé un scientifique de génie dont elle n'hésite pas à écrire à Jean-Joseph Pasteur à propos d'expériences en cours : « Vous savez que celles qu'il entreprend cette année doivent nous donner, si elles réussissent, un Newton ou un Galilée[18]. »

La cour que Pasteur mène tambour battant ne l'empêche toutefois pas, en dépit de ses nuits de larmes, de continuer ses recherches. C'est ainsi que le 11 février, au lendemain même de sa téméraire demande en mariage, il écrit à Kestner, l'industriel de Thann découvreur de l'acide paratartrique, ou racémique, une requête de quelques kilogrammes de cet acide qu'il accompagne de son mémoire portant sur les relations existant entre forme cristalline, composition chimique et sens de la polarisation rotatoire. C'est qu'il compte bien reprendre ses recherches sur les cristaux en étroite collaboration avec Biot à qui il ne manque jamais de communiquer l'état de ses travaux. Ni de commencer ses cours dont il n'est pas mécontent ainsi qu'il le relate à Chappuis : « Mes deux premières leçons préparées avec soin dans la forme n'ont pas été bonnes, mais je pense que les suivantes ont dû satisfaire. Mon cours est du reste très agréable, car il est très suivi, et je sens que je fais des progrès[19]. »

Les élèves ne sont peut-être pas tous de cet avis si l'on en croit Auguste Scheurer-Kestner. Ce dernier, gendre de l'industriel Kestner, aura lui-même affaire à Pasteur en lui envoyant en mai 1871, en pleine guerre franco-prussienne et alors que l'Alsace est sous la botte prussienne, de l'acide paratartrique. Dans ses *Souvenirs de jeunesse*, ce scientifique, chimiste réputé et industriel alsacien, vice-président dreyfusard du Sénat, ami de Clemenceau, qui connut bien élèves et professeurs de l'université de Strasbourg, écrira en 1905 :

> Il est difficile de rêver un professeur plus mal doué que notre grand Pasteur à cette époque ; il bégayait, ânonnait, cherchait ses phrases et ses mots qu'il trouvait au prix des plus pénibles et des plus visibles efforts. « Euh ! Euh ! » Le pauvre Pasteur, timide et gêné, n'osait lever les yeux, ni paraître entendre le cruel accompagnement dont chacune de ses phrases était scandée. On eût bien étonné, à cette époque, les élèves et même les professeurs de Strasbourg si on leur avait annoncé que Pasteur serait un jour une des plus hautes gloires scientifiques de la France et du monde. Quelle force de volonté fallut-il à l'illustre savant pour se guérir de cette terrible infirmité[20].

Tout semble alors réussir à Pasteur, entouré de sa femme et de sa sœur Joséphine qui était venue le rejoindre, pour s'occuper de lui et de son ménage dès le début 1849. Mais cette dernière souffre d'épouvantables douleurs au poumon droit, symptômes de tuberculose. Elle doit donc regagner Arbois où après de nombreux mois de souffrances, elle meurt le 15 novembre 1850, malgré les encouragements de son frère : « Tu es dans une mauvaise crise mais qui passera. Il est certain que tu as un poumon malade, mais tu sais que l'on vit très bien avec un seul poumon, et du côté gauche, tu n'as pas mal du tout[21]. »

Cette année 1850 apporte d'autres déboires. La loi Falloux est adoptée à la Chambre par 399 voix contre 237. Cette loi favorise l'accès du clergé à l'enseignement en dispensant les membres des congrégations du baccalauréat pour enseigner. Une simple lettre d'obédience y suffira. Elle entraîne la multiplication des écoles confessionnelles et les recteurs perdent une grande partie de leur autorité, l'université étant dépossédée de sa personnalité civile, l'évêque devenant de droit membre du conseil académique. L'enseignement, du primaire au supérieur, est dans la main et sous le contrôle de l'État et de l'Église. Car il est, aux yeux du pouvoir en place, le terreau où croît l'athéisme et le vecteur de l'insubordination. Qu'est-ce que le savoir sans le salut des âmes ?

À Strasbourg, c'est la consternation dans la famille. Il est sûr que Charles Laurent, esprit libéral, ne pourra garder longtemps son poste de recteur. Et que tout son entourage en pâtira. Car on lui reproche déjà de ne pas avoir suffisamment muselé les enseignants relevant de sa juridiction.

Bien que catholique et, surtout, fervent admirateur de Louis Napoléon Bonaparte, prince-président, Pasteur n'en est pas moins consterné et s'en ouvre à Chappuis : « Les recteurs vont être les valets des Préfets. L'Université est pauvre. Elle se soumettra à toutes les exigences de ces profonds politiques qui ne savent que destituer[22]. »

Le délégué chargé de faire appliquer les nouvelles normes et de mettre de l'ordre dans l'université de Strasbourg, le préfet Auguste Romieu, ancien élève de Polytechnique et auteur de vaudevilles, note dans son rapport : « L'action du recteur est peu ou point sensible. Il faut le remplacer par un homme sûr[23]. » L'affaire est entendue. Charles Laurent est, en représailles, nommé recteur à Châteauroux. Un exil auquel il réplique en démissionnant, prenant sa retraite de la fonction publique à cinquante-cinq ans.

Néanmoins, en dépit de ses craintes, cette mise à l'écart de son beau-père n'entrave en rien l'avancement de Pasteur qui, par ailleurs, ne proteste pas contre cette destitution, notamment auprès de ses amis scientifiques parisiens qui pourtant, ils l'ont prouvé, ont le bras long dans le milieu universitaire.

Il est même nommé professeur titulaire de la chaire de chimie de la faculté des sciences de Strasbourg après la renonciation à ce poste de Jean-François Persoz. Ce dernier est entre-temps devenu le remplaçant de Jean-Baptiste Dumas à la Sorbonne et le titulaire d'une chaire de chimie industrielle au Conservatoire national des arts et métiers.

Tout s'arrange donc pour le mieux. Et le jeune ménage n'a plus de crainte à avoir. Onze mois après son mariage, Pasteur devient père d'une petite fille, Jeanne, née le 2 avril 1850, et dix-huit mois plus tard, le 8 novembre 1851, d'un garçon que l'on prénomme Jean-Baptiste, comme son parrain qui n'est autre que Biot. Les jeunes parents découvrent que les bébés ne sont pas une sinécure, qu'ils pleurent, sont malades, toussent et font dans leurs culottes à tout propos. Leurs lettres à Jean-Joseph Pasteur en témoignent. Au point que Marie Pasteur exprime même le souhait de n'avoir pas plus que ces deux enfants : « Depuis que je vous ai écrit je vous ai fait grand-père pour la seconde fois, et fort heureusement pour nous, grand-père d'un petit garçon que nous désirions beaucoup ayant déjà la fille. Maintenant que nous n'avons plus rien à souhaiter, j'espère que nous nous en tiendrons là le plus longtemps possible[24]. » D'autant qu'être père de famille n'est pas une situation de tout repos pour un chercheur acharné. Marie écrit à son beau-père, toujours anxieux de la santé et de la surcharge de travail de Louis : « Vous avez tort de supposer que Louis commence à s'ennuyer des cris de ses deux enfants. C'est un père de famille modèle, qui tout en travaillant beaucoup trouve encore le moyen de consacrer chaque jour un instant à bercer son nouveau-né et à prendre soin de sa fille si je ne peux pas le faire[25]. »

C'est à cette époque qu'apparaît dans la famille Adrien Loir, un normalien nommé professeur à l'École de pharmacie de Strasbourg qui va travailler avec Pasteur dans son laboratoire et épouser Amélie Laurent, la sœur cadette de Marie Pasteur. Autant dire qu'à cette époque strasbourgeoise la recherche devient une véritable affaire de famille.

Au cours de l'été 1851, qu'il passe à Arbois, Pasteur monte à Paris avec son père et l'amène chez les Biot en toute simplicité. L'amitié entre le vieux savant et son jeune disciple rapproche les deux familles. Pour les remercier de leur accueil, Jean-Joseph Pasteur, de retour à Arbois, leur expédie des fruits de son jardin. Biot le remercie, et, à son tour, lui écrit : « L'accueil que nous vous avons fait a été de notre part aussi cordial que sincère, car nous ne pouvions pas, je vous assure, voir sans un profond intérêt, un si bon et honorable père, réuni à notre modeste table, avec un fils, si bon lui-même et si distingué. Je n'ai jamais eu l'occasion de témoigner à cet excellent jeune homme d'autres sentiments que ceux d'une estime fondée sur son mérite, et d'une affection inspirée par son caractère[26]. »

Dans cette lettre, un rien formelle, transparaissent tout l'intérêt et toute l'amitié que le célèbre physicien porte à son jeune émule.

À la poursuite du racémique
(1852-1854)

Jean-Baptiste Dumas, qui est tenu au courant des recherches de Pasteur par Balard et Biot, est tenté de faire décerner au jeune homme la Légion d'honneur. L'attente de Pasteur, impatient de se voir reconnu, est à son maximum et il ne peut s'empêcher de protester en février 1852 : « ... Mais je trouve plus étrange encore que le chimiste le plus célèbre de l'Europe, devenu ministre, sollicitant la croix pour un humble professeur de chimie, ne l'obtienne pas[1]. » Et il faut toute la diplomatie de Biot pour empêcher Pasteur de manifester son amertume et de se répandre en protestations. Les décorations, lui affirme-t-il, seront pour plus tard, lorsqu'il aura véritablement fait ses preuves.

Avec Kestner à portée de main, Pasteur s'est sérieusement remis à ses recherches en cristallographie. De Paris, Biot l'y encourage, ainsi que le vieil ami de celui-ci, le physicien et minéralogiste Henri Hureau de Sénarmont, spécialiste de la conductibilité des cristaux. Ce dernier propose même à Pasteur de devenir correspondant de l'Institut en physique. Ce qui séduit naturellement le jeune homme qui refuse pourtant, sous l'amicale pression de Biot. Celui-ci l'assure que ce n'est pas dans ses compétences et que mieux vaut attendre quelque fonction dans sa sphère de recherche, à savoir la chimie. De même qu'il l'incite à demeurer à Strasbourg alors que Pasteur piaffe de retourner dans la capitale : les travaux de recherche avant tout ! Biot lui organise une séance à l'Académie dont il se fait le rapporteur.

Pasteur profite des vacances universitaires d'été de 1852 pour se rendre à Paris, rencontrer ses mentors et préparer un rapport pour l'Académie. D'autant qu'il n'est plus en poste à Strasbourg et qu'il attend fébrilement une nouvelle affectation. Sa famille, femme et enfants, s'installe chez les Laurent, 24 rue Saint-Sébastien, tandis qu'il prend ses quartiers à l'hôtel de l'Empereur Joseph II, rue de Tournon, situé face au Sénat. Il lui faut un environnement paisible pour faire face aux séances à l'Académie des sciences sans avoir à supporter le tracas des enfants, d'autant que l'un perce ses dents alors que l'autre est en proie à d'inextinguibles diarrhées.

La séance à l'Académie se passe formidablement bien : « Mon travail a été parfaitement accueilli. Je puis te dire même qu'il a fait sensation parmi les savants. On m'en a fait beaucoup de compliments, excepté quelques personnes qui trouvent probablement que je commence à compter un peu trop[2]. »

Le 22 août, grande rencontre, celle de Mitscherlich, venu à Paris comme correspondant de l'Académie des sciences, et que Biot tient à mettre en relation avec lui. Il est accompagné du minéralogiste Gustav Rose. Au Collège de France, ils se penchent tous trois sur les fameux cristaux, observant, mesurant angles et facettes, passant du tartrique au racémique avec des mines gourmandes de passionnés de cristallographie. C'est l'enthousiasme de la part des deux Allemands qui ne peuvent que saluer les expérimentations de Pasteur et ses conclusions : « Je suis resté dimanche dernier pendant 2 heures 1/2 avec eux au Collège de France à leur montrer mes cristaux. Ils ont été fort heureux et m'ont parlé avec beaucoup d'éloges de mes travaux[3]. »

Quelques jours plus tard, le baron Louis Jacques Thenard donne un dîner en l'honneur de Mitscherlich. Le baron est un des chimistes les plus distingués du temps, auteur d'un manuel de chimie qui fait autorité, découvreur, entre autres, du silicium, du bleu de cobalt — ou bleu de Thenard — et de l'eau oxygénée. Être invité à ce dîner est pour Pasteur comme pénétrer dans le Saint des Saints. Il n'y a là que des sommités scientifiques, membres ou correspondants de l'Académie des sciences blanchis sous le harnois, Dumas, Mitscherlich, Rose, Chevreul du Muséum d'histoire naturelle, Bussy, directeur de l'École de pharmacie, Regnault professeur au Collège de France... Mitscherlich porte un toast au jeune savant — « Nous avions tant et tant étudié ces cristaux que nous sommes persuadés que si vous n'aviez pas trouvé en les observant de nouveau ce fait si remarquable, notre découverte serait restée ignorée pendant un temps considérable[4]. » — qui, devant ce prestigieux cénacle, joue les modestes. Il a eu beaucoup de chance, celle notamment d'avoir bénéficié de l'acide paratartrique de Kestner. En réponse à ces éloges, il insiste par ailleurs sur le fait que cet acide s'épuise à Thann et que, bientôt, il devra abandonner ses recherches, faute de matière première. Mitscherlich lui affirme qu'un industriel saxon en fabrique communément à partir de tartre dont il se fournit en Italie, à Trieste. Pour Pasteur, c'est une révélation, il lui faut partir sans attendre à sa recherche. D'autant que la Société de pharmacie vient de mettre au concours, pour l'année suivante, la possibilité de production de l'acide racémique. Le prix de quinze cents francs qui y est attaché est un aiguillon supplémentaire.

Il lui faut partir : « Mais ce que j'ai retiré de plus utile et de plus agréable de la rencontre de ces messieurs, c'est l'annonce d'un fait important, à savoir qu'il y a un fabricant d'Allemagne qui obtient de nouveau de l'acide racémique. J'ai aussitôt conçu le projet d'aller le voir lui et ses produits et d'étudier à fond l'origine de ce singulier corps[5]. »

Il faut bien financer l'entreprise. Marie s'oppose fermement à ce que le jeune ménage y laisse ses économies. Louis demande donc de l'aide à son père, comme au bon vieux temps de ses études où la modeste bourse du tanneur lui était toujours largement ouverte : « Si tu avais quelques centaines de francs dont tu ne fasses rien et dont tu n'aies pas besoin du tout d'ici à deux mois j'aimerais mieux avoir obligation auprès de toi qu'auprès des autres. Marie peut me donner 200 francs en partant, et elle m'enverrait un peu plus tard ce que tu nous prêterais. 300 francs suffiraient car je ne pense pas dépenser pendant les trois premières semaines plus de 500 francs, et Marie touchera nos rentes à la fin de septembre[6]. » Il n'en aura pas besoin. Jean-Baptiste Dumas lui trouve une mission officielle, celle de visiter les laboratoires allemands, et le financement qui l'accompagne... Il part donc le 9 septembre 1852, en pleine saison viticole, avec l'assurance que le fabricant allemand lui réservera bon accueil.

Son voyage a tout du parcours initiatique, de la recherche d'un Saint-Graal, l'acide racémique, mystérieuse chimère que personne ne sait reconnaître, ne sait discerner, que l'on confond avec d'autres, qui se dérobe à chacune de ses étapes pour l'entraîner toujours un peu plus loin, dans un ailleurs tout de promesses, ainsi qu'il l'expose avec clairvoyance à son père : « Tu sais bien que je cherche la pierre philosophale et tu n'es pas sans avoir lu toutes les joies puis toutes les déceptions de ces alchimistes qui m'ont devancé. Ils croyaient toujours qu'ils étaient à la veille de la trouver. J'en suis là. Ils sont morts à la tâche. J'espère bien que mon zèle ne faillira point avant l'heure dernière[7]. » Il ira visiter des mines, des fabriques, des collections de minéralogie, rencontrer d'éminents professeurs, toujours en quête d'un racémique qui s'esquivera à tout instant.

Ses lettres à Marie, qu'il rédige à chaque halte, en témoignent qui, par ailleurs, peuvent être très terre à terre. Il y évoque ses déboires financiers et parle du confort des trains dont il vante l'excellence en Allemagne : « Prix modiques, très peu de secousses et les secondes places fort bonnes. Il n'y a aucune exagération à dire que dans le royaume de Hanovre et dans le duché de Brunswick les secondes places valent mieux que les premières en France. Il y a le même luxe et on est mieux assis[8]. » Il va même jusqu'à détailler pour sa femme ses plus minimes achats, chambre à un franc vint-cinq, dîner à deux francs, produits chimiques : « Il me reste en ce moment 316 fr.[9]. »

Mais il est tellement obnubilé par sa traque qu'il en arrive à signer : « À toi et à la Science pour la vie[10]. » Quant aux beautés des paysages ou du patrimoine, il n'en est question que dans les villes où n'existe nulle trace d'acide racémique. Alors il peut s'adonner à quelque visite, le palais royal et le passage Saint-Hubert à Bruxelles parce que le train s'y arrête quatre heures, le Rhin à Cologne, la vieille ville de Hanovre. Ou celle de Magdebourg. Mais quand il arrive à Zwickau deux jours après son départ, il n'est plus question de tourisme, seulement de la fabrique de ce fameux Fikentscher qui a obtenu de l'acide racémique, et qui l'accueille très courtoisement. C'est « un homme très instruit et il m'a fait voir toute sa fabrique avec les plus grands détails, sans avoir le moindre secret pour moi[11] ». Mais pour ce qui est de l'acide racémique, il en a fabriqué en grande quantité vingt-cinq ans auparavant et n'en produit pratiquement plus. Toutefois, Pasteur avise une cuve couverte de cristaux parmi lesquels il lui semble distinguer des cristaux très effilés, que Fikentscher lui assure être des cristaux d'acide racémique. Pasteur s'empare de quelques échantillons qu'il pense, à tort, être peut-être du sulfate de chaux.

L'industriel fait venir ses tartres soit d'Autriche, soit d'Italie, de Trieste plus précisément. Pasteur recueille des cristaux de tartre provenant de ces deux sources. Comme il ne dispose pas de laboratoire à Zwickau, il se rend à Leipzig avec ses deux tartres, cadeaux de M. Fikentscher, pour pouvoir les étudier tout à loisir dans le laboratoire du docteur Erdmann, professeur de chimie de l'université. Ils ne renferment qu'une proportion microscopique d'acide racémique. Mais, ainsi que Fikentscher le lui a appris, ces tartres ont déjà subi une opération de raffinage avant d'arriver à Zwickau. Pasteur en conclut immédiatement que c'est certainement ce qui leur fait perdre en grande partie leur acide racémique et non leur nature ou leur origine géographique comme il le pensait précédemment. Et qu'il aurait donc besoin, pour ses expérimentations, de recourir au tartre brut : « Déjà j'entrevois bien l'histoire de ce produit. M. Kestner aura eu en 1820 à sa disposition des tartres de Naples, ce qu'il a publié en effet, et il aura opéré sur le tartre brut[12]. » Mais encore faut-il le prouver.

Bredouille à Zwickau, il est plus décidé que jamais de poursuivre sa quête en se rendant à la source du tartre brut et de chasser le racémique jusqu'au bout du monde si nécessaire : « Je le poursuivrai dix ans s'il le faut, mais il ne les faudra pas[13]... » Ce qui entraînera forcément des frais supplémentaires « Demain ou après-demain au plus tard je t'écrirai de nouveau quelques lignes pour te donner des indications précises sur la manière de m'envoyer tout de suite les 400 francs qui compléteront les 1.000 francs que j'ai à dépenser. Il ne faut pas que je m'embarque pour Trieste sans de nouvelles ressources. Je regarde comme certain que les 1.000 francs me suffiront. Mais j'ai besoin de faire des économies et de ne pas acheter de produits. M. Fikentscher ne veut rien accepter pour les siens[14]. »

Il apprend à Leipzig qu'une raffinerie de tartres de Venise pourrait aussi lui en procurer et il espère bien pouvoir s'y rendre, avec ses lettres d'introduction, par bateau à vapeur au départ de Trieste : « Je verrai la mer enfin et je la verrai à Venise pour la première fois. Oh ! je t'écrirai de là-bas. J'irai en songeant à toi voir le palais des Doges, la galerie des portraits et le voile noir qui remplace celui de Marino Faliero. Je me souviendrai alors de la vive impression que nous a fait éprouver la lecture de l'histoire dramatique de ce doge. Enfin je ne sais pourquoi, mais il me semble que dans cette ville on doit éprouver des émotions extraordinaires[15]. » Et dans une lettre suivante : « Je voulais te dire que j'irai loger à l'hôtel Albergo Danieli près de la place St-Marc, dans le plus beau quartier de Venise. J'y ferai des économies et je te rapporterai si ma bourse me le permet des points de Venise[16]. » Et d'ajouter plus prosaïquement : « Je m'étonne que tu n'aies pas eu l'idée d'ajouter à la somme que tu m'envoyais plutôt que d'y retrancher[17]. »

Il se vante auprès de sa femme, qui connaît son époux sur le bout des doigts, et notamment son absence totale de débrouillardise dans les petites affaires quotidiennes, de s'en sortir plus qu'honorablement : « Ma négligence a des bornes et je puis t'apprendre non sans fierté que de Paris à Leipsick et Zwickau je n'ai égaré la moindre chose. Ce n'est pas peu dire. Car Dieu sait tous les changements de voiture, toutes les haltes, etc... sur une aussi longue ligne de chemin de fer. Joins à cela mon ignorance de la langue, ignorance qui ne durera pas, je t'assure[18]. »

C'est Marie que, pendant son absence, il charge de toutes les démarches, notamment en ce qui concerne ses nominations possibles, à Strasbourg ou à Dijon : « Je regarde comme presque certain que nous irons à Dijon ; mais n'oublie pas d'insister auprès de M. Dumas sur deux leçons seulement au lycée et la nécessité d'une allocation pour le laboratoire[19]. » Et un peu plus tard : « À Dijon ce sera deux jours pour la Faculté et quatre heures, pas davantage, au Lycée. Le cours du Lycée ne sera jamais qu'un extrait très élémentaire et très succinct de mon cours à la faculté. Tu auras donc un traitement très convenable et moi tout le temps que réclament mes travaux. Va donc encore trouver M. Dumas et dis-lui franchement que ce qu'il m'a proposé pour Dijon m'agrée beaucoup, que seulement il le réalise le plus tôt possible. Parle-lui de mon traitement d'agrégé à joindre à 1.500 fr. Ce serait très beau[20]. »

Puis c'est Dresde, pour faire viser son passeport, ce qui lui donne l'opportunité de visiter la ville et surtout son musée. Armé de son carnet, il y passe quatre grandes heures à examiner minutieusement les tableaux en les classant selon ses goûts. Il prend également le temps de voir au château la fabuleuse « Voûte verte » et ses chefs-d'œuvre de joaillerie et d'orfèvrerie, « collection unique au monde d'objets d'art, de bijoux, de pierres précieuses amassés à grands frais par un prince, Auguste roi de Pologne, très ami des arts et qui a même un peu ruiné le pays par ses dépenses[21] ». Il profite aussi de son passage dans la ville de la porcelaine pour acheter quelques cadeaux à ses proches : « de petits riens achetés à ton adresse et comme souvenirs de la capitale du royaume de Saxe[22] ».

Son étape suivante est à Freiberg où il n'est plus question de musarder. Il y demeure trois jours, visitant mines et usines (« j'ai appris là une multitude de choses que j'aurais dû connaître en ma qualité de professeur de chimie[23] »), et une exceptionnelle collection de curiosités minéralogiques et cristallographiques : « Ce voyage à Freiberg m'occasionne de grandes dépenses et je devrai mendier pour rentrer en France[24]. » Qu'à cela ne tienne, Vienne sera quand même la prochaine étape.

Il est à Vienne le 26 septembre. Là, il visite la fabrique Seybel où il est parfaitement accueilli :

« Nous sommes reçus par le chimiste de la fabrique qui ne fait aucune difficulté de nous introduire dans le sanctuaire et après bien des questions nous finissons par être convaincus que l'on a vu l'hiver dernier le fameux acide racémique etc... Car ici on opère depuis quelques années avec le tartre brut. Je sors de là déjà très heureux[25]. » Puis c'est une autre fabrique viennoise d'acide tartrique. La quête est d'autant plus aléatoire que les fabricants eux-mêmes ignorent avoir ou avoir eu sous la main ce fameux acide racémique qui n'a pas encore d'existence chimique reconnue :

Je répète... le chapelet de mes questions. Ils n'ont rien vu. Je demande à voir leurs produits et je rencontre un tonneau de cristaux d'acide tartrique à la surface desquels je crois apercevoir la fameuse substance. Un premier essai fait avec de méchants verres tout malpropres à la fabrique même confirme les doutes... puis nous retournons à la fabrique où nous finissons par apprendre, chose vraiment miraculeuse, qu'aujourd'hui même ils sont embarrassés pour résoudre une question dans la fabrication, et, presque certainement, le produit qui les gêne quoique en petite quantité et qu'ils prennent pour du sulfate de potasse n'est autre que l'acide racémique[26].

Ce que les fabricants appellent, pour les uns, sulfate de potasse, pour les autres, sulfate de magnésie n'est apparu que depuis peu. Pasteur s'aperçoit rapidement que c'est probablement parce que, dans les deux fabriques viennoises, on n'opère que depuis deux ans sur le tartre brut, alors que précédemment il s'agissait de tartre déjà raffiné. La conclusion qui en découle c'est que l'acide racémique est présent dans tous les tartres, d'où qu'ils proviennent, à condition qu'ils n'aient pas été préalablement raffinés : « Jusqu'à présent je n'ai rien appris que j'aie pu connaître par lettres. Aujourd'hui j'ai fait accoucher ces fabricants de choses très importantes à mon point de vue et tout d'abord ils ne savaient de quoi on leur parlait. Et le fait le plus utile pour toutes ces recherches c'est cette circonstance très simple que je n'aurais point eu l'idée de demander, que M. Fikentscher ne m'aurait certainement pas indiquée, à savoir que le tartre de Naples a déjà subi un raffinage en Italie[27]. »

Puisque tout est dit, il prend le temps, avant de retourner en France, de parcourir Vienne, *Guide du voyageur en Allemagne* acheté à Bruxelles en main. Et c'est l'émerveillement : « [...] le plus admirable, le plus beau des chefs-d'œuvre de Canova : c'est le tombeau de Marie-Christine archiduchesse d'Autriche. On ne peut rien imaginer de plus attendrissant et de plus remarquable comme œuvre d'art[28]. »

La cause est donc entendue : « Je me suis assuré de nouveau hier que les tartres d'Autriche renferment bien l'acide racémique, je veux dire que c'est bien de l'acide racémique qui a été pris pour du sulfate de potasse par le fabricant. Mais ces tartres d'Autriche et de Hongrie contiennent beaucoup moins d'acide racémique que ceux de Naples. Il est donc certain que l'acide racémique n'est pas renfermé exclusivement dans les raisins des pays chauds, et puisqu'il est contenu dans ceux d'Autriche, il doit l'être dans ceux de la France[29]. »

Pasteur n'a toujours pas vu la mer et il renonce à la Sérénissime où il n'ira jamais : « Et tu n'auras pas de souvenir de Venise. Je devais t'y acheter soit une dentelle soit plutôt un objet en corail[30]. » Encore qu'il souhaiterait passer en Angleterre pour examiner de près les fabriques d'outre-Manche : « Si M. Dumas veut ajouter deux ou trois cents francs à la somme précédente j'irai encore visiter les fabriques d'Angleterre. Je suis assuré que j'y trouverai l'acide racémique comme je l'ai trouvé à Vienne, là surtout où l'on opère avec les tartres de Sicile, d'Espagne etc... Seulement on ne le voit pas, ou si on le voit on le prend pour autre chose. D'autant plus qu'en Angleterre on s'inquiète peu des détails. Fabriquer en masses énormes, gagner aussi énormément d'argent, voilà leur but[31]. »

Pourtant, Pasteur se précipite au dernier moment à Prague, car la rumeur viennoise, ou tout au moins un certain M. Miller, veut que l'acide racémique y soit produit en quantité. Il n'y a donc pas à tergiverser. L'entrevue avec le docteur Rassmann, chimiste de la fabrique pragoise, le met dans tous ses états. Ce dernier lui déclare en effet d'entrée dc jeu : « J'obtiens depuis longtemps l'acide racémique. La Société de pharmacie de Paris a proposé un prix pour celui qui le fabriquerait. C'est un produit de la fabrication. Je l'obtiens à l'aide de l'acide tartrique[32]. » Pasteur reste sceptique mais s'inquiète des suites possibles et de la priorité des publications. Aussi donne-t-il à Marie tous les détails de leur conversation :

Je t'ai transcrit très fidèlement et sans omettre aucun détail, aucune syllabe, notre conversation, parce que M. Rassmann travaillant en vue du prix proposé, et moi de mon côté devant publier un travail sur le sujet à ma rentrée en France ou quelques mois après quand j'aurai fait diverses études et obtenu de nouveaux renseignements, il ne faut pas que ce qui a été dit entre M. Rassmann et moi puisse donner lieu à aucune réclamation de sa part. Je suis sûr de ma loyauté. Je crois dans la sienne ; mais il pourrait se faire qu'il fût utile plus tard de publier exactement ce qui a été dit entre nous afin de maintenir ses droits, ceux de M. Fikentscher et les miens dans cette question... Grand Dieu ! Quelle découverte s'il avait fait ce qu'il dit ! Mais non. C'est impossible. Il y a un abîme à franchir et la chimie est trop jeune encore. Quoi qu'il en soit, conserve bien cette lettre[33].

La course au prix et aux brevets commence. Pasteur est d'autant plus aiguillonné qu'un adversaire sérieux semble se présenter. Quoique, tout bien considéré, il réécrive à Marie le même jour : « M. Rassmann est dans l'erreur... Il n'a jamais obtenu de l'acide racémique avec de l'acide tartrique pur[34]. »

Il rentre à Strasbourg le 6 octobre, par Francfort et Mannheim, sans s'arrêter, excepté à Darmstadt pour rencontrer Justus von Liebig — le plus important des chimistes allemands, spécialiste des levures, qui a inventé l'extrait de viande et les tablettes de bouillon qui feront sa réputation dans le grand public — puisque son but est désormais atteint. Son expédition a duré pratiquement un mois.

Il faut maintenant travailler et prendre de court le docteur Rassmann. Il se retrouve seul à Strasbourg, à l'hôtel de la Fleur, puisque Marie est toujours chez ses parents à Paris. Aux dernières nouvelles, elle pense que son affectation sera Strasbourg plutôt que Dijon, mais rien n'est encore sûr. Néanmoins, il la veut immédiatement à ses côtés, ce qui vaut à celle-ci une lettre impérative dans laquelle, s'il se soucie d'un voyage confortable pour elle en première classe, il ne lui laisse aucun choix ni échappatoire. Jour et horaire du retour sont entièrement décidés par lui sans qu'elle puisse en quelque manière intervenir. Ses ordres ne se discutent pas :

D'autre part mes affaires sont (au moins plusieurs) en mauvais état. J'ai besoin de toi pour y mettre ordre... Je t'ordonne expressément de prendre un convoi express et les premières places et de partir le soir. Tu placeras ton fils auprès de toi sur un coussin. Il dormira parfaitement et toi également. On s'arrête seulement à quelques stations. Tu seras à Strasbourg presque sans avoir eu le temps de songer au voyage. Je t'ordonne d'agir ainsi. Je ne te reçois pas si tu es en 2e classe. Je ne ris pas du tout. Tu recevras cette lettre après-demain matin samedi. Tu partiras par le convoi-poste du samedi soir qui n'a que des premières et tu seras ici dimanche matin... Si j'ai de bonnes chaussures apporte-les-moi. Mes souliers et mes guêtres surtout. Idem : souliers vernis ou bottes. Je pense que tu as tout le temps de te préparer à partir samedi soir. Tu ne peux pas tarder davantage. Je n'ai pas de temps à perdre[35].

Il comptait sur Dijon. Le 7 novembre, il est nommé titulaire de la chaire de chimie à la faculté des sciences de Strasbourg. Ce qui n'est pas pour lui déplaire. Il connaît la ville et la faculté des sciences comme sa poche et, surtout, Kestner est à portée de main pour ses travaux sur l'acide racémique. Tout s'enchaîne donc pour le mieux. Le 2 décembre, Louis Napoléon Bonaparte est proclamé empereur, un an jour pour jour après son coup d'État, et devient Napoléon III. Pasteur a tout juste le temps de s'en réjouir dans des lettres à son père. Enfin, le digne successeur de son oncle le grand empereur a pris les choses en main. Mais il ne s'y attarde pas. *Laboremus* est de nouveau son maître-mot.

Comment extraire l'acide racémique de l'acide tartrique ainsi que le docteur Rassmann lui a affirmé, à Prague, que c'était possible, ce dont il doute dans l'état actuel des connaissances ? Biot avait démontré que le pouvoir rotatoire de l'acide tartrique augmente lorsqu'on le chauffe. Et Frémy qu'il s'altère ainsi que l'acide racémique quand on l'expose à de fortes températures. Pasteur imagine de préparer du tartrate de cinchonine qui joue le rôle de stabilisateur de l'acide tartrique et permet de le soumettre à de fortes températures. L'acide tartrique se transforme alors en acide racémique : « Je ne songe qu'à une chose, à l'espérance d'une brillante découverte qui ne me paraît pas éloignée de moi. Mais le résultat que j'attends est tellement extraordinaire que je n'ose y croire[36]. » Ses mentors tâchent de modérer son enthousiasme et Sénarmont lui écrit : « Je vous engage à ne parler que quand vous pourrez dire : j'obtiens artificiellement l'acide racémique avec de l'acide tartrique dont j'ai moi-même vérifié la pureté... Quand on touche à un fait pareil, il faut être sûr[37]. »

Mais le 24 mai 1853, il peut enfin télégraphier à Biot au Collège de France : « Je transforme l'acide tartrique en acide racémique. Communiquez je vous prie, à MM. Dumas et Sénarmont[38]. » Lesquels n'en croient pas leurs yeux. Il faut un petit moment à Pasteur pour les en convaincre. Biot est si enthousiaste qu'il écrit à Jean-Joseph : « Dans la position où votre fils est placé, sa réputation grandira par ses travaux, sans qu'il ait besoin d'autre appui ; et l'estime qu'ils lui ont déjà mérité, qu'ils lui mériteront tous les jours davantage, lui sera décernée, sans contradiction comme sans appel, par le grand jury des savants de tous les pays du monde, tribunal toujours juste, duquel seul nous relevons. Permettez que je joigne à mes félicitations l'expression des sentiments d'estime et d'affection cordiale que vous m'avez inspirés[39]. »

Sa découverte vaut à Louis Pasteur d'être élevé le 12 août au grade tant espéré de chevalier de l'ordre impérial de la Légion d'honneur tandis que, le 9 novembre, l'Académie de pharmacie lui décerne le prix, d'un montant considérable pour l'époque, de 1 500 francs, « dévolu à celui qui est parvenu à synthétiser l'acide racémique ».

C'est sans doute en hommage à cette époque où débute la reconnaissance de ses pairs, les Biot, les Dumas, les Sénarmont, qu'il écrira :

Il y a dans la jeunesse de tout homme de science, un jour inoubliable, où il a connu à plein esprit et à plein cœur des émotions si généreuses où il s'est senti vivre avec un tel mélange de fierté et de reconnaissance que le reste de son existence en est éclairé à jamais. Ce jour-là, c'est le jour où il approche des maîtres à qui il doit ses premiers enthousiasmes, dont le nom n'a cessé de lui apparaître dans un rayonnement de gloire. Voir les allumeurs d'âmes, les entendre, leur parler, leur vouer de près, à côté d'eux, un culte secret... ! Ah ! quel est donc le moment, quelle que soit la fortune de notre carrière, qui vaille ce moment-là et qui nous laisse des émotions si profondes[40].

Le ferment, c'est vital

(1854-1857)

Durant l'été 1854, Pasteur attend une nouvelle affectation. Ce devait être Dijon. Ce sera Lille. Le 2 décembre, date emblématique s'il en est chez les bonapartistes, il prend ses fonctions de doyen de la faculté des sciences de Lille et de professeur titulaire de la chaire de chimie. Il a trente-deux ans. Cette faculté est toute neuve et demande à être entièrement structurée. C'est un décret impérial d'août 1854 qui a doté le département du Nord de deux facultés, l'une de lettres à Douai, l'autre de sciences à Lille. Cette dernière, au contraire de Douai, n'est universitaire que de très fraîche date. Il s'agit alors d'une ville essentiellement ouvrière et industrielle, vouée aux industries chimiques, métallurgiques, textiles, mécaniques, aux distilleries et aux brasseries. Hippolyte Fortoul, le ministre de l'Instruction publique et des Cultes depuis le 3 décembre 1851, qui a déjà réorganisé l'enseignement secondaire en créant une double filière, l'une littéraire, l'autre scientifique à partir de la classe de troisième — décret Fortoul —, veut réconcilier l'enseignement supérieur scientifique et l'industrie. Et Louis Pasteur, auréolé de ses succès en cristallographie pour lesquels il n'a pas hésité à travailler avec des industriels, professeur de chimie reconnu, chevalier de la Légion d'honneur et bonapartiste d'opinion, lui semble la personne idéale pour prendre la tête de sa nouvelle faculté. D'autant que Biot et Dumas lui ont chaudement recommandé le jeune homme. Pasteur n'est pas et ne sera jamais le tenant de la science pour la science : « ... Il y a la science et les applications de la science, liées entre elles comme le fruit à l'arbre qui l'a porté[1]. » La recherche strictement fondamentale ne l'intéressera à aucun moment.

Le 7, c'est l'inauguration de la toute nouvelle université : « Où trouverez-vous un jeune homme dont la curiosité et l'intérêt ne seront pas éveillés lorsque vous mettrez entre ses mains une pomme de terre, qu'avec elle il fera du sucre, avec ce sucre de l'alcool, avec cet alcool de l'éther et du vinaigre ? Quel est celui qui ne sera pas heureux d'apprendre le soir à sa famille qu'il vient de faire marcher un télégraphe électrique ? Et bien, Messieurs, soyez-en convaincus, de pareilles études s'oublient peu ou ne s'oublient jamais[2]. » Pasteur est très fier de son discours « qui a frappé les esprits et leur a fait dire de moi les choses les plus flatteuses[3] ». Il faut avouer qu'il a touché juste, au cœur des problèmes régionaux, pomme de terre, sucre, alcool étant bien les ingrédients fondamentaux qui la font vivre. Mais peut-être est-il trop enclin à la théorie — « Sans la théorie, la pratique n'est que la routine donnée par l'habitude[4] » — au goût du ministre qui écrit au recteur en réponse au discours d'inauguration : « Que M. Pasteur se tienne cependant toujours en garde contre l'entraînement de son amour pour la science, et qu'il ne perde pas de vue que l'enseignement des Facultés, tout en se maintenant à la hauteur des théories scientifiques, doit néanmoins, pour produire des résultats utiles et étendre son heureuse influence, s'approprier par les plus nombreuses applications aux besoins réels du pays auquel il s'adresse[5]. »

En réalité, Fortoul et Pasteur sont sur la même longueur d'onde. Comme toujours, ce dernier se met sans tarder au travail. Il se mêle d'organiser les cours, tant de physique que de mécanique, d'histoire naturelle ou de dessin. Avec la volonté permanente d'initier les étudiants à l'expérimentation. Et pas seulement en chimie. Il organise des cours du soir suivis dès la première année par des ouvriers, des employés, des rentiers et même... des femmes. Des visites d'entreprises sont organisées et l'on voit ainsi des étudiants dans les fonderies, dans les distilleries de la région. C'est une grande première.

Par ailleurs, il se plie aux devoirs de sa charge, recevant le recteur ou le préfet à sa table et acceptant les invitations qui peuvent servir sa carrière ou ses recherches. Il a pris possession d'un très agréable appartement, au sein même de la faculté, et d'un laboratoire situé en rez-de-chaussée : « [...] j'ai enfin ce que j'ai toujours envié, un laboratoire où je puisse aller à toute heure, au rez-de-chaussée de mon appartement ; et quelquefois, pendant que je dors le gaz brûle toute la nuit et les opérations continuent leurs cours[6]. »

Mais l'essentiel de son temps, c'est dans son laboratoire qu'il le passe et à l'expérimentation qu'il se consacre. Un industriel de Lille, M. Bigo, dont le fils Émile est l'un de ses étudiants, le contacte. L'alcool issu de la production betteravière pose problème aux distillateurs locaux. Il est de très mauvaise qualité, dégage au cours de la distillation des vapeurs pestilentielles, et développe des saveurs d'une grande acidité. Pasteur va prendre fait et cause pour ces industriels en tentant de résoudre leurs problèmes.

À son habitude, ce n'est pas de son laboratoire qu'il se lance dans l'aventure. Mais bien en visitant les fabriques locales. D'abord une sucrerie lilloise où il installe son matériel, microscope notamment — ce qui est une innovation sans précédent —, afin de pouvoir procéder à des analyses sur place : « Il est plongé maintenant dans le jus de betteraves jusqu'au cou. Il passe ses journées dans une fabrique d'alcool[7]. » Il réduit ses cours à un par semaine de façon à être totalement disponible pour ses recherches. Mais n'en continue pas moins d'être très apprécié de ses auditeurs comme en témoigne le recteur : « Exposition lucide et sévèrement méthodique, parole animée et sympathique malgré la froideur apparente de M. Pasteur, leçons admirablement préparées, expériences faites avec une habileté rare et un succès complet ; tels sont les caractères généraux de l'enseignement de M. Pasteur[8]. »

L'intérêt des érudits pour la fermentation n'est pas neuf. Elle agite les esprits depuis l'Antiquité, autant qu'elle fait frémir les cuves et la pâte à pain. On distingue ce phénomène aussi bien dans la putréfaction — ou fermentation putride — que dans la transformation des sucres en alcool — fermentation alcoolique —, dans l'acidification des liquides alcoolisés — fermentation acétique — ou du lait — fermentation lactique. Et les explications vont bon train de la transmutation des alchimistes à l'action de forces mécaniques chez René Descartes. Antoine Laurent de Lavoisier avait démontré, par pesée, que la fermentation du jus de raisin décompose le sucre en deux parties, acide carbonique d'une part et alcool d'autre part, dont le poids cumulé égale celui du sucre de départ. Ce qui tendait à si bien justifier sa célèbre maxime « Rien ne se perd et rien ne se crée, tout se transforme », reprise à Anaxagore de Clazomènes (Ve siècle avant J.-C.).

Au XIXe siècle, deux chimistes font autorité en la matière, le Suédois Jöns Jacob Berzelius et l'Allemand Justus von Liebig. Le premier — inventeur notamment du système de notation chimique à l'aide des lettres de l'alphabet — considère le ferment comme un catalyseur — le mot a été créé par lui — qui n'influe en rien sur la réaction proprement chimique. Liebig entrevoit que le ferment, ou levure, en s'autodétruisant, génère la réaction chimique. C'est parce qu'il meurt que le ferment donne la vie. En Allemagne toujours, Theodor Schwann affirme que le ferment est un champignon et que ce champignon engendre la fermentation. Quant à Eilhard Mitscherlich, il reconnaît par l'expérience que le ferment, indispensable à la fermentation, est influencé par les conditions atmosphériques mais ne s'aventure pas audelà. Si Pasteur admet le rôle générateur du ferment, il faut démontrer, au rebours de ce que Liebig affirme, que le ferment, c'est la vie et non la mort : « La fermentation n'est pas un phénomène simple, unique, mais très complexe, comme peut l'être un phénomène corrélatif à la vie, donnant lieu à des produits multiples, tous nécessaires[9]. »

Il multiplie les expériences avec le jus qui fermente. Il recueille, filtre, cultive, chauffe, recommence, étuve jusqu'à faire enfin une découverte de taille. Qui ne survient cependant pas sans doutes, sans retours en arrière, sans déceptions, sans erreurs. En observant le ferment au microscope, il remarque que ce dernier change de forme au fur et à mesure de l'avancée de la fermentation. Et qu'originellement de forme ronde, il s'allonge lorsque la fermentation présente des défauts. Il s'aperçoit bientôt de la présence de l'acide lactique, incongru ici, et dont la présence en quantité augmente la proportion de ferments de forme allongée et, partant, d'une fermentation défectueuse. Il vient de comprendre pourquoi les fermentations tournent mal. Il faut maintenant trouver comment.

Jean-Baptiste Biot a montré que l'alcool issu de la pomme de terre, ou alcool amylique, est d'origine organique, sa structure moléculaire étant asymétrique, déviant ainsi la lumière polarisée. Pasteur reprend ses travaux sur l'acide amylique qui paraît lors de la fermentation du sucre de betterave. Or le sucre n'est pas de structure asymétrique. Pourquoi l'acide qu'il engendre dévierait-il le plan de polarisation de la lumière si ce n'est sous l'action du ferment ? Par crainte de trop s'éloigner de ce qu'il connaît, et qui lui a valu la reconnaissance publique des plus grands chimistes du temps, Pasteur retourne à ses chers tartres et engage des expériences sur leur fermentation. Ce qui l'amène à découvrir qu'elle fait disparaître le racémique et explique enfin la défection de celui-ci dans les cuves de vin en train de travailler.

Mais il mène concomitamment des expériences sur l'acide lactique qui, du moins lui semble-t-il, est le principal facteur d'altération de la fermentation du jus de betterave. Cet acide est mal connu et n'a été isolé qu'en 1780, par le chimiste suédois Carl Wilhelm Scheele, célèbre pour avoir découvert le baryum, le chlore, le tungstène et avoir obtenu de nombreux composés, dont l'acide tartrique. Plus tard, Henri Braconnot, par ailleurs découvreur de la pectine des fruits, en détecte dans le riz fermenté ou le levain de boulanger lorsqu'il est humidifié.

Dans le lait tourné, Pasteur remarque une substance grise formée de micro-organismes qu'il isole avant de réussir à les cultiver, donc à les multiplier. C'est un nouveau ferment bien vivant, puisqu'il a la capacité de se reproduire : la levure lactique. Il vient brusquement de passer de la chimie à la microbiologie — dont le nom n'existe pas encore.

En avril 1857, il peut enfin rédiger un *Mémoire sur la fermentation appelée lactique* qu'il publie dès le mois d'août suivant. C'est là qu'il explique comment il a pu cultiver et sélectionner le ferment lactique : « [...] quiconque jugera avec impartialité le résultat de ce travail et ceux que je publierai prochainement, reconnaîtra avec moi que la fermentation se trouve coopérative de la vie, de l'organisation des globules, non de la mort ou de la putréfaction de ces globules, pas plus qu'elle n'y apparaît comme un phénomène de contact où la transformation du sucre s'accomplirait en présence de ferments sans lui rien donner, sans lui rien prendre[10]. »

Cette première étude sur les fermentations n'est pas la dernière. Il les étudiera désormais pendant près de dix ans, passant de l'acide acétique — *Études sur le vinaigre* en 1868, *Fermentation acétique* en 1876 — aux maladies du vin — *Étude sur les maladies du vin, sur leurs causes et sur le moyen de le conserver et de le faire vieillir* — en 1866, et de la bière — *Étude sur la bière, ses maladies, causes qui les provoquent, procédé pour la rendre inaltérable avec une théorie nouvelle de la fermentation* — en 1876. Toutes recherches étroitement liées aux problèmes économiques du moment.

Sa première communication sur la fermentation lactique est faite à la Société des sciences de l'agriculture et des arts de Lille, le 3 août 1857, comme un pied de nez à l'Académie des sciences qui vient de le mépriser en rejetant sa candidature au mois de mars précédent. Il ne résistera toutefois pas au plaisir de lui faire cette même communication le 30 novembre. Car, en dépit de ses dires, il n'a nullement renoncé à devenir membre de l'Institut.

Son rôle à la faculté de Lille est primordial. Il a réussi en tant que doyen et en tant que chercheur scientifique. Son laboratoire lui convient parfaitement et ses relations avec les industriels de la région sont au beau fixe. Sa femme apprécie la ville, son appartement et l'environnement universitaire. Qu'espérer de mieux ? Il pourrait s'en tenir là. Mais il apprend que le poste de directeur scientifique de l'École normale supérieure est vacant. Il se met tout de suite sur les rangs. Et se porte candidat en écrivant directement au ministre de l'Instruction publique ainsi qu'à Jean-Baptiste Dumas. Il a montré des qualités indéniables de gestionnaire, le ministre va lui confier l'administration de Normale et la direction scientifique de l'École. Les dés sont jetés...

Poigne de fer à Normale

(1857-1867)

Le 22 octobre 1857, Pasteur est nommé tout à la fois administrateur de l'École normale supérieure — elle a pris ce nom en même temps qu'elle intégrait ses nouveaux locaux en 1847 —, et son directeur scientifique, à l'initiative du ministre de l'Instruction publique et des Cultes, Gustave Rouland, qui veut lui donner une nouvelle impulsion. Pour le ministre, le scientifique a magnifiquement réussi l'organisation de la faculté en y privilégiant les applications de la science.

C'est aussi le choix de Désiré Nisard, qui, à cinquante et un ans, vient d'y être affecté comme directeur, et siège par ailleurs à l'Académie française depuis 1850. Critique littéraire féroce et universitaire proche du pouvoir, il est l'auteur d'une *Histoire de la littérature française*. Pasteur, quant à lui, a alors à peine trente-cinq ans. Il revient dans cette même prestigieuse école où il a été élève, il y a maintenant plus de dix ans. Mais en maître. S'il vient d'échouer à l'Académie des sciences, il rentre, en revanche, au bercail par la grande porte. Et s'installe donc en famille dans les nouveaux locaux de l'École, rue d'Ulm, laissant cependant ses enfants Jeanne et Jean-Baptiste en pension dans le Jura.

S'il est nommé à la direction scientifique de l'École, ce qui n'est que justice, il est également, en tant qu'administrateur, chargé de la discipline et du quotidien de l'établissement. On aurait pu croire que ses préoccupations scientifiques le pousseraient à un certain laxisme en ce domaine. Ou tout au moins à l'indifférence. Loin s'en faut. Même un proche comme Jean-Baptiste Biot, qui s'est beaucoup investi pour l'entrée du jeune scientifique à l'Académie des sciences, ne croit aucunement à sa fibre administrative et pense qu'il ne réglementera rien. « Ils l'ont nommé administrateur, laissons leur croire qu'il administrera[1]. » C'est bien mal le connaître. Pasteur est un homme qui prend tout au sérieux.

Dès le départ, il se révèle d'une exigence sans faille, tenant d'une organisation quasi militaire. Jusque dans les moindres détails. Et lorsqu'ils ne sont pas respectés, les consignes pleuvent. Dans un rapport de sa main, il estime celles-ci à cent soixante-huit pour l'année universitaire 1858-1859, dont cent neuf pour les seuls littéraires. Elles concernent surtout la dissipation à l'étude mais vont jusqu'à sanctionner les cris inconvenants pendant la récréation.

Or les normaliens ne sont pas des polytechniciens, et les littéraires développent autant l'esprit potache qu'une forte tendance à contester l'ordre établi. Ses anciens élèves, dont Ernest Lavisse, le grand historien que l'on sait, parleront de lui comme d'un directeur intransigeant, sûr de son bon droit, irascible et vétilleux, un « disciplinaire redoutable[2] ». Au point d'aller fouiller les affaires des élèves jusque dans leurs dortoirs pour les prendre en faute. Certains seront d'ailleurs blâmés, consignés et menacés de renvoi pour avoir été trouvés en possession du *Werther* de Goethe, du *Gargantua* de Rabelais, des *Confessions* de Jean-Jacques Rousseau ou de *La Sorcière* de Michelet, tous livres mis à l'index de l'École, jugés trop subversifs pour le régime du second Empire que soutient le nouvel administrateur.

Dans sa volonté de pousser les élèves au travail sans se disperser dans des loisirs inutiles, il fait retirer de la bibliothèque un certain nombre d'ouvrages qu'il trouve néfastes et futiles. Parmi eux, ceux d'Eugène Sue. Est-ce parce que Pasteur envisage ses romans comme indignes de la littérature, ce qui est la vision d'un certain nombre de critiques du temps ? Ou n'est-ce pas plutôt qu'il considère l'écrivain lui-même comme un dangereux opposant, lui l'élu député socialiste de 1849, banni par Napoléon III du territoire français et qui finira sa vie en exil ? Ironie de l'histoire, la fille de Pasteur, Marie-Louise, épousera René Vallery-Radot, petit-neveu de l'auteur des *Mystères de Paris* et lui-même écrivain ! Les œuvres de George Sand sont également condamnées par l'administrateur. Peu rancunière, ou mal informée, la romancière est pourtant l'une des auditrices passionnées de la conférence du savant sur la génération spontanée qu'il donne le 7 avril 1864 dans le grand amphithéâtre de la Sorbonne.

Pasteur surveille également l'habillement et le comportement des élèves. C'est ainsi que le futur immense géographe Paul Vidal de La Blache est sanctionné pour tenue inconvenante. Pour Pasteur, elle lui donne « l'attitude abandonnée de quelqu'un qui pense à autre chose[3] » ! Il est vrai que le port de l'uniforme noir à boutons dorés est alors exigé des élèves, tant à l'intérieur qu'à l'extérieur de l'établissement. Et qu'ils ont toutes les peines du monde à cacher leurs vêtements ordinaires afin de pouvoir sortir en ville sans se faire remarquer. Pasteur s'en rapporte en ce domaine aux grandes écoles militaires qui ne badinent pas avec le port de l'uniforme : « Tolère-t-on à Saint-Cyr ou à l'École polytechnique que les élèves sortent en chapeau de paille ou en saute-en-barque[4] ? » Tenue et attitude n'entraveront pourtant pas la carrière de Vidal de La Blache qui enseignera notamment... à Normale.

Pasteur contrôle aussi les sorties et ne les accorde que s'il les juge utiles. Le moindre bavardage, la plus petite perte de temps sont sanctionnés. Cette dernière est d'ailleurs l'une de ses obsessions. Ne va-t-il pas jusqu'à calculer le temps que met un élève à s'habiller et se préparer le matin (vingt minutes !) et celui qu'il perd en allant prendre ses cours à l'université et en revenir. Trois heures et demie quotidiennes sont ainsi gaspillées, d'après lui, en allées et venues superfétatoires.

Il ne cesse de poursuivre les fumeurs, pratique qu'il interdit formellement, notamment dans l'enceinte de l'établissement mais également à l'extérieur. Aussi : « ... tout élève qui sera trouvé fumant ou revenant de fumer sera signalé au ministre comme devant être exclu de l'École. Il ne s'agit pas de savoir si la peine sera disproportionnée à la faute. C'est mon avis que cela sera ainsi. Mais la faute ne sera pas d'avoir fumé, mais d'avoir manqué à l'injonction que je vous adresse[5]. » On ne fait pas plus dictatorial !

L'insubordination religieuse est elle aussi impitoyablement réprimée. Il faut impérativement assister aux prières le matin et le soir, sans compter la messe le dimanche et les offices des jours de fête reconnus par le Concordat. Pasteur est dans ce domaine le premier à donner l'exemple et se montre assidu à tous les offices, ce qui est loin d'être le cas du directeur de l'École. Pour avoir refusé d'assister à l'office du mercredi des cendres qui n'était pas compris dans les accords concordataires, un élève est ainsi consigné. L'insoumis, pour échapper aux contraintes religieuses, se déclare tout de go protestant. Pasteur réplique en exigeant un certificat qui l'établisse. Sans preuve apportée par un pasteur réformé, la consigne est maintenue par l'intraitable administrateur. Il semble avoir complètement oublié le jeune collégien de Besançon qu'il fut, lisant des livres profanes pendant la messe : « S'il est réellement protestant, qu'il en témoigne par l'attestation d'un ministre du culte ; s'il est conduit à affirmer qu'il n'est d'aucune religion reconnue par l'État, il doit être exclu de l'École[6]. »

D'autres sont sanctionnés pour d'innocentes broutilles, à l'instar d'Albert Duruy, fils de Victor Duruy, homme politique et futur ministre de l'Instruction publique, pour avoir lu un texte religieux en remplaçant les noms de saint Pierre, saint Paul et saint Jean-Baptiste par Pierre, Paul et Baptiste !

Méticuleux à l'extrême, Pasteur décide également de la composition des menus. Le 16 mars 1863, un lundi, deux tables du réfectoire décrètent que le ragoût de mouton est immangeable et refusent d'y toucher. Pasteur en fait immédiatement une affaire personnelle et fait resservir ce même ragoût le lundi suivant. D'où une fronde impromptue des élèves qui le refusent. À l'exception de deux tables, occupées par des élèves scientifiques. C'en est trop pour Pasteur qui entre en conflit direct avec le réfectoire. Désormais, le ragoût sera au menu tous les lundis et seuls en seront dispensés les scientifiques pour leur « esprit d'ordre et de soumission[7] ». Cette « révolte du ragoût de mouton » est demeurée légendaire dans les annales de l'École ! À peine dix jours plus tard, deux élèves consignés ayant fait le mur se voient exclus de l'École « non pour ce qu'ils avaient fait mais à cause de l'esprit détestable qui règne à l'École[8] ». On ne fait pas plus arbitraire. De la fronde, on passe à la révolte ouverte contre l'administrateur et ses décisions injustifiées.

Dès le lendemain, les élèves rédigent une lettre collective de démission et la déposent sur le bureau de Nisard, le directeur de l'École : « Perdant ainsi notre recours ordinaire dans votre justice et votre bonté, devant les menaces qui nous blessent, il ne nous reste plus qu'à vous adresser notre démission[9]. » Tous ont signé, à l'exception de sept élèves, scientifiques de troisième année. Pasteur, c'était à prévoir, refuse la démission et menace d'exclusion tout élève qui, à la rentrée des congés de Pâques, n'aurait pas fait amende honorable. Le conflit est tel que Gustave Rouland, alors ministre de l'Instruction publique et des Cultes, est contraint de se déplacer à l'École. Il fait des remontrances aux élèves et leur enjoint « d'être sages à l'avenir[10] ». Tout au moins d'après Ernest Lavisse, qui en fera le récit cinquante ans plus tard. Chacun rentre dans le rang, trois élèves étant néanmoins exclus pour un mois, un autre définitivement renvoyé pour avoir lorgné un surveillant « en face, en faisant avec ses doigts une paire de lunettes[11] », et tous étant consignés à l'École pour quinze jours. Ce qui ne les empêche pas, au terme de la punition, d'enterrer leurs arrêts de rigueur par une oraison funèbre en latin, chantée à pleins poumons. Ce qui donne l'occasion à Pasteur d'établir un nouveau rapport circonstancié dans lequel il déclare trouver leurs vers latins particulièrement exécrables. L'auteur, Lavisse lui-même, d'ailleurs futur directeur de l'École, les jugera pourtant, avec le recul, parfaitement honorables ! Pasteur ne fléchit pas pour autant. Échaudé par ce recours à Nisard et pour éviter la récidive, il demande et obtient d'être seul en charge de la discipline à l'École. Les élèves n'ont qu'à bien se tenir !

S'il a désormais les pleins pouvoirs, il n'est pourtant pas au bout de ses peines. Une nouvelle affaire religieuse éclate en septembre 1864 alors qu'à la chapelle de l'École l'aumônier lit un mandement de l'archevêque de Paris, monseigneur Georges Darboy, par ailleurs grand aumônier de Napoléon III. Des littéraires de deuxième année, ayant vaguement murmuré au cours de la lecture, déclenchent une violente réaction de Pasteur à la sortie de l'office. L'aumônier a pourtant été à peine interrompu et demande immédiatement leur grâce auprès d'un Pasteur indigné par leur conduite.

L'affaire, bénigne, pourrait s'arrêter là. C'est oublier l'implacabilité de l'homme qui, sur-le-champ et par écrit, se plaint avec amertume auprès du directeur, autant de l'attitude des élèves que de l'indulgence de l'aumônier : « J'ai bien regretté cette demande de M. l'Aumônier après laquelle il devenait difficile de punir. Mon intention était de consigner sévèrement la deuxième année de Lettres au sortir de la messe, malgré l'inconvénient qu'il y a toujours à envelopper dans une punition générale bon nombre d'élèves tout à fait innocents[12]. » Qu'à cela ne tienne. Il profitera le lendemain au réfectoire de quelques « Chut ! Chut ! » proférés à la table des suspects pour se rattraper en rédigeant un énième rapport : « Ces rumeurs étaient évidemment une réponse préméditée aux reproches que je leur avais adressés au dortoir, reproches qu'ils avaient trouvés trop sévères paraît-il[13]. » Bilan des hostilités, quinze jours de consigne collective à toute la deuxième année. Et tant pis pour les innocents. Quant à l'aumônier, il n'échappera pas non plus à la vindicte de l'administrateur qui le fustigera dans un rapport supplémentaire : « Tous les torts ne viennent pas des élèves. Les homélies que M. l'Aumônier adresse, de temps à autre, aux élèves sont pénibles à entendre, par la grande familiarité du langage. Il en résulte une mauvaise disposition générale des élèves pour les messes à sermon[14]... » Manifestement monsieur l'administrateur a oublié ses Évangiles et la parabole de la paille et de la poutre, à la familiarité de langage près !

Moins de trois ans plus tard, une autre « affaire » prend, elle, des dimensions politiques nationales jusqu'à faire la une des journaux. On est alors en juin 1867. Des notables de Saint-Étienne ont envoyé une pétition au Sénat pour protester contre la volonté de leurs édiles d'introduire certains ouvrages dans deux bibliothèques populaires qu'ils sont en train de monter. Les protestataires vouent pêle-mêle aux gémonies les œuvres de Voltaire, de Rousseau, de Balzac, de Sand, de Sue, de Michelet, qui depuis 1852 est officiellement destitué de sa chaire au Collège de France, de Proudhon. Et par-dessus tout de l'épouvantail philosophique et littéraire des bien-pensants de l'époque, Ernest Renan et sa *Vie de Jésus* publiée en 1863, qui scandalise l'Église catholique et vaut bientôt à son auteur de perdre sa chaire d'hébreu au Collège de France. Bien qu'aussi mauvais orateur qu'il est fine plume, le sénateur Sainte-Beuve monte à la tribune de son assemblée le 21 juin 1867 pour protester contre ce qu'il estime être une mise à l'index des livres à l'égal de ce que pratique Rome. Et s'empresse d'ajouter face au sénateur Lacaze qui la défend : « Je vais vous signaler une lacune. Votre liste, si longue qu'elle soit, est incomplète, Messieurs, il y manque Molière ; il y manque Tartuffe[15]. »

Lacaze, fervent bonapartiste, lui envoie ses témoins que Sainte-Beuve récuse par un « Je n'accepte pas aussi couramment qu'on semble le supposer cette jurisprudence sommaire qui consiste à étrangler une question et supprimer un homme en quarante-huit heures[16] ». La presse d'opposition s'empare de l'incident qui devient une véritable affaire. Ce n'est pas pour autant que Sainte-Beuve soit un membre notoire de l'opposition, voire même un républicain modéré. C'est un bonapartiste certes tenté par l'opposition libérale, mais nommé, en 1865, sénateur inamovible par l'empereur lui-même. Néanmoins, il n'est pas critique littéraire de premier plan, d'une grande finesse d'analyse, pour rien.

Le 6 juillet, le *Journal de Paris* signale que Sainte-Beuve a déjà reçu dix mille lettres de félicitations. Nombreuses sont celles qui sont publiées dans ce même journal comme dans *L'Avenir national* ou *Le Courrier français*. Toute la presse libérale est en effervescence.

Les normaliens, comme chaque année, organisent en ces premiers jours d'été une tombola en faveur des pauvres du Quartier latin, en sollicitant de nombreuses personnalités pour qu'elles leur offrent des livres. L'élève Lallier, un littéraire, est chargé des courriers de remerciements aux généreux donateurs. Il profite de celui qu'il rédige à Sainte-Beuve, ancien professeur de Normale, pour lui affirmer combien les élèves de l'École, admiratifs, sont à ses côtés : « Il faut du courage pour parler au Sénat en faveur de l'indépendance et des droits de la pensée. Mais la tâche, en devenant plus difficile, devient aussi plus glorieuse. De tous côtés en ce moment on envoie des adresses : vous pardonnerez aux élèves de l'École normale d'avoir suivi l'exemple général et d'avoir fait, eux aussi, leur adresse à M. Sainte-Beuve[17]. »

L'adresse, la pétition jointe à la lettre n'a pas été signée par toute l'École, il s'en faut d'un élève sur quatre. Vingt et un normaliens sur quatre-vingts s'y sont, en effet, refusés, parmi lesquels Édouard Branly, un physicien que l'on connaîtra surtout comme l'inventeur de la télégraphie sans fil. À l'habitude, les scientifiques dans leur majorité ne suivent pas le mouvement. Est-ce par solidarité avec leur directeur scientifique, qu'ils apprécient, ou parce que, décidément, ils sont toujours plus conservateurs que les littéraires tant dans le domaine des idées qu'en matière de belles-lettres ?

Cette lettre, qui devait rester privée, est montrée par deux élèves, Henri Marion et Gaston Maspero, à Étienne Arago. Ce dernier, journaliste et écrivain, est un fervent républicain qui a été condamné à la déportation par le pouvoir impérial et est resté dix ans en exil avant d'être amnistié. Ayant trouvé la missive parfaitement tournée, il la publie dans *L'Avenir national*, le 2 juillet. À la lecture de l'article, Pasteur entre dans un violent accès de colère comme les élèves n'en avaient encore jamais vu et qui retentit dans tout le bâtiment. Il est véritablement hors de lui et fait désormais de l'affaire Sainte-Beuve son affaire.

À sa décharge, il faut rappeler que le règlement interdit aux élèves de se mêler de politique. Par ailleurs, le journal incriminé est républicain alors que Pasteur est un bonapartiste à tout crin. Mais c'est le « de tous côtés en ce moment on envoie des adresses » qui le fait particulièrement bondir. Ces adresses auxquelles il est fait allusion sont celles qui sont alors expédiées de toutes parts à Napoléon III et dont la presse gouvernementale se fait journellement l'écho. C'est que l'empereur vient d'être l'objet d'un attentat. Le 6 juin, alors qu'il accompagnait en voiture le tsar Alexandre II venu à Paris à l'occasion de l'Exposition universelle, Antoine Berezowski, un réfugié polonais, a tiré deux coups de pistolet dans leur direction, visant plus particulièrement le tsar. Sans atteindre personne. L'émotion a été grande chez les tenants de l'Empire, d'où les fameuses adresses qui remercient le ciel d'avoir protégé l'empereur et que celui-ci reçoit par centaines. En ces circonstances, la phrase de Lallier qui se veut spirituelle ne peut faire sourire un bonapartiste convaincu qui, au demeurant, est un homme imperméable à quelque forme d'humour que ce soit. Et qui riposte par le renvoi provisoire de Lallier, dès le lendemain 3 juillet.

À peine ce renvoi est-il connu que l'École entre en ébullition. Les élèves se retournent vers Pasteur afin de faire lever la sanction. Celui-ci, pour ne pas avoir à les affronter, s'échappe par l'office. En l'absence de Nisard et face à un administrateur qui se dérobe tout en les enjoignant de dénoncer leurs deux camarades responsables de la divulgation de la lettre, ils décident, avec un bel ensemble, de quitter l'École en masse. La sédition atteint son paroxysme le 9 juillet lorsqu'ils en forcent les portes et investissent le Quartier latin en un tumultueux monôme.

La nouvelle s'en répand comme une traînée de poudre. Les parents des normaliens appellent à l'indulgence, les journaux s'émeuvent, tout un chacun s'entremet et des dizaines de lettres demandent à Pasteur de faire preuve de clémence. Sainte-Beuve lui-même envoie un courrier au savant, qu'il estime, afin de le faire revenir sur sa décision. Danton, ancien de Normale, directeur de cabinet et représentant du ministre de l'Instruction publique Victor Duruy en déplacement, l'adjure à son tour d'abandonner les poursuites en un moment où le pouvoir n'a pas vraiment besoin du déchaînement de l'opposition. L'empereur du Mexique Maximilien, frère de François-Joseph d'Autriche, vient d'être fusillé le 19 juin tandis que Bismarck est nommé chancelier fédéral de la Confédération d'Allemagne du Nord (19 juillet) et que la Prusse monte en puissance. Pasteur lui réplique : « Si une répression énergique n'est pas la conséquence de sa faute et de celle de deux élèves qui ont porté cette ridicule et coupable adresse à un journal sans consulter même leurs camarades, j'offrirai à Son Excellence ma démission sans hésiter[18]. » C'est le bras de fer avec les normaliens d'une part et son autorité de tutelle de l'autre. Par ailleurs, il proteste auprès de Sainte-Beuve en lui exprimant le souhait qu'il fasse pression sur les coupables afin qu'ils se dénoncent. En mettant là aussi sa démission dans la balance : « Dans le cas contraire je demanderai une répression énergique, et si elle n'est pas ce que je croirai juste et suffisant dans l'intérêt de l'École, je donnerai ma démission sans hésiter[19]. » Missive de l'intransigeance à laquelle l'écrivain, peu enclin à jeter de l'huile sur le feu, répond diplomatiquement en souhaitant que « tout se bornât à des peines intérieures acceptées comme justes par ceux-là mêmes qui les auraient subies[20] ». Étienne Arago à son tour décide de calmer le jeu en déclarant : « Seul et de mon chef, j'ai livré la lettre au public[21]. » La controverse pourrait se terminer là, en ce qui concerne l'École tout au moins, puisque le journaliste accepte d'en prendre toute la responsabilité. Mais rien n'y fait. Les élèves devront passer sous les fourches caudines de Pasteur. Pour désamorcer le conflit, Duruy ferme l'École, ce qui a pour conséquence immédiate de disperser les étudiants, pensionnaires contraints par la force des choses à retourner dans leurs familles faute de pouvoir accéder à leurs chambres. La presse toutefois ne rentre pas, elle, dans ses foyers. Et les attaques persistent, accusant Pasteur de faire le jeu de la réaction catholique. Et d'opposer le fanatisme autoritaire et religieux aux aspirations libertaires et légitimes des normaliens. On réclame sa tête, à savoir sa démission.

Un article de presse du 17 juillet entraîne plus particulièrement la réaction courroucée de l'administrateur. C'est celui rédigé par l'un de ses anciens condisciples à Normale, Lefèvre, devenu rédacteur en chef de *La Presse*, organe qui a pris dès le départ fait et cause pour les mutins. « Ne pensez-vous pas que, nous retrouvant à vingt années de là, vous rédacteur en chef d'un grand journal, et moi, de nouveau fonctionnaire subalterne, suivant votre expression, dans cette même école, il eût été bien à vous de ne pas produire contre moi, sans preuves, des reproches "d'usurpation d'autorité" et d'"illégalité" et d'affirmer que le licenciement de l'École normale "devrait être immédiatement suivi de ma démission" ? Ce sont vos paroles qui m'ont attaqué dans mon honneur et dans les intérêts de mes enfants[22]. »

Il est révélateur de constater que Pasteur attend de Lefèvre une solidarité de condisciples qu'il stigmatise chez ses élèves. Quoi qu'il en soit, la faute en revient, pour lui, aux journaux et aux journalistes qui racontent n'importe quoi comme il s'en ouvre durant l'été à la princesse Mathilde, fille de Jérôme Bonaparte, cousine germaine de Napoléon III, dont le salon accueille toutes les personnalités politiques, artistiques et scientifiques de son temps : « Je ne veux rien dire à Votre Altesse de nos affaires de l'École normale. Vous l'aurez lu, Princesse, dans une foule de journaux que l'on essayait de m'en faire le bouc émissaire. Mais je suis bien persuadé que Votre Altesse me croira si je l'assure que je n'ai rien fait que je ne sois prêt à refaire, au cas où les mêmes choses se représenteraient, seulement je n'aurais jamais imaginé jusqu'où peut aller la dénaturation des circonstances les plus simples lorsqu'elles passent par le beau creuset de la presse prétendue libérale. Je me moque des injures des journalistes. Ma devise est toujours la même et l'on n'en change certes pas pour être admis à l'honneur d'être reçu par Votre Altesse : Fais ce que dois, advienne que pourra[23]. »

À la rentrée, le 15 octobre, les élèves ne peuvent réintégrer l'École qu'à la condition de rentrer dans le rang. Lallier, lui, pourtant excellent élève, est définitivement proscrit et nommé professeur de seconde au lycée de Sens, ce qui, pour un normalien pouvant aspirer aux plus hauts postes de l'Université, est l'expiation suprême.

Un par un, les élèves sont obligés de signer une lettre d'excuses au ministre. Marion est exclu durant tout un mois, ce qui est cocasse au regard de sa carrière future. Professeur de philosophie, il sera chargé par Jules Ferry du premier enseignement de psychologie appliquée à l'éducation ! Et ce, à l'École normale supérieure de jeunes filles de Fontenay-aux-Roses. Seul Gaston Maspero, le futur égyptologue, refuse la mascarade et quitte Normale de son propre chef, pour l'Uruguay, où il s'intéressera au quechua. Départ qui ne l'empêchera pas d'être nommé deux ans plus tard professeur au Collège de France, à moins de vingt-huit ans. C'est que, dès sa deuxième année de Normale, cet égyptologue autodidacte avait été capable de traduire deux stèles égyptiennes, en un temps record, à la stupéfaction d'Auguste Mariette lui-même.

Toutefois, l'affaire Sainte-Beuve a été trop loin. Désiré Nisard et Louis Pasteur sont démis de leurs fonctions, respectivement remplacés par le philosophe Francisque Bouiller à la tête de l'école et, à la direction scientifique, par Pierre-Augustin Bertin, le camarade et collègue de Pasteur à l'université de Strasbourg. Pasteur pour autant ne quittera pas l'École. Une intervention personnelle de Napoléon III le dote au contraire d'un laboratoire de chimie physiologique comme il n'en espérait plus, au sein même de Normale.

Tout est bien qui finit bien pour lui. De cette épineuse période de son existence durant laquelle il aura été en lutte constante avec les littéraires de l'École, enclins à la polémique, Pasteur gardera l'habitude d'exprimer son mépris en traitant de « littéraires » tous ceux, et surtout les scientifiques, qui débattront avec lui, à tort ou à raison. Et, comme à Normale, Pasteur ne rechignera jamais à la controverse, montant sur ses grands chevaux à la moindre occasion, sûr de son bon droit, implacable, rédigeant note sur note, et traitant ses adversaires avec aussi peu de ménagements que ses élèves.

Cette période à l'École montre pour la première fois et de façon publique le caractère entier de

Pasteur, son irascibilité, son instinct batailleur, son absence totale d'indulgence et sa certitude d'avoir toujours raison. Plutôt aller jusqu'à la rupture que de céder sur des questions même mineures. Étaler ses différends sur la place publique plutôt que de les résoudre discrètement en privé.

Le germe c'est la vie

(1859-1864)

Alors même que Pasteur semble englué dans les mesquineries administratives de l'École normale, il participe à une autre querelle, scientifique celle-là, où se révèle son génie expérimental. Il s'agit de la génération spontanée. Nombre de scientifiques de l'époque, et non des moindres, pensent que la vie peut naître spontanément du néant.

C'est la grande interrogation sur l'origine de la vie que l'on se pose depuis la plus haute Antiquité. Peut-elle naître de rien ? La question relève de la philosophie tout autant que de la science et Aristote attestait déjà que des animaux « naissent d'eux-mêmes sans être produits par des animaux semblables » et supposait qu'ils surgissent de la terre en putréfaction comme nombre de vers et d'insectes. Pour Pline, vers et tiques apparaissent sans avoir été engendrés. Plutarque quant à lui écrivait sur la vie qui naît par la seule vertu de l'inondation fertilisante du Nil. C'est ce limon seul qui génère les grenouilles et crapauds grouillant sur ses bords. Toutefois, certains donnent au vent une puissance de fécondation particulière, ce qu'entendra Virgile lorsque, parlant de juments, il en écrira : « De là il arrive souvent, par un effet qui tient du prodige, que sans être accouplées, elles conçoivent par la seule influence du vent[1]. »

D'autres tenants grecs de cette génération spontanée ont nom Théophraste, Thalès, Démocrite et Platon. Tous pensent, car l'observation semble leur donner raison, que les matières en décomposition génèrent, sans intervention extérieure, de minuscules organismes vivants. À l'autre bout du monde, les lettrés chinois affirment que les pucerons naissent spontanément sur les bambous. D'autres, après eux, ont soutenu des thèses proches, qu'il s'agisse de Bacon, de Descartes ou de Newton. Mais en ce même XVIIe siècle, si favorable à la génération spontanée, le médecin italien Francesco Redi prouve expérimentalement que si l'on recouvre d'une mousseline très fine des bocaux contenant de la viande avariée, les vers n'y apparaissent pas. Il n'y a donc pas, comme on l'affirme depuis toujours, de génération spontanée de larves sur des chairs en putréfaction. Si on laisse des bocaux identiques à l'air libre, les vers y pullulent rapidement. Il en conclut que ce sont des mouches qui y ont pondu leurs œufs.

Toutefois, à la même époque, le médecin hollandais Jan Baptist Van Helmont affirme pouvoir obtenir des souris vivantes, mâles et femelles, par génération spontanée. Il lui suffit de mettre en étroit contact dans un récipient des grains de froment et une chemise sale, imprégnée de la sueur d'une femme. Cette dernière, étroitement compressée, obstruant parfaitement l'ouverture du bocal. C'est l'odeur femelle qui agit sur les grains comme un ferment. Les souris obtenues se reproduisent ensuite sans problème, par procréation sexuée.

En revanche, en 1718, Louis Joblot affirme que les micro-organismes, qu'il examine à l'aide de microscopes qu'il construit, proviennent de l'air ambiant. Ce qui, en ce siècle des Lumières, n'empêche pas Buffon de penser que « la matière des êtres vivants conserve après la mort un reste de vitalité. La vie réside essentiellement dans les dernières molécules des corps. Ces molécules sont arrangées comme dans un moule. Autant d'êtres, autant de moules différents, et lorsque la mort fait cesser le jeu de l'organisation, c'est dire la puissance de ce moule, la décomposition du corps suit, et les molécules organiques qui toutes survivent, se retrouvant en liberté dans la dissolution et la putréfaction des corps, passent dans d'autres corps aussitôt qu'elles sont pompées par la puissance de quelque autre moule[2]. » Mais il dédaigne de se servir du microscope pour étayer son propos par l'observation, « car on voit de l'œil de l'esprit, et sans microscope, l'existence réelle de tous ces petits êtres, dont il est impossible de s'occuper séparément[3] ».

En 1755, un tenant du microscope, le prêtre catholique britannique John Turberville Needham, proche de Buffon, tente de prouver cette spontanéité de la génération par l'expérimentation. Pour ce faire, il enferme dans un vase hermétiquement clos du jus de viande qu'il fait reposer dans de la cendre chaude. Quelques jours plus tard, il trouve la préparation « emplie d'animaux microscopiques vivants, de différentes dimensions, depuis les plus grands jusqu'aux plus petits jamais vus[4] ». Ces derniers sont pour lui le produit d'une force végétative vitale et non d'animalcules aériens, lesquels ont été forcément détruits par la chaleur.

La polémique est déjà en marche quand l'un des plus grands esprits scientifiques du temps, l'Italien Lazzaro Spallanzani, également prêtre catholique, enseignant, mathématicien, météorologue, vulcanologue, linguiste et voyageur impénitent, prouve, par l'expérimentation lui aussi, que les animalcules venus de l'air ambiant meurent lorsqu'on chauffe les préparations dans des ballons hermétiquement scellés, pendant au moins quarante-cinq minutes. Et en laisse d'autres à l'air libre, une fois chauffés avec les premiers. Ceux-là s'altèrent rapidement. C'est donc bien que les germes responsables de l'altération proviennent de l'air ambiant. Il porte l'estocade finale à Needham en prouvant que les chauffages de celui-ci n'étaient pas assez longs et que ses scellages, étant faits aux bouchons de liège, poreux, avaient laissé passer l'air. Il démontre également que plus l'air est contaminé, plus on y dénombre d'animalcules.

Une partie des intellectuels du temps prend parti qui pour l'un, qui pour l'autre. Voltaire notamment en tient pour Spallanzani ainsi, surtout, que le physicien Réaumur, grand spécialiste des invertébrés. Par la suite, Appert, en appliquant les théories de l'Italien, prouve expérimentalement en 1800 que la stérilisation, empêchant tout développement de moisissure, permet la conservation des aliments périssables. Un peu plus tard cependant, Gay-Lussac conteste l'implication du chauffage dans la disparition des germes en remarquant que seule l'absence d'oxygène dans les conserves d'Appert peut expliciter le phénomène. Il faudra attendre l'Allemand Theodor Schwann qui, en introduisant dans du jus de viande déjà stérilisé de l'air lui-même chauffé, démontrera que le produit ne contient plus de germes, alors même que l'oxygène y est présent. Que l'on puisse stopper la contamination, c'est-à-dire la génération de nouveaux germes, semble donc bien infirmer la thèse de la génération spontanée.

On en est là au milieu du XIXe siècle, alors que l'origine de la vie et l'évolution possible des espèces sont des problèmes récurrents. C'est l'époque où se révisent les grandes certitudes, où se conteste la vision biblique des origines et de l'évolution. C'est le moment où le biologiste anglais Charles Darwin, qui a couru le monde de la Terre de Feu aux îles Galápagos, de la cordillère des Andes à la Tasmanie, de l'île Maurice à Tahiti, se penche sur l'évolution de l'espèce. Il vient, en 1859, de publier un ouvrage majeur, *L'Origine des espèces par la sélection naturelle,* qui met à mal tous les vieux schémas.

En cette même année 1859, en s'interrogeant sur l'origine des ferments, Pasteur comprend que le ferment lactique provient de l'air. Et que, lorsqu'une solution qui en contient est mise en contact avec de l'air chauffé, celle-ci demeure stérile. Il y a là comme un avant-goût de la pasteurisation. Cette découverte le met alors sur la piste des générations spontanées. Certains auteurs soutiennent toujours qu'il existe des êtres vivants qui n'exigent ni reproduction sexuée, ni germes préexistants pour naître à la vie. Seule une mystérieuse force naturelle expliquerait ce phénomène.

Quand Pasteur commence à sérieusement s'intéresser à la question, ses proches tentent de l'en dissuader, tant la résolution semble illusoire et entraînerait le jeune chercheur bien trop loin de ses études sur la fermentation. Biot et Dumas, notamment, y sont tout à fait opposés lorsqu'il leur en fait part. Ce sont pour eux des recherches stériles et vaines, et d'ailleurs Pasteur n'est pas loin de penser comme ses maîtres quant à la perte de temps. Car il mène déjà de front ses recherches dans des domaines aussi divers que la dissymétrie moléculaire d'une part, les fermentations lactique et acétique de l'autre. Mais il est question, ainsi qu'il s'en ouvre dans une lettre à Chappuis, de « l'impénétrable mystère de la vie et de la mort[5] ». Le principal champion de la génération spontanée est alors le naturaliste Félix Archimède Pouchet, titulaire d'une chaire d'histoire naturelle au Muséum d'histoire naturelle de Rouen. C'est un éminent scientifique, botaniste et zoologiste qui, en 1858, a déjà publié une *Note sur les proto-organismes animaux et végétaux nés spontanément de l'air artificiel et dans le gaz oxygène*. Il récidive en cette année 1859 avec *Hétérogénie, ou traité de la génération spontanée*. Il n'en est bien entendu plus à penser comme au siècle précédent que des souris peuvent surgir quasiment du néant, mais s'intéresse à tous les corpuscules vivants, généralement minuscules, dont on ne peut déceler les œufs qui les auraient créés. Et plutôt que de génération spontanée, il parle d'hétérogénie.

Il certifie pouvoir faire apparaître la vie de la matière organique morte. Il ne peut croire à la présence de germes dans l'atmosphère qui, d'après lui, deviendrait en ce cas si épaisse que l'air en serait irrespirable. Pasteur se prend alors à penser que la proportion de germes présents dans l'atmosphère doit varier selon les lieux, les altitudes, voire les saisons. Pouchet fait par ailleurs part d'une expérience « où des germes sont apparus dans un bouillon de foin porté à ébullition pour détruire toute vie[6] ». Son flacon d'eau bouillante hermétiquement fermé, il le plonge dans une cuve à mercure. Lorsque le tout est refroidi, il y introduit foin calciné et oxygène.

À quoi Pasteur rétorque que le ballon était mal stérilisé et que c'est ce ballon qui a entraîné une contagion. Mais aussi : « Je vais démontrer qu'il y a une cause d'erreur que M. Pouchet n'a pas aperçue, dont il ne s'est pas le moins du monde douté, dont personne ne s'était douté avant lui, et cette cause d'erreur rend son expérience complètement illusoire, aussi mauvaise que celle du pot de linge sale de Van Helmont. Je vais vous montrer par où les souris sont entrées. Je vais démontrer que dans toute expérience du genre de celle qui nous occupe, il faut absolument proscrire l'emploi de la cuve à mercure[7]. »

Pasteur défend à cor et à cri la méthode expérimentale contre des croyances ne s'appuyant pas sur des résultats de laboratoire probants :

> Je pense donc, Monsieur, que vous avez tort, non de croire à la génération spontanée, car il est difficile, dans une pareille question de n'avoir pas une idée préconçue, mais d'affirmer la génération spontanée. Dans les sciences expérimentales, on a toujours tort de ne pas douter alors que les faits n'obligent pas à l'affirmation ; mais je me hâte de le dire, lorsque à la suite des expériences que je viens d'indiquer, vos adversaires prétendent qu'il y a dans l'air les germes des productions organisées des infusions, ils vont au-delà de l'expérience. Ils devraient dire simplement que dans l'air commun il y a quelque chose qui est une condition de la vie, c'est-à-dire employer un mot vague qui ne préjuge pas la question dans ce qu'elle a de plus délicat[8].

Curieusement, Jean-Joseph Pasteur était lui aussi très attentif aux sources de contamination. Le 2 novembre 1846, il écrivait ainsi à son fils : « À propos de ta sécurité sur tes expériences en chimie, vois ce miracle chimique : Tu étais avec moi quand je suis allé jeter à la rivière et y rincer le verre. Ayant rincé plusieurs fois ce verre tu te moquais de moi, il y avait de ma part excès de précaution. Une fois lavé, dans ta sécurité tu l'aurais porté sur la table, tu aurais bu dedans n'est-ce pas ? il n'en a pas été ainsi de ma part, je l'ai empli d'eau, puis j'ai été l'enfermer dans mon armoire. Il y a deux jours, j'en eus besoin, je mis mes doigts dedans pour le rincer avec l'eau qu'il contenait. Dis-moi pourquoi mes doigts sont devenus tout jaunes. Comprendras-tu qu'il aurait été imprudent de s'en servir pour boire. Même, il y a après ses parois des aspérités, soit que l'acide y ait déposé quelque chose qui ne peut s'en aller à l'eau froide, ou que le poli du verre soit un peu altéré. Ainsi prends un peu plus de précautions, ne te sers jamais pour boire des objets où tu auras déposé des drogues[9]. »

Toutefois, il ne s'agit que d'une expérience de laboratoire et qui ne répond pas à l'hypothèse de Pasteur selon laquelle l'atmosphère, suivant les lieux, est plus ou moins chargée de germes. D'où la nécessité de poursuivre les expériences à l'air libre, notamment en altitude. Ce qui va entraîner les deux savants à traquer les germes en explorateurs bardés de cornues et à s'affronter ballons au poing et crampons aux chaussures ! L'un montera avec un mulet chargé de trente-trois ballons sur la mer de Glace, c'est Pasteur. L'autre, Pouchet, grimpera encore plus haut, à 3 000 mètres d'altitude, dans les Pyrénées, armé de sa lampe à alcool pour souder les ballons. Et n'hésitera pas à partir pour la Sicile et pour l'Égypte expérimenter ses bouillons de culture jusque sur les pentes de l'Etna et les pyramides de Gizeh ! Que ne ferait-on pas par amour de la science, d'autant que Pouchet n'est plus de la première jeunesse pour ces expéditions. Il a alors soixante ans.

Pasteur compte sur son vieil ami Chappuis, randonneur confirmé et connaisseur du massif alpin, pour l'accompagner « [...] tout se complique loin du laboratoire, et outre le plaisir de t'avoir pour guide de voyage, j'espérais utiliser quelque peu ton amour de la science en t'appliquant aux modestes fonctions de préparateur[10]. » Mais celui-ci se désiste et, au mois de septembre, c'est seul avec un guide qu'il part en opération. « Je n'irai pas sur le mont Blanc mais seulement sur quelques points élevés et facilement accessibles... Mais tu verras bientôt, d'après ce que je t'apprendrai, que je vais être riche dès le commencement de l'année qui va s'ouvrir[11] », écrit-il à son père avant de s'élancer vers le Montenvers par le chemin des cristalliers. Mais ni la vision grandiose des Grandes Jorasses ni l'extraordinaire forme effilée de l'aiguille du Dru ne le détournent de son objectif, ses expérimentations. C'est à peine s'il remarque le paysage.

Arrivé à destination, il doit pourtant déchanter. Après avoir ouvert les ballons stérilisés pour les exposer à l'air de l'altitude, il lui est impossible de les souder, le vent l'empêchant de maîtriser la flamme de sa lampe à alcool. C'est la descente, bredouille, à Chamonix, avec des ballons ouverts qui s'altèrent rapidement. Il n'est pas question d'avoir été aussi loin et aussi haut pour renoncer. Il se met à la recherche d'un ferblantier, pour lui régler sa lampe. L'artisan la lui bricole afin qu'elle puisse résister aux aléas atmosphériques et Pasteur gravit les pentes une seconde fois, infatigable, jusqu'à la mer de Glace, avec vingt nouveaux ballons dûment stérilisés. Il les ouvre — « J'avais préalablement chauffé les pointes des ballons. Je les tenais au-dessus de ma tête et avec les branches d'une pince en fer passée dans la flamme quelques instants auparavant, je brisais les pointes en offrant celles-ci à la direction du vent[12] » —, puis les referme hermétiquement avec sa nouvelle lampe performante. Réouverts dans la vallée, seul l'un d'entre eux présente des altérations. Ce qui prouve la raréfaction des germes en altitude. Quant à Pouchet, il part à l'assaut du port de Venasque, dans la haute vallée de la Picque au-dessus de Bagnères-de-Luchon. Il est accompagné dans son périple de deux autres hétérogénistes, Joly et Musset. Ce qui irrite passablement Pasteur : « Je suis toujours contredit par deux naturalistes, l'un de Rouen, M. Pouchet, l'autre de Toulouse, M. Joly. Mais je ne perds pas mon temps à leur répondre. Qu'ils disent ce qu'ils voudront. J'ai la vérité pour moi. Ils ne savent pas expérimenter[13]. » Pouchet transporte avec lui, à 2 083 mètres d'altitude, ses ballons aux solutions de foin stérilisées. Mais jugeant qu'il n'est pas assez haut, en tout cas à seulement quatre-vingt-trois mètres de plus que Pasteur au Montenvers, il poursuit son ascension jusqu'à 3 000 mètres au pied du massif de la Maladetta, malgré des conditions de froid très sévères. Car il leur faut aller plus loin, ce qu'ils n'avaient pas prévu, et passer la nuit dehors, au creux d'éboulis rocheux.

Les quatre ballons sont enfin ouverts puis refermés selon les mêmes normes que celles préconisées par Pasteur. Et pourtant, redescendues dans la vallée, les solutions se sont toutes altérées. Ce qui détermine Pouchet à affirmer : « L'air de la Maladetta et en général l'air des hautes montagnes n'est pas impropre à provoquer une altération quelconque dans une liqueur éminemment putrescible ; donc l'hétérogénie ou production d'un nouvel être dénué de parents, mais formé aux dépens de la matière organique ambiante est pour nous une réalité[14]. » L'Académie des sciences se décide en 1862 à mettre au concours du prix Alhumbert, doté de 2 500 francs, le sujet suivant : « Essayer par des expériences bien faites de jeter un jour nouveau sur la question des générations dites spontanées. » Il n'en fallait pas tant pour que les deux opposants entrent dans la bagarre. En fait, il s'agit à l'avance d'une prise de position en faveur de Pasteur, le jury étant entièrement composé d'opposants à la thèse de Pouchet et de partisans de l'expérimentation contre l'idéologie. Mais sans avoir sous la main d'arguments probants. Encore va-t-il falloir que Pasteur mette au point un protocole de recherche incontestable. C'est là où son génie de l'expérimentation peut donner toute sa mesure.

Car il s'y lance sans préjugé. Et s'il s'y lance, c'est également parce qu'il en a besoin pour progresser dans ses recherches sur les fermentations, avec cette question cruciale : les ferments sont-ils apportés par l'air ou peuvent-ils naître spontanément ?

Bien sûr, il compte battre Pouchet, mais en envisageant toutes les possibilités, même celle de la génération spontanée, et comme il l'écrit à son concurrent : « À mon avis, Monsieur, la question est entière et toute vierge de preuves décisives. Qu'y a-t-il dans l'air qui provoque l'organisation ? Sont-ce des germes ? Est-ce un corps solide ? Est-ce un gaz ? Est-ce un fluide ? Est-ce un principe tel que l'ozone ? Tout cela est inconnu et invite à l'expérience[15]. » Alors que Pouchet part avec la ferme intention de démontrer ce en quoi il a foi, à savoir l'hétérogénie.

Pasteur met d'abord au point un appareil en forme de tube, fermé par une bourre de coton blanc, dans lequel il insuffle un courant d'air. La bourre noircit et il en récupère les particules pour les examiner au microscope. S'il y a particules, c'est qu'elles ont donc bien été apportées par l'air. À quoi Pouchet peut riposter que le coton étant une matière végétale, c'est lui qui est vraisemblablement responsable de leur apparition. Pour répondre à l'objection, fondée, Pasteur réitère son expérience en remplaçant le coton par de l'amiante, matière minérale. Pour obtenir le même résultat.

Afin qu'il puisse renforcer sa démonstration, Balard lui suggère de changer de récipient et d'utiliser des ballons à col étiré, notamment ceux à col-de-cygne. Le liquide y est versé, chauffé et laissé sans obturation. Il n'y a plus qu'à attendre une éventuelle contamination. Or, en les contraignant à se déposer dans les coudes et replis, les sinuosités empêchent les germes atmosphériques d'arriver jusqu'à la solution qui demeure stérile. Ce qui appelle une conclusion logique, à savoir que la génération spontanée n'existe pas.

L'Académie tranche en faveur de Pasteur. Le prix Alhumbert lui est attribué le 1er décembre 1862, après un *Mémoire sur les corpuscules organisés qui existent dans l'atmosphère. Examen de la doctrine de la génération spontanée*, d'autant que Pouchet ne s'est pas porté candidat, sachant que les jeux étaient faits d'avance. Ce qui ne l'empêche pas de poursuivre ses expériences, car si la génération spontanée existe, elle peut s'expérimenter en tout temps et en tout lieu. Et où qu'il réitère ses expériences, le résultat est toujours en faveur de l'hétérogénie. C'est que le mercure qu'il continue à utiliser fausse les conclusions.

Il cherche partout de nouvelles poussières à examiner, tant à la pyramide de Khéops que dans l'abbaye de Fécamp. Il va jusqu'à exposer ses flacons à l'aéroscope, un appareil qu'il crée pour fournir des courants d'air tendant à reproduire les ouragans. Pour aboutir aux mêmes enseignements. Et pourtant, il est aussi précis, aussi minutieux dans ses expérimentations que peut l'être son adversaire. On découvrira par la suite que ses expériences étaient irréprochables. Simplement, ce que personne ne pouvait savoir alors, c'est que les macérations de foin renferment des spores invisibles qui résistent à la chaleur et sont à même de se reproduire, sans apport extérieur de quelque germe que ce soit.

La polémique ne s'éteint toujours pas, elle devient même progressivement plus virulente, au point que l'Académie des sciences se sent pousser, par les hétérogénistes notamment, à établir une commission destinée à examiner de plus près les expériences et conclusions des uns et des autres. La chose devient publique et les esprits s'enflamment. Ce qui amène Pasteur à venir défendre son point de vue lors d'une conférence solennelle organisée dans le temple du savoir qu'est la Sorbonne.

À la Sorbonne donc, en ce 7 avril 1864, l'auditoire est fourni et distingué. On y croise sur les gradins la princesse Mathilde, le ministre de l'Instruction publique Victor Duruy, les écrivains Alexandre Dumas père et George Sand. C'est avec deux expériences conduites conjointement, avec le même liquide dans deux ballons dont l'un est à col-de-cygne, qu'il remporte les suffrages. Le premier laissé au contact de l'air s'altère rapidement. Le second peut rester des jours, voire des mois et des années sans aucune dénaturation : « La seule différence, la voici. Dans celui-ci, les poussières qui sont en suspension dans l'air peuvent tomber par le goulot du vase et arriver au contact du liquide où ils trouvent un aliment approprié et se développent. Ici, au contraire, il n'est pas possible, ou du moins il est très difficile que les poussières en suspension dans l'air puissent entrer dans ce vase[16]. »

Pasteur y condamne ses adversaires, au premier rang desquels Pouchet, mais aussi ceux qui ont pris fait et cause pour lui comme Michelet :

[...] j'ai pris dans l'immensité de la création ma goutte d'eau... Et j'attends, et j'observe, et je l'interroge, et je lui demande de bien vouloir recommencer pour moi la primitive création ; ce serait un si beau spectacle ! Mais elle est muette ! elle est muette depuis plusieurs années que ces expériences sont commencées. Ah ! C'est que j'ai éloigné d'elle, et que j'éloigne encore en ce moment, la seule chose qui n'ait pas été donnée à l'homme de produire, j'ai éloigné d'elle les germes qui flottent dans l'air, j'ai éloigné d'elle la vie, car la vie c'est le germe, et le germe c'est la vie[17].

C'est un tonnerre d'applaudissements. La grande majorité du public a choisi son camp. Contre l'hétérogénie. Grâce au sérieux de l'expérience et à la clarté du discours. Et, en conséquence pour nombre d'entre eux, contre les matérialistes dont on trouve même qu'ils sont trop nombreux à l'Institut. Car, voir surgir la vie sans aide extérieure dans un milieu entièrement stérile, donc mort, permet de se passer d'un Créateur suprême et, *in fine*, de la religion. Par principe, les athées se targuent donc d'hétérogénie, quand les cléricaux se doivent de prendre le parti inverse. Ce qui, bien entendu, n'empêche pas un Duruy libre-penseur d'adhérer aux thèses de Pasteur.

Rapidement, on ne s'intéresse plus du tout à l'expérimentation scientifique, mais on alimente une polémique qui dépasse ses débatteurs d'origine. On passe du phénomène de la génération spontanée au problème de l'origine de la vie. Du scientifique au religieux et au politique. Pourtant, Pouchet n'a jamais prétendu au matérialisme. Il est même un adversaire reconnu des argumentations évolutionnistes de Darwin. Et déplore que le public ne s'intéresse guère aux expériences, leur préférant des spéculations et des interprétations politiques et religieuses qui, pour lui, n'ont pas lieu d'être.

Quant à Pasteur, il n'a jamais envisagé de démontrer quelque thèse que ce soit en la matière. Il s'est contenté de conduire un protocole d'expérimentation lui permettant de comprendre les phénomènes de prolifération des germes. Sans aborder jamais « les sujets éternels de méditations solitaires[18] » : « Il n'y a ici ni philosophie ni athéisme ni matérialisme ni spiritualisme qui tiennent. Je pourrais même ajouter : comme savant, peu m'importe. C'est une question de fait ; je l'ai abordée sans idée préconçue, aussi prêt à déclarer, si l'expérience m'en avait imposé l'aveu, qu'il existe des générations spontanées, que je suis persuadé aujourd'hui que ceux qui les affirment ont un bandeau sur les yeux[19]. »

La controverse est intense maintenant qu'elle est de notoriété publique, opposant matérialisme et religion, sur des critères rien moins qu'expérimentaux. Les journaux s'en saisissent et l'on peut lire : « Porter devant le public une cause que l'Académie avait voulu étouffer, c'était protester, au nom du peuple des savants, contre cet état de servage où prétend les réduire un corps mené par des vieillards, que mènent les sacristies[20]. »

On va même jusqu'à attaquer l'intégrité de Pasteur : « M. Pasteur n'a-t-il pas reçu le prix Jecker ? Le prix des générations spontanées ? Et l'Académie n'a-t-elle pas fait les frais de son expédition à la Mer de Glace : total, une quinzaine de mille francs, dit-on[21]. » À quoi Pasteur ulcéré riposte :

Il est absolument contraire à la vérité que l'Académie des sciences ait fait les frais de mes expériences au Montanvert. J'ajouterai, puisque ces comptes domestiques paraissent intéresser votre collaborateur, que les dépenses des laboratoires des professeurs dont il défend les opinions figurent au budget des établissements où ils enseignent, et je les en félicite ; tandis que ma position dans l'Université étant une position administrative, les frais de mes travaux personnels sont entièrement à ma charge. Il n'existe dans mon laboratoire pas un objet de la plus minime valeur qui ne soit ma propriété exclusive[22].

Afin de départager les adversaires qui ne cessent de s'invectiver, l'Académie des sciences crée une commission d'enquête pour en juger. Le 22 juin 1864, les deux savants s'affrontent au Muséum d'histoire naturelle, dans le laboratoire de Chevreul, chacun avec ses outils, décoction de foin pour Pouchet, eau de levure pour Pasteur. À l'ouverture des flacons de Pasteur, les résultats sont ceux qu'il a toujours défendus. Quant à les renouveler avec des solutions de foin, les expériences sont remises au printemps suivant. Elles n'auront jamais lieu.

Dans les faits, la controverse ne s'arrêtera vraiment qu'avec la mort de Pouchet, intervenue le 6 décembre 1872, que Pasteur salue d'un : « Ce savant consciencieux mérite la reconnaissance de tous pour ce qu'il a fait de bon et d'utile et, jusque dans ses erreurs, il a droit à tous les respects[23]. »

La leçon pour Pasteur n'en est pas moins grande. Il sait désormais que la contamination est partout et peut venir d'où on ne l'attend pas, comme dans le cas du mercure. Après de nouvelles polémiques avec l'Anglais Bastian qui obtient des germes dans des solutions caustiques chauffées, il finira par s'apercevoir que le récipient lui-même, malgré le lavage et le chauffage, peut être souillé. Ce sera le premier pas avant la mise au point de l'autoclave. Mais jamais il ne niera la possibilité de génération spontanée. Simplement, elle est réfutée par les expériences du moment. Il avouera néanmoins plus tard que, l'ayant cherchée durant vingt ans, il ne la jugeait pas impossible.

Dans la vie quotidienne, la prolifération des germes et les facteurs de contamination sont loin de le laisser indifférent. C'est ainsi qu'il considère la poignée de main comme moyen de transmission des germes. Comme il en est économe, cela nuit en partie à sa carrière. De même, il considère les baisers comme autant de facteurs d'épidémie et déconseille d'embrasser les enfants, afin de les préserver des microbes. Son neveu en écrira plus tard :

> Pasteur avait la phobie de la poignée de main, et c'est probablement ce qui le faisait trouver hautain. Il ne tendait jamais la main. Lorsque par hasard il avait reçu la visite d'un étranger au laboratoire, particulièrement quand c'était un médecin, s'il n'avait pu se soustraire à ce geste consacré de politesse, il me faisait un léger signe que je connaissais bien, en me désignant de la tête le lavabo dont j'allais ouvrir le robinet, le pédalier n'ayant pas encore été inventé. Il était, pour agir lui-même, gêné par sa main gauche paralysée, qui restait toujours contre son pectoral. Il prenait le savon de sa main

droite qu'il lavait et séchait avec une feuille de papier du tiroir, après avoir remis en place le savon propre et net. Il était d'ailleurs très adroit de cette main. Vu ses principes, il avait, comme on le voit, la poignée de main avare, peut-être même est-ce pour cela, et aussi pour d'autres raisons que, en 1876, il essuya un échec en se présentant au Sénat dans le Jura[24].

Drames intimes

(1859-1869)

Les problèmes que rencontre l'administrateur et son acharnement à envenimer ses rapports avec les élèves pourraient faire croire que, par ailleurs, Pasteur mène une vie familiale tranquille propre à le rasséréner. Or, au long de ces dix années d'École, charges et drames familiaux s'accumulent. À son entrée à Normale, le couple Pasteur s'est séparé de ses deux aînés mis en pension à Arbois, non loin de la tannerie qu'habitent leur grand-père et leur tante Virginie. Mais ce n'est ni leur grand-père que les enfants craignent en raison de sa sombre humeur, ni leur tante affairée dans sa tannerie et prise par l'éducation de ses propres enfants qui peuvent adoucir leur exil. Ils ne les voient d'ailleurs pour ainsi dire pas. Pasteur qui, à seize ans, n'a pu supporter le déchirement d'être éloigné de ses parents, n'hésite pas à mettre Jean-Baptiste et Jeanne en pension, eux qui n'ont pourtant que six et sept ans. Leur troisième enfant, Cécile, a quatre ans et reste à leurs côtés. Moins d'un an plus tard, le 19 juillet 1858, naît un quatrième. C'est une fille qu'ils prénomment Marie-Louise, en accolant leurs deux prénoms.

Les aînés demeurent éloignés de leurs parents pris par les activités débordantes de Pasteur. C'est l'époque où il s'occupe tout à la fois de fermentations lactique, alcoolique, tartrique, acétique, de doctrine de la génération spontanée et, à partir de 1865, des maladies du ver à soie. Expérimentations, conférences, exposés, mémoires à l'Académie des sciences se succèdent sans répit et les polémiques font rage entre tenants de doctrines diamétralement opposées. La vie familiale ne cause que peu de soucis au savant. Sa femme Marie est là pour veiller à la bonne marche du ménage et lui éviter le moindre souci. Sa fille Jeanne lui envoie des nouvelles, du couvent arboisien des Filles de Marie où elle est pensionnaire et poursuit sa scolarité. Son père est heureux de ses progrès et de sa première lettre à laquelle il répond le 30 décembre 1857 : « Ma chère Jeanne, Ta petite lettre nous a fait grand plaisir. C'était la première. Elle a été pour nous une preuve de ton application et de tes progrès. Je la conserverai précieusement. Nous avons mis hier au chemin de fer une caisse qui renferme tes étrennes du premier jour de l'an 1848. Il y a un manchon gris, une armoire à glace de poupée et dix francs. Ton frère reçoit par le même envoi une belle lanterne-magique[1]. »

C'est le début d'une correspondance entre eux, elle parlant de ses progrès, lui l'encourageant. Lorsqu'elle exprime le désir de prendre des leçons de piano, il le lui accorde volontiers. Et lorsqu'elle se plaint de son appareil dentaire qui lui fait mal, il la raisonne gentiment. Mais ce n'est pas pour autant qu'il quitterait la capitale pour Arbois afin de fêter en famille la nouvelle année avec la fillette et son petit frère.

En plein été 1859, alors que sa femme est à Arbois et lui à Paris attelé à des corrections de copies d'agrégation, il apprend que Jeanne, fiévreuse, est atteinte de typhoïde. Les nouvelles qui lui parviennent soufflent le chaud et le froid. Le 22 août, la petite malade semble se rétablir, le 24, Pasteur répond à une lettre de sa femme : « Je regarde notre chère petite comme sauvée[2]. » Le 26, elle est au plus mal. Début septembre, son état est stationnaire, et tous les espoirs semblent être à nouveau permis. Mais elle décède à neuf ans et demi, le 10 septembre, alors que son père est toujours à Paris. Deux jours plus tôt, une sœur de Marie Pasteur, Célie Zévort, mourait à Marseille, de fièvre typhoïde elle aussi. C'est le déchirement dans toute la famille Laurent. En quarante-huit heures, Marie a perdu sa sœur et sa fille. La peine de Pasteur est immense mais, au même moment, il reçoit le prix de l'Académie des sciences en physiologie expérimentale. Est-ce une consolation ?

Le 24 juillet 1863 naît une nouvelle petite fille, Camille. Tout semble aller pour le mieux dans la famille. Pourtant, deux ans plus tard, alors que Pasteur vient à peine d'arriver à Alès pour ses travaux sur la pébrine du ver à soie, il apprend que son père est à l'agonie, à Arbois. Quand il s'y rend, il est déjà trop tard : Jean-Joseph vient de mourir à soixante-quatorze ans, en ce 15 juin 1865.

La maison du tanneur qu'il avait fini d'acquérir revient à ses deux héritiers, Virginie et Louis, seuls survivants de la fratrie. Pasteur va s'installer dans les pièces que son père s'était réservées au premier étage du bâtiment. Virginie en occupe le rez-de-chaussée, avec son époux, depuis leur mariage en 1851, et leurs trois enfants, et tient la boutique, tandis que la tannerie, au sous-sol, demeure entre les mains de Gustave Vichot. Louis rachètera la maison mitoyenne autrefois habitée par le père Gaidot. Son père décédé, il n'a plus aucune réticence quant à l'aménagement des lieux. Il fera des travaux pour relier ses deux propriétés au début de l'année 1880. À la mort de Virginie, quelques mois plus tard, il achètera à ses neveux, Estelle et Joseph agissant au nom de leur frère mineur Louis Antoine, la part qui lui était revenue de la maison paternelle. Pour être définitivement dans ses murs.

Dès la fin des obsèques, et les papiers réglés, Pasteur retourne à Alès non sans avoir écrit à sa femme un véritable hommage à celui qui n'est plus : « Cet homme était, par la distinction de l'esprit et du caractère, bien au-dessus de sa position, à juger des choses comme on le fait dans le monde[3]. »

Ce n'est qu'en revenant à Paris où il rentre régulièrement pour accomplir ses tâches d'administrateur de l'École qu'il découvre sa dernière fille Camille, épuisée. Marie Pasteur, pour ménager son mari, ne l'a pas averti. Atteinte d'une tumeur au foie, l'enfant est au plus mal. Il va jusqu'à consulter la sommité chirurgicale du moment, Alfred Velpeau : « L'état de notre pauvre enfant est toujours désespéré. M. Velpeau a constaté par une ponction exploratrice que c'était une tumeur dure contre laquelle la science est absolument impuissante[4]. » Contre toute espérance, contre l'avis même de la Faculté dont il connaît les limites, Pasteur, le scientifique, continue de croire en la guérison de sa fille : « Nous comptons quelquefois sur quelque miracle de la nature[5]. »

Amaigrie, méconnaissable et dans un état de faiblesse extrême, Camille meurt le 11 septembre, veillée par ses parents, six ans presque jour pour jour après sa sœur Jeanne. Elle a tout juste deux ans.

Lorsqu'il annonce l'épouvantable nouvelle à Jean-Baptiste Dumas — « Ma pauvre enfant est morte ce matin, conservant toujours une telle lucidité d'esprit que lorsque ses petites mains sont devenues froides, elle n'a cessé de me demander de les placer dans les miennes[6]... » —, il ne peut s'empêcher d'ajouter : « Je doute que je sois de retour lundi prochain et comme j'ai écrit à M. Lachedenède que je lui enverrais cette semaine une épreuve des comptes rendus, je viens vous prier de vouloir bien déposer mon travail et en demander l'insertion au bulletin de la séance[7]. » Comme si derrière le père effondré veillait toujours l'homme de science à l'affût de reconnaissance et que le travail, seul à même de cicatriser les plaies, préserve du désespoir. Mais sa peine est immense :

« Dieu te préserve de la douleur de perdre un de tes enfants[8] », écrit-il à Lamy quelques jours après les obsèques.

Le pire semble bien être passé. Pourtant, à peine quelques mois plus tard, alors que Marie Pasteur est à Chambéry chez sa sœur, accompagnée de ses filles, Cécile contracte la fièvre typhoïde. Pasteur, alerté, quitte Alès pour la Savoie et écrit à ses assistants : « Ma pauvre enfant est bien abattue, bien somnolente, mais encore pleine de vie. Elle m'a bien reconnu et m'a parlé, je crois, de vous et des vers à soie. C'est une espèce de méningite qu'elle a eue. Ce qui est inquiétant, c'est que les remèdes les plus énergiques, sangsues, sinapismes, vésicatoire, appliqués hier à la hâte ne l'ont pas aujourd'hui fait sortir de sa torpeur[9]. » Elle meurt après deux mois de traitements, le 23 mai 1866, à douze ans et demi, loin de son père retourné à Alès. Les recherches prévalent et Pasteur est incapable de déléguer les expériences en cours à ses assistants, même pour assister aux derniers moments de sa fille. Comme pour Jeanne, comme pour son père, il arrive trop tard.

Ses trois filles sont enterrées au petit cimetière d'Arbois entourant l'église, aux côtés de leur grand-père. Sur la tombe de Jeanne, Pasteur a fait inscrire un « Priez pour elle », mais rien sur celles de ses deux autres enfants. Aurait-il perdu confiance dans le ciel capable de rappeler à lui des êtres si jeunes, lui l'homme de science qui s'appuie sur l'expérimentation ? Lui qui, veillant Camille, attendait un miracle de la nature et non de Dieu.

Toutefois, en novembre 1865, il écrira à Sainte-Beuve :

> Ma philosophie est toute du cœur et point de l'esprit et je m'abandonne par exemple à celle qu'inspirent ces sentiments si naturellement éternels que l'on éprouve au chevet de l'enfant que l'on a chéri et dont on voit s'échapper le dernier souffle. À ce moment suprême, il y a quelque chose au fond de l'âme qui nous dit que le monde pourrait bien ne pas être un pur ensemble des phénomènes propres à l'équilibre mécanique sorti du chaos des éléments par le simple effet du jeu graduel des forces de la matière[10].

Si Pasteur a bénéficié d'une éducation religieuse, s'il est inflexible envers les élèves de Normale qu'il oblige à suivre les offices, il semble bien que le savant tienne plus à l'Église par convention sociale que par conviction et que la dévotion n'a jamais été son fort, au contraire de sa femme, très pieuse et fidèle pratiquante. Mais il prendra toujours une ferme position contre le matérialisme et acceptera de recevoir les derniers sacrements quelques mois avant sa mort.

À peine Cécile enterrée, il rentre à Alès avec Marie et Marie-Louise pour se remettre au travail sans tarder. Ce que Marie Pasteur transcrit à leur fils Jean-Baptiste, toujours à Paris pour ses études et qui n'a pas assisté aux obsèques de sa sœur : « Notre Zizi a beaucoup de plaisir à suivre les magnaniers sur la montagne, mais elle ne touche guère aux vers, pas plus que moi qui en suis excessivement dégoûtée. Je me contente d'éplucher les cocons, de les compter, de les trier et de les disposer dans des corbeilles bien propres, pour faciliter la sortie du papillon, en même temps que les expériences scientifiques[11]. » C'est dire si, tout naturellement, le père emploie sa femme à peine remise du deuil de son enfant et même sa fille de huit ans — Zizi, c'est Marie-Louise — pour des tâches liées à ses recherches. Et la besogne n'est pas mince si l'on en croit le courrier de Marie. Déjà, Cécile, en le voyant à son chevet, prenait des nouvelles de ses assistants et de ses vers ! Comme si c'était la seule chose qui primait, à ses yeux de fillette très malade et promise à une mort prochaine. Il n'y a de vie de famille chez les Pasteur qu'au rythme des recherches du père.

Le malheur dans la famille Pasteur frappe à coups redoublés. L'année précédente, Pasteur a dû faire face à l'affaire Sainte-Beuve et vérifier que les élèves rentrent bien à Normale en signant leur lettre d'excuse au ministre. Le bras de fer avec les élèves avait mobilisé une grande partie de ses forces, mais bien que cette rentrée 1868 pose moins de problèmes, il a dû achever de tracer l'organisation d'un vrai laboratoire de chimie dans les locaux de la rue d'Ulm. Il est complètement épuisé, mais rasséréné par le grand cordon de commandeur de la Légion d'honneur qu'il vient de recevoir, le 15 août précédent.

Ce 19 octobre, il se met à ressentir tout à coup des fourmillements dans tout le côté gauche du corps, de la joue au bout des orteils. Marie, à qui il en fait part, s'inquiète. Après le déjeuner, comme il éprouve le besoin de s'étendre, elle n'est guère rassurée. Car, à ce moment de la journée, il s'installe sans faillir à son bureau, qu'il pleuve ou qu'il vente, et ce, depuis dix ans. Son passage à vide ne l'empêche pas de se rendre à l'Académie des sciences pour faire la communication prévue à l'ordre du jour sur les travaux de Salimbeni concernant les vers à soie. Marie, soucieuse, l'y accompagne puis l'y laisse, prêt à s'adresser d'une voix assurée à ses confrères.

La séance terminée, qu'il suit jusqu'au bout, il rentre à pied comme de coutume à l'École en compagnie de Balard et de Sainte-Claire Deville, en devisant. Le dîner se passe sans incident mais, à peine couché, il ne sent plus ni son bras ni sa jambe. Marie affolée appelle à son chevet le docteur Godélier, médecin au Val-de-Grâce tout proche, qui soigne habituellement son époux. Et qui diagnostique une hémorragie cérébrale.

Le lendemain, tout le côté gauche est paralysé. Godélier et son confrère Gueneau de Mussy, un ami de la famille, font venir le professeur d'hématologie Gabriel Andral, membre de l'Académie de médecine, qui prescrit la pose de seize sangsues, derrière l'oreille. L'effet des sangsues est positif quelque temps. Pasteur recouvre un peu la parole, la circulation sanguine redevient normale. Mais, brusquement, la paralysie empire alors que le patient reste parfaitement conscient.

La famille et les collaborateurs de Pasteur sont atterrés. Celui-ci, bien que paralysé et quasiment aphasique, garde tous ses esprits, ainsi que le note Godélier à la fin du premier jour : « Parole, plus nette, langue dégagée, quelques mouvements dans les membres paralysés, intelligence parfaite[12]. » Mais la nuit suivante, au vu de l'aggravation des symptômes, on pense le chercheur perdu. Ses proches le veillent et le veilleront tout au long de sa convalescence, de Jules Marcou, en France depuis quelque temps, et Pierre-Augustin Bertin, nouveau directeur scientifique de l'École, ses amis de toujours, aux professeurs Dumas et Sainte-Claire Deville et jusqu'au général Ildephonse Favé, aide de camp de l'empereur que celui-ci délègue à son chevet. Non contents de lui envoyer Favé, l'empereur et l'impératrice font prendre de ses nouvelles chaque matin par un de leurs laquais. La rumeur de cette hémiplégie se répand dans tout le monde scientifique et beaucoup commencent à penser que, si Pasteur survit, ses moyens intellectuels sont d'ores et déjà amoindris. Et la suite de ses expérimentations fort compromises.

Il se remet néanmoins peu à peu, malgré une multitude de petites attaques cérébrales dont il est l'objet et qui trouble les diagnostics. Il reste malgré tout étonnamment lucide, regrettant de devoir partir si tôt avant que ses recherches ne soient totalement abouties. « Je regrette de mourir. J'aurais voulu rendre plus de services à mon pays[13] » ; « J'ai tant à faire encore ! Il y a tout un monde à découvrir[14]. » C'est qu'il n'a que quarante-six ans.

Il ne se laisse pas abattre pour autant. Dès le 24, cinq jours après son attaque, il dicte à Désiré Gernez une communication qui sera lue à l'Académie des sciences, devant un public stupéfait à qui l'on avait annoncé Pasteur au plus bas.

Son attaque et ses médiocres espoirs d'avenir ne l'empêchent pas de se battre pour celui-ci. Il a obtenu de l'empereur la construction d'un laboratoire et demande à tout moment que l'on veuille bien regarder par la fenêtre du salon à quel stade en sont les travaux. En apprenant que le savant est très malade, l'administrateur en a fait immédiatement cesser la construction. Pas un ouvrier ne se montre donc sur le chantier. Les proches de Pasteur ne savent comment lui cacher les faits. Quand il découvre la manœuvre, il s'en plaint *illico* à Favé : « N'eût-il pas été plus franc de dire, dès le 19 octobre : travaux arrêtés pour cause de décès probable[15] ? »

Napoléon III, averti, s'en ouvre à Duruy et fait relancer la construction : « J'ai appris que sans doute à votre insu, on avait retiré les ouvriers qui travaillent au laboratoire de M. Pasteur, le jour même où il est tombé malade. Cette circonstance l'a vivement affecté, car elle semblait laisser entrevoir son non-rétablissement. Je vous prie de donner des ordres pour que le travail entrepris soit continué[16]. » Les prières d'un empereur sont des ordres. Les travaux recommencent dans l'instant et Duruy se présente chez Pasteur pour lui annoncer une augmentation de crédits, sur les instances de l'empereur. Au cours de la maladie de son époux, Marie écrira à l'impératrice — est-ce de son propre chef ou à l'instigation de Pasteur qui ne perd jamais l'occasion de faire sa cour ? : « Dans les premiers jours de sa maladie, alors qu'il était persuadé de sa fin prochaine, j'avais la pénible tâche d'écrire ses dernières volontés. Je crois être agréable à l'empereur en reproduisant ici textuellement l'une de ses recommandations : "Tu prieras M. Dumas de dire à l'Empereur que je suis mort avec le regret de ne pas avoir fait assez pour honorer son règne[17]". »

Et Pasteur de surveiller le chantier cloué sur son fauteuil de malade. Mais il ne se contente pas de cette attitude statique et, s'il ne peut écrire, il dicte son courrier à Marie. C'est ainsi que le 9 décembre, il lui enjoint de reprendre contact par courrier avec le maire de Saint-Hippolyte-du-Fort, Bénigne Jeanjean, et ses essais sur le ver à soie. Le 11 décembre, il annonce à Duclaux médusé : « Le moment est venu de préparer notre grande expédition[18] », alors qu'il est encore incapable de se tenir debout.

Le 15 décembre, il fait enfin ses premiers pas pour aller de son lit à son fauteuil, mais appuyé sur un bras « compatissant ». Le 22, il s'aide d'une chaise en tâtonnant ; le 29, il se débrouille tout seul. Et le 18 janvier, trois mois après son attaque, il sort définitivement de son appartement pour prendre le train à la gare de Lyon. Il lui faut impérativement gagner Alès puis Saint-Hippolyte et le fait que l'on soit en plein hiver, à la pire saison pour voyager, lui importe peu. Il a décidé de partir et il partira.

On le transporte, on le soutient, on l'aide, on l'assied, on s'occupe de toute l'intendance, mais il n'est pas question pour lui de se laisser aller à une convalescence. Marie, Marie-Louise et Gernez sont du voyage : « On l'installa couché dans un coupé jusqu'à Alais d'où une calèche l'amena à Saint-Hippolyte-du-Fort. Dans ce pays où l'on ne cherche guère à se défendre que de la chaleur, il ne put trouver qu'une maison froide, mal distribuée, mal installée[19]. » Il en faudrait plus pour décourager un Pasteur, qui, tout affaibli qu'il soit, impose à ses proches cette véritable expédition. Sa détermination, son opiniâtreté sont demeurées intactes. Même la paralysie ne peut lui faire obstacle quand le devoir l'appelle. Et le devoir, c'est le ver à soie. Ses tribulations ne sont toutefois pas terminées. À peine arrivé à destination, il tombe de tout son long sur le carrelage, sur son côté invalide. Il est couvert d'ecchymoses qui le font souffrir et mettront un temps fou à se résorber ; il en conçoit une grande amertume : « Il y a bien longtemps que je veux vous écrire, mais un paralysé du côté gauche qui s'amuse à tomber de ce côté-là, et qui en outre élève des vers à soie, ne fait pas ce qu'il veut[20]. » Marie et Marie-Louise veillent au grain, sans relâche, et brident ses envies de se jeter à corps perdu dans la recherche, le forçant au repos, plus souvent qu'à son gré. Parlant de sa fille, il se plaint à Dumas qu'elle lui « arrache impitoyablement livres, papiers, crayons ou plumes, avec une constance qui fait mon désespoir et ma joie[21] ».

Il faut organiser dans l'urgence un laboratoire avec Raulin et Maillot qui rejoignent Gernez et œuvrent sous la direction de Pasteur, très affaibli mais vigilant :

> Quant à ma tête, elle est toujours bien saine. Voici comment se passent toutes mes journées : le matin mes trois jeunes amis viennent me voir et je règle le travail du jour. Je me lève à midi après avoir déjeuné dans mon lit et avoir entendu la lecture d'un journal ou dicté quelques lettres. S'il fait beau, je descends pendant une heure ou deux dans le petit jardinet de la maison que nous habitons. Ordinairement quand je ne suis pas trop invalide je dicte à ma chère femme une page, plus souvent une demi-page d'un petit ouvrage que je prépare et où je désire résumer l'ensemble de mes observations[22].

Il est ici depuis un mois tout juste et déjà, ligne à ligne, il esquisse l'ouvrage qu'il publiera en avril 1870 : *Étude sur la maladie des vers à soie, moyen assuré de la combattre et d'en prévenir le retour*. Et qu'il dédiera à Eugénie de Montijo : « À sa Majesté l'Impératrice, hommage de profonde reconnaissance et d'une vive admiration pour son esprit élevé et son grand cœur[23]... » L'hémiplégie n'a pas réussi à terrasser le mordu de la recherche, le pionnier de la microbiologie.

Sous le signe de Bacchus

(1863-1879)

Bien que quotidiennement pris par les problèmes d'intendance de l'École normale supérieure et ses rapports souvent houleux avec les étudiants, il ne faudrait pas croire que Pasteur soit resté inactif dans le domaine scientifique. C'est même le contraire et l'on se demande comment ce diable d'homme a pu tout concilier. Car son obsession demeure, à son entrée à Normale, le problème des fermentations. Pour cela, il lui faut à tout prix un laboratoire d'expérimentation. À l'époque de son arrivée, c'est chose inconnue ici. Les professeurs se contentent de leurs salles de cours. Quant aux crédits alloués à la recherche, on n'en est qu'aux balbutiements. Chacun se débrouille comme il peut. Henri Sainte-Claire Deville est alors le seul à y posséder un laboratoire, des locaux particulièrement sombres accompagnés d'une petite allocation pour des recherches sur l'aluminium. Il n'est naturellement pas question pour Pasteur de partager des locaux avec qui que ce soit, même lorsqu'il s'agit d'un chercheur affable, apprécié des élèves et par ailleurs éminent. On lui doit notamment la première production chimique de l'aluminium et le procédé — dit procédé Deville — pour extraire l'alumine de la bauxite.

Pasteur s'installe donc ailleurs, dans les combles de l'École qu'il réquisitionne, grenier inconfortable où il faut subir tour à tour le froid en hiver et la canicule en été. Qu'à cela ne tienne, il s'y établit. Il n'est d'ailleurs pas plus mal logé que les grands chercheurs de son temps, tel Claude Bernard au Collège de France qui œuvre dans un cagibi insalubre et sans équipement. Quant aux crédits, il n'hésite pas un instant sur la marche à suivre et s'adresse directement au ministre de l'Instruction publique pour en obtenir. Ce ne seront que quelques faibles subventions, étant entendu par le pouvoir qu'elles doivent être destinées à l'entretien des locaux. L'achat de matériel semble alors totalement superflu.

Ce sera le leitmotiv de Pasteur tout au long de sa vie et l'on doit en grande partie à son opiniâtreté que le financement de la recherche soit finalement entré dans les mœurs. Même s'il y a encore aujourd'hui beaucoup à dire en la matière.

Après la bataille pour un budget, même maigre, Pasteur se lance dans celle qui consiste à se faire octroyer un préparateur, ce que nous appellerions aujourd'hui un assistant. Tant qu'à faire il réclame chez le ministre un préparateur qui soit agrégé. Et finit par l'obtenir juste au moment où il quitte enfin son grenier incommode pour emménager dans un petit pavillon de l'École, à peine plus adapté, pour lequel le ministre écrira : « Vos fermentations nous coûtent cher, mais j'espère qu'elles seront réussies. » Et pour être réussies, elles le seront. Quant au préparateur, Jules Raulin, il sera, jusqu'à la fin, l'un de ses plus proches collaborateurs, et de presque toutes ses batailles.

Dans son laboratoire, Pasteur travaille avec une telle concentration qu'il ne perçoit jamais les mouvements extérieurs, qu'il s'agisse de collaborateurs qui entrent, ou d'un préparateur qui attend ses instructions. Il exige le même sérieux chez les autres, la même application sans faille, des horaires strictement respectés. Il y interdit de fumer, ne connaît pas les pauses ni les congés. La tentation du repos est impossible, il n'y a pas un seul fauteuil dans les lieux. D'ailleurs, lui-même ne travaille que debout, penché sur son microscope ou sur ses carnets de notes. Lorsqu'il a besoin de réfléchir, il marche de long en large dans la pièce sans se soucier de sa fatigue, ni de celle des autres.

Mais en opposition totale à son attitude d'administrateur, il ne se met jamais en colère lorsqu'il convient de réfléchir aux expérimentations en cours ou à venir, reprend inlassablement les observations et les essais, sans irritabilité, sans impatience, avec persévérance. L'échec expérimental ne le rebute jamais. Mais il peut entrer dans des rages folles pour une piqûre d'orgueil, pour ce qui lui semble attenter à ses intérêts, à son honneur ou à son intégrité morale.

Il parle peu, plongé dans son monde intérieur. Qu'il soit dans son laboratoire ou au sein de sa famille, c'est le silence qui l'emporte. « Qu'est-ce qu'il a encore, voilà plus d'un mois qu'il n'a pas dit un mot[1] », se plaint Marie aux assistants lorsqu'elle descend au laboratoire. Il ne prend ni le temps de se détendre ni celui de plaisanter. Sa fille Marie-Louise lui reprochera plus tard de ne le voir jamais rire.

Il est entièrement dévoué à son travail, ses recherches sont sa raison de vivre. « Pendant les plus belles années de sa vie, cet homme a vécu en avant de son temps, en pionnier perdu dans la solitude, absorbé dans la contemplation des perspectives qu'il découvrait, et que son œil était seul à scruter et à parcourir. Quoi de moins étonnant que son indifférence aux choses de l'existence ! Il vivait dans sa pensée sans être un rêveur, car un rêve qui aboutit et qui est fécond n'est plus un rêve[2] », expliquera plus tard Émile Duclaux. Lui et les autres, fascinés par ce rêveur éveillé, passionnés par ses méthodes de recherche et ses intuitions, continueront à expérimenter à ses côtés, en dépit de sa raideur, de son mutisme, de ses colères, de sa mauvaise foi, de son orgueil et de son art de s'approprier leur travail pour œuvrer à sa gloire scientifique personnelle. C'est un véritable meneur d'hommes qui les séduit par son sens de l'expérimentation, sa boulimie intellectuelle, sa rage de vaincre les obstacles et sa perspicacité, son génie des applications et de la rentabilité pratiques de leurs découvertes, son art de les imposer. Ses principaux collaborateurs demeureront tous, jusqu'au bout, à ses côtés.

En 1863, l'empereur charge Pasteur d'étudier les maladies du vin qui s'altère sans que personne sache pourquoi, sur les instances du général Favé : « L'Empereur est pénétré de l'importance qu'il peut y avoir à ce que vous dirigiez vos travaux dans cette voie à l'époque des vendanges. Sa Majesté est disposée à vous aider dans cette entreprise et à faire donner des instructions aux fonctionnaires publics, qui pourraient avoir à vous fournir les facilités dont vous auriez besoin[3]. » La viticulture est à l'époque une des plus importantes sources de revenus de l'agriculture. C'est que la consommation du vin a explosé au cours de la première moitié du XIXe siècle. Elle est aux yeux de l'ensemble de la population une boisson saine, reconstituante — on la préconise aux femmes qui viennent d'accoucher —, et bien plus hygiénique que l'eau depuis que l'on a compris combien celle-ci peut être un vecteur de contamination.

De plus, le vin était jusqu'à la Révolution française la boisson des seigneurs, tant laïcs qu'ecclésiastiques. Or, avec l'abolition des privilèges, la possession d'un vignoble devient ouverte à la roture et la bourgeoisie des villes s'empresse d'avoir son clos de pieds de vigne à la campagne. Les surfaces consacrées à la vigne se sont multipliées — on les estime à près de deux millions d'hectares —, les cépages se sont diversifiés, la quantité est à l'ordre du jour pour satisfaire à une consommation qui explose. La fraude est, naturellement, au rendez-vous. On mouille le vin, on le colore à l'aide de toutes sortes de substances plus ou moins recommandables pour la santé, on accélère sa fermentation par tous les moyens, on le chaptalise, on le trafique tant et plus. Mais il n'en est pas meilleur pour autant, et les vins piqués, acides, imbuvables ou qui tournent en vinaigre — notamment durant de fortes chaleurs — sont légion. Il serait bien temps de s'en inquiéter.

Mais pourquoi s'adresser à un chimiste, à un microbiologiste pour s'occuper des problèmes du vin, un produit ancestral empiriquement élaboré qui n'a rien à voir avec la science ? Favé, qui connaît les travaux de Pasteur sur la bière et sur les procédés de fabrication du vinaigre, a le nez fin. Car rien n'indique alors que le vin puisse être malade. Et encore moins pourquoi.

On est en mars, Pasteur a du temps devant lui avant les vendanges. Outre son travail d'administrateur à Normale, il poursuit ses travaux en cours sur la putréfaction, ce qui lui autorise deux communications à l'Académie des sciences, l'une le 20 avril, l'autre le 29 juin. Tout en polémiquant encore et toujours sur la génération spontanée. Comme si ces travaux ne lui suffisaient pas, il est nommé le 18 novembre professeur à l'École des beaux-arts de Paris, en physique, chimie et géologie, sur l'intervention de la princesse Mathilde. Son premier cours sera pour le 2 février suivant.

Entre-temps, et comme toujours, c'est par le terrain que Pasteur aborde les problèmes. Pas question de s'enfermer au laboratoire avant d'avoir suivi pas à pas, geste à geste, le vigneron au cours de toutes les phases de la récolte, du pressage et de la vinification. D'abord, il se doit d'être à l'écoute des gens du métier, qui ont un vrai savoir-faire et des traditions assises sur un pragmatisme séculaire, arpenter vignobles et caves. Ce qu'il va débuter à Arbois dès l'été 1863 : « Je place dans ma malle un microscope, avec l'intention de suivre la fermentation du moût de raisin, ce qui exige ma présence à Arbois pendant tout le mois de septembre[4] », s'explique-t-il à son vieux confident Charles Chappuis. Et de remarquer de prime abord : « Les plus vieux écrits sur le vin recommandent le mois de mars pour le premier soutirage et que le vent du nord souffle, non le vent du sud qui est le vent de la pluie, au moins dans le Jura. Ne croyez pas à un préjugé ou une routine aveugle. L'usage est ancien. Pour moi, il me semble rationnel ; le vin, surtout le vin jeune, est sursaturé de gaz acide carbonique. Si le baromètre est très bas depuis plusieurs jours, le vin doit dégazer ce gaz. Il doit s'en élever de petites bulles du fond des tonneaux, capables d'emporter avec elles les parcelles solides les plus ténues des dépôts. Le vin sera donc moins limpide que si on le soutire par un temps de brise, alors que la pression atmosphérique tend à augmenter la solubilité des gaz dans les liquides[5]. »

Pour ce premier séjour studieux sur les terres de son enfance, il emmène avec lui Duclaux, Gernez et Lechartier qui reviendront encore les deux étés suivants, et s'installe dans une salle de café qu'il organise en laboratoire. C'est sur le zinc que s'alignent les ballons d'essai en lieu et place des verres de vin, ce qui n'est que justice si l'on y réfléchit bien. Ce laboratoire d'un nouveau type donne lieu à quelques savoureux quiproquos. « On avait laissé sur la devanture l'enseigne traditionnelle. Aussi les recherches étaient-elles ponctuées par l'irruption de clients venus boire. Mais surpris par l'atmosphère insolite qui régnait en ce lieu, ils n'insistaient pas et s'esquivaient[6] », se souviendra Duclaux avec amusement. En vérité, ici, la dégustation est tout de même de mise et Pasteur se révèle un bon œnologue. Car en matière de vin, on ne peut se contenter d'analyser. Il faut aussi tester le résultat.

L'installation est spartiate, et il faut aller jusqu'à la rivière pour laver les instruments et le matériel, ce qui ne va pas sans déchaîner une certaine hilarité dans le pays : tous ces éminents savants parisiens qui se comportent comme de vulgaires ménagères ! Les artisans du cru sont mis à contribution pour fabriquer le matériel dont les chercheurs manquent cruellement, ce qui contribue à l'originalité à forte connotation vernaculaire du laboratoire arboisien.

Bientôt, pour être maître de l'ensemble du processus, Pasteur se met en quête d'une vigne. C'est Jules Vercel qu'il charge de la lui acheter dans le vignoble d'Arbois où il pourra réaliser toutes les expériences voulues. Il l'en remercie en novembre 1874 : « Je m'empresse de te remercier d'avoir pris la peine de m'acheter cette vigne et je te félicite d'avoir su si bien trouver... Tu serais bien bon de me trouver un vigneron[7]. » Et dix jours plus tard : « Vois donc, je te prie, puisque tu as cette bonté, le père Rose, du bourg de Larney, et offre-lui le travail de cette vigne. Fais le prix et dis bien qu'il s'agit de faire la vigne entièrement à mon compte. Je tiens à ne pas partager la vendange avec le vigneron[8]. »

Les vins sont sujets à de nombreuses manifestations que les vignerons connaissent bien. Au cœur des étés brûlants, ils ont la pousse, disent-ils au savant qui remarque alors que le liquide fait se dilater les tonneaux et qu'il jaillit avec force si on perce la barrique. Il est devenu insipide, au point que les acheteurs croient à un mouillage pratiqué sans vergogne par le viticulteur. Pasteur détecte dans les vins d'un producteur de l'Hérault qui lui en a envoyé des échantillons, des filaments parasites qu'il retrouve également dans les vins jurassiens. La pratique, pour éviter qu'ils ne remontent en surface, c'est « la sage expérience de nos pères qui conseillent de soutirer le vin en temps convenable pour en éloigner le dépôt[9] ».

Ils peuvent devenir huileux, faire de la graisse comme on dit alors, le plus fréquemment dans les blancs, de Loire notamment. L'équipe identifie le trublion, un champignon microscopique qui provient de grains de raisins atteints de pourriture. D'où l'intérêt de pratiquer un tri des grappes au moment de la récolte et tout au moins avant le pressage.

Les vins vieux, c'est-à-dire les plus grands crus, peuvent être sujets à l'amertume, ce que l'on nomme le goût de vieux. C'est en travaillant sur des échantillons de vins de Bourgogne que Pasteur pourra rendre son verdict. Le vin amer referme un mycoderme responsable de cette altération.

En chauffant les vins entre soixante et cent degrés, ils s'aperçoivent que tous les micro-organismes perturbateurs sont exterminés, à condition d'en éliminer l'oxygène. Cette invention, Pasteur en dépose le brevet en la nommant avec sa retenue habituelle « pasteurisation ». Ce qui déclenche immédiatement des controverses dans les milieux idoines. Qui est véritablement l'inventeur de cette méthode ?

À la même époque, un Bourguignon travaille sur les vins. Il s'appelle Alfred Vergnette de la Motte, est vicomte, polytechnicien, ingénieur des Mines et propriétaire d'un vignoble sur la côte de Beaune, donnant des pommards et des meursaults. C'est aussi un œnologue connu, très au fait des problèmes de vieillissement et de garde des vins. Il serait le premier à en avoir prôné le chauffage. Il est également l'auteur d'un livre, intitulé *Le Vin*, paru en 1866. Dès 1850, il pouvait affirmer : « On soumet les bouteilles bouchées et ficelées dans un bain-marie en ayant soin d'éteindre le feu dès que la température atteint 70 degrés. Quand cette eau est descendue au degré de la température ambiante, on les en retire et on les goudronne. J'ai soumis à mes essais de grands vins blancs de Bourgogne qui après avoir subi ce traitement avaient fait deux fois le trajet des Antilles sans subir la moindre altération[10]. » Tout en concluant que le chauffage des vins altère le bouquet des grands crus. Bien entendu, Pasteur s'échauffe dès que l'on parle de priorité dans le domaine des découvertes et accuse ouvertement Vergnette d'avoir honteusement plagié Appert. Ce dernier avait, en effet, déjà envoyé du vin chauffé aux Amériques et en avait conclu qu'il était bien meilleur à l'arrivée qu'à son départ de France. Mais alors, puisqu'il connaît si bien ses travaux, Pasteur lui-même ne s'est-il pas contenté d'explorer le chauffage des vins en marchant sur ses traces ?

La querelle d'antériorité est toujours difficile à résoudre. Pourquoi ne pas s'en tenir à Columelle qui a lui aussi parlé de leur chauffage dans son traité *De re rustica* ? La Grèce comme l'Espagne semblent connaître cette pratique de toute éternité. Toutefois, c'est la pasteurisation qui l'emporte, même si Appert avait déjà chauffé des vins. L'appertisation demeure attachée aux seules conserves. Mais l'homme est mort et ne peut en revendiquer la paternité. Quant à Vergnette, Pasteur n'a de cesse de le ridiculiser, et les rieurs sont de son côté. L'affaire est entendue. Ce que Pasteur ne sait pas, c'est que sa méthode, reconnue officiellement et encensée de toutes parts, ne connaîtra pas la fortune qu'il lui prédisait. Tout au moins en ce qui concerne les vins. La pasteurisation s'est, par la suite, appliquée essentiellement au lait.

Ce procédé lui vaut, en 1865, une invitation du couple impérial à l'une des séries de Compiègne et, en 1867 le Grand Prix de l'Exposition universelle. Une belle consécration.

Bien que sa vie soit entièrement consacrée aux fermentations, puis concomitamment à la pébrine du ver à soie, Pasteur n'en oublie pas pour autant ses enfants. Son grand souci est Jean-Baptiste qu'il aimerait voir assidu au travail et aux études. Pour le pousser à changer en ce sens, il n'hésite pas à jouer les entremetteurs et à recourir à une sorte de chantage au mariage, avec la contribution plus ou moins forcée de la future fiancée à qui il compte bien imposer ses méthodes. Ainsi prend-il la peine d'écrire à Mme Cribier qui a présenté les deux familles :

Ma chère cousine, Nous aimons beaucoup et désirons beaucoup Mlle Jeanne. Nous lui trouvons toutes les qualités de la femme qu'il faut à notre cher J.-B. Nous nous considérons donc comme engagés dès à présent vis-à-vis de Madame Boutroux et de Mlle Jeanne. Pour moi, je puis dire que j'aime Mlle Jeanne de tout mon cœur, que depuis dimanche son souvenir fait tort à la science et que je ne sais, ma foi ! à laquelle de ces deux beautés tout aimables j'ai le plus pensé. Mais, comme je l'ai expliqué en le motivant et en insistant beaucoup, surtout avec Mlle Jeanne, il faut que J.-B. ignore tout pendant dix-huit mois environ, pendant lesquels nous ferons les plus grands efforts pour rendre ce cher garçon digne de l'aimable Jeanne. L'amour est un grand magicien dont on peut beaucoup attendre. Déjà nous sommes en très bonne voie, car la semaine qui vient de s'écouler a été exemplaire. Mais je le répète, l'engagement est de notre côté, vis-à-vis de ces dames, et nul de leur côté vis-à-vis de nous. Nous ne leur demandons que l'espoir de la réalisation de notre projet dans le cas où, avec leur assistance, notre jeune prétendant deviendrait ce que nous souhaitons... Mlle Jeanne placera haut ses prétentions ; elle parlera du mérite et du talent et de l'admiration que doivent éveiller dans les cœurs des femmes bien nées les citoyens utiles à leur pays[11].

Deux ans et demi plus tard, le 15 octobre 1874, Jean-Baptiste épouse Jeanne Boutroux à Orléans.

Il n'en aura toutefois pas fini avec son père. Celui-ci n'aura de cesse de le pousser à travailler, à se cultiver, à réussir. Et continuera à se mêler des affaires du jeune ménage en véritable *pater familias* qu'il est. Jusqu'à s'affronter avec Mme Boutroux mère qui est beaucoup trop envahissante, trop frivole à son goût et à qui il ne l'envoie pas dire :

> Chère Madame, Il m'est impossible de ne pas vous soumettre quelques observations amicales sur votre manière d'entendre la vie de nos enfants. Vous ne sauriez me refuser le droit d'avoir un avis motivé sur les conditions qu'un jeune ménage sans fortune mais qui possède l'aisance, doit remplir pour être heureux par le travail et le calme, non par ce bonheur factice si éphémère que procure la vie agitée de Paris pour toute personne qui n'a rien à faire, qui n'a pas de chez-soi et qui se plaît dans le mouvement et dans le changement... Comptez, je vous prie, le temps que vous avez déjà passé avec eux, depuis leur entrée en ménage... Mais venir à Paris passer des mois entiers aux moments de l'année réservés au travail c'est aller droit à la désorganisation de notre jeune ménage... C'est chez moi une conviction si bien arrêtée que votre manière d'agir n'est ni vraie, ni juste, ni bonne, que je gagerais que vous ne trouveriez pas un seul de nos plus complaisants amis à qui la lecture de cette lettre n'arracherait cette exclamation : M. Pasteur a mille fois raison[12].

Jean-Baptiste aura sa licence en droit et fera carrière dans la diplomatie, avec des postes à Copenhague, à Rome où il réussira fort bien, loin du giron familial. Non sans que Mlle Jeanne n'ait reçu quelques sermons de son terrible beau-père sur la conduite à tenir d'une jeune femme, qui ne saurait qu'être entièrement dévouée aux intérêts de son mari, sa seule perspective dans la vie. Mais tout le monde ne peut pas avoir l'abnégation d'une Marie Pasteur.

Marie-Louise aura moins de tracas avec son père. Déjà, c'est une femme et les études pour elle ne sont pas à l'ordre du jour. Elle avait trois ans lorsque Julie Daubié a, pour la première fois en France, été reçue bachelière. Seul compte alors pour une fille bien née, même de savant en vue si soucieux de l'éducation des garçons, d'être bien mariée. Son futur époux saura, dès le début, faire la conquête de son exigeant beau-père. Ami de Jean-Baptiste, René Vallery-Radot est un écrivain très lié par ailleurs à Paul Déroulède, un littérateur précoce ayant participé à la répression de la Commune et futur anti-dreyfusard. La veine de Vallery-Radot n'en est pas moins patriotique et revancharde que son ami, ce qui ne peut déplaire à Pasteur, qui admire au plus haut point les deux écrits de son futur gendre, *Journal d'un volontaire d'un an au 10e de ligne* et *Souvenirs littéraires* : « Que je suis charmé de penser que mon fils a été votre condisciple, qu'il a pour vous une sérieuse affection mêlée de respect... Vous voilà, cher et bon jeune homme, entré dans la vie sous les auspices de deux grandes vertus, l'amour de la patrie dans le *Volontaire d'un an* et la piété filiale dans les *Souvenirs littéraires*[13]. » Mais quand Jean-Baptiste fait lire à son père un article léger du même auteur paru dans le supplément du *Figaro*, celui-ci réplique par une de ces mercuriales dont il a le secret : « Est-ce bien l'auteur du *Volontaire d'un an* et des *Souvenirs littéraires* qui a signé ces lignes efféminées ? Excusez ma franchise. Les vrais amis désobligent quelquefois[14]. »

Il n'en répondra pas moins favorablement à sa demande de la main de Marie-Louise. Ce sera, jusqu'à la fin de la vie du savant, une admiration et une amitié réciproques. « On ouvre vos lettres avec un sourire, on les ferme avec une larme de tendresse. Je vous aime de tout mon cœur et je ne suis point surpris qu'en pensant à moi vous soyez conduit à prononcer le nom de votre excellent père[15]. » L'engouement pour son gendre est tel qu'il le mignote comme il n'a jamais choyé personne, s'inquiétant, lui, le bourreau de travail, de la plus petite fatigue qui pourrait affecter l'écrivain : « Je vous supplie de ne pas vous surmener. Voici des chaleurs tropicales bien faites pour augmenter les fatigues de votre vie agitée. Quoique vous écriviez comme on chante, encore faut-il le temps matériel de prendre papier et plume et enveloppe et aller les chercher s'ils ne sont pas sous la main[16]. » D'autant qu'il estime son talent comme l'un des plus grands, n'hésitant pas à écrire : « Par la sincérité de votre accent, par le naturel et le charme de votre style, que vous me paraissez supérieur à ces deux abominables sceptiques : Sainte-Beuve et Mérimée[17]. » L'homme silencieux, absorbé par ses travaux, trouvera bientôt en son gendre une oreille attentive prête à recueillir toutes ses confidences, qu'il ne ménagera jamais pour lui. Ce sera *M. Pasteur. Histoire d'un savant par un ignorant*.

René et Marie-Louise se marient le 4 novembre 1879, ayant comme témoins, l'un Ernest Legouvé, son oncle, et le fils du maréchal de Gouvion-Saint-Cyr, l'autre Désiré Nisard et Jean-Baptiste Dumas : « Je n'ai pas besoin d'ajouter que nos jeunes enfants sont très heureux, installés dans leur petit appartement de la rue de Miromesnil et ils ont eu la sagesse de ne pas entreprendre un voyage. Nous les voyons tous les jours au grand plaisir de ma chère femme, qui a un gros chagrin de cette séparation[18]. » Que dirait Mme Boutroux de cette promiscuité ? Le couple aura deux enfants, une fille, Camille, née le 17 septembre 1880, et un fils, Louis, né cinq ans et demi plus tard, le 13 mai 1886. Ce dernier suivra les traces de son grand-père, devenant un chercheur reconnu, médecin, membre de l'Académie des sciences et de l'Académie française, grand-croix de la Légion d'honneur et résistant gaulliste.

La route de la soie

(1865-1870)

Au cœur du XIXe siècle, l'industrie de la soie est une des plus lucratives de l'économie française, d'autant qu'avec les fastes de la Cour, remis au goût du jour par l'impératrice Eugénie, les débouchés en sont assurés. La mode est aux étoffes chatoyantes et la sériciculture se porte bien. Mais celle-ci dépend de deux choses. De la culture du mûrier blanc tout d'abord, arbre sans lequel on ne peut élever la larve du ver à soie qui s'en nourrit exclusivement. Il a été planté dans le Midi où il prospère depuis trois siècles. Ensuite du bombyx du mûrier, un papillon dont la chenille produit une bave soyeuse et résistante qui se prête au tissage.

Originellement élevé en Chine, dès 2 700 ans avant notre ère, le bombyx du mûrier est rapidement devenu si domestiqué qu'il ne peut survivre sans l'homme. Il est indispensable d'alimenter la chenille, qui ne peut trouver seule sa nourriture, et le papillon a des ailes trop courtes pour voler. Dans cet élevage — on parle d'ailleurs d'éducation —, tout part de la graine, c'est-à-dire des œufs minuscules pondus à raison de trois cents à cinq cents par la femelle qui meurt peu après. Œufs qu'il faut élever à chaleur douce et continue, en couveuse, pour que les larves éclosent.

Lorsqu'il naît, le ver mesure environ quatre millimètres de long et son unique occupation consiste à engloutir des feuilles fraîches de mûrier jusqu'à ce qu'il atteigne une dizaine de centimètres de longueur et multiplie son poids par dix mille en cinq semaines. Au cours de sa courte vie, la chenille, dont la peau n'est pas extensible à l'infini, subit quatre mues successives. Durant la dernière phase de sa croissance, elle devient d'une voracité extrême, avant de s'arrêter de s'alimenter pour filer un cocon dans lequel elle s'enfermera. Elle cherche d'abord un emplacement idéal pour accomplir sa métamorphose, grimpe sur des branchages ou autres supports disposés à cet effet dans son environnement immédiat, et finit par s'y arrimer — c'est l'encabanage — à l'aide d'un fil de bave qui va également lui servir à édifier son cocon. Elle régurgite pour ce faire un à deux kilomètres de fil de soie.

Pour récupérer ce dernier sans le casser, il est nécessaire d'étouffer les chrysalides dans leur cocon avant qu'elles ne percent leur précieux emballage pour sortir à l'état de papillon. Il ne reste plus alors qu'à dévider le fil, puis à en tordre plusieurs de concert afin d'assurer leur solidité. C'est le moulinage qui se réalise dans de grandes usines et génère, en pleine campagne, une population ouvrière presque exclusivement féminine.

Le départ de cette éducation du ver à soie est bien entendu le grainage qui consiste à récupérer les œufs des femelles. Il est donc nécessaire de laisser un certain nombre de chrysalides se transformer en papillons, mâles et femelles, pour obtenir une fécondation et une ponte. En sachant qu'un gramme de graines, qui consomme dans la courte vie de ses larves environ vingt-cinq kilos de feuilles de mûrier, procure quelque cent kilos de cocons, et qu'en conséquence un papillon femelle fournit à lui seul jusqu'à cinq cents kilos de soie.

Ces techniques parfaitement mises au point et l'éducation très dynamique, en France, à partir des travaux de l'agronome Olivier de Serres (1539-1619), doivent faire face, en ce milieu du XIXe siècle, à une maladie qui décime les élevages. Elle donne à la larve naturellement blanchâtre, après sa quatrième mue, une couleur roussâtre, plus ou moins constellée de minitaches noirâtres ressemblant à des grains de poivre — *pèbre* en provençal, d'où le nom qui lui a été attribué de pébrine par le biologiste et zoologiste Armand de Quatrefages. Ce dernier a également constaté que toute chenille tachetée ne développe pas forcément la maladie et que d'autres, à la peau apparemment unicolore, en présentent tous les symptômes. Il s'est aussi rendu compte que ces symptômes sont liés à la présence de corpuscules déjà signalés par des chercheurs italiens, le naturaliste milanais Emilio Cornalia notamment.

Atteinte par la maladie, la chenille cesse de s'alimenter, s'amaigrit et meurt sans attendre de commencer à filer. Parfois même, le ver est déjà moribond à l'éclosion, ou un peu plus tard, à la première mue. Et lorsque enfin, par chance, le papillon arrive à sortir de son enveloppe, il est généralement difforme, pattes et antennes tordues et flétries. Sa descendance est alors à son tour contaminée et déficiente. Néanmoins, quel que soit le moment de leur dépérissement, les claies, dans les magnaneries, se couvrent de milliers de cadavres de chenilles atrophiées.

On s'aperçoit dès l'origine, en 1849, que seules des graines saines donnent des larves en bonne santé. Mais tous les élevages sans exception sont confrontés à cette hécatombe en Occident, de la France à l'Italie et à la Grèce ou à la Moldavie, de l'Espagne au Portugal et à la Turquie. Par la suite et très rapidement, c'est le tour du Proche et du Moyen-Orient, puis de l'Inde et de la Chine. La maladie du ver se révèle donc très contagieuse, encore que l'on ne sache rien alors en matière de contamination. Seul, à l'époque, le Japon semble épargné. Ce que démontre un magnanier dauphinois qui, en 1860, rapporte des graines de ce pays et développe un élevage totalement indemne de pébrine.

À ce mi-siècle, la sériciculture connaît donc de sérieux revers en France. Des régions entières en vivent, magnaneries et moulinages du Vivarais, des Cévennes, du Dauphiné et de Provence, soyeux de Lyon qui, depuis François Ier, ont le quasi-monopole de son tissage et de son commerce. La ville, capitale d'Europe en matière de soieries, n'est alors prospère que grâce au savoir-faire de ses tisserands, les canuts prompts à la révolte comme ils l'ont déjà montré à plusieurs reprises.

Le gouvernement, naturellement, se préoccupe de cette situation calamiteuse. Parmi les personnalités qui comptent, Jean-Baptiste Dumas qui, malgré les honneurs, est resté sensible à ce milieu d'éleveurs de vers, lui qui est né à Alais — on dit aujourd'hui Alès. Et sait que dans chaque ferme cévenole, il y a un coin dévolu à l'élevage du bombyx et un champ complanté de mûriers. Les femmes y ont pris l'habitude de réchauffer les graines dans leurs corsages, système qui évite les variations de températures que connaissent les couveuses artisanales.

Le célèbre chimiste, chercheur, professeur puis homme politique, est même passé par la case ministre de l'Agriculture et du commerce du 31 octobre 1849 au 9 mars 1850 dans un gouvernement formé par Louis Napoléon Bonaparte. C'est dire qu'il n'est pas tout à fait novice en la matière, ni indifférent aux choses de la terre. Il s'est surtout toujours senti concerné par les problèmes économiques et industriels, ceux intéressant la soie et sa région d'origine tout particulièrement. Dès le début de l'épidémie, il fait en tant que ministre plusieurs voyages sur place, accompagné de scientifiques, sans que cela ait une quelconque incidence sur le phénomène. Tous les intervenants semblent d'accord pour incriminer la graine, ce que les magnaniers ont compris bien avant eux.

Un peu plus tard, les autorités commencent à sérieusement s'émouvoir, d'autant que les éleveurs du Languedoc pétitionnent au Sénat. Pour pallier l'absence de solutions purement françaises, Louis Napoléon, qui est devenu empereur entre-temps, ordonne que l'on fasse venir des graines du Japon afin qu'elles soient redistribuées aux éleveurs — ce que l'on nomme rapidement les « cartons de l'Empereur ». L'effet est immédiat et les récoltes reprennent, mais les résultats sont en dents de scie et, en 1865, le monde séricicole doit concéder que l'industrie de la soie est condamnée à très court terme. Et avec elle, toute l'économie agricole, artisanale et industrielle du midi de la France. Mais si la filière soie est alors l'une des principales ressources de l'Empire, ses tenants, éducateurs, ouvriers et canuts sont peu enclins à se paupériser sans réagir.

Que faire ? Sinon essayer d'y comprendre quelque chose et de trouver une solution pour éviter le désastre. Donc y envoyer Pasteur, c'est du moins l'idée de Jean-Baptiste Dumas. Le maître veut sensibiliser son ancien élève au drame des sériciculteurs — « La misère dépasse tout ce que l'on peut imaginer[1] » —, alors que celui-ci n'a pas encore fini de travailler sur les fermentations. Mais à quarante-six ans, il est l'un des savants les plus en vue de son temps, directeur scientifique à l'École normale et membre de l'Académie des sciences, connu pour ses travaux de réfutation de la génération spontanée pour lesquels il a reçu le prix Alhumbert et le prix Jecker de l'Académie des sciences, professeur de géologie, physique et chimie à l'École des beaux-arts, et auteur de nombreuses communications sur la fermentation alcoolique et le chauffage des vins. Il est en outre, ce qui ne gâte rien, un homme profondément dévoué à l'Empire.

Néanmoins, Louis Pasteur ne connaît rien au ver à soie. Et il ne s'en cache pas : « Considérez, je vous prie, que je n'ai jamais touché à un ver à soie[2]. » Ce à quoi Dumas lui rétorque : « Tant mieux, vous n'aurez d'idées que celles qui viendront de vos propres observations[3]. »

En dépit de son ignorance parfaite dans ce domaine, Pasteur aime les défis et sait tout ce qu'il doit à Dumas en matière de recherche et de carrière, sans compter que s'attaquer au fléau, c'est gagner la reconnaissance de l'empereur. Il ne s'agit pas ici de recherche fondamentale, de combat intellectuel confiné dans les Académies comme en ce qui concerne la querelle de la génération spontanée, mais d'un enjeu économique susceptible de lui apporter une immense notoriété. Ce qui n'est pas pour lui déplaire.

Comment résister ? Pendant six ans, à partir de 1865, il va s'y consacrer corps et âme en dépit des catastrophes familiales que seront pour lui et sa femme la mort de deux de leurs filles, de ses déboires d'administrateur à l'École normale et d'une attaque d'hémiplégie. Sans le savoir encore, il s'engage dans un domaine tout nouveau pour lui, celui des maladies infectieuses. Il n'est pourtant ni vétérinaire ni médecin. Mais il a découvert les microbes et peut-être intuitivement sent-il que, pour sauvegarder le cycle de la soie, il doit partir à leur recherche, microscope dans sa giberne. Ce qu'il fait début juin 1865, quand il débarque à Alès où il est reçu en grande pompe, car chacun sait ici qu'il est un protégé du gouvernement.

Sa première visite est toutefois à Avignon pour l'entomologiste Jean Henri Fabre, le plus grand spécialiste français des insectes, à qui il vient demander des connaissances de base sur la question. Il n'a jamais vu un cocon de sa vie ! C'est Fabre, éberlué de son ignorance complète des différentes phases de la vie comme de l'apparence de l'insecte, qui lui exhibe les premiers et conte avec malice cette entrevue :

> Je cours chez le voisin où je me bourre les poches de cocons. À mon retour, je les présente au savant ; il en prend un, le tourne, le retourne entre les doigts. Curieusement, il l'examine comme nous le ferions d'un objet singulier venu de l'autre bout du monde. Il l'agite devant l'oreille. « Cela sonne, dit-il tout surpris, il y a quelque chose là-dedans ? — Mais oui. — Et quoi donc ? — La chrysalide. — Comment, la chrysalide ? — Je veux dire l'espèce de momie en laquelle se change la chenille avant de devenir papillon. — Et dans tout cocon, il y a une de ces choses-là ? — Évidemment, c'est pour la sauvegarde de la chrysalide que la chenille a filé. — Ah ! » Et, sans plus, les cocons passèrent dans la poche du savant qui devait s'instruire à loisir de cette grande nouveauté, la chrysalide. Cette magnifique assurance me frappa. Ignorant chenille, cocon, chrysalide, métamorphose, Pasteur venait régénérer le ver à soie... J'étais abasourdi ; mieux que cela, j'étais émerveillé[4].

Mais Pasteur ne se contente pas de la cité des papes. Il circule dans toute la région, de magnanerie en magnanerie, tant dans le Gard que dans l'Hérault, et constate partout les dégâts et les remèdes plus ou moins empiriques que l'on oppose à ce que l'on considère alors comme la peste du ver à soie. Panacées diverses et variées allant des fumigations d'acide sulfureux, de chlore ou de créosote, à la poudre de quinquina, de sucre ou à la suie saupoudrées sur les feuilles de mûrier et les chenilles, de charbon pilé et pulvérisé aux arrosages d'eau-de-vie ou d'absinthe à tout-va, rien n'a été épargné aux graines, vers, chrysalides ou papillons pour leur faire retrouver la santé. On a même été jusqu'à leur faire subir de minichocs électriques. Avec un unique constat : seule une bonne graine saine est garante d'un élevage exempt de pébrine. Tous les magnaniers sont d'accord sur le fait : tout est dans la graine. Et rien que dans la graine.

Deux semaines après son arrivée, Pasteur, qui quinze jours auparavant n'avait jamais vu un cocon de sa vie et ignorait tout du cycle des métamorphoses du bombyx, conteste ce fait admis par tous et déclare que l'origine du mal est à rechercher au stade du papillon, seul à même de produire une descendance saine ou contaminée. Il subodore en effet, dès le départ, que la pébrine est d'origine infectieuse, et non pas organique comme le pensent la plupart de ceux qui se sont penchés sur la question. Et ose la comparer à la phtisie : « Si l'on réunissait dans un même lieu une foule d'enfants nés de parents malades de la phtisie pulmonaire, ils grandiraient plus ou moins maladifs, mais ne montreraient qu'à des degrés et des âges divers les tubercules pulmonaires, signe certain de leur mauvaise constitution. Les choses se passent à peu près de même pour les vers à soie[5]. » Il ne fallait pas manquer de hardiesse pour comparer la pébrine et ses effets à la tuberculose qui faisait alors des ravages dans l'ensemble de la population française.

À l'été 1865, Pasteur est à Paris où l'attendent ses tâches d'administrateur et de directeur scientifique de l'École normale, et veille sa fille Camille qui meurt le 11 septembre. Il profite d'être loin d'Alès pour lire tout ce qui a été écrit sur le ver à soie mais y retourne dès novembre avec sa femme et ses deux autres filles Cécile et Marie-Louise. Fin novembre, retour sur Paris pour toute la famille ; le savant est invité à Compiègne pour une des célèbres « séries » du couple impérial.

Dès le début du mois de janvier 1866, il a élaboré son plan de bataille et proposé à Raulin et à Duclaux de l'accompagner et d'être à ses côtés du 1er février à la fin juin sur place, dans le Gard. En les avertissant que, devenant des inspecteurs de l'agriculture, ils risquent de voir diminuer leur traitement. Il évalue toutefois leurs dépenses quotidiennes futures, pour tenter de les convaincre qu'ils n'ont rien à perdre sur le plan pécuniaire, vu la modestie des frais à engager sur place. Pensait-il alors à ce qu'il écrivait, quinze jours auparavant au général Favé, qui a l'oreille de l'empereur, en l'assurant, avec des trémolos dans la plume, de son parfait désintéressement de scientifique : « Il y a des moments pénibles, c'est vrai, ceux où je songe à des dots que mes deux chères petites filles pourront bien ne jamais avoir, ceux où je pense que la mort pourrait leur laisser pour héritage l'aumône de la Société des Amis des Sciences ; mais aussi il y a ceux que je ne peux croire égoïstes à l'égard de mes enfants, de la joie de découvrir et de grandir par des progrès nouveaux, et de servir mon pays sans arrière-pensée d'intérêt personnel[6]. »

Il est de nouveau sur place en février 1866 jusqu'à l'été. Il a demandé pour ce faire six mois de congé à Victor Duruy, ministre de l'Instruction publique, et emmène avec lui, outre sa petite famille, Désiré Gernez, ex-normalien, et Eugène Maillot, lui aussi ancien élève de l'École et son agrégé-préparateur depuis plusieurs mois, pour le seconder dans ses expérimentations. Duclaux et Raulin, ce dernier pris par sa thèse, ont décliné l'offre. Ils se joindront à eux plus tard. C'est Pasteur et lui seul qui règle les protocoles.

Persuadés qu'ils sont là pour un bon moment, les assistants se mettent à la recherche d'une maison qu'ils pourront transformer en laboratoire. C'est ainsi qu'ils s'installent dans le faubourg de Rochebelle, dans des conditions plus que médiocres — lieux humides et sans éclairage, partagés avec le propriétaire, environnement bruyant —, avant de trouver quelque temps plus tard une maison idéale à Pont-Gisquet : isolée en pleine campagne mais à moins de deux kilomètres d'Alès, et possédant des locaux assez grands pour y envisager magnanerie, laboratoire et maison d'habitation pour tous. Il ne manque plus à leur bonheur qu'une cuisinière qu'ils recrutent rapidement : « Nous avons engagé une cuisinière très entendue qui retourne à Alès tous les soirs et revient le matin avec les provisions de la journée. Nous lui donnons 45 francs par mois, et nous avons fait prix pour 600 francs pour la location de la maison durant toute la campagne de cinq ou six mois. Tu vois que ce sont des prix raisonnables. D'ailleurs tous les frais sont couverts par le Ministère de l'Agriculture, c'est bien entendu. Quoi qu'il en soit, il est bon d'être convenablement sans trop dépenser[7]. »

Dans ces nouvelles conditions, tout ce petit monde se transforme très vite en magnanier. Épouse et filles comprises, qu'il enrôle toutes trois dans l'éducation des vers et le tri des cocons, comme le contera Marie Pasteur à son fils demeuré à Paris pour ses études : « D'un autre côté, ton père est si occupé que nous ne bougeons pas du Pont-Gisquet, agréable propriété située au fond d'une vallée et dominée de tous côtés par des montagnes sur lesquelles croissent le mûrier, l'olivier, la vigne. C'est sur la montagne que ton père va cueillir lui-même le mûrier qui nourrit ses vers à soie, et les gens du pays qui font les éducations industrielles vont aussi récolter là deux ou trois fois par jour la feuille qu'il faut toujours donner toute fraîche[8]. »

Pasteur est avec ses chambrées de vers lorsque Cécile, sa fille, meurt à Chambéry le 23 mai. Mais il est de retour au Pont-Gisquet dès la fin des obsèques célébrées à Arbois : « Dieu veuille, comme vous me le faites espérer, que le travail soit une distraction à une perte si cruelle[9]. »

Tout le monde est de nouveau mis à contribution. Désiré Gernez, bien entendu, mais également, comme on l'a vu, Marie Pasteur et la petite Marie-Louise : « Zizi se porte à merveille, ma chère femme l'imite, et quant à mon aide de camp Gernez et à moi nous ne saurions trouver le temps de faire autrement que ces dames que nous associons d'ailleurs à nos travaux. Zizi ourle les petits linges qui servent à essuyer les verres des observations microscopiques et sa maman prend copie exacte de ma correspondance, ce qui ne laisse pas que de l'occuper passablement[10]. » Faut-il préciser que Zizi — Marie-Louise — a alors huit ans et demi ?

Les papillons exempts de corpuscules sont, pense-t-il, seuls à même de générer une descendance saine. Il faut toutefois le démontrer. Avant de se lancer dans la bataille, il assiste à l'éducation de deux séries de vers à soie. L'une est en bonne santé, et le cycle des mues se déroule sans entraves jusqu'à l'encabanage et au filage de cocons d'une parfaite tenue. L'autre est constituée de vers qui s'étiolent, mangent peu et ne s'encabanent pas. Or, au microscope, Pasteur constate la présence de corpuscules chez les papillons de la série vigoureuse. De là à conclure que les corpuscules ne sont pas le marqueur constant de la maladie, il n'y a qu'un certain nombre d'observations nouvelles à franchir. Qui lui permettent de constater que le nombre de corpuscules s'accroît avec l'âge de l'in-

1

1 Pasteur à Strasbourg en 1852.

2

3

4

2 et 3 Portrait de ses parents par Louis Pasteur.
Pastels, 1842 et 1836.

4 Pasteur, élève à Normale supérieure.
Dessin de Charles Lebayle, d'après un daguerréotype.

5 Portrait de Charles Chappuis par Louis Pasteur en 1841.

6 Marie Pasteur et sa fille Camille en 1864.

7 Louis Pasteur et Pierre-Augustin Bertin en 1874.

« Sans la théorie,
la pratique
n'est que la routine
donnée
par l'habitude. »

5

6

7

8

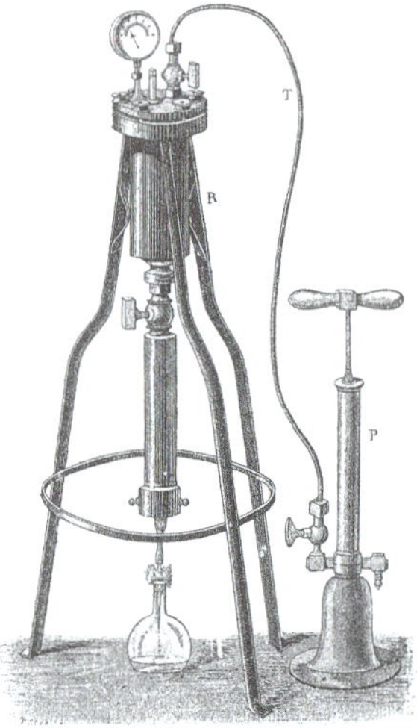

9

10

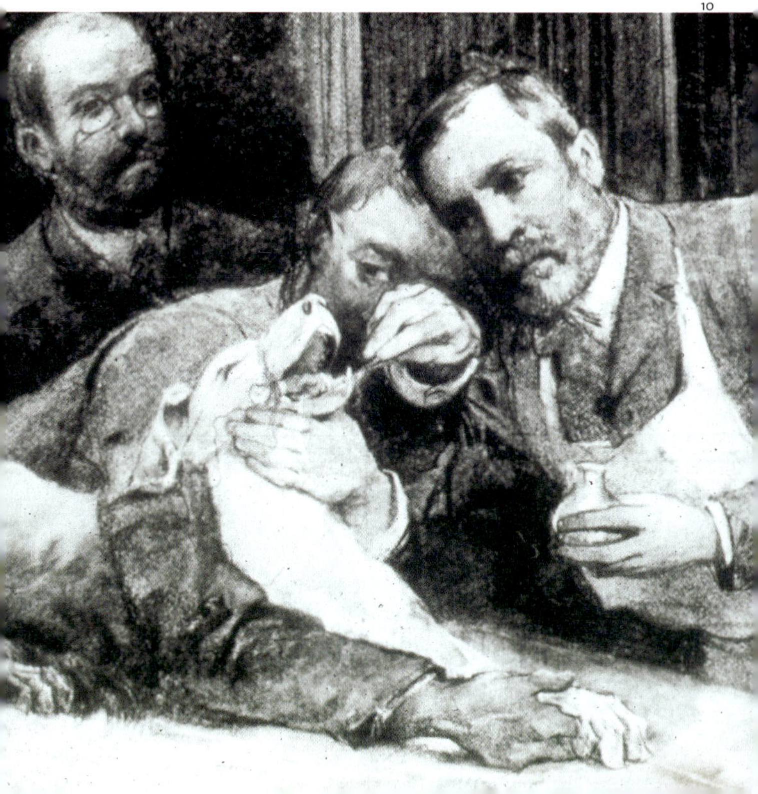

8 Ballons à cols-de cygne.

9 Appareil à filtration conçu par Charles Chamberland.

10 Pasteur prélevant un échantillon de la salive d'un chien enragé. Dessin d'Alfons Mucha.

11 Maladie de l'amertume du vin. Planche de Lackerbauer.

12 Ferments en chapelets de grains témoignant de la maladie des vers à soie. Planche de Lackerbauer, vers 1870.

13 Culture du sang d'un animal charbonneux. Microphotographie.

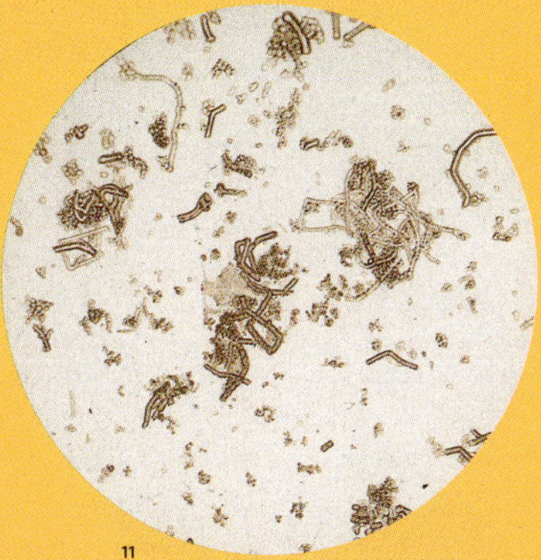

11

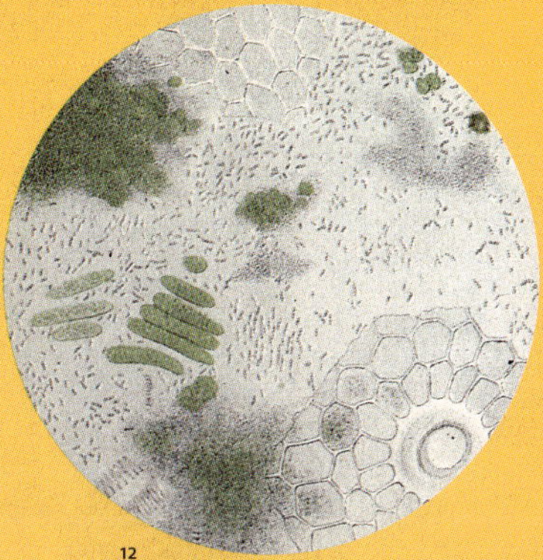

12

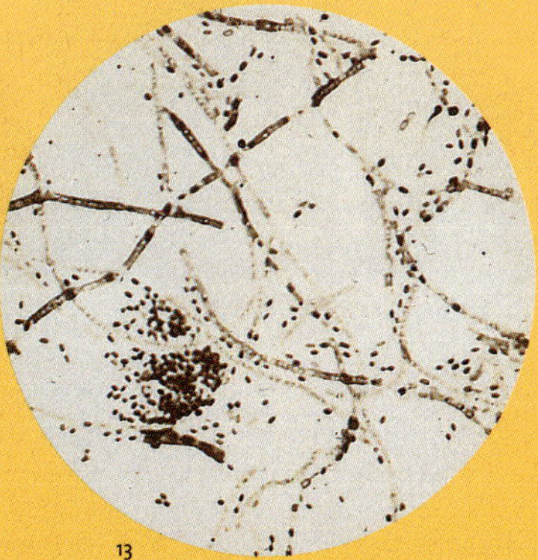

13

14

15

16

17

14 Jean-Baptiste Jupille. Photo issue de l'album photo des mordus.

15 Adrien Loir, neveu et collaborateur de Pasteur, vers 1895.

16 Les Russes de Smolensk en traitement préventif contre la rage, avril 1886. Photographie de Pierre Petit.

17 Pasteur et ses pasteuriens dans la bibliothèque de l'Institut Pasteur.

« Ma philosophie est toute du cœur
et point de l'esprit. »

« Les chimistes normaliens de 1860
croyaient en Pasteur comme les romantiques
de 1830 croyaient en Victor Hugo. »

Madame Émile Duclaux,
La Vie d'Émile Duclaux, Barnéoud, 1906.

18

18 Dernière photo de Louis Pasteur, dans les jardins de l'Institut Pasteur.

secte, les papillons étant invariablement corpusculeux.

Pour obtenir des graines saines, il faut donc sélectionner des papillons exempts de corpuscules : « Ce moyen consiste à isoler, au moment du grainage, chaque couple de papillons. Après le désaccouplement, la femelle mise à part pondra ses graines, puis on l'ouvrira, ainsi que le mâle pour rechercher les corpuscules. S'ils sont absents, on numérotera cette graine qui sera considérée comme saine et élevée l'année suivante avec des soins particuliers[11]. »

Pour comprendre la pébrine et la présence des corpuscules, Pasteur va jusqu'à analyser des cocons vieux de plusieurs décennies. Il s'aperçoit qu'ils présentent les signes de la maladie mais dans une forme manifestement atténuée — « il n'y a que l'exagération d'un état de chose qui a toujours existé, qui est partout, et qui existera tant qu'il y aura des vers à soie[12] » —, et que les poussières qu'il recueille dans diverses magnaneries renferment les fameux corpuscules. Pire encore, il constate rapidement que les graines en provenance du Japon abritent ces mêmes corpuscules : « Je ne dis rien de ce fait qu'à quelques personnes sûres afin de ne pas décourager, car la confiance dans les cartons de l'Empereur est grande et il y aura de nombreuses déceptions. J'ai trouvé beaucoup de graines françaises des belles races bien meilleures[13]. »

Dans sa magnanerie-laboratoire, l'éducation est méticuleuse. L'hygiène totale. Chaulage annuel des murs, lavage des sols carrelés à grande eau, et nettoyage toujours humide pour éviter les poussières, épluchage à la main des cocons et recours permanent au microscope : « Nous n'étions pas, cela va sans dire, la pensée qui imaginait, car M. Pasteur était encore, à cette époque, un travailleur secret, gardant pour lui ses idées et ses projets. Mais on les devinait, ou on croyait les deviner, et cela suffisait pour donner du piquant et de l'intérêt aux milliers d'observations microscopiques qui nous prenaient nos journées[14]. »

La grande interrogation, lorsque les vers se sont encabanés, est de savoir lesquels choisir pour la reproduction, c'est-à-dire ceux qu'on laisse sortir en cassant le précieux fil de soie. Ils doivent être entièrement sains. Les laisser tous sortir pour sélectionner les meilleurs reproducteurs, c'est détruire une année de production. L'idée astucieuse de Pasteur est d'élever la température pour seulement une centaine de chrysalides. Les papillons sortent avant les autres et s'accouplent. Les femelles sont déposées sur un morceau de toile blanche où elles pondent leurs œufs. Si le papillon révèle des corpuscules au microscope, graines et papillon sont immédiatement brûlés. Sinon, les œufs serviront à l'éducation de l'année suivante. Aussitôt dit, aussitôt fait, des magnaniers se mettent au microscope et trient leurs graines comme Pasteur le leur a indiqué. On vient lui en apporter afin qu'il puisse les sélectionner, à l'instigation notamment du maire de Saint-Hippolyte-du-Fort, entièrement converti à ses méthodes. Les publications agricoles locales lui emboîtent le pas. Mais certains hésitent à jeter leurs graines au feu. Le microscope est-il toujours infaillible ?

Pasteur lui-même ne se trompe-t-il pas ? Il est vrai qu'il a, au début, considéré les corpuscules comme un symptôme de la maladie avant de s'apercevoir qu'ils en sont les agents de contagion. Un Allemand, Leydig, professeur à Tübingen, assimile le corpuscule à un parasite. C'est ce qui fait pencher Pasteur vers cette nouvelle explication. La pébrine est une affection parasitaire. Pourtant, tout n'est pas résolu et, en dépit des précautions qu'ils prennent, les magnaniers subissent toujours les mêmes déboires. Pasteur a alors une intuition : « Jusqu'au jour où il nous apparut presque les larmes aux yeux, tombant découragé sur une chaise en s'écriant : "Il n'y a rien de fait, il y a deux maladies"[15]. »

La seconde est la flacherie, ou maladie des morts-flats, qui ne génère ni taches ni corpuscules. L'odeur acide qui se dégage dans les magnaneries atteintes de flacherie fait penser à celle des fermentations. D'où la prescience qu'a subitement Pasteur. Cette flacherie doit provenir soit de l'humidité ambiante, du manque d'aération, soit des feuilles de mûrier mouillées. Au microscope, il repère enfin la bactérie qu'il tient pour responsable de la maladie. Elle siège dans l'intestin des chenilles. Aux principes d'hygiène qu'il a recommandés aux éleveurs, il ajoute la confection de conduits d'aération pour éviter l'humidité stagnante, et le renouvellement permanent des feuilles de mûrier pour éviter toute fermentation.

Il conserve pourtant de nombreux opposants à ses prescriptions, tant il est vrai que des adversaires féroces se dressent face à ses méthodes. Les importateurs de graines notamment, qui voient leurs revenus, considérables, commencer à chuter. Les industriels qui, avec la vente de créosote, faisaient jusqu'à présent de belles affaires. Sans compter l'apathie de beaucoup qui préfèrent la routine à une quelconque prise de risques. Mais au sommet de l'État, chacun a compris l'énorme avancée que font faire à la sériciculture française l'ensemble de ses recherches. En reconnaissance de ses services, Pasteur est élevé au grade de commandeur de la Légion d'honneur le 15 août 1868. Deux mois plus tard, il est atteint d'hémiplégie ce qui ne l'empêche pas de reprendre ses recherches à Saint-Hippolyte-du-Fort dès février 1869.

En décembre 1869, Napoléon III lui demande de monter un élevage expérimental à la Villa Vincentina, près de Trieste, sur la côte adriatique. Le domaine appartient à la famille impériale, héritage d'Elisa Bacciochi, la sœur de Napoléon Ier. On y pratique une agriculture moderne mais ici aussi les maladies du ver à soie ont complètement dévasté l'exploitation. Le maréchal Vaillant, qui gère les domaines impériaux, est converti au bien-fondé des expériences du savant. Aussi convainc-t-il l'empereur d'y adresser Pasteur et ses graines sélectionnées.

Pasteur rejoint la villa en octobre avec Marie, Jean-Baptiste et Marie-Louise, par petites étapes — dont l'une est à Alès pour y recueillir des graines —, en se ménageant au cours du voyage. Il n'est pas encore totalement remis de son attaque : « Quand ma tête est libre j'oublie tout le passé et je forme des projets. Je me vois entouré de collaborateurs dans un beau et vaste laboratoire. Je vais de l'un à l'autre vérifier leurs observations et je m'abandonne même à l'idée de pouvoir recouvrer un jour l'usage de ma main. Mais que ma tête demeure embarrassée, pesante, je me désespère, je ne songe plus qu'à aller mourir dans quelque coin ignoré[16]. »

Le cadre qui les attend est enchanteur, le parc luxuriant, le climat idéal en cette saison. La vie s'installe dans le confort et, en attendant la saison de l'éducation des vers, chacun s'occupe comme il peut. Pour Pasteur, c'est la rédaction de son ouvrage majeur sur ses expériences en matière de vers à soie. Pour Marie, c'est la prise de notes que lui dicte son époux, heure après heure, jour après jour. Pour Jean-Baptiste, ce sont les cours de droit qu'il prend par correspondance et qu'il faut bien étudier, puisque, pour une fois, son père est présent et attentif à l'assiduité de son fils. Quand il se distrait, le savant passe son temps à consulter en bibliothèque « tous les ouvrages qui parlent de Napoléon Ier afin de toucher le cœur de mes enfants par les grands exemples de la gloire et du dévouement[17] ».

Quand arrive la période d'éducation, Pasteur est sur tous les fronts. Il distribue les graines aux éducateurs tout en s'en réservant pour son usage personnel et de nouvelles expériences. Il surveille chacun et surprend ainsi, avec un carton de l'empereur, le régisseur qu'il sanctionne immédiatement. Il fait paraître dans les journaux locaux une annonce avertissant les éducateurs que seules sont valables les graines qu'il leur remet personnellement, sans intermédiaire. Au bout de quoi, la soie recueillie dans les plus parfaites conditions rapporte quelque vingt-deux mille francs, une somme appréciable pour l'époque. Sa démonstration a réussi. La chenille du bombyx l'a fait passer de microbiologiste à vétérinaire.

L'empereur est ébloui du résultat et l'on songe sérieusement à Pasteur comme sénateur. Ce qui se fait le 27 juillet 1870 pour services rendus à la science. Lorsqu'il quitte Trieste par l'Autriche et l'Allemagne, le bruit des bottes prussiennes commence à se faire entendre. Il aura encore le temps, avant la chute de l'Empire, de dédicacer ses *Études sur les maladies des vers à soie* à l'impératrice Eugénie, en faisant référence à l'impératrice chinoise qui, 2 700 ans avant J.-C., avait découvert le fil de soie : « Je suis avec le plus profond respect Madame, de Votre Majesté, le très humble, très obéissant et très fidèle serviteur. Louis Pasteur, Membre de l'Académie des sciences[18]. » Mais tout va bientôt basculer.

La belle équipe

(1867-1878)

Sans collaborateurs, des préparateurs aux médecins, Pasteur n'aurait probablement pas pu réaliser le quart de ses expérimentations. C'est la cohorte de ses fidèles, minutieusement choisis, qui a fait la redoutable efficacité des équipes pasteuriennes.

Mais pénétrer rue d'Ulm dans le laboratoire de Pasteur, puis à l'Institut, relève de l'entrée au couvent. Car y règnent rigueur, discipline, silence et parfait respect d'une hiérarchie où domine la figure tutélaire et autocratique du maître. Tout manquement à la règle implicite est impitoyablement relevé.

Le parcours d'Adrien Loir est en ce domaine emblématique jusqu'à la caricature. Neveu de Pasteur par sa femme — Marie Pasteur est la sœur aînée d'Amélie Loir —, le jeune Adrien, une fois bachelier, est en passe de préparer Saint-Cyr. Pasteur ne l'entend pas de cette oreille qui verrait bien son bon garçon de neveu lui servir tout à la fois de secrétaire et de préparateur, un homme à tout faire, jeune et malléable, comme il n'ose en rêver. C'est qu'aussi Adrien a déjà une bonne expérience de préparateur de chimie à la faculté de Lyon où son père, professeur en la matière, le forme selon les souhaits de son illustre beau-frère. Aussi Pasteur lui propose-t-il, de but en blanc et sans en référer à personne, un poste dans son laboratoire de la rue d'Ulm. Et, avec l'autorité qui le caractérise, sans laisser au jeune homme de vingt ans, ou même à ses parents, quelque échappatoire que ce soit. En famille, Pasteur se comporte en parfait despote, en chef de clan. Que cela lui plaise ou non, Adrien va devoir se former au soufflage du verre, Pasteur ayant besoin d'éprouvettes et de cornues bien spécifiques. Il va devoir prendre aussi des cours de calligraphie afin d'améliorer son écriture. Il n'est, en effet, pas envisageable que le secrétaire particulier de Pasteur rédige des notes et mémoires qui ne soient pas parfaitement lisibles. Évidemment, il est absolument nécessaire qu'il se mette à l'étude des grands problèmes expérimentaux du laboratoire. Il n'est pas imaginable qu'il ignore la cristallographie ou les arcanes de la fermentation. Et il n'est pas question non plus qu'il loge ailleurs que sous le regard du patron, à savoir rue d'Ulm, à l'annexe Vauquelin, dans une chambre dont son oncle a entièrement supervisé l'aménagement, jusqu'au choix de l'édredon, afin d'avoir sous la main et à demeure un factotum docile et efficace. De jour comme de nuit.

Ce qui n'empêche toutefois pas le neveu d'être lucide, du moins *a posteriori* : « Il avait le désir, par mon intermédiaire, de ne dépendre dorénavant que de lui-même pour réaliser les conceptions de son esprit. Aussi s'était-il emparé de moi. Dès le premier jour j'étais devenu sa chose, l'accessoire indispensable dont il se servait à sa guise sans trouver ni résistance ni contradiction. Ce n'est qu'après m'avoir eu constamment sous la main qu'il songea à me faire prendre un titre quelconque. Il pensa d'abord à la pharmacie, prétendant que les pharmaciens seuls, à l'exemple de Dumas, son maître, et de bien d'autres, étaient capables de faire de bons manipulateurs. Puis il pensa à me faire suivre l'École vétérinaire d'Alfort, mais c'était trop loin du laboratoire où il me voulait toute la journée à sa disposition. Restait la médecine, et c'est cette voie qu'il choisit pour moi[1]. » Il a désormais à son service un préparateur enthousiaste, efficace et dévoué : « Naturellement ce rôle de secrétaire-manipulateur intime ne pouvait être joué que par un être à sa disposition entière, à tous moments, et même pendant les vacances que je prenais à Arbois avec lui[2]. »

Plus tard, le timoré Adrien Loir volera pourtant de ses propres ailes, quoique toujours sous l'égide de Pasteur et avec sa bénédiction. En 1886, il se rendra en Russie installer l'Institut antirabique fondé par le prince Alexandre d'Oldenbourg. Puis partira en mission par deux fois en Australie où il fondera l'Institut Pasteur de Sydney. Il vivra également plusieurs années en Tunisie après avoir établi l'Institut Pasteur de la ville. Ensuite, bien après la mort de son oncle, il mettra le cap sur la Rhodésie pour la fondation de celui de Bulawayo et il voyagera plus tard tant en Amérique latine qu'aux États-Unis, toujours pour des motifs scientifiques...

Cependant, le tout premier préparateur de Pasteur est Jules Raulin. Entré comme élève à l'École normale, l'année où Pasteur y prend ses fonctions de directeur scientifique, il est, à peine reçu à l'agrégation, enrôlé comme préparateur dans son laboratoire le 19 janvier 1863. Celui qui demeurera toute sa vie son disciple préféré et infiniment respectueux est d'abord mis d'autorité sur l'étude de la nutrition d'un champignon, *Aspergillus niger*. Il se révèle être également un collaborateur précieux pour les maladies du ver à soie. Il épouse d'ailleurs Marie Magnan, la fille du magnanier, au patronyme prédestiné, qui les accueille à Alès. Il finira sa carrière à la faculté des sciences de Lyon comme professeur de chimie appliquée et y fondera l'École de chimie industrielle.

Désiré Gernez est lui aussi élève à Normale lorsqu'il est recruté par Pasteur comme agrégé-préparateur, après être passé par le lycée d'Agen. Pendant trois étés, il va être à Arbois pour mener des expériences sur le vin tout en enseignant au lycée de Dijon. Il est également sur les études du ver à soie à Pont-Gisquet dans le Gard. Tout en poursuivant une carrière de professeur de physique au lycée de Versailles, puis à Paris aux lycées Saint-Louis puis Louis-le-Grand. Il deviendra maître de conférences de chimie à l'École normale supérieure, directeur de son laboratoire de chimie, et entrera à l'Académie des sciences.

Eugène Maillot est lui aussi élève de Normale, véritable pépinière de pasteuriens ou, tout du moins, d'agrégés-préparateurs. Tout juste agrégé, il entre en 1865 au laboratoire de Pasteur. Il sera de toutes les recherches sur le grainage des vers à soie au point d'en faire sa spécialité. C'est en ce domaine qu'il donnera des cours à l'École d'agriculture de Montpellier.

Plus tard, après la perte de son poste de directeur scientifique à Normale, Pasteur aura recours à Bertin, son successeur et indéfectible ami, qui lui sélectionnera les meilleurs d'entre ses élèves pour les orienter vers son laboratoire. Ce seront essentiellement des physiciens, à l'instar de Bertin.

C'est le cas notamment de Louis Thuillier, que Pasteur recrute alors qu'il vient d'être reçu premier à l'agrégation de physique, tout juste âgé de vingt-quatre ans. Il sera de tous les combats, vaccinations contre la rage, le charbon et, surtout, le rouget du porc dont il découvrira le bacille qui en est responsable. Parti avec réticence et après beaucoup d'hésitations en Égypte avec Émile Roux, Isiore Straus et Edmond Nocard pour étudier l'épidémie de choléra qui y fait des ravages, il contracte la maladie et meurt en 1883. Il n'a pas encore vingt-sept ans. Pasteur est le responsable scientifique de l'expédition et le garant des protocoles de recherche. « Je ne me consolerai jamais de cette mort qu'en pensant à notre chère patrie et à ce qu'il a fait pour elle[3] », assure-t-il, ne pouvant toutefois s'empêcher d'espérer que ses collaborateurs aient songé à prélever quelques gouttes du sang de

Thuillier pour analyses. Car il n'est pas question de se faire damer le pion par les Allemands qui, en la personne de Robert Koch, présent sur place — et qui l'année précédente a isolé le bacille responsable de la tuberculose —, pourraient bien découvrir le bacille cholérique avant les pasteuriens. Et en matière de compétition, Pasteur n'a de leçon à recevoir de personne. En dépit du sang de Thuillier, c'est pourtant Koch qui, dans l'année même, isole *Vibrio cholerae*, un bacille en forme de virgule qu'il a décelé dans le sang des malades, aussi bien en Égypte que peu après à Calcutta. Le patriotisme viscéral de Pasteur, pour ne pas dire son chauvinisme à tout crin, est durement touché. Heureusement pour lui, il tiendra sa revanche onze ans plus tard, lorsque Alexandre Yersin découvrira à son tour un bacille, ô combien pernicieux, celui de la peste ou *Yersinia pestis*. Une belle victoire française et pasteurienne !

Autre agrégé-préparateur chaudement recommandé par Bertin, Charles Chamberland, jurassien d'origine, ce qui n'a rien pour déplaire à Pasteur. Agrégé de physique en 1875, il entre l'année même au laboratoire de la rue d'Ulm où il a fait ses études. Il travaillera avec Pasteur sur la théorie de la génération spontanée, sur le charbon du mouton et sur la mise au point du vaccin contre la rage. Son nom reste attaché notamment à une étuve destinée à la stérilisation des milieux de culture — l'autoclave Chamberland —, et à celui d'un filtre destiné à assainir l'eau et à préserver l'utilisateur de la fièvre typhoïde — le filtre

Chamberland. Il sera par la suite élu député républicain du Jura et l'un des cofondateurs des *Annales de l'Institut Pasteur*.

C'est au tout début des vaccinations contre la rage que Jacques Joseph Grancher entre en scène auprès de Pasteur. Pour des années puisque c'est lui qui, sans relâche et avec abnégation, vaccinera toutes les victimes de morsures qui se présenteront au laboratoire de la rue d'Ulm à partir de 1885. Mais le médecin est alors loin d'être un débutant. À cette époque, il a quarante-deux ans et un long passé de praticien et de chercheur. C'est un spécialiste de la tuberculose à laquelle il a consacré sa thèse de médecine et la plupart de ses recherches. Il a notamment décrit le premier une pneumonie désormais baptisée maladie de Grancher. C'est lui qui, en précurseur, préconisera l'isolation par boxes des salles d'hôpital où sont soignés les enfants tuberculeux, avec port obligé de blouses et lavage obligatoire des mains au savon avant et après toute intervention du personnel soignant. C'est lui aussi qui mettra en place les premiers dépistages scolaires de la tuberculose.

Bien qu'ils ne se tutoient pas, il devient très vite proche de Pasteur au point d'être choisi comme parrain de son petit-fils, Louis Pasteur Vallery-Radot. Il sera président du conseil d'administration de l'Institut Pasteur de 1905 à sa mort en 1907.

Néanmoins, les plus proches collaborateurs du savant sont et demeureront jusqu'au bout Émile Duclaux et Émile Roux. Aussi radicalement différents l'un de l'autre qu'il est possible de l'être.

Duclaux pénètre au laboratoire en 1862. Il vient de finir l'École normale, d'obtenir son agrégation de physique à vingt-deux ans et intègre le laboratoire de Pasteur alors administrateur de l'École et directeur des études scientifiques. Il participe aux expériences tendant à réfuter les thèses sur la génération spontanée et travaille à Arbois, aux côtés de Pasteur et de Gernez, sur les maladies du vin. Sa thèse de doctorat portera d'ailleurs sur la fermentation alcoolique. Toutefois, il poursuivra une carrière personnelle d'enseignant et de chercheur, tout en maintenant les liens avec Ulm. Pendant la guerre de 1870, il accueille Pasteur à Clermont-Ferrand où il est en poste à la faculté des sciences et entreprend avec lui des recherches sur la bière à la brasserie toute proche de Chamalières. On le retrouvera plus tard à l'Institut Pasteur dont il deviendra directeur à la mort du patron.

Mais Émile Duclaux est peut-être avant tout le créateur des *Annales de l'Institut Pasteur*, que le maître accepte volontiers mais qui est entièrement l'œuvre de son disciple. Cette revue mensuelle accueille dans ses colonnes des contributions touchant autant à la biologie qu'à l'hygiène ou à la microbie. Elle est évidemment un vecteur de diffusion des thèses pasteuriennes, notamment en ce qui concerne la vaccination antirabique, et l'une des publications scientifiques les plus considérables du temps. Il publiera également en 1896 une biographie s'intitulant *Pasteur, histoire d'un esprit*.

D'après Adrien Loir, « Pasteur était très sensible à ce que lui disait Duclaux et subissait son ascendant ; après le passage de Duclaux qui était toujours très court, Pasteur était calme et se mettait au travail. L'influence de Duclaux était tout autre que celle exercée par Roux. Celui-ci le stérilisait, l'autre au contraire l'excitait au travail[4] ».

Émile Roux, quant à lui, est entré presque par hasard dans le laboratoire de Pasteur, à une époque où il n'y employait aucun médecin. En 1878, Pasteur s'aperçoit que ses assistants n'ont aucune pratique de l'injection. Il ne s'agit alors que d'injections sur des animaux, mais il ressent le besoin d'avoir un praticien sous la main. Il se souvient d'un jeune étudiant en médecine dont Duclaux lui a parlé, qui travaille comme assistant à l'Hôtel-Dieu et sert par ailleurs de préparateur-assistant de chimie à Duclaux pour ses cours sur la fermentation à la Sorbonne. Il enjoint à Chamberland de le contacter le jour même où il découvre avoir besoin d'un médecin, et c'est ainsi que Roux entre dans l'équipe des pasteuriens du moment. Il n'en sortira plus et demeurera le seul médecin du laboratoire pendant huit ans, avant que Grancher n'y entre à son tour. Et pourtant, le premier contact entre les deux hommes est un rien épineux. Roux se présente, en effet, au laboratoire à midi, alors que Pasteur est à son appartement en train de déjeuner. Il n'est pas dans les habitudes de déranger le maître pour si peu, et Chamberland n'est pas près de s'y risquer. Comme Roux ne peut attendre, il pratique l'injection pour laquelle il a été appelé et s'en retourne à ses occupations sans s'attarder. Colère noire de Pasteur lorsqu'il redescend au laboratoire. Un jeune prétentieux, certes médecin mais tout juste licencié ès sciences, pas même passé par Normale, qui se permet d'entrer dans son laboratoire et d'y pratiquer une injection, on ne lui a encore jamais fait cela !

Cette entrée en matière donne bien la mesure du nouvel arrivant. C'est le seul parmi les collaborateurs de Pasteur qui osera jamais s'opposer à lui et discuter ses théories. Sans jamais d'ailleurs manquer de respect au maître qu'il admire, et en faisant régner autour de celui-ci le calme propice à ses recherches. Mais en cherchant toujours systématiquement la faiblesse d'un raisonnement par laquelle on peut le battre en brèche, ce qui ne manquera pas d'exaspérer souvent Pasteur : « Comme ce Roux est désagréable. Si on l'écoutait, il vous arrêterait dans tout ce que l'on voudrai réaliser[5]. » Mais Pasteur l'écoutera souvent. Jeune médecin à son arrivée, de vingt et un ans le cadet de Pasteur, il travaille successivement sur le choléra des poules, le charbon du mouton et la rage. À la fondation de l'Institut Pasteur, il est chargé de l'enseignement, le premier en France concernant la microbiologie. Il forme alors des centaines de chercheurs en la matière. Directeur des *Annales de l'Institut Pasteur*, fondateur de l'hôpital du même nom, c'est là qu'il mourra, dans son appartement, le 3 novembre 1933.

Il y aura aussi Élie Metchnikoff, un brillant biologiste que l'austère et ascétique Émile Roux décrit ainsi : « Cet homme de 43 ans accouru du fond de l'Europe, le visage enflammé, l'œil brillant, les cheveux embrouillés, tout à fait l'air du démon de la science[6]. » Et dont Pasteur, sollicitant pour lui la Légion d'honneur auprès du ministre des Affaires étrangères, dresse, en 1892, un portrait complet : « Depuis plus de quatre années, l'Institut Pasteur compte au nombre de ses chefs de service les plus distingués Monsieur Élie Metchnikoff, âgé de 47 ans, de nationalité russe, naturaliste très célèbre dans son pays d'origine où il jouit d'une considération universelle. Il a été pendant 15 ans professeur de zoologie et d'anatomie comparée à l'Université d'Odessa. Plus tard, il occupa pendant deux ans les fonctions de Directeur de laboratoire bactériologique municipal de cette ville. Il est membre honoraire de l'Université de Moscou, membre correspondant de l'Académie des sciences de St-Pétersbourg. M. Metchnikoff est membre honoraire de l'Université de Cambridge et de Philadelphie et membre honoraire d'une foule de sociétés savantes (Lenean society, Royal microscopical society, pathological society de Londres, philosophical society de Cambridge, société des naturalistes de Kasan, d'Odessa, de Moscou, sociétés médicales de Pétersbourg, Kieff, Odessa, Tiflis, etc, etc.). M. Metchnikoff est décoré de l'ordre de Ste-Anne et de celui de St-Wladimir. Enfin, M. Metchnikoff est un savant de la plus grande valeur. Le nombre de ses découvertes en histoire naturelle et en physiologie est considérable. Son désintéressement est à la hauteur de son talent. Depuis quatre ans, sollicité à maintes reprises d'accepter un traitement pour les fonctions qu'il remplit à l'Institut Pasteur avec un zèle et une assiduité au-dessus de tout éloge, il a constamment refusé[7]. »

Tout au long de sa vie de chercheur, Pasteur aura su s'entourer des éléments les meilleurs et les plus sûrs. Mais la collaboration pour lui est toujours à sens unique, de ceux qu'il considère comme des préparateurs et non comme des égaux devant la science, vers lui et non l'inverse. Chacun est tenu de lui rendre compte de l'état de ses recherches, le contraire ne se présente jamais. Ce qu'Adrien Loir résume par un « Pasteur pouvait-il avoir des collaborateurs ? Le nom de collaborateur implique un travail en commun, un échange de tous les instants, une communication constante d'esprit dans le même but, une aide mutuelle. Pasteur n'a jamais dit un mot à son entourage de ce qu'il entreprenait[8] ». Toutefois, Mme Duclaux aura, elle, ce jugement sur les tout premiers disciples du maître : « Ses chimistes normaliens de 1860 croyaient en Pasteur comme les romantiques de 1830 croyaient en Victor Hugo[9]. »

Défaite et revanche

(1870-1876)

Les travaux sur les maladies du ver à soie sont à peine terminés — son *Étude sur la maladie des vers à soie* est publiée en avril 1870 —, et Pasteur tout juste remis de son attaque d'hémiplégie, que des bruits de guerre possible éclatent de toutes parts. De retour d'Italie, Pasteur et sa famille passent par l'Autriche, le Bade-Wurtemberg et la Bavière pour gagner Strasbourg. Les propos sont alarmistes, le son des canons tout proche. Ils rentrent en hâte à Paris rue d'Ulm, le 15 juillet. La veille, des manifestants ont battu le pavé parisien aux cris de : « Vive l'Empereur ! » et de : « À bas la Prusse ! » Sainte-Claire Deville, qui rentre lui aussi d'Allemagne, a vu les armées prussiennes massées à la frontière. Les normaliens sont sur le qui-vive. Bien qu'exemptés de la conscription grâce à leur entrée à l'École, ils sont nombreux à vouloir s'engager, par patriotisme, pour défendre leur pays. Il s'y tient un véritable conseil de guerre réunissant Bouiller, directeur de l'École, Bertin, directeur des études scientifiques, Sainte-Claire Deville, professeur de chimie, Pasteur, directeur du laboratoire et Victor Duruy, qui n'est plus ministre de l'Instruction publique depuis un an, mais dont les trois fils se sont portés volontaires. Ils décident de transformer les locaux en hôpital destiné aux élèves blessés.

Le 13 juillet 1870, Bismarck communique à la presse une dépêche qu'il a reçue du kaiser Guillaume Ier, relatant son entrevue avec l'ambassadeur français Benedetti. Mais en n'hésitant pas à en modifier les termes, de sa propre initiative, afin de mettre des propos bellicistes dans la bouche du Français. C'est la fameuse « dépêche d'Ems », une véritable provocation. Qui atteint son but, les généraux français étant sûrs de leur préparation et donc de leur victoire : « Nous sommes prêts, archiprêts ; même si la guerre doit durer un an, il ne nous manquera pas un bouton de guêtre ! » Les esprits s'enflamment, la rue réclame la guerre, les députés en votent les crédits.

Le 19 juillet, la France déclare la guerre à la Prusse. La mobilisation générale a été décrétée le 15 juillet, bien que Thiers juge « l'occasion détestablement choisie ». Mais il est bien le seul à manifester cette opinion. Le 23 juillet, Napoléon III confie la régence à l'impératrice Eugénie afin de pouvoir diriger lui-même les opérations militaires. Et le 27 juillet, Pasteur est nommé sénateur par la grâce impériale. Le décret d'application n'en sera jamais promulgué en raison des événements. Jean-Baptiste Pasteur est mobilisé, mais cloué au lit au Val-de-Grâce par une fièvre typhoïde qu'il a contractée sur place, au cours de son instruction militaire. Il y a été logé dans une salle emplie de malades contagieux. Les principes d'hygiène préconisés par son père sont loin d'être entrés dans les mœurs. C'est l'affolement chez les Pasteur qui ont déjà perdu deux enfants de cette affection. Pasteur s'entremet et fait jouer tout son crédit pour que son fils reçoive les meilleurs soins.

Le 7 août, l'état de siège est décrété à Paris et des manifestations anti-impériales éclatent dès lors un peu partout, notamment à Marseille, au Creusot, à Lyon. Le 13 août, c'est place de la Concorde que les manifestants conspuent l'empereur, réclamant sa démission à grands cris. La débâcle militaire est totale, Mac-Mahon vaincu, Bazaine encerclé dans Metz, tandis que l'armée allemande marche sur la capitale.

Le 17 août, le général Trochu est nommé gouverneur militaire de Paris. Le 2 septembre, à Sedan, au terme d'une résistance de trois jours, l'armée française capitule et Napoléon III se constitue prisonnier. Le 4 septembre, à Paris, des députés emmenés par Jules Favre signent sa déchéance. L'Empire n'est plus.

Le 5 septembre, en apprenant la nouvelle, Pasteur le bonapartiste est effondré. Ce même jour, alors que Victor Hugo rentre triomphalement à Paris après dix-neuf années d'exil, Pasteur, avant de partir pour Arbois, proteste de sa fidélité auprès du maréchal Vaillant, ministre de la Maison de l'empereur : « Je suis brisé par la douleur. Toutes mes illusions sont évanouies. Vous connaissez mon dévouement au bien public et à l'Empire. Accordez-moi une faveur, celle de me nommer quand vous écrirez à S.M. l'Impératrice parmi les personnes qui se souviendront éternellement de ses bontés et de celles de l'Empereur. Malgré les vaines et stupides clameurs de la rue, et toutes les lâches défaillances de ces derniers temps, l'Empereur peut attendre avec confiance le jugement de la postérité. Son règne restera comme l'un des plus glorieux de notre histoire[1]. »

Mais il est atterré, c'est tout son monde qui s'écroule. Et il cherche l'explication à un désastre qu'il n'attendait pas. Où est la faute de cet empereur qu'il a tant admiré ? De ce chef d'État à qui il doit son laboratoire et qui l'a soutenu durant toutes ses expérimentations. Qui l'a reçu à Compiègne. Qui l'a nommé sénateur à vie. Et dont il écrivait encore quelques mois auparavant : « Une dynastie qui compte de tels souvenirs, motivés par tant de gloire et de grandeur, et qui s'appuie, en outre, sur un règne qui se déroule sous nos yeux est inébranlable. Mais il faut que l'Empereur ait encore de longs jours... Cette vaillance est faite pour exalter et enorgueillir la nation, de toutes les nations de l'Europe celle qui aime le plus à se sentir gouvernée par un homme supérieur[2]. »

Comme Victor Hugo qui publie un *Appel aux Allemands* et un *Appel aux Français* les exhortant à une guerre à outrance, Pasteur est pour une résistance maximale et son patriotisme crie vengeance : « Tout cela me fait mal. Je voudrais que la France résistât jusqu'à son dernier homme, jusqu'à son dernier rempart ! Je voudrais la guerre prolongée jusqu'au cœur de l'hiver afin que les éléments venant à notre aide tous ces vandales périssent de froid, de misère et de maladie. Chacun de mes travaux, jusqu'à mon dernier jour, portera pour épigraphe : Haine à la Prusse, vengeance ! vengeance[3] ! »

C'est donc d'Arbois que Pasteur suit l'évolution des événements. Marie et Marie-Louise l'ont accompagné tandis que Jean-Baptiste les rejoint bientôt, en convalescence jusqu'au 9 décembre. Mais le fougueux jeune homme de dix-huit ans qui n'a pas encore affronté l'ennemi veut regagner un poste au combat sans attendre la fin de son congé et rejoindre l'armée de l'Est au milieu d'un désordre indescriptible. Avec son cousin Joseph Vichot, ils rallient les chasseurs à pied de l'armée commandée en chef par Bourbaki.

Le 9 janvier 1871, le général Bourbaki brise l'encerclement de Belfort, mais il est battu neuf jours plus tard à Héricourt et tente de se suicider après avoir télégraphié à Paris : « Vous ne vous faites pas une idée des souffrances que l'armée a endurées depuis le commencement de décembre. Soyez sûrs que c'est un martyre d'exercer un commandement en ce moment. » Le 11 janvier, les Prussiens entrent à Arbois et les exactions commencent avec des fusillés pour rien : un paysan dans sa vigne, abattu sans sommation, une famille à table, père et fils fusillés, Biscuit, le garçon-boulanger, tué sans raison. Tous civils et sans défense.

Paris est bombardé et l'École normale, transformée en hôpital, est touchée le 5 janvier par les tout premiers obus. Puis le Muséum d'histoire naturelle est frappé à son tour. Les dégâts sont uniquement matériels et relativement minimes. Le chimiste Eugène Chevreul, directeur du Muséum, n'en lit pas moins une proclamation à l'Académie des sciences, le 9 janvier : « Le jardin des plantes médicinales fondé à Paris par édit du roi Louis XIII, à la date du mois de janvier 1626, devenu le Muséum d'histoire naturelle par décret de la Convention du 10 de juin 1793, fut bombardé, sous le règne de Guillaume Ier, roi de Prusse, comte de Bismarck chancelier, par l'armée prussienne, dans la nuit du 8 au 9 de janvier 1871. Jusque-là, il avait été respecté de tous les partis et de tous les pouvoirs nationaux et étrangers[4]. »

Pasteur l'apprend quelques jours plus tard et entre dans une vive colère. Que ce soit la guerre, soit, mais que l'ennemi ose détruire un des hauts lieux de la science, c'en est vraiment trop. Chevreul a fait un geste symbolique fort, il ne sera pas dit qu'un Pasteur ne fera pas aussi bien.

Aussi le 18 janvier, le patriote indigné renvoie-t-il le diplôme de docteur en médecine *honoris causa* qui lui avait été décerné en 1868 par l'université de Bonn, en notifiant à son doyen : « Aujourd'hui, la vue de ce parchemin m'est odieuse et je me sens offensé de voir mon nom, avec la qualification de Virum Clarissimum dont vous le décorez, se trouver placé sous les auspices d'un nom voué désormais à l'exécration de ma patrie, celui de Rex Guilelmus. Tout en protestant hautement de mon profond respect envers vous et envers tous les professeurs célèbres qui ont apposé leur signature au bas de la décision des membres de votre ordre, j'obéis à un cri de ma conscience en venant vous prier de rayer mon nom des archives de votre faculté et de reprendre ce diplôme en signe de l'indignation qu'inspirent à un savant français la barbarie et l'hypocrisie de celui qui, pour satisfaire son orgueil criminel, s'obstine dans le massacre de deux grands peuples[5]. » Il termine sa lettre par un post-scriptum ainsi libellé : « Écrit à Arbois (Jura), le 18 janvier 1871, après la lecture du stigmate d'infamie écrit au front de votre Roi, par l'illustre Directeur du Muséum d'histoire naturelle, M. Chevreul, dans la séance de l'Académie des sciences tenue à Paris le 9 janvier 1871[6]. »

Le doyen Maurice Naumann ne sera pas en reste qui répliquera par : « Monsieur, le soussigné, doyen actuel de la Faculté de médecine de Bonn est chargé de répondre à l'insulte que vous avez osé faire à la nation allemande dans la personne sacrée de son auguste empereur, le roi Guillaume de Prusse, en vous envoyant l'expression de tout son mépris[7]. » Échange de correspondance que Pasteur fait immédiatement paraître dans *Le Courrier de Lyon* comme pour faire oublier qu'il a quitté Paris, à l'inverse de beaucoup de ses confrères restés dans la capitale, notamment pour en organiser le ravitaillement.

Si le patriote est exaspéré, l'homme de science saura quelque temps plus tard faire la part du feu. Il réécrira au doyen une missive plus modérée, mais sans lâcher l'essentiel, son hostilité à Guillaume Ier.

Et sans jamais remettre en cause le rôle de la France et de Napoléon III dans la déclaration de guerre : « Et maintenant, Monsieur le Doyen, en relisant votre lettre et la mienne, je me sens le cœur navré de penser que des hommes qui, comme vous et moi, ont consacré leur vie à la recherche de la vérité et aux progrès de l'esprit humain, se tiennent mutuellement un pareil langage, motivé de ma part sur de tels actes. Voilà pourtant un des résultats du caractère imprimé à cette guerre par votre Empereur. Vous me parlez de souillure, Monsieur le Doyen. Elle est, soyez-en sûr, et elle sera, jusque dans les temps les plus reculés, pour la mémoire de ceux qui ont commencé le bombardement de Paris alors que la capitulation par la famine était inévitable, et qui ont continué cet acte sauvage quand il fut devenu évident pour tous qu'il n'avancerait pas d'une heure la reddition de l'héroïque cité[8]. »

En dehors d'exprimer son patriotisme comme il le peut, Pasteur n'a pendant ce temps pas grand-chose à faire sinon apprendre presque chaque jour, par le garde champêtre, de nouvelles défaites de l'armée française face à la formidable avance prussienne.

Et de se désespérer sur le sort de son fils dont il est sans aucune nouvelle. Est-il vivant ? Indemne ? Blessé ? Ou bien mort ? Est-il en train d'agoniser sans ressource dans un hôpital de campagne ? On dit que les Prussiens sont prêts à entrer dans Paris, qu'il y a des milliers de cadavres sur les champs de bataille. Que les blessés se traînent sur les routes.

C'est trop d'incertitudes pour l'homme d'action. Il vient alors à Pasteur un projet complètement fou, celui de partir à la recherche de Jean-Baptiste dans un pays livré à la soldatesque. Il est hémiplégique, marche avec difficulté, mais compte néanmoins se jeter sur les routes enneigées alors qu'il gèle à pierre fendre et sans avoir la moindre idée de sa destination. Rien n'a jamais fait reculer Pasteur quand il a pris une décision. Retrouver son fils et le ramener coûte que coûte devient pour lui une véritable idée fixe. Il n'est que de dénicher un véhicule et de partir enquêter sur son sort. Comme toutes les voitures ont été réquisitionnées, il ne trouve qu'une vieille calèche brinquebalante et s'embarque sur les routes encombrées, avec femme et fille — Marie-Louise a douze ans et demi —, et un premier but, Pontarlier, à quelque soixante kilomètres d'Arbois. Ils ne rencontrent sur leur chemin que soldats en déroute et congères par un froid de moins 20 °C, pour arriver à destination trois jours et demi plus tard, épuisés et la calèche bonne pour la ferraille. Les cadavres de chevaux jonchent les rues de la ville, la nourriture manque, les malades et les estropiés sont légion, la gangrène répand son odeur pestilentielle, les soldats dépenaillés bivouaquent partout autour de maigres feux. « La retraite de Russie n'a pas dû être plus affreuse[9] », murmure Pasteur, atterré. Dans leur détresse, les Pasteur ont la chance de rencontrer un neveu de Sainte-Claire Deville, le commandant Bourboulon, qui peut les renseigner sur l'actualité des opérations mais n'a aucune nouvelle de leur fils. Ce qui ne décourage pas pour autant le savant. Pendant deux jours, il passe de groupe en groupe, arrêtant pour le questionner tout militaire susceptible de le renseigner. Un simple soldat lui assure enfin que le caporal-fourrier Pasteur est en vie, mais malade, hospitalisé à Chaffois, à six kilomètres à l'ouest de la ville. Une lueur d'espoir. Il décide, bien entendu, de s'y rendre et la famille est sur le point de reprendre la route au moment même où ils croisent une voiture pleine de soldats. Jean-Baptiste est parmi eux, mal en point. Dans la pagaille ambiante, ils récupèrent leur fils, lui font revêtir des vêtements civils et gagnent la Suisse et Genève. Le dénouement inespéré d'une folle équipée.

Il n'est pas le seul à errer ainsi sur les routes à la recherche d'un fils. Dans sa propre famille, sous son propre toit, son beau-frère le tanneur Gustave Vichot se lance lui aussi à l'aventure, pour récupérer son fils Joseph, blessé à Héricourt, puis évacué à Lure. Il s'en faut d'une odyssée de plus de trois cent cinquante kilomètres pour ramener à la maison un blessé gravement touché, dans les conditions épouvantables d'un pays en guerre. Ne seraient-ils pas, tous deux, avec leur persévérance et leur courage farouches une parfaite illustration de l'adage « Franc-Comtois, tête de bois » ?

Les Pasteur ne resteront à Genève que quelques jours, le temps de reprendre des forces, et toute la famille ralliera Lyon. Ils seront accueillis chez les Loir, sœur et beau-frère de Marie Pasteur, ce dernier étant alors doyen de la faculté des sciences.

Début février, Jean-Baptiste doit toutefois les quitter pour retourner à son poste, dans les chasseurs à pied, alors cantonnés à Grenoble. Il y sera secrétaire du général Servier.

Le 1er mars, les Prussiens entrent dans la capitale et les troupes occupent les Champs-Élysées.

Le 16 mars, Pasteur confie à son fils et des nouvelles de son cousin, et sa peur d'être visé par des représailles après le renvoi de son diplôme à l'université de Bonn. Lui si téméraire lorsqu'il s'agit de se jeter sur les routes pour retrouver son fils est curieusement apeuré par la soldatesque prussienne et d'hypothétiques mesures de représailles au point qu'il n'ose revenir à Arbois :

> Le pauvre Joseph a, non pas une, mais deux blessures et une troisième balle s'est arrêtée dans sa poche par la lame de son couteau qui s'est ouvert de lui-même sous le choc. Estelle nous dit qu'elles sont en voie de guérison. Espérons-le. Je désire vivement aller le voir et constater les dégâts faits par ces vandales qui ont chassé Vichot et sa famille, ont volé pour 1.500 fr. de marchandises, toutes les provisions de bouche, etc. On ne me dit pas que ma lettre a animé ces pillards, mais je le crains fort car leur barbarie a paru s'exercer particulièrement sur notre maison dans le faubourg de Courcelles. Dès que tu seras de retour à Lyon je tiens à ce que tu te rendes à Arbois pour voir ton oncle, ta tante et Joseph. Ils t'épargneront sans doute. À moi, ils pourraient faire un mauvais parti, surtout ma deuxième lettre aidant[10].

En pleine débâcle, Pasteur reçoit néanmoins des propositions qui lui mettent du baume au cœur. Elles émanent d'Italie et lui offrent une chaire aux universités de Milan et de Pise. Qu'il refuse. Il ne peut quitter son pays en guerre. Ce serait pour lui comme une désertion. Il répond début mars à Toscanelli, député de la région de Pise, et à Sella, ministre des Finances de Toscane. Au premier : « Je croirais commettre un crime et mériter la peine des déserteurs, avais-je écrit à M. Chiozza, si j'allais chercher loin de ma patrie dans le malheur une position matérielle meilleure que celle qu'elle peut m'offrir [11]. » Et au second : « Cette offre si bienveillante, venant d'un ministre qui a brillamment débuté jadis dans la carrière des sciences, et dans les circonstances douloureuses où se trouve la France, m'a vivement touché et j'ai regretté qu'un scrupule patriotique ne m'ait pas permis d'aller profiter sous votre beau ciel de la tranquillité d'esprit si nécessaire au travail scientifique. Toutefois, le souvenir de cet incident de ma vie restera dans le souvenir de mes enfants comme un gage de sympathie de l'Italie envers la France, comme un témoignage d'estime accordé aux travaux de leur père, et quant à moi, j'y verrai, avec tout cela, une preuve évidente du prix que les hommes publics de l'Italie accordent à la Science dans le développement de la prospérité de leur patrie [12]. »

Il se préoccupe en même temps de l'avenir de son fils, démobilisé à Grenoble au cours du mois de mars, pas assez ambitieux ni travailleur à son goût : « Ta mère te verrait sans déplaisir suivre la carrière militaire. Ce n'est guère mon avis : il faudrait que je visse en toi une vocation réelle pour le métier des armes et cela ne me paraît pas être, à moins qu'elle ne te soit venue pendant ces derniers temps. Mon avis est que tu fasses de sérieuses études de droit, que tu apprennes, outre l'italien, au moins une autre langue vivante. Le grade de licencié en droit te donnera un titre et une entrée dans la carrière ; ministère des finances, peut-être des affaires étrangères ; voilà, à ta place, à quoi je songerais après de bonnes études pour la licence en droit[13]. » Tandis que la vie familiale suit son cours, avec, le 23 mars, la première communion de Marie-Louise que toute la famille a beaucoup de mal à ne plus appeler Zizi et un passage chez le photographe pour immortaliser l'événement. Pasteur hésite un moment à s'installer à Lyon ou plutôt dans la campagne proche.

Les temps sont trop troublés pour lui qui ne perd cependant pas de vue ses travaux et peut en écrire à Raulin à la mi-mars 1871 : « Comme en ces temps de malheur, on ne sait pas vingt-quatre heures d'avance ce que l'on fera, conservez environ 5 à 10 grammes de graines, saines et malades, qui me serviraient pour expériences, si par hasard je changeais d'avis et me décidais à aller vous rejoindre, laissant ma femme rentrer seule à Paris[14]... »

Parallèlement, alors que la France est sous la botte prussienne, Paris ville ouverte, et le peuple en effervescence dans les grandes villes françaises, il se bat, lui, pour obtenir un prix décerné par le gouvernement autrichien à l'auteur d'un remède préventif concernant la pébrine du ver à soie. Il a trop peur de le voir lui échapper en raison de la défaite de la France :

M. Susani m'a écrit il y a peu de jours et m'informe qu'il se trouve des intrigues pour me dépouiller de mes droits au prix autrichien. Vous ne serez pas surpris d'apprendre qu'en Italie et peut-être aussi à Goritz il est des personnes qui ne seraient pas fâchées de traiter la science française en vaincue. Il est certes fort heureux que M. Susani, qui paraît aussi honnête qu'éclairé, ait eu la bonne pensée de me prévenir. Déjà depuis quelques jours j'ai adressé une lettre au Il sole de Milan pour redresser les torts d'un monsieur Rosa qui relève Cantoni à mon détriment. L'institut de Goritz me paraît jouer dans cette affaire un rôle fort suspect. J'attends de meilleures informations pour m'en expliquer avec ses directeurs les Docteurs Habert et Verson[15].

Comme toujours, à la moindre intrigue, réelle ou supposée, Pasteur fait feu des quatre fers, écrivant ici et là, rédigeant articles et commentaires comme si sa notoriété et son destin en dépendaient. Toutefois, il piaffe d'impatience de retourner au travail, s'étiolant dans l'attente ainsi qu'il le relate à Duclaux demeuré à l'École normale durant toute la guerre : « J'ai la tête pleine des plus beaux projets de travaux. La guerre a mis mon cerveau en jachère. Je suis prêt pour de nouvelles productions. Hélas ! Je me fais peut-être illusion. Dans tous les cas j'essaierai. Ah ! que ne suis-je riche, millionnaire. Je vous comblerais des plus beaux appointements et je vous dirais à vous, à Raulin, à Gernez, à Van Tieghem, etc. : Venez, nous allons transformer le monde par nos découvertes. Que vous êtes heureux d'être jeune et bien portant ! Ô que j'aimerais à recommencer une nouvelle vie d'étude et de travail. Pauvre France, chère patrie ! Que ne puis-je contribuer à te relever de tes désastres[16] ! » Ce qui ne l'empêche pas de publier dans *Le Moniteur* ou le *Salut public*.

La Commune, qui est le fait politique le plus formidable du moment, voit Pasteur en province, à l'écart des événements et bien éloigné des préoccupations politiques de l'ensemble de ses contemporains, que ces derniers soient pro ou anticommunards. Bien sûr, le savant est conservateur, mais se tient à distance de toute prise de position qui pourrait nuire à sa carrière. À Lyon pourtant, en famille, comme le narrera son neveu, personne ne reste indifférent aux événements : « Le drapeau rouge de la Commune flottait sur l'Hôtel de Ville, c'était le jour du meurtre du commandant Arnaud, tué par les communards. Mon père alla en hâte endosser son uniforme de soldat de la Garde nationale, tandis que Pasteur continuait tranquillement à manger sa soupe, pendant que je voyais ma mère aider son mari à mettre son ceinturon, et l'embrasser avant son départ. Dans mon esprit, c'était la guerre. Il me semblait étrange que Pasteur ne bougeât pas[17]. »

Même sa correspondance n'en révèle pas grand-chose. En ces temps troublés, la prudence pour lui est de mise. « Après bien des pérégrinations, je suis venu me réfugier à Clermont auprès de Duclaux où je cherche dans le travail dont je suis capable une distraction à tous les cauchemars communards et prussiens[18]. » Ou, ainsi qu'il l'écrit à Claude

Bernard : « Lorsque nous avons eu le plaisir d'aller vous voir dans votre agréable ermitage, la guerre avait fait tomber bien bas notre pauvre pays. Qui aurait pu prévoir que des humiliations autrement honteuses lui étaient réservées. Vous aurez appris à temps le commencement des saturnales de Paris et vous serez resté à St-Julien, je vous en félicite. J'ai appris hier que Deville et M. Dumas étaient à Genève depuis dix jours. L'émigration est générale ; Paris est lugubre[19]. » On n'est pas plus méprisant — les mouvements populaires, des « saturnales » ! — ni plus indifférent à la politique quand elle n'est pas le fait d'un homme fort et autocratique comme pouvait l'être Napoléon III. Celle qu'il nomme ailleurs « la plus effroyable des insurrections[20] » n'est pas de son monde, et ce n'est pas lui qui se scandaliserait du blocus alimentaire de la capitale décrété par Thiers — un académicien — ou du massacre de milliers d'insurgés par les versaillais au cours de la semaine sanglante : « Faisons nos efforts pour détourner nos regards et notre pensée des turpitudes humaines par la recherche désintéressée de la vérité[21]. »

Mieux vaut encore se pencher sur la bière, ce qu'il fait avec Duclaux, à la brasserie Kuhn de Chamalières, juste à côté de Clermont-Ferrand où il s'est installé avec Marie et leur fille. Il renoue avec ses premières amours quand, à Lille, il s'attaquait au rôle de la levure dans les processus de fermentation et découvrait l'importance de la fermentation lactique. Le travail l'attire d'autant qu'« [il] serait surtout très désirable s'il avait pour résultat de nuire à ces gredins d'Allemands dont la supériorité comme brasseurs est bien acquise en ce moment[22] ». Dans cette brasserie auvergnate, quand la qualité de la bière n'est pas bonne, on jette la levure incriminée et l'on reprend une nouvelle fermentation. Pasteur se propose de comprendre et d'améliorer le système afin que la fabrication de la bière aboutisse à un résultat définitivement stable. On met alors sur le compte de la chaleur l'altération du produit et les moyens pour en juger sont totalement empiriques et sans aucune fiabilité. À ses yeux, le problème est de trouver le moyen d'utiliser une levure vierge de contamination. On garde la levure et on pratique la fermentation dans des glacières. La moindre rupture du froid entraîne son altération. Pasteur cherche donc à se passer de ce froid, autorisant une levure à fermentation basse et évitant tout chauffage du moût. C'est la levure qu'il pasteurise et non le moût, levure qui est alors débarrassée de germes parasites, mais toujours parfaitement vivante. Il en dépose le brevet.

Pierre-Augustin Bertin, amateur du breuvage, est un des tout premiers à le tester. Mais c'est surtout à Jean-Baptiste Dumas que Pasteur expédie les premières bouteilles, afin que son exploit soit relayé dans le monde scientifique : « J'espère que, même en la comparant avec les bonnes bières des cafés de Paris, vous la trouverez très agréable. À l'arrivée, placez les bouteilles couchées dans une cave fraîche. Dans l'intervalle de quelques jours, la bière deviendra mousseuse. C'est surtout alors qu'il faudra la déguster[23]. » Sa levure est désormais au point et il peut affirmer le 16 juillet : « Mon procédé supprime cette exigence de la fermentation à basse température, de l'emploi de la glace, par conséquent, mais la difficulté que j'ai surmontée et dont je veux vous parler consiste en ceci : j'ai maintenant le moyen de préparer ab ovo, quand je veux, le ferment de la bière blanche[24]. » Celle que nous appelons blonde. Pour lui qui vit dramatiquement la perte de l'Alsace et de la Lorraine où siègent les meilleures brasseries de l'Hexagone, c'est déjà en partie la « bière de la revanche[25] ». Une manière personnelle de faire échec à la puissance prussienne. Le patriotisme du savant.

Le 31 août 1871, Thiers, chef du pouvoir exécutif, prend le titre de président de la République française, dans un Paris muselé. Pasteur peut rentrer en toute quiétude dans la capitale et réintégrer son laboratoire de la rue d'Ulm. Il ne lâche pas pour autant ses préoccupations sur la bière. Il est temps de voir les choses plus minutieusement. Il y installe une brasserie miniature et les alentours du bâtiment exhalent bientôt les odorants effluves de l'orge en cours de maltage. Quant à Bertin, il est toujours volontaire pour les séances d'expertise. Il n'a que quelques pas à faire pour passer de son bureau d'administrateur à celui de dégustateur patenté. Mais le plaisir de la bière fraîche prévaut alors chez lui sur la curiosité scientifique. Bientôt, Pasteur est en mesure de montrer expérimentalement que des micro-organismes, étrangers à la levure, sont responsables des altérations de la boisson. En chauffant le breuvage qui les anéantit, il se conserve sans problème. En revanche, les bières non chauffées développent un champignon filiforme qui les trouble et en détériore le goût jusqu'à les rendre imbuvables. La pasteurisation résout donc tous les problèmes. Ce qui n'est pas vraiment l'avis de Bertin : « Donne-moi d'abord un bon bock, tu m'instruiras ensuite[26]. » À son palais, rien ne vaut une bonne bière d'un café parisien plutôt que le breuvage maison, sain et stable peut-être, mais qui a perdu l'essentiel de ses qualités gustatives.

Pasteur n'a jusqu'à présent travaillé qu'à petite échelle, tant à Chamalières qu'à Ulm. Il veut pouvoir appliquer sa recherche à une dimension industrielle, ce qui ne peut se faire qu'en Allemagne ou en Angleterre. Il n'est pas question du premier pays quand on en est à imaginer une bière de la revanche. Aussi porte-t-il ses projets vers le second. Ce qui, en outre, lui permettrait de comparer les bières achetées à Paris et fabriquées en France selon la méthode de la fermentation basse inventée quelques années auparavant en Bavière, à d'autres bières, celles que l'on dit de fermentation haute, ce qui est le cas de toutes les bières anglaises. Les premières sont des bières de garde, les secondes, plus simples à élaborer, ne peuvent voyager. Mais leurs propriétés respectives n'ont jamais été scientifiquement étudiées. On en reste quant à leur fabrication au même empirisme que dans l'Antiquité.

Pasteur décide donc de passer en Angleterre pour y visiter des brasseries. Il s'embarque dans cette nouvelle aventure avec Jean-Baptiste, faute de pouvoir y emmener Raulin, en emportant son précieux microscope. C'est lui qui permet au savant de montrer aux brasseurs les micro-organismes visibles dans le ferment employé — le porter —, qui détériorent le goût de la bière.

Ses lettres font autant part de ses recherches que de ses petites préoccupations quotidiennes quand il écrit à ses pairs ou à ses assistants : « Je suis arrivé avec mon fils sans accident pourtant j'ai payé mon tribut par un dérangement de corps assez prononcé[27]. » Ou : « Mercredi et jeudi j'ai payé mon tribut au climat et au changement de régime par un dérangement d'entrailles qui m'a inquiété pour mes occupations à Londres ; mais je me suis traité avec un succès complet par un remède anglais que je vous engage à ne pas oublier à l'occasion : vendredi j'ai pris à trois reprises dans la journée un verre de Cognac étendu d'eau glacée. Cela m'a guéri et très bien guéri[28]. »

À l'occasion de sa visite à la plus grande brasserie londonienne, il démontre tout l'intérêt du microscope pour déterminer les levures non contaminées. De même pour la colle utilisée dans le processus de purification de la bière et qui peut, elle aussi, être contaminée par des germes. Le microscope devient ainsi, grâce à Pasteur, l'arme de tout brasseur prévoyant, à même de juger d'une levure et d'une colle avant de risquer de l'employer. Il s'empresse de déposer un brevet mais de seulement six mois. Il lui faut donc faire vite pour aller plus loin et garder la primauté de ses découvertes en matière de germes des levures. Ce qui ne l'empêche pas de profiter de son séjour dans la capitale britannique pour rencontrer le physicien irlandais John Tyndall, professeur à la Royal Institution de Londres, qui avait été pour lui un soutien dans sa réfutation de la génération spontanée. Aussitôt rentré en France, il se rend en Lorraine, dans la partie demeurée française, pour étudier la bière des frères Tourtel à Tatonville. Il y apprend aux brasseurs l'usage du microscope et des procédés de pasteurisation.

En juin 1876, il peut enfin publier, à compte d'auteur, ses *Études sur la bière*, qu'il a étendues, entre autres, à l'origine des levures indispensables à la vinification. Et à la veille de Noël, espère que le livre sera un succès de librairie : « Pourvu que la vente me permette de payer treize mille francs que je lui dois sur l'impression ou le tirage des planches[29]. » En dépit de son désir de voir diffuser son ouvrage au maximum d'exemplaires, il se refusera par la suite à toute traduction allemande.

Mais les premiers brasseurs à s'en inspirer et à appliquer les principes pasteuriens sont les Carlsberg, une dynastie danoise qui est aussi pionnière dans l'utilisation du filtre Chamberland, qui leur permet, à partir de 1884, d'être sûrs de leur eau, purifiée de tout micro-organisme parasite.

Sus aux microbes

(1874-1880)

L'hygiène dans les hôpitaux est à l'ordre du jour en Europe au cours du XIXe siècle, même si ce n'est le fait à l'origine que de quelques individus isolés, souvent marginaux, et très décriés. Parmi ces pionniers qui défraient la chronique de leur pays, il est deux figures emblématiques. L'une est Florence Nightingale, infirmière-chef anglaise qui soigne les soldats blessés de la guerre de Crimée (1854-1856). Dans l'hôpital militaire de Scutari, elle organise avec ses trente-huit infirmières la blanchisserie et le nettoyage complet des lieux, des literies, faisant chuter la mortalité de 40 à 2 %, en se mettant à dos tous les médecins militaires qui ruent des quatre fers et tentent de l'évincer. L'hygiène est avant elle inconnue, et elle doit lutter tous les jours pour la faire respecter. C'est qu'elle n'est, circonstance aggravante, qu'infirmière — la médecine lui est à l'époque interdite — et femme de surcroît. Elle ne gagne son pari contre les médecins et les chirurgiens de l'armée qu'en faisant appel à l'opinion britannique atterrée par les milliers de soldats morts de l'hôpital plus que des combats, en ayant recours au télégraphe. Son aura est si grande, dans le monde anglo-saxon, qu'elle sera appelée en Amérique lors de la guerre de Sécession afin d'organiser sur place les hôpitaux de campagne.

Le second grand devancier de l'antisepsie et des maladies nosocomiales, méconnu en son temps, est Ignaz Philipp Semmelweis. À une époque où les femmes préfèrent encore accoucher dans la rue plutôt qu'à l'hôpital où elles meurent en masse de fièvre puerpérale, il est obstétricien dans un hôpital de Vienne. Très tôt, il préconise le lavage, à l'hypocrite de calcium, des mains du personnel soignant et, surtout, des médecins. Il affirme, en effet, que lui et ses étudiants contaminent les patientes avec leurs mains qui passent sans transition des autopsies aux accouchements. Il ignore l'existence des microbes, mais il sait que les étudiants transmettent quelque chose, particule ou autre, qui circule des morts aux vivants. Les Latins Varron, un siècle avant J.-C., et Columelle, au Ier siècle de notre ère, pensaient déjà que les maladies pouvaient être occasionnées par des êtres vivants invisibles s'introduisant dans le corps par les voies naturelles.

Semmelweis s'aperçoit que les femmes meurent moins lorsqu'elles sont prises en charge par des sages-femmes qui, elles, ne dissèquent pas. En 1848, il élargit ses recommandations au nettoyage des instruments en contact avec les parturientes. Ses confrères le prennent au mieux pour un inoffensif olibrius, au pire pour un dangereux original. Et c'est cette dernière opinion qui domine. C'est par ailleurs un médecin aux idées libérales. Le gouvernement est conservateur. Il est renvoyé de son service. À Pest, il obtient un poste équivalent et, bien qu'il se heurte à l'hostilité de ses pairs, réussit à faire imposer à la Hongrie tout entière ses méthodes de prophylaxie, faisant chuter de manière impressionnante la mortalité dans les hôpitaux. Une extraordinaire réussite pour l'époque. Il n'aura de cesse, sans succès, d'écrire à tous les obstétriciens d'Europe pour les adjurer de prendre les mêmes précautions que lui.

En France, une enquête publiée en 1842 établit les taux de réussite aux opérations chirurgicales : à 50 % pour les amputations, à 25 % sur toutes les opérations dites bénignes, à 0 % pour les trépanations. C'est au regard de ces chiffres catastrophiques qu'il faut juger les premières tentatives d'imposer l'hygiène dans les hôpitaux français.

Le phénomène de contagion commence à être envisagé par certains. Ainsi, en 1855, Pierre Bretonneau écrit que « les fléaux épidémiques ne sont engendrés, disséminés, que par leur germe reproducteur [1] ». Et certaines maladies, que l'on pensait constitutives ou héréditaires, commencent à être considérées comme épidémiques. C'est le cas par exemple pour Laennec et Bretonneau pour qui certaines maladies sont contagieuses, notamment la diphtérie ou la typhoïde, pour Jean Antoine Villemin, médecin militaire au Val-de-Grâce qui étudie la tuberculose dès 1865 et prône l'hygiène pour l'enrayer, pour Trousseau qui comprend que les virus peuvent être apportés de l'extérieur, notamment par les pansements. Il se trouve que les premiers hygiénistes français sont tous adversaires de la génération spontanée, et prêtent donc rapidement une oreille attentive aux argumentations de Pasteur. Dans les campagnes, loin des médecins, on pratique l'antisepsie sans le savoir. Les plaies sont lavées au vin ou à l'alcool, quand ce n'est pas à l'eau de chaux, les morsures et blessures profondes sont cautérisées au fer rouge par le maréchal-ferrant.

Par ailleurs, un chirurgien comme Jules Émile Péan préfère opérer ses patientes de leurs kystes ovariens hors de l'hôpital pour leur éviter la mortalité postopératoire. Il les traite généralement chez elles, dans des conditions précaires mais où il observe une hygiène rigoureuse. Car c'est un maniaque de la propreté, qui lave ses mains et ébouillante ses instruments. En 1868, il invente une pince hémostatique — qui porte son nom — et opère ses malades sans jamais se servir de ses mains nues. Avec lui la mortalité dans le domaine de l'ovariectomie passe de 100 % à 3 ou 4 %. Ce praticien contemporain de Pasteur, qui a parfaitement observé que l'hygiène est essentielle dans la pratique chirurgicale, ne comprend toutefois pas l'apport scientifique de ce dernier. Pour lui, chimie et médecine sont deux sciences sans liens entre elles. En ce domaine, il n'est guère différent de son collègue Michel Peter qui peut apostropher Pasteur à l'Académie des sciences d'un « Que m'importent vos microbes ? Ce ne sera qu'un microbe de plus[2] ». Ou d'un Édouard Chassaignac, grand patron de Lariboisière : « cette chirurgie de laboratoire qui fait mourir beaucoup d'animaux et sauve très peu d'hommes[3] ».

Durant la Commune, un chirurgien, Alphonse Guérin, se souvenant des écrits de Pasteur concernant les fermentations et la présence de germes aériens, badigeonne les plaies avec une solution phéniquée avant de les enfermer à l'abri de l'air par un pansement ouaté dont il est l'inventeur et qui permet la survie de nombreux opérés.

On imagine aujourd'hui difficilement les conditions dans lesquelles se pratiquent les interventions chirurgicales. Les salles sont minuscules, vaguement éclairées par une fenêtre, généralement proches des salles d'autopsie, et l'on passe sans souci des cadavres que l'on vient de disséquer aux malades que l'on compte opérer. En gardant pardevers soi quelque pièce d'anatomie intéressante arrachée aux morts. Les instruments utilisés pour les uns servent aussi aux autres et l'on sort son bistouri de sa poche, sans plus de précautions qu'un vulgaire couteau. C'est tout juste si l'on songe à l'essuyer avec son mouchoir. La charpie tirée de vieux chiffons abonde pour être pressée sur les plaies, entreposée n'importe où, n'importe comment, et passe de plaie en plaie, de malade en malade, semant l'infection. Les chirurgiens opèrent en tenue de ville ; s'ils sont en blouse, celle-ci porte les traces de leurs nombreuses interventions. C'est aux taches de sang et de pus qui la maculent que l'on reconnaît le praticien éminent qui opère à tout-va. Les malades sont ensuite couchés à plusieurs sur la même paillasse infestée de puces et de punaises, dans des salles communes aux émanations fétides. L'extérieur ne vaut pas mieux : les alentours sont de véritables champs d'épandage où cohabitent puits et puisards.

Le premier Européen à appliquer les principes de Pasteur est le chirurgien John Lister, qui opère à Glasgow et joue aussi bien du bistouri que du microscope. Ayant lu les propos du savant français sur la dissémination des germes, il en conclut que ce sont eux qui sont la cause des inexplicables mortalités postopératoires, dont la septicémie et la gangrène qui font des ravages. Il faut empêcher le contact de la plaie avec l'environnement extérieur :

> Ayant appris que l'acide phénique avait la propriété extraordinaire d'éliminer la mauvaise odeur des conduits d'égouts, je résolus d'essayer son action dans le traitement des fractures compliquées. Mon collègue Anderson, professeur de chimie à l'université de Glasgow, me procura un peu de cette substance, alors une nouveauté de laboratoire. Je l'appliquai telle quelle à la plaie avec un dispositif pour renouveler le pansement et j'eus la joie de constater que la plaie guérissait aussi facilement qu'une fracture simple et qu'en même temps la peau ne souffrait pas[4].

Il rend publiques ses pratiques dans un *Mémoire sur le principe de l'antisepsie dans ses applications à la chirurgie*. Ainsi que dans une série d'articles publiés dans *The Lancet*, notamment sur ses sutures au fil de soie trempé dans l'acide phénique.

Lui aussi rencontre une forte résistance de ses confrères britanniques, d'autant qu'en 1869 il reprend la chaire de chirurgie à l'université pour y conduire un cours de bactériologie complètement contraire aux traditions de l'enseignement. Le 10 février 1874, il fait parvenir à Pasteur, qui n'a jamais entendu parler de lui, une brochure sur son « système antiseptique que, depuis ces neuf dernières années, je tâche d'amener à la perfection[5] » qu'il accompagne d'un : « Permettez-moi de saisir cette occasion de vous adresser mes plus cordiaux remerciements pour m'avoir par vos brillantes recherches, démontré la vérité de la théorie des germes de putréfaction et m'avoir aussi donné le seul principe qui ait pu mener à bonne fin le système antiseptique[6]. » Bientôt, on se rendra compte que le listérisme n'est valable que pour les plaies superficielles, et l'on s'orientera vers l'asepsie préventive.

Pour l'heure, face à des médecins sûrs de leur bon droit et qui soignent leurs patients de manière plus empirique que scientifique, la recherche pasteurienne a bien du mal à se faire entendre. Que vient donc faire un chimiste au royaume de la médecine ? Et qu'est-ce que les microbes peuvent bien avoir à faire avec l'hôpital ? Quant au microscope, instrument de laboratoire et non de salle d'opération, il n'a rien à voir avec le stéthoscope, et encore moins avec le scalpel. Ils mettront des lustres à admettre qu'il vaut mieux pour un chirurgien être propre qu'être virtuose du bistouri !

Pasteur quant à lui, à Arbois, en montrant que

le chauffage du vin éliminait la fermentation prédisait déjà : « N'est-il pas permis de croire par analogie qu'un jour viendra où des mesures préventives d'une application facile arrêteront ces fléaux qui, tout à coup, dévastent et terrifient les populations[7]... » Et appliquait ses idées jusque dans les plus petits gestes quotidiens : « Il ne se servait pas d'une assiette, il ne prenait pas un verre sans les avoir examinés et essuyés à plusieurs reprises. Trace imperceptible, grain de poussière microscopique, rien n'échappait à ses yeux de myope. Puis, c'était le tour de son pain qu'il grattait, raclait jusqu'à la mie. Qu'il fût en famille ou chez les étrangers, il procédait avec une régularité invariable à ces exercices préliminaires, malgré l'étonnement inquiet de certaines maîtresses de maison qui croyaient à une inadvertance de service[8]. »

En 1877, le ministre de l'Agriculture confie à Pasteur une nouvelle mission de recherche sur le charbon qui décime une partie du cheptel, en Eure-et-Loir notamment. Moutons, vaches et chevaux en sont atteints par milliers. On connaît cette affection depuis toujours, sous le nom de mal noir, de sang de rate, d'anthrax chez les Anglais, qui entraîne une mort très rapide. L'animal chancelle, halète, saigne abondamment du mufle. Ses déjections sont sanguinolentes. Du cadavre boursouflé s'écoule un sang noir et épais qui lui a valu son nom de sang de rate, d'autant que cet organe se révèle hypertrophié. Mais l'affection se transmet également à l'homme : il suffit d'une petite écorchure en contact avec l'animal mort pour que l'infection se déclenche. Des dizaines de bergers, d'équarrisseurs, de tanneurs en meurent chaque année. Des élevages entiers sont anéantis dans ce que l'on appelle avec horreur les fermes à charbon qui semblent atteintes d'une véritable malédiction. Les hypothèses les plus folles courent sur l'origine et la transmission du fléau. Et si l'on n'en est plus dans le monde scientifique à parler d'influences maléfiques, la chaleur, l'humidité stagnante, les insectes, les plantes sont tour à tour montrés du doigt.

Vers 1850, Casimir Joseph Davaine, qui prône l'étude des bactéries, détecte le premier, au microscope, dans le sang noir, des micro-organismes exogènes en forme de bâtonnets. « Il y avait dans le sang des petits corps filiformes, ayant environ le double en longueur d'un globule sanguin[9]. » Et il se pose la bonne question, à savoir est-ce l'agent de l'affection ou n'est-ce qu'un marqueur bénin de la maladie ? Treize ans plus tard, il y répond dans une communication à l'Académie des sciences. Le bacille charbonneux est la cause de la mortalité. Il inocule le sang de moutons charbonneux à des lapins qui en meurent. Mais impossible de retrouver la bactérie dans les cadavres de ces derniers. Elle ne serait donc qu'un épiphénomène.

L'Allemand Robert Koch s'y attelle à son tour. C'est alors un tout jeune chercheur. Il imagine un milieu d'ensemencement nutritif pour ces bactéries, de l'humeur aqueuse d'œil de bœuf en l'occurrence. Il décrit la bactérie et démontre qu'elle sporule et peut ainsi, grâce à la virulence des spores, ressusciter plusieurs années après son apparente disparition. C'est *Bacillus anthracis*. Son étude, publiée en 1876, fait immédiatement grand bruit.

Ce qui pousse le ministre de l'Agriculture à demander à Pasteur de se pencher sur le problème. On est en 1877, Pasteur est en pleine étude sur les fermentations. Mais il s'attache sans tarder à ce nouveau projet, d'autant que son laboratoire est tout à fait équipé pour ce faire. Il n'élude toutefois pas le danger représenté par le maniement de gènes pathogènes virulents. Aussi profite-t-il de l'occasion pour demander une rallonge de salaire pour ses deux garçons de laboratoire, Eugène Viala et Jean Arconi : « Surveillance des animaux inoculés, soit le jour, soit la nuit, propreté excessive, attention de tous les instants pour que les germes de ces maladies si contagieuses ne s'amassent pas dans le laboratoire, enfouissement des animaux qui succombent ou après leur autopsie, animaux dont une fraction de goutte peut amener la mort par la moindre piqûre[10]. »

Son milieu de culture sera pour lui l'urine purifiée. Par des dilutions en série d'une goutte de sang noir, il montre que « la bactérie seule a échappé à la dilution, car elle se multiplie dans chacune des cultures[11] ». Il inocule la préparation à un lapin qui développe le charbon. C'est donc bien la bactérie qui transmet la maladie, les autres constituants étant beaucoup trop dilués pour être opérants. « Le virus s'est donc reproduit, il est dans un état vivant, il ne peut être que cette bactérie qui existe seule dans les ballons de culture. C'est bien elle qui tue, et non les substances chimiques qui l'accompagnent[12]. » Reste à savoir pourquoi, dans les expériences de Davaine, on n'a pas retrouvé de bacille dans le sang des lapins inoculés. Il prend d'abord la précaution d'assister au prélèvement de sang sur des cadavres d'animaux à l'équarrissage, d'un cheval, d'une vache et d'un mouton morts du charbon. Or l'analyse montre que le sang de la vache ne contient pas de bacille, celui du cheval quelques-uns alors que le sang du mouton en renferme en abondance.

En injectant le sang du bovin à un cobaye, celui-ci meurt avec d'autres symptômes que ceux du charbon. Et à l'autopsie, son abdomen est empli d'une sérosité que Pasteur s'empresse de passer au microscope. Il y découvre des germes de putréfaction anaérobies qu'il nomme vibrions septiques. Il s'agit donc d'une autre maladie qui se transmet par les cadavres en putréfaction. Les querelles franco-allemandes n'en sont que ravivées. Qui, de Koch ou de Pasteur, est le vrai découvreur du bacille du charbon ? Metchnikoff renverra dos à dos les adeptes du chauvinisme en matière scientifique : « C'est grâce au Français Pasteur que fut comprise la signification réelle de la bactéridie du charbon et c'est grâce à l'Allemand Koch que fut prouvé son rôle d'unique agent infectieux de cette maladie. Il serait bien désirable d'exclure définitivement toute considération patriotique des questions scientifiques[13]. » Mais on peut ajouter sans crainte d'erreur que c'est vraiment Davaine qui l'a détecté le premier et l'a reconnu comme agent d'infection.

Pasteur se heurte comme toujours à des sceptiques, notamment à Gabriel Colin, un vétérinaire spécialiste de la maladie du charbon, qui attribue l'affection à autre chose que cette bactérie que l'on ne retrouve jamais dans le sang des animaux inoculés. Pasteur a beau lui répéter que l'on ne peut la découvrir qu'en cultivant les prélèvements dans un milieu nutritif, rien n'y fait. Quand il affirme par ailleurs que le charbon ne peut se transmettre aux poules, Colin proclame le contraire. Pasteur lui envoie un bouillon de culture à administrer à la volaille et Colin reconnaît s'être trompé. À quoi Pasteur, qui adore piéger ses adversaires, lui rétorque qu'il va lui démontrer le contraire. Et le 19 mars 1878, Pasteur monte à la tribune de l'Académie des sciences une cage à la main renfermant trois poules. L'une est morte. Les deux autres sont bien vivantes, caquetant à qui mieux mieux devant l'auguste assemblée. Minutieusement, il rapporte son expérience de transmission du charbon aux volatiles.

Habituellement, les poules ne contractent jamais la maladie, vraisemblablement parce que quelque chose les rend réfractaires à la contagion. Il pense que ce quelque chose est peut-être leur température corporelle, nettement plus élevée que celle des mammifères. Pour s'en assurer, il en a plongé deux dans un bain d'eau froide, l'une inoculée à la suite, l'autre pas. La poule inoculée est morte. C'est celle qui est dans la cage. L'autre, chacun peut le constater, est toujours vivante, l'eau froide n'ayant pas suffi à faire mourir l'oiseau. Quant à la troisième, elle n'a pas échappé à l'expérimentation pour autant. Elle n'a pas été plongée dans le liquide, sa température est donc normale. Pasteur l'a inoculée et elle n'en est pas morte. Il ne reste plus à Pasteur qu'une dernière expérience à réaliser. Prendre une poule, faire tomber sa température, l'inoculer, puis la sortir du bain froid pour la réchauffer le plus vite possible. La poule ne développe pas la maladie charbonneuse.

La série d'expériences est d'une clarté éblouissante. La majorité des académiciens s'enthousiasment. Son adversaire ne s'avoue pas pour autant vaincu. Il faut encore démontrer que la poule morte a bien succombé au charbon. Une commission est créée à l'Académie pour suivre l'expérimentation de bout en bout jusqu'à l'examen au microscope. Ce qui est fait en grande pompe et chaque membre de la commission peut à son tour constater la présence du bacille. Quand Colin s'incline, Pasteur n'a pas le triomphe modeste. Mais il ne peut savoir que les phénomènes d'immunité sont bien plus complexes qu'ils n'en ont l'air à cette époque. Il faudra, pour en connaître, attendre la découverte des porteurs sains.

Le ministère le charge alors d'enquêter dans les élevages, afin de détecter comment se transmet la maladie charbonneuse. Comme tout commence chez lui par l'observation minutieuse des faits, il installe donc dans une ferme, à côté de Chartres, ses assistants Chamberland, Roux et Auguste Vinsot, un vétérinaire frais émoulu de Maisons-Alfort. Lui fait des allées et venues multiples entre Ulm, Arbois où il travaille sur sa vigne expérimentale et Chartres. Ici, il convient de comprendre comment et par quoi la maladie se transmet d'un animal à l'autre. Il fait arroser de culture charbonneuse la luzerne donnée aux moutons, qui continuent à se porter comme si de rien n'était. Faut-il imaginer des fourrages aux herbes plus coriaces qui écorcheraient la muqueuse buccale des bêtes ? On les parque sur de l'herbe coupante et on ajoute à leur ration des chardons et des épis d'orge, toujours contaminés. Les moutons attrapent alors la maladie. Ce sont les plaies buccales qui ont entraîné cette contamination. Pasteur recommande donc : « Éloignez le bétail des plantes tels que les chardons, les barbes d'avoine, les pailles[14]. »

Les spores sont par ailleurs en grand nombre dans le sol, en raison notamment de l'ensevelissement de monceaux de cadavres de bêtes charbonneuses. Il engage vivement les bergers à faire paître leurs troupeaux loin des fosses où sont enterrés les cadavres. La méthode de prophylaxie est enfin trouvée mais Pasteur n'est pas satisfait. Il aimerait comprendre comment les bactéries enfouies avec les cadavres peuvent remonter en surface et contaminer les bêtes qui pâturent. C'est en remarquant les déjections des lombrics qu'il trouvera la solution. Ce sont les vers de terre qui véhiculent le bacille du charbon. D'où la conclusion logique pour éviter cette transmission : « Toutes les fois que cela sera possible, on devra choisir pour l'enfouissement des terrains sablonneux ou des terrains calcaires, mais très maigres, peu propres en un mot à la vie des vers de terre[15]. »

Les précautions d'hygiène sont une chose, prévention en est une autre et c'est ce qui préoccupe particulièrement Pasteur, revenu avec ses assistants rue d'Ulm. Tous les matins, c'est la discussion entre les collaborateurs qui se moquent souvent de leurs idées de la veille et s'essaient à d'autres hypothèses. « C'était le moment important de la journée ; chacun donnait son avis et souvent une idée, confuse tout d'abord, se dégageait dans la discussion et finissait par conduire à une expérience décisive. Parfois nous n'étions pas d'accord et les voix s'échauffaient ; mais avec Pasteur, qui passait pour autoritaire, on pouvait librement dire toute sa pensée ; je ne l'ai jamais vu résister à une bonne raison[16] », contera Roux qui travaille alors, avec Chamberland, sur la conduite d'expériences pouvant mener à un vaccin anticharbonneux.

Mais on se penche également à l'époque sur des cultures de virus de toutes sortes. Sur l'agent de la furonculose que Pasteur, à l'origine, a recueilli sur un furoncle au cou dont souffre Chamberland et qui donne lieu par la suite à de nombreux prélèvements de pus dans les services hospitaliers qui, tous, révèlent le même agent pathogène, le staphylocoque. Sur le choléra des poules qui infeste les basses-cours et qui plonge la volaille dans une sorte de torpeur, de somnolence qui ne cesse qu'à la mort. Le virus est naturellement mis en culture pour être étudié. Il semble qu'en l'absence de Pasteur, parti à Arbois, le tout jeune Émile Roux ait pris l'initiative de faire passer un courant d'oxygène sur une culture cholérique afin d'en étudier d'éventuelles modifications. Ce bouillon ensuite inoculé à des poules ne les tue pas. Et lorsque ces mêmes volatiles sont de nouveau inoculés avec une culture habituelle, de grande virulence, elles ne développent aucun des symptômes du choléra. La préparation virale atténuée les préserve donc de toute atteinte. D'où l'idée qui vient à Pasteur de développer des vaccins à virus atténué.

Une autre version de l'épisode veut que ce soit une culture laissée de côté en son absence qui ait permis à Pasteur de découvrir cette solution du virus atténué. En fait, Roux récidivera avec le virus de la rage et il y a de fortes présomptions qu'ici aussi Pasteur ait dû à son préparateur cette découverte essentielle. En réussissant à reproduire indéfiniment le virus atténué, l'équipe de Pasteur invente enfin un vaccin contre le choléra des poules. Ce qui conduit immédiatement le savant à récidiver avec le charbon. D'autant qu'à l'été 1880 Jean Joseph Toussaint, un vétérinaire, chargé lui aussi d'une mission-charbon en Eure-et-Loir, déclare en avoir découvert le vaccin. Il chauffe le sang contaminé à 55 °C et le traite ensuite à l'acide phénique, ce qui a pour conséquence de tuer la bactérie. Rapidement, l'équipe pasteurienne démontre que la préparation n'est pas stable et, notamment, qu'elle ne peut voyager. Tuée à Paris, la bactérie a repris toute sa force arrivée à Chartres. Pasteur est certain que la vaccination est impossible avec des germes pathogènes morts, et il est furieux de s'être laissé doubler par un bleu : « Non, dans des sujets de cet ordre surtout, quand on est d'ailleurs si peu sûr de soi, on n'agite pas à ce degré le monde savant, lorsque d'ailleurs l'étrangeté des résultats commande la plus grande réserve[17]. »

Finalement, en quelques mois, Pasteur va enfin réussir à mettre au point ce vaccin, en conservant la marche à suivre de Toussaint. En chauffant les cultures charbonneuses, les chercheurs s'aperçoivent qu'à 45 °C la bactérie s'arrête de sporuler, et ils en atténuent alors la virulence par un apport d'oxygène, à l'instar de ce qu'ils ont pratiqué contre le choléra des poules. Il n'y a plus qu'à expérimenter ce vaccin au virus atténué. Les moutons inoculés avec ce dernier développent une immunité leur permettant de résister à une inoculation de virus de pleine virulence. Ce qui permet à Pasteur d'en faire état à la séance de l'Académie des sciences du 28 février 1881.

Un mois plus tard, un vétérinaire nommé Rossignol, qui a suivi les travaux de Pasteur, propose que la vaccination contre le charbon soit réalisée en grand et en public. Dès qu'il apprend la chose de la bouche du baron de La Rochette, Pasteur fonce, comme toujours tête baissée. Il attend de cette prestation la reconnaissance sans ambiguïté de son vaccin. D'autant que nombreux sont les scientifiques qui pensent qu'en ce domaine celui-ci est loin d'être au point. C'est le cas notamment de Robert Koch, qui démontre que son action est trop sujette à variations pour être fiable. Chamberland,

Roux et Thuillier sont évidemment de la partie. Mais beaucoup plus perplexes que leur patron. Ils pensent, en effet, qu'une vaccination est prématurée et ils travaillent de leur côté sur d'autres voies en la matière, en s'inspirant des travaux de Toussaint. Chamberland, notamment, a repris les expériences de ce dernier en remplaçant l'acide phénique par du bichromate de potassium. Son vaccin est donc à base de virus mort.

Le grand jour est arrivé, en ce 5 mai 1881, et l'équipe gagne Pouilly-le-Fort, près de Melun, où les attend une foule nombreuse et bigarrée : paysans, éleveurs, vétérinaires, médecins, pharmaciens, élus, journalistes, sans compter La Rochette et Rossignol. Et, dans l'enclos d'une ferme briarde, les animaux fournis par la Société des agriculteurs. Au dernier moment, Pasteur, sous la pression de ses assistants, s'est muni du vaccin de Chamberland. C'est avec ce dernier qu'est réalisée la première série d'injections, pratiquée par Roux sur moutons et vaches. L'injection suivante se fait le 17 puis, le 31 mai, on injecte à toutes les bêtes le virus mortel devant une assistance toujours aussi attentive. Les vétérinaires présents poussent le sérieux jusqu'à exiger l'injection alternée, un animal vacciné suivi d'un non-vacciné, afin que nulle fraude ne puisse intervenir au niveau des seringues. Cinquante moutons et dix vaches ont été inoculés, sur lesquels vingt-cinq moutons et cinq vaches n'ont pas été préalablement vaccinés. Puis chacun rentre chez soi. Aux premières nouvelles alarmantes de Pouilly-le-Fort — forte fièvre chez les vaccinés et même des œdèmes —, Pasteur entre dans une de ses colères dont il a le secret, accablant Roux de reproches. C'est lui qui a tout concocté pour ruiner la notoriété du laboratoire et de son patron, lui qui l'a poussé à employer un vaccin peu sûr, lui qui a préféré le virus mort au virus atténué. Il est si déchaîné qu'il faut tout le savoir-faire de Marie Pasteur pour le maîtriser. Il est hors de lui car il sait bien qu'on l'attend au tournant. Un journal n'écrivait-il pas il y a peu qu'il est nécessaire que Pasteur réussisse, qu'il n'oublie pas que la roche Tarpéienne est près du Capitole ?

Mais bientôt, le 2 juin, c'est une victoire totale, les moutons vaccinés ont résisté à l'infection alors que tous les autres sont morts. Quant aux vaches, les non-vaccinées présentent toutes des œdèmes tandis que les vaccinées se portent bien. Et là, il ne s'agit plus de rendre Roux responsable du succès. C'est Pasteur qui triomphe. Qui n'avouera jamais avoir utilisé le vaccin de Chamberland, c'est-à-dire de Toussaint, et non son propre procédé, celui au virus atténué par l'oxygène. Ce que l'on n'apprendra que beaucoup plus tard. En récompense, Pasteur reçoit le grand cordon de la Légion d'honneur. Il accepte à la condition expresse, répond-il, que Chamberland et Roux reçoivent le ruban rouge. Ce qui n'est que justice, au regard du vaccin employé. Ils n'ont plus qu'à se mettre au travail, fabriquer le vaccin rue d'Ulm, sous la direction de Chamberland et courir les troupeaux pour l'administrer en masse. Mais c'est Pasteur qui est envoyé par le gouvernement au Congrès médical international de Londres. À la grande stupéfaction des médecins qui ne comprennent pas pourquoi c'est officiellement un chimiste qui les représente. Ce qui n'empêche pas qu'il soit acclamé par le congrès et officiellement reçu par le prince de Galles en personne.

L'Europe entière se montre intéressée et, bientôt, à la demande du comte de Berg, Pasteur envoie Thuillier, avec des préparations charbonneuses à Pest, afin de procéder à des démonstrations de vaccinations. Mais il n'est pas question d'en dévoiler le procédé et il est bien entendu à Ulm que le vaccin ne peut être fabriqué qu'au laboratoire parisien. C'est le même Thuillier qui repart peu après, cette fois à Berlin. C'est de nouveau le succès. Ce qui n'arrête pas les polémiques autour du charbon de part et d'autre du Rhin, partisans et adversaires des vaccins de Pasteur continuant à s'affronter par Académie des sciences interposée. Un éleveur d'Afrique du Sud écrit même à Pasteur pour qu'il vienne chez lui étudier une maladie qui décime ses troupeaux. Le savant s'en délecte d'avance mais Marie, plus raisonnable, fait tout pour l'en dissuader, d'autant qu'un nouveau défi se présente à lui, l'étude de la rage : « Ton père voudrait bien faire ce grand voyage, passer par le Sénégal pour y recueillir quelques bons germes de fièvre pernicieuse, mais je tâche de modérer son ardeur. Je trouve que l'étude de la rage lui suffit pour le moment[18]. »

Il ne posera jamais le pied sur le continent africain.

La rage au cœur

(1880-1884)

Le nom de Pasteur reste indissolublement lié à la vaccination contre la rage, au point que beaucoup ignorent tout ce qu'il a pu faire d'autre dans sa vie. Et le croient spécialiste des pathologies humaines. Ce qui est loin d'être le cas en ces années 1880, lorsque cette question devient pour lui à l'ordre du jour.

Pourquoi Pasteur s'attaque-t-il à la rage ? Certes, c'est une maladie qui frappe l'imaginaire collectif et entraîne une véritable psychose dès qu'un sujet en est atteint. Émile Duclaux est le premier à en convenir : « Mais la rage pèse sur les imaginations. Elle évoque des visions de légende, de malades furieux, inspirant la terreur à tout leur entourage, attachés et hurlants, ou bien asphyxiés entre deux matelas[1]. »

Elle sévit en tous lieux, tant à la campagne qu'au cœur de la ville, des individus en étant touchés à l'époque dans les rues mêmes de Paris. Elle est d'autant plus mystérieuse que d'aucuns en sont atteints sans même avoir été mordus. Et que d'autres, sérieusement mordus, y survivent. Néanmoins, elle ne concerne en France que quelques centaines d'individus et l'on meurt infiniment moins de la rage que de la typhoïde ou du choléra qui font périodiquement de véritables ravages.

On a beaucoup glosé sur les souvenirs de l'enfant Pasteur confronté aux hurlements d'un patient mordu, cautérisé au fer rouge à Arbois, qui l'auraient poussé dans cette voie. Mais l'explication de son attention pour la maladie est vraisemblablement à chercher ailleurs. L'intérêt de la tâche en elle-même, de sa difficulté, n'y a vraisemblablement pas été pour rien. Ce qu'Émile Roux confirme : « Cette maladie est une de celles qui font le moins de victimes parmi les hommes. Si Pasteur l'a choisie comme sujet d'étude, c'est d'abord parce que le virus rabique a toujours été regardé comme le plus subtil et le plus mystérieux des virus, et aussi parce que la rage est pour tout le monde la maladie effrayante et redoutée[2]. »

On n'hésitait d'ailleurs pas à abattre les personnes suspectes d'être enragées, parfois dans de véritables chasses à l'homme, ou à étouffer celles qui en étaient atteintes. On cherchait même parfois à les empoisonner. Jusque dans le corps médical, on a longtemps refusé de croire à un facteur infectieux dans le développement de la maladie. Un médecin comme Cabanis (1757-1808), et de nombreux autres praticiens à sa suite, lui donnait comme cause une excitation de l'imagination, une sorte d'hystérie. La preuve, d'après eux, c'était qu'on n'avait jamais vu de simples d'esprit ou de nourrissons infectés par la rage, faute pour eux de facultés imaginatives. Contre toute tradition, Pasteur croit à l'action d'un germe pathogène, un microbe pernicieux et invisible au microscope qu'il préférera nommer « virus ». Et qu'il n'observera jamais de son vivant. Il faudra, en effet, attendre le milieu du XXe siècle et l'invention du microscope électronique pour que son existence soit définitivement, visuellement prouvée.

Pasteur choisit sans doute également ce domaine de recherche car il se doute que la notoriété et peut-être même la gloire sont au bout du chemin. Mais aussi probablement parce que, ne s'étant jusqu'ici penché que sur des infections touchant l'animal, la rage lui donne l'occasion de passer de l'animal à l'homme sans être obligé d'en référer au corps médical jaloux de ses prérogatives en matière de biologie humaine. Ici, il s'agit d'une maladie qui se transmet de l'un à l'autre. La recherche est donc d'abord vétérinaire. Elle l'intéresse d'autant plus qu'elle lui permet de travailler la question sans être obligé de quitter son laboratoire puisque celui-ci est organisé pour des expérimentations animales. Cela posé, la rage ne se transmet pas à l'homme à tout coup. Ainsi, on relève en 1878 que sur cent trois individus mordus dans le département de la Seine, seuls vingt-quatre sont morts. Et six sur quarante-cinq en 1883.

C'est donc la première fois que le biologiste aborde la pathologie humaine, entrant de plain-pied dans le domaine réservé de la médecine et des médecins. Qui ne tarderont pas à le lui faire savoir. Toutefois, il ne s'agit d'abord que d'étudier la maladie sur l'animal, et par là même sur le chien.

La recherche en ce domaine n'est pas vierge pour autant. Des naturalistes, des médecins, des vétérinaires s'en sont inquiétés. Déjà, certains chercheurs ont réussi la transmission de la rage à des animaux en leur inoculant la salive d'un chien ou d'un homme enragé. Ils savent dès lors que c'est la salive qui tue. Et que, sur une plaie ouverte, on peut être contaminé sans morsure, par le seul contact de la bave d'un animal enragé. La plus ancienne inoculation connue est due, en 1804, à l'Allemand Georg Gottfried Zinke, puis en 1813, aux efforts conjugués des Français Gilbert Breschet et François Magendie.

À la période où Pasteur commence à se focaliser sur la rage, un autre chercheur est sur les rangs, le vétérinaire Pierre Victor Galtier, et il est bien avancé. Sa première publication officielle sur ses travaux rabiques est pour *La Revue vétérinaire*, et un compte rendu en est fait à l'Académie des sciences en date du 25 avril 1879. Il rapporte notamment que le lapin se prête infiniment mieux que le chien à la recherche. L'inoculation, à l'aide d'une lancette imbibée de salive contaminée, est plus facile, et la période d'incubation est plus courte chez lui que chez tout autre mammifère, dix-huit jours en moyenne. Les lapins infectés, traités à l'acide salicylique, meurent. Il lui vient alors l'idée de trouver le moyen de prévenir la maladie plutôt que de tenter de soigner la victime, une fois les symptômes apparus, à coups de substances diverses. Le 1er août 1881, il semble avoir conféré l'immunité à un mouton après lui avoir injecté le virus dans les veines. Inoculé ensuite à plusieurs reprises par de la bave infectée, le mouton n'a jamais développé la maladie. Il remarque par ailleurs que, dans les cas d'animaux immunisés, on ne découvre aucun virus dans leurs centres nerveux, cerveau et moelle épinière. Mais n'en tire pas immédiatement de conclusion pratique.

En revanche, Pasteur, qui connaît ses travaux, s'arrête à cette dernière réflexion tout à fait déconcertante. Elle lui donne l'idée — alors que par ailleurs il dénigre les procédés de Galtier qui, affirme-t-il, « ne permettent pas de rapprocher, encore moins d'identifier la maladie[3] » — de pratiquer une inoculation intracrânienne. Notamment parce que ce type d'inoculation permettrait peut-être à la maladie de se développer à tout coup, ensuite pour tenter de réduire sa période d'incubation qui ralentit la recherche.

Contrairement à Pasteur qui ne reconnaît pas les avancées formidables de Galtier en la matière, Émile Roux, dans sa thèse de médecine sur la rage, parlera abondamment des travaux de ce dernier. Ce qui alimentera la polémique pendant des lustres. Pour beaucoup d'historiens de la biologie, Galtier est le véritable découvreur de la rage et de sa vaccination. Mais il n'a pas eu la gloire de Pasteur, due à ses expérimentations réussies sur l'homme, bien qu'il soit mort, en 1908, à la veille de la proclamation de son prix Nobel de médecine et de physiologie, attribué à ses travaux sur la rage. Une reconnaissance très tardive et posthume, bien que, faute de lauréat, le prix ait finalement été attribué à Metchnikoff.

En décembre 1880, deux chiens enragés sont signalés et apportés à Pasteur par un certain Jean Bourrel qui se charge de soigner les chiens dans sa clinique située rue de la Fontaine-au-Roi. D'autres suivront que Pasteur viendra observer dans le vaste chenil de l'ancien vétérinaire de l'armée, pour recueillir leur salive pathogène. L'homme est d'autant plus intéressé par les recherches du savant que son neveu, mordu par un chien, est mort de la rage six mois auparavant.

Ce suivi est difficile, par la longueur de l'incubation et les difficultés de discerner les individus mordus, mais sains, des autres. Au même moment, Pasteur est appelé par le docteur Marie Lannelongue au chevet d'une enfant de cinq ans qui meurt de la rage à l'hôpital Trousseau, étouffée par des mucosités qu'elle est incapable de déglutir. Il recueille une partie de celles-ci qu'il emporte rue d'Ulm, dans son laboratoire. Inoculées à des lapins, ces mucosités les font trépasser en trente-six heures. La salive de ces derniers, inoculée à d'autres sujets, les fait succomber à leur tour. Tout semble donc évident mais va trop vite au gré de Pasteur qui reste perplexe face à cette incubation éclair. À la présence inusitée de sérosité dans les poumons des lapins autopsiés. Alors qu'il hésite, les médecins de Trousseau qui travaillent sur la question, Marie Lannelongue et Maurice Raynaud, sont persuadés que vient d'être découvert le premier cas de transmission de la rage de l'homme à l'animal. Pasteur, plus circonspect, renouvelle l'expérience sur un chien pour constater que celui-ci est indemne de contamination. Il s'agit donc d'un microbe qui ne développe aucun symptôme de la rage chez le chien. Cette expérimentation lui permet de découvrir que le microbe prélevé dans la salive humaine est en fait un pneumocoque. La fillette n'a pas succombé à la rage mais à une pneumopathie. Fort de l'observation de Galtier sur la présence du virus dans la moelle épinière des lapins enragés, il change de méthode et décide de prélever directement la matière cervicale infectée sur un chien mort de la rage. Puis de l'injecter, délayée dans un bouillon stérile, à ses lapins, à l'aide d'une seringue de Pravaz. Tous sont atteints et succombent. D'où l'idée d'inoculer le virus encore plus directement, à savoir dans le cerveau même d'un chien :

D'ordinaire, une expérience conçue et discutée était mise en train sans retard. Celle-ci, sur laquelle nous comptions beaucoup, ne fut pas exécutée aussitôt : Pasteur, qui a dû sacrifier tant d'animaux dans le cours de ses bienfaisantes études, éprouvait une véritable répugnance pour la vivisection. Il assistait sans trop de peine à une opération simple comme une inoculation sous-cutanée, et encore, si l'animal criait peu, Pasteur se sauvait, aussitôt pris de pitié, et prodiguait à la victime des consolations et des encouragements qui auraient paru comiques s'ils n'avaient été touchants. La pensée qu'on allait perforer le crâne d'un chien lui était désagréable. Il souhaitait vivement que l'expérience fût réalisée, et il craignait de la voir entreprendre. Je la fis un jour qu'il était absent. Le lendemain, comme je lui rendais compte que l'inoculation intracrânienne ne présentait aucune difficulté, il s'apitoya sur le chien : « Pauvre bête ! son cerveau est sans doute lésé ; il doit être paralysé. » Sans répondre, je descendis au sous-sol chercher l'animal et je le fis entrer au laboratoire. Pasteur n'aimait pas les chiens ; mais quand il vit celui-ci plein de vivacité, fureter partout en curieux, il témoigna la satisfaction la plus vive et se mit à lui prodiguer les mots les plus aimables. Il savait un gré infini à ce chien de si bien supporter la trépanation et de faire ainsi tomber tous ses scrupules sur les trépanations futures[4].

Bien sûr, l'animal est chloroformé pour subir l'ouverture de la boîte crânienne au trépan, la perforation de la dure-mère et l'injection de virus à la seringue de Pravaz. Une désinfection de la plaie à l'acide phénique, quelques points de suture, et le tour est joué. Quatorze jours plus tard, le chien succombera de la rage.

C'est donc en décembre 1880 que commencent vraiment les travaux de Pasteur sur la rage. Il est assisté en ce domaine par Émile Roux, Charles Chamberland et Louis Thuillier. Par la suite, l'indéfectible Adrien Loir, dès son recrutement, et Eugène Viala se joindront à l'équipe. Ce dernier est un simple garçon de laboratoire dont Pasteur a fait toute l'éducation. Enfant, il l'a employé à Alès à broyer les papillons du bombyx, l'a ramené à Paris et lui a fait prendre des cours du soir. Il restera à travailler avec lui, à Ulm puis à l'Institut Pasteur jusqu'en 1925, et lui sera toujours entièrement dévoué.

Un mois plus tard, un interne des hôpitaux, Henri Duboué, envoie à Pasteur ses travaux sur la rage qu'il mène depuis déjà deux ans. C'est lui qui, avant tout le monde, détecte une progression de l'infection partant de la morsure vers le bulbe rachidien de l'animal. Pasteur est un expérimentateur dans l'âme. Il ne se pose pas la question du pourquoi de cet acheminement, mais comment l'enrayer. Dès lors, il ne cherche qu'à découvrir si une vaccination par virus atténué n'est pas possible, sur le modèle de ce qu'il a réalisé dans le cas du choléra des poules et du rouget du porc. Et pour atténuer la virulence d'un virus, il faut d'abord en obtenir un d'une extrême puissance.

Comment obtenir l'intensification d'un virus pathogène qui, parfois, entraîne une mort inéluctable, d'autres fois ne génère aucun effet pernicieux et dont les périodes d'incubation diffèrent énormément selon les cas ? En injectant la matière cérébrale d'un lapin enragé à un autre lapin qui, à son tour, servira à inoculer un autre animal. De quatorze jours d'incubation pour le premier, on passe à douze, onze, dix, neuf, huit jours pour le vingt et unième lapin, ce dernier possédant la virulence la plus extrême. D'où l'on peut conclure que plus l'incubation de la maladie est courte, plus sa virulence est forte. Un chien inoculé avec la matière cérébrale du dernier lapin développe une rage aux manifestations d'une violence méconnue jusqu'alors. À partir de cette constatation, et durant plus de quatre mois, les expériences s'enchaînent jusqu'à obtenir une parfaite maîtrise du déclenchement et du déroulement de l'infection. Une fois la virulence maximale obtenue, de façon sûre et régulière, il est désormais vital d'obtenir des souches atténuées, à des degrés divers, de ce virus à la redoutable puissance. Pasteur connaît bien les travaux de Jenner sur la variole qui ont démontré qu'un germe peut s'atténuer en fonction du milieu, et n'a pas le même impact selon les animaux chez lesquels il est introduit. Il s'essaie à des inoculations, non seulement sur le chien et le lapin mais également sur le cobaye et le singe. En passant du chien au singe, le virus s'atténue et reste fixé dans cette plus faible virulence, tandis que la période d'incubation augmente. Inoculés par le virus du singe, les chiens ne meurent pas.

Au deuxième Congrès international de médecine qui se tient en août 1884 à Copenhague, Pasteur fait, le 10, une communication sur ses recherches antirabiques. Les journaux s'emparent de la nouvelle avec avidité et la rumeur commence à se répandre d'une guérison possible de la rage. Mais lui sait bien que les vaccinations préventives qui sont exécutées au laboratoire d'Ulm par Loir et Viala ne veulent pas dire guérison. On ne peut vacciner préventivement les gens pour une infection rare et imprévisible. Ce qu'il faut trouver, c'est une façon de la traiter, après les morsures. Par une méthode qui agisse plus rapidement que la progression de la maladie elle-même. Sans le savoir encore, il est en train de fonder une science nouvelle, l'immunologie.

En fait, c'est à Émile Roux qu'il doit son grand pas en avant. Celui-ci travaille également sur la rage et un jour, en son absence, Pasteur s'arrête fasciné par trois flacons à double tubulure renfermant de la moelle de lapin, placés en étuve, avec lesquels Roux est en train de conduire ses expérimentations. Pasteur comprend tout de suite que celui-ci est en train d'atténuer le virus grâce à l'air desséché. C'est enfin la solution qu'il recherchait. Plus la moelle sèche, plus le virus qu'elle renferme s'atténue. C'est grâce à ces ensemencements réalisés par Roux qu'il obtient finalement ce virus atténué qu'il désespérait de jamais obtenir. Roux venait de se faire doubler par le patron et Loir en écrira : « Je ne l'entendis jamais dire un mot à Pasteur au sujet des flacons et je ne sais s'ils en parlèrent jamais entre eux, je ne le crois pas. Mais à partir de ce moment-là, la rage devint lettre morte pour Roux, il cessa de s'en occuper et ne vint plus au laboratoire de la journée[5]. »

Il ne reste plus qu'à l'expérimenter sur une plus grande échelle :

> Dans une série de flacons dont l'air est entretenu à l'état sec... on suspend chaque jour un bout de moelle rabique fraîche de lapin mort de la rage, rage développée après sept jours d'incubation. Chaque jour également, on inocule sous la peau du chien une pleine seringue de Pravaz de bouillon stérilisé dans lequel on a délayé un petit fragment d'une de ces moelles en dessiccation, en commençant par une moelle d'un numéro d'ordre assez éloigné du jour où l'on opère, pour être bien sûr que cette moelle n'est pas du tout virulente... Les jours suivants, on opère de même avec des moelles plus récentes, séparées par un intervalle de deux jours, jusqu'à ce qu'on arrive à une dernière moelle très virulente, placée depuis un jour ou deux seulement en flacon. Le chien est alors rendu réfractaire à la rage[6].

Pour réaliser ces cultures de moelle rabique, le laboratoire d'Ulm devient trop petit et les chiens demandent la présence d'un chenil, ce qui n'est guère réalisable sur place. La Commission de lutte contre la rage se met donc en quête d'un lieu adéquat qu'elle découvre tout d'abord dans le bois de Meudon, à l'écart des habitations. L'information déclenche évidemment une levée de boucliers générale dans la commune, maire en tête. Déjà, les promeneurs s'imaginent attaqués par des meutes enragées, la bave aux babines et l'insécurité tapie derrière chaque buisson. Il faut donc y renoncer et leur choix finit par se porter sur le parc de Villeneuve-l'Étang, un domaine ayant appartenu à Napoléon III et prolongeant le parc de Saint-Cloud. Les lieux ont l'avantage d'inclure des bâtiments d'écurie. Il appartient à la Ville de Paris qui le met à la disposition de Pasteur. On y peut donc y installer des chiens en mars 1885.

Tout est mis en œuvre pour passer à l'étape suivante.

Passage à l'acte

(1885-1886)

Passer de l'expérimentation animale à l'expérimentation humaine est une tout autre histoire. La plupart des médecins du temps y sont fermement opposés, à commencer par Émile Roux. Pasteur, quant à lui, ne voit pas vraiment comment éviter ce passage à l'acte sur l'humain. Il s'en explique avec une extraordinaire franchise, tout en en rejetant la responsabilité sur les hommes politiques au pouvoir, dans une lettre de 1884 à l'empereur du Brésil Dom Pedro II : « C'est ici que pourrait intervenir très utilement la haute et puissante initiative d'un chef d'État pour le plus grand bien de l'humanité. Si j'étais roi ou empereur ou même président de la République, voici comment j'exercerais le droit de grâce sur les condamnés à mort. J'offrirais à l'avocat du condamné, la veille de l'exécution de ce dernier, de choisir entre une mort imminente et une expérience qui consisterait dans des inoculations préventives de la rage pour amener la constitution du sujet à être réfractaire à la rage. Moyennant ces épreuves, la vie du condamné serait sauve. Au cas où elle le serait, et j'ai la persuasion qu'elle le serait en effet, pour garantie vis-à-vis de la société qui a condamné le criminel, on le soumettrait à une surveillance à vie. Tous les condamnés accepteraient. Le condamné à mort n'appréhende que la mort[1]. »

Sans qu'aucun problème de conscience de quelque sorte que ce soit ne se présente à lui. Il est même prêt à se rendre au Brésil pour cette grande mission, car il sait que l'empereur est à même de répondre à sa demande : « ... Malgré mon âge et mon état de santé, je me rendrais volontiers à Rio de Janeiro, pour me livrer à de telles études de prophylaxie de la rage ou de contagion du choléra et des remèdes à lui appliquer[2]. »

Louis Pasteur n'est pas Victor Hugo, même s'ils siègent tous deux à la même Académie française, il n'a jamais remis en cause la peine de mort. Quant à se servir des criminels en institutionnalisant leur remise de peine éventuelle par les risques encourus dans l'expérimentation humaine, même certains de ses plus proches disciples le désavouent. C'est que ce sont des médecins qui se souviennent de leur serment d'Hippocrate.

Chez Pasteur, la fièvre du chercheur l'emporte sur l'humanisme. Ce que Charles Nicolle mettra sur le compte de « cette témérité irrésistible qu'un délire sacré inspire au génie ; la conscience du savant étouffait la conscience de l'homme[3] ». Lorsque Pasteur sera en pleine campagne de vaccination, un professeur d'obstétrique suggérera publiquement la même chose dans le *Journal de la médecine*. La proposition soulèvera l'indignation générale, mais un chroniqueur rappellera que l'idée avait germé chez le grand Pasteur lui-même qui s'en était ouvert à lui. Il ne s'agira plus alors que de débat d'idées, d'éthique, qui ne passionneront plus personne, les vaccinations antirabiques réussies sur l'homme ne pouvant plus être mises en doute par la majorité du corps médical. Dom Pedro II n'a toutefois pas répondu favorablement à sa demande, et c'est pourquoi Pasteur n'a pu envisager de partir : « Vous devez savoir peut-être que depuis quelques années dans mon pays la peine de mort est modérée par le souverain et que son exécution est suspendue indéfiniment. Si le vaccin de la rage n'est pas d'un effet incontestable, qui préférera une mort douteuse à celle qui serait presque irréalisable ? Même dans le cas contraire, qui pourrait consentir à un suicide possible, sinon probable [4] ? » À cette époque, même un autocrate révèle plus de scrupules que le savant.

Si le chercheur ne pense qu'à triompher en passant à l'expérimentation humaine, l'homme, qui se verrait sans souci expérimenter sur des condamnés à mort, refuse toutefois de se servir de volontaires sains ou même malades, et ce sans aucune ambiguïté : « Croyez-moi, ne poussez jamais jusque-là votre dévouement à l'humanité et à la science [5]. » Ce qu'un de ses plus fervents contradicteurs, le docteur Michel Peter, n'a pas hésité à pratiquer, mais sur lui-même, dans le cas de la diphtérie. Quant à Émile Roux, il est absolument opposé à ce moment-là à l'expérience sur l'humain, parce qu'il sait pertinemment que les recherches sur les animaux ne sont pas encore véritablement probantes. Il n'y a, en effet, que quelques chiens inoculés qui ont été immunisés contre le développement de la maladie. C'est trop peu pour tenter l'expérience sur l'homme.

L'occasion en est toutefois donnée à Pasteur, presque à son corps défendant. D'abord, il y a l'appel du maire de Levier, compatriote franc-comtois de Pasteur et qui a entendu parler de ses travaux. Il le prie de s'occuper de deux de ses administrés mordus par un chien enragé. On est au tout début de juin 1885. Pasteur, après beaucoup d'hésitations, refuse : « Je le fais facilement sur les chiens, même après qu'ils ont été mordus. Je ne suis pas éloigné d'oser le faire sur l'homme mais mes recherches au point où elles sont ne me permettent pas encore d'agir sur l'homme[6]. » Il s'en faut pourtant d'un mois.

Le 4 juillet 1885 en effet, à Meissengott — aujourd'hui Maisonsgoutte — en Alsace, un chien a attaqué le petit Joseph Meister âgé de dix ans. Fils du boulanger de Steige, il était venu au village pour acheter à la brasserie Witz de la levure pour son père. Le 6 juillet, il se présente rue d'Ulm au laboratoire de Pasteur accompagné de sa mère et du propriétaire du chien, Théodore Vone, l'épicier du village, lui-même mordu au bras avant qu'il n'ait eu le temps d'abattre la bête d'un coup de fusil. Le jour même de la morsure, le médecin local, le docteur Weber, cautérisait les plaies de l'enfant à l'acide phénique et, ayant entendu parler de Pasteur, envoyait les deux victimes à Paris. Pasteur les examine deux jours après les morsures et estime que Vone peut rentrer chez lui sans souci. Les crocs n'ont pas traversé les vêtements et la bave contaminée a été absorbée par eux. En revanche, Joseph est durement touché. Les plaies sont douloureuses et profondes. « Fortement mordu au doigt médium de la main droite, aux cuisses et à la jambe, par le même chien rabique qui lui a déchiré le pantalon, l'a terrassé et l'aurait dévoré sans l'arrivée d'un maçon armé de deux barres de fer, qui a frappé le chien[7]. » On l'installe dans une chambre du collège Rollin, annexe de l'École normale. Pasteur est pessimiste et appelle au chevet de l'enfant les docteurs Joseph Grancher, chef du service pédiatrique aux Enfants-Malades, et Alfred Vulpian, neurologue expérimenté et membre de la Commission de lutte contre la rage instituée par le gouvernement. Leurs diagnostics ne laissent pas beaucoup d'espoir. La petite victime a été cautérisée une douzaine d'heures après les morsures et cette cautérisation n'a pas été faite au fer rouge, ce qui donne généralement de bons résultats. Devant le pronostic funeste et l'urgence, ils tombent tous trois d'accord : il faut vacciner, c'est la seule chance pour l'enfant d'échapper à une mort annoncée. Il est donc inoculé en urgence le 6 juillet à huit heures du soir.

On imagine l'angoisse de Grancher qui inocule la préparation de moelle d'un lapin mort depuis quinze jours, car Émile Roux s'y refuse, et celle de Pasteur, responsable de la décision et du protocole de vaccination. Il notera dans son rapport : « En conséquence, le 6 juillet, à huit heures du soir, soixante heures après les morsures du 4 juillet, et en présence du docteur Vulpian et de Grancher, on inocula, sous un pli de l'hypocondre droit du petit Meister, une demi-seringue de Pravaz d'une moelle d'un lapin mort rabique le 21 juin et conservée depuis lors en flacon à air sec, c'est-à-dire depuis quinze jours[8]. »

Chaque jour suivant, le garçon reçoit de nouvelles injections de moelle rabique à la virulence de moins en moins atténuée. Au total, il a subi treize inoculations en dix jours. À la veille de la dernière injection prévue qui comporte de la moelle vieille d'un seul jour, Marie Pasteur fait part de l'intense angoisse de son mari : « Mes chers enfants, Encore une mauvaise nuit pour votre père. Il ne s'accoutume pas du tout à l'idée d'opérer en dernier ressort sur cet enfant. Et cependant, il faut bien maintenant s'exécuter. Le petit continue à se porter très bien[9]. » Et le 16 juillet, la dernière dose est inoculée à Joseph, si virulente qu'elle serait capable de tuer un chien en une semaine. Durant tous ces jours, le petit Alsacien passe son temps dans les locaux de la rue d'Ulm, jouant plein d'insouciance avec les animaux de laboratoire, les souris blanches ayant sa préférence.

C'est alors que, contre toute attente, Pasteur laisse l'enfant à la garde du docteur Grancher et gagne Arbois. On s'étonne encore aujourd'hui de ce départ, de ce véritable abandon au moment clef des résultats. Pasteur n'est pourtant pas homme à prendre des vacances, surtout en ces dramatiques circonstances. Ni à fuir ses responsabilités. Pourtant, il semble incapable d'affronter un fiasco possible et ne confie le déroulement de cette expérience qu'à de très proches. Tout juste peut-il en écrire, et avec quelle prudence : « Avant mon départ pour le Jura, j'ai osé traiter un pauvre petit garçon de neuf ans que sa mère m'a amené d'Alsace où il avait été, le 4 juillet dernier, terrassé et mordu aux deux cuisses, aux deux jambes et à la main dans de telles conditions que la rage eût été inévitable. Sa santé est toujours bonne[10]. » Ce que corrobore un mot que le petit Joseph lui expédie à Arbois : « Cher Monsieur Pasteur, je me porte bien et je dort bien et jé aussi bonne apétie. Je me suis bien amuzé à la campagne. Sa ma fait de la peine de revenir à Paris[11]. » Car si Pasteur est parti, il a pensé à laisser au garçon des enveloppes timbrées afin qu'il puisse lui donner de ses nouvelles. Et le 27, Grancher laisse le petit retourner avec sa mère en Alsace, sain et sauf. La vaccination a réussi !

Pour un homme qui communique à tout-va, son silence relatif et sa fuite dans le Jura restent incompréhensibles. Ce n'est qu'une fois certain de l'entière guérison que Pasteur commence à faire part de sa victoire sur la rage, mais sans triomphalisme aucun. C'est aussi que le petit Alsacien est allemand depuis 1871 et qu'il ne faut pas réveiller trop d'ardeurs patriotiques, même dans le domaine scientifique. Mais de cette circonstance fortuite, le patriote Pasteur ne peut que se réjouir : « Je suis bien heureux que ce nouveau succès soit dû à la France, et que le premier sujet humain chez lequel la rage aura été empêchée après morsure soit venu d'Alsace[12]. »

Il n'a pas tout à fait tort d'être méfiant puisque les autorités allemandes s'informent sur ce cas, ce qui n'est pas sans inquiéter Pasteur qui écrit au docteur Weber : « Joseph Meister en me donnant des nouvelles de sa santé, m'informe qu'une enquête a été faite par des autorités allemandes au sujet de sa santé et de la rage du chien qui l'a mordu. Je vous serais fort obligé de me faire connaître les termes du rapport officiel de cette enquête. Je tiendrais à le publier pour faire taire les suppositions malveillantes qui se produisent même en France, au sujet du résultat de mes études. Est-ce donc aussi dans un but d'envie que quelque savant allemand aura provoqué une enquête[13] ? » Toujours cette hantise chez lui d'être critiqué, dénigré ou doublé par un autre chercheur, et s'il est allemand, ce serait l'ignominie assurée. Il en est si perturbé qu'il s'en ouvre aussi à l'enfant :

> J'ai bien compris que les autorités allemandes ont fait, au sujet de ton accident du 4 juillet dernier, une enquête très sérieuse. Je crois comprendre également qu'on aurait bien voulu trouver que le chien qui t'a mordu n'était pas enragé. Cela aurait pu jeter du doute sur la valeur des études qui m'ont conduit à oser sur toi, et pour la première fois depuis l'origine du monde, un traitement capable d'empêcher la rage de se produire. Il y a partout des envieux et les savants allemands, quelques-uns surtout, sont jaloux des savants français qui les devancent dans la recherche de la vérité[14].

Si Pasteur et son équipe ne tiennent pas à une renommée immédiate, c'est qu'ils ont aussi peur d'être débordés par les demandes et de manquer de préparations plus ou moins atténuées de moelle rabique. Et qu'ils sont loin d'être sûrs d'une réussite à tout coup. Toutefois, *Le Journal des débats,* notamment, parle d'eux, et la vaccination du petit Meister s'ébruite assez pour être connue du maire de Villers-Farlay, dans le Jura, qui s'adresse à Pasteur afin qu'il accepte de soigner un jeune berger qui vient d'être mordu par un chien enragé.

Pasteur lui répond rapidement et de façon très pragmatique : « L'enfant devrait rester auprès de moi pendant 10 à 12 jours, 15 au maximum. Comme il n'est sans doute pas riche, je le garderai auprès de moi, dans une chambre de mon laboratoire. Il sera surveillé, pourra aller et venir, sans jamais être alité. Il recevra seulement chaque jour une petite piqûre, pas plus douloureuse qu'une piqûre d'épingle. La commune ferait seulement les frais de son voyage aller et retour. J'ai fait toutes les dépenses auxquelles je fais allusion pour le petit Meister. Il est vrai que c'est en considération de mes tout premiers essais que j'agis ainsi. Plus tard, je pense, les communes ou les conseils généraux seront appelés à intervenir [15]. » Et trois jours plus tard : « Que les parents du petit J.B. Jupille soient rassurés sur leur fils. Il est logé 14 rue Vauquelin, dans une dépendance de mon laboratoire, chez M. Jean Arconi, un des garçons du laboratoire, veuf, père d'un petit garçon qui est en pension, et qui a pu donner à Jupille une chambre et un lit dans son appartement. Il prend en outre ses repas avec lui. Il va très bien. Présentement une personne attachée à mon laboratoire le promène au Jardin des Plantes. J'ai très bon espoir. Ma seule crainte serait qu'il y eût un peu trop d'intervalle entre le moment des morsures et le commencement du traitement[16]... »

Jupille reçoit sa première injection le 20 octobre et la dernière dix jours plus tard. Durant ce laps de temps, la tension est extrême non seulement au laboratoire mais dans toute l'École normale supérieure comme en témoignera l'historien d'art Émile Mâle qui y était alors élève : « Pendant les jours d'incubation, l'École entière fut dans l'anxiété, mais quand nous apprîmes le succès, ce fut une joie débordante. Nous sentions que nous venions d'assister à un des événements de l'histoire du monde et nous étions fiers de notre grand ancien, dont tous les peuples allaient bientôt répéter le nom[17]. » Ce qui n'empêche pas, dès l'origine, les adversaires de la vaccination pasteurienne de contester la réalité de la rage chez les chiens homicides.

En rendant compte à l'Académie des sciences de la vaccination effectuée sur Jean-Baptiste Jupille, Pasteur explique comment sont advenues ses morsures. Alors que des enfants étaient attaqués par un chien enragé dans son village de Villers-Farlay, le jeune berger de quinze ans, n'écoutant que son courage, s'est précipité sur l'animal pour l'abattre à coups de fouet. Il savait qu'il risquait sa vie, comme en témoignent les morsures qu'il a reçues, multiples et profondes. Un des membres de l'Académie, chirurgien de son état, touché par le récit, le baron Félix Larrey propose Jupille à un prix

Montyon de vertu récompensant les actes de dévouement. Ce prix de 1 000 francs, une fortune pour l'adolescent, lui est effectivement attribué. Somme que Pasteur fera parvenir au maire de son village afin que, déposée sur un livret de Caisse d'épargne, elle permette au jeune homme, quasi illettré, de s'instruire. Pasteur écrit à Perrot, le maire de Villiers-Farlay :

Je dois vous confier que Jupille serait très heureux d'avoir un petit emploi quelconque à Paris. Mais il sait à peine lire et écrire. Dans ces conditions je ne saurais où le placer convenablement. Je lui ai dit que je vous écrirais à ce sujet et que je vous demanderais de lui faire donner, deux fois par jour, des leçons de lecture, d'écriture et de calcul par l'instituteur de la commune ou par telle personne que vous désigneriez. Son petit avoir, à défaut d'autres ressources, trouverait là, pour une part, un très utile emploi. Voyez, Monsieur le Maire, ce que vous pourrez faire de ce côté. En ce qui me concerne, après qu'il aurait acquis quelque instruction, je me chargerais de lui procurer ici un gagne-pain dans quelque grande administration, où il trouverait, avec l'âge, une bonne conduite, du zèle au travail, des conditions d'avancement... Post-scriptum : Jupille doit, chaque semaine, me donner des nouvelles de sa santé. S'il y manquait, je serais très mécontent de lui. Je lui enverrai des timbres-poste[18].

Une Caisse des victimes du devoir fera de même un geste quelque temps plus tard en faveur du berger, que Pasteur remerciera sans attendre : « Je m'empresse de vous remercier de l'annonce que vous voulez bien me faire que la Caisse des victimes du devoir réserve une récompense de deux cents francs au jeune berger Jupille de Villers-Farlay (Jura), en traitement préventif de la rage à mon laboratoire. Votre libéralité ne pouvait, en vérité, s'appliquer à un plus digne. Jupille a fait preuve du plus grand courage et d'un sang-froid extraordinaire en sauvant plusieurs de ses petits camarades de l'attaque d'un chien enragé, gardant pour lui tout le danger et les morsures nombreuses du furieux animal qu'il réussit enfin à terrasser et à tuer[19]. » On en parle partout, il fait la une des journaux, il est donné en exemple dans les écoles. Le sculpteur Émile-Louis Truffot réalise un bronze le représentant luttant avec le chien, qui sera plus tard placé dans le jardin de l'Institut Pasteur. On retrouvera même la reproduction de ce bronze à l'avers du billet de cinq francs à l'effigie de Pasteur qu'émettra la Banque de France le 5 mai 1966.

Ces deux premiers patients sont demeurés emblématiques et l'on prononce encore aujourd'hui leurs noms, indéfectiblement liés à celui de Pasteur. C'est aussi que celui-ci est toujours resté en relation étroite avec eux. S'ils ont contribué à sa gloire, ils en ont récolté quelques fruits, en dehors du fait, bien entendu primordial, d'avoir été sauvés par lui. Car le savant, très occupé, n'en répond pas moins personnellement à leurs lettres, même après leur complète mise hors de danger. Des lettres gentilles et très attentionnées, entre deux courriers à l'empereur Pedro II du Brésil ou au prince d'Oldenbourg à Saint-Pétersbourg. Et il n'oublie jamais ce que coûtent les timbres chez de pauvres gens. Aussi leur en envoie-t-il pour être sûr que ces lettres ne soient pas une trop grande charge financière pour eux. L'homme de science dans l'aisance n'a pas oublié les soucis pécuniaires du fils de tanneur qu'il fut autrefois. « Tu trouveras, sous ce pli, un mandat-poste de cent francs. Conduis-toi toujours bien et que, par ton travail et ton obéissance à écouter les conseils de tes parents et de tes maîtres, tu les rendes tous heureux[20] », ou encore : « Si tu as besoin de quelque argent pour te donner quelques loisirs et payer un instituteur, fais-le moi savoir[21]. »

Très attaché aux bases mêmes de l'enseignement, il suit leurs progrès en écriture et en orthographe, n'hésitant pas à faire jouer entre eux une certaine émulation afin d'aiguillonner Jupille : « Mme Pasteur te remercie de ton souvenir. Avec moi elle souhaite, et tout le monde au laboratoire, que tu ailles toujours bien et que tu fasses le plus de progrès possible en lecture, en écriture et en calcul. Ton écriture est déjà bien meilleure que par le passé. Mais fais beaucoup d'efforts pour apprendre l'orthographe. Où vas-tu en classe ? Qui te donne des leçons ? Travailles-tu chez toi autant que tu le peux ? Tu sais que Joseph Meister, le premier vacciné, m'écrit souvent. Or, je trouve, quoiqu'il n'ait que dix ans, qu'il fait des progrès bien plus rapides que toi. Applique-toi donc le plus que tu pourras. Perds peu de temps avec les camarades et suis en toutes choses les avis de tes maîtres et les conseils de ton père et de ta mère[22] ».

Ces deux patients, les deux premiers vaccinés au monde contre la rage, resteront attachés à lui et à son œuvre pour le restant de leur vie. Il accueillera Joseph Meister dans son laboratoire et celui-ci sera encore concierge à l'Institut Pasteur à l'arrivée des Allemands à Paris. Le 16 juin 1940, des soldats de la Wehrmacht demandent à entrer dans la crypte de l'Institut, ce qu'il leur refuse, sans succès. Rentré chez lui, il se suicidera avec l'arme qu'il avait conservée de la Première Guerre mondiale. Le patriotisme intransigeant de Pasteur était passé dans ses veines. Jean-Baptiste Jupille suivra un parcours parallèle, d'abord garçon de course, puis garçon de laboratoire à l'Institut Pasteur, avant d'y être nommé concierge et gardien-chef. Sa fille Louise y naîtra en 1896 et y sera elle-même laborantine, emploi que tiendra aussi son fils Émile, qui deviendra chimiste et exercera à Creil. Longtemps, les visiteurs de l'Institut se feront un plaisir d'interroger le vieux Jupille, l'un des derniers à avoir connu intimement le grand homme. Il s'éteindra paisiblement chez lui en 1923.

En route vers la gloire

(1886-1887)

Si l'exploit de Jupille est si vite connu dans toute la France, c'est en raison de l'extraordinaire popularité que connaissent immédiatement les vaccinations pasteuriennes. En quelques mois, les patients se pressent à Paris, venus de toute l'Europe et du reste du monde. On y rencontre même un petit patient brésilien, Jaime Serva. Dès le 9 janvier 1886, Pasteur écrit à Jules Vercel : « J'ai un succès qui m'étonne moi-même dans le traitement de la rage. Il me vient des mordus de tous les pays et tout va très bien. J'ai commencé ce matin la 166e personne[1]. »

Toute la presse réalise des reportages dans le laboratoire de la rue d'Ulm. C'est à qui rapportera les articles les plus touchants, les plus édifiants. *Le Journal des débats* avait, dès 1884, publié des séries d'articles relevant du feuilleton sur la recherche antirabique. En 1886, c'est l'apothéose : « Au milieu de la première salle, dans le rayonnement de la lumière, M. Pasteur, en toilette du matin avec sa petite toque noire sur la tête. Autour de lui, deux dames et un monsieur de la haute société étrangère qui ont tenu à féliciter le maître et à voir un laboratoire désormais historique. Plus loin, au travail, penchés sur les tables et les instruments d'étude, quelques collaborateurs[2]. » Cet engouement est corroboré par Alexandre Yersin, alors jeune médecin fraîchement débarqué à Paris, plus tard explorateur en Indochine et découvreur du bacille de la peste : « On voit là un défilé extraordinaire : des Belges, des Hollandais, des Américains, un Arabe en costume national avec ses jambes nues couleur chocolat, des Turcs en fez et culottes courtes, des Russes qui, en passant devant M. Pasteur se baissent pour lui baiser la main. C'est très curieux à voir. En sortant, je remercie M. Pasteur de son bienveillant accueil. Il daigne me toucher la main[3]. » Il ajoutera cependant : « On m'a dit plus tard que Pasteur est horriblement grincheux et passablement difficile à voir. Il a toujours peur que quelqu'un d'étranger ne lui vole ses secrets[4]. »

La légende est en marche. Et les vaccinations s'enchaînent. Car, dès onze heures du matin, le laboratoire s'ouvre aux malades. Ceux-ci sont reçus par Pasteur lui-même qui les répartit en fonction de la gravité de leurs morsures et de la date où elles ont été commises afin que le docteur Joseph Grancher leur administre un vaccin d'une virulence convenant à leur cas. C'est Grancher qui vaccine tandis qu'Eugène Viala prépare la moelle rabique. Mais c'est Pasteur qui supervise le tout. Pas une préparation, pas une vaccination sans qu'il ne soit présent. Et l'on vaccine si bien à tour de bras que, bientôt, Grancher est débordé. Pour lui prêter main-forte, Pasteur doit recruter deux nouveaux médecins vaccinateurs, Albert Charrin et André Chantemesse, ce dernier élève de Jean Martin Charcot. Tandis qu'un troisième, le chirurgien Octave Terrillon, désinfecte sans discontinuer les plaies des victimes. Ce qui permet à Pasteur d'annoncer triomphalement : « Sur mille deux cent trente-cinq Français, de France et d'Algérie, traités préventivement contre la rage à mon laboratoire, le traitement a été inefficace pour trois seulement. Je défie qui que ce soit de contredire ces faits et ces assertions[5]. »

Mais pour autant, tout n'est pas rose au laboratoire. C'est qu'à l'enthousiasme populaire et à celui d'une grande partie du corps médical, français et étranger, s'oppose une bonne frange des médecins et des biologistes. Leurs attaques sont virulentes, par articles de presse et communications à l'Académie des sciences interposés. Dans *L'Intransigeant*, le polémiste Henri Rochefort mène la danse, la formule qui fait mouche primant sur le sérieux de l'information scientifique : « L'inoculateur avait abandonné son premier système. Le nouveau est, en effet, infaillible : il tue les gens après la trente-sixième piqûre[6]. » Ce tenant des adversaires de Pasteur se trouve être un ancien communard, anticlérical notoire, déporté en Nouvelle-Calédonie, échappé du bagne et revenu en France par l'Australie, Hawaï, New York et Londres, amnistié comme tous les communards le 14 juillet 1880, ce qui l'autorise à rentrer triomphalement à Paris. C'est dire s'il cumule les handicaps !

Ses assertions ne sont pas sans fondement, car il n'est pas que des réussites dans ces vaccinations. Ainsi Louis Pasteur doit-il soigner une fillette de dix ans, Louise Pelletier, mordue à la tête par un chien le 3 octobre 1885. Trente-sept jours plus tard, le 9 novembre, elle est amenée par ses parents au laboratoire de la rue d'Ulm. Ses plaies largement ouvertes ne se sont pas cicatrisées et suppurent. La moelle rabique peut-elle faire effet dans ce cas, rien n'est moins sûr. Pourtant, Pasteur en prend le risque et fait pratiquer la première injection ce même jour et les autres, quotidiennes, jusqu'au 16 novembre. Le 19, la petite Louise n'a plus la force de déglutir, la rage est déclarée. Le 2 décembre, une rémission se produit, mais elle meurt le 6 dans une extrême détresse respiratoire, Pasteur à ses côtés. « J'aurais tant voulu sauver votre pauvre petite[7] ! »

L'échec est patent, et Louis Pasteur demande à son entourage de se faire discret sur le sujet. Car la mort de Louise, vaccinée bien trop tard, ne préjuge pas d'autres succès dans la vaccination par virus atténué. Le savant s'est cependant tellement impliqué dans le sauvetage de Louise que les parents eux-mêmes ne tarissent pas d'éloges sur son travail et sa profonde humanité : « Parmi les grands hommes dont j'ai pu connaître la vie, aucun ne me paraît plus grand. Je n'en vois pas un seul, comme dans le cas de notre chère petite fille, capable de sacrifier de longues années de travail, de mettre en péril une réputation universelle de savant et de marcher sciemment à un douloureux échec, simplement par humanité[8]. »

Tous les parents n'auront pas cette indulgente lucidité. Un an plus tard, le 8 octobre 1886, l'enfant Jules Rouyer est mordu par un chien et se présente avec son père, douze jours plus tard, au laboratoire de la rue d'Ulm. Il y subit la série d'injections, habituelle maintenant. Hélas, le 26 novembre, il succombe à l'hôpital où il a été admis pour des douleurs lombaires. Immédiatement, son père, Napoléon Rouyer, porte plainte contre la vaccination qu'il accuse d'être responsable de la mort de son fils : « Mon enfant est à la morgue afin d'autopsie. Vous avez tué mon fils[9]. » Pasteur est alors à Bordighera. C'est Émile Roux qui doit faire face aux accusations. Il envoie Adrien Loir à la morgue de l'hôpital, et exige une autopsie. Elle est effectuée par le médecin légiste, Brouardel, en présence de Loir et de Grancher ainsi que de deux adversaires de la méthode Pasteur, le docteur Rueff et Georges Clemenceau. Ce dernier est également médecin, auteur d'une thèse de médecine sur la génération des éléments atomiques. Il est aussi un député farouchement républicain et un journaliste très écouté.

Le légiste scie la boîte crânienne et en prélève le cerveau et le bulbe rachidien qui sont remis à Adrien Loir pour être analysés rue d'Ulm. Une parcelle de cerveau écrasée et délayée dans un bouillon stérile est ensuite injectée à deux lapins préalablement trépanés. Quinze jours plus tard, ils présentent toutes les caractéristiques de lapins enragés. Roux ne peut constater qu'une chose : le petit Jules Rouyer a bien succombé à la rage, en dépit de la vaccination. L'affaire est grave et peut remettre en cause tout le travail accompli. Et bien que Roux ait toujours été opposé à l'expérimentation humaine, il expédie Loir à Bordighera pour obtenir les carnets d'expérimentation de Pasteur : il y a apparemment eu une erreur de commise dans le processus d'atténuation du virus. Toutefois, les injections aux lapins se sont faites sans témoins autres que les membres du laboratoire, à savoir Loir et Viala. Et les animaux contaminés ne sont connus de personne d'autre.

La conduite à tenir, face à une polémique que ne manquerait pas de soulever cette mort, est à l'ordre du jour. Roux, conscient de la catastrophe possible, déclare, avec la complicité de Brouardel, que les deux lapins inoculés sont en bonne santé et le légiste, dans son rapport, affirme de son côté que la mort de l'enfant est due à une insuffisance rénale. Les témoins de l'autopsie ont, en effet, pu constater la présence d'albumine dans les urines. Les problèmes rénaux sont vraisemblablement dus au coup de pied reçu par l'enfant qui avait justifié son hospitalisation. Un non-lieu est donc finalement prononcé en janvier 1887. On est néanmoins ici en présence d'un faux caractérisé, rapporté par Adrien Loir, destiné à endormir la vigilance de Clemenceau et des principaux adversaires du pasteurisme. Et bien que Peter s'insurge en contestant le fait que l'albuminurie de l'enfant ne signifie en rien qu'il ne soit pas mort de la rage, les arguments des adversaires de la vaccination sont totalement battus en brèche.

Le procédé pasteurien l'a échappé belle, mais la controverse n'est pas pour autant terminée. D'autres cas douteux se présentent qui ravivent la polémique et les rancœurs. À la même période, c'est un cas anglais qui pose problème. Un certain Joseph Smith ayant été mordu à la main par un chat enragé est venu se faire traiter à Paris au mois de septembre 1886. Rentré chez lui le 9 octobre, il est saisi deux jours plus tard de telles douleurs à l'estomac qu'il doit être hospitalisé d'urgence. À peine admis, il y succombe. Les médecins hospitaliers diagnostiquent une mort par paralysie aiguë, totalement indépendante de la vaccination. Joseph Smith avait tout juste trente ans.

L'affaire prend pourtant d'énormes proportions en France. On titre : « Mort de la victime après guérison de la rage. » Ne voulant pas remettre en cause son processus de vaccination, Pasteur, qui est encore à Paris, s'interroge sur la possibilité que Smith, souvent ivre au moment des injections, ait pu, de ce fait, être particulièrement sensible au virus rabique. Cette crise permet de faire avancer la connaissance du virus, celui-ci se révélant beaucoup plus virulent chez les alcooliques. En conséquence, le laboratoire ne peut être poursuivi au plan pénal. Mais il doit faire front à d'autres cas d'expérimentateurs étrangers, lesquels, n'arrivant pas à reproduire les expériences pasteuriennes, les réfutent en bloc. C'est ainsi le cas en Autriche.

Si la gloire pour Pasteur n'est pas immédiate, nombreux sont les médecins, étrangers notamment, qui s'intéressent aux guérisons obtenues. Aux États-Unis où l'on ne connaît pas le biologiste, ni ses travaux sur les fermentations, ni ceux du choléra des poules ou des maladies des vers à soie, tout au moins dans le grand public, les revues spécialisées sont à l'écoute de l'Europe et parlent du vaccin antirabique. Or il n'existe aucun laboratoire de recherche biologique ou médicale en Amérique du Nord. Cinq mois plus tard, le 3 décembre 1885, un praticien de Newark, dans le New Jersey, intervient dans le journal local afin que l'on envoie en Europe six enfants qui viennent d'être cruellement mordus par un chien enragé, sur le port de cette ville proche de New York. Il a une idée géniale : faire appel à la générosité des lecteurs pour financer leur voyage. L'enthousiasme est immédiat, notamment dans le lectorat le plus populaire. Par câble on prévient Pasteur qui répond : « Si croyez danger, envoyez enfants immédiatement[10]. » Toute la presse new-yorkaise en fait ses unes, on titre : « Sous la terreur de l'hydrophobie[11]. » Les articles parlent des réussites et échecs du savant, de son projet d'institut de la vaccination. Si le *Times* expose le cas de Louise Pelletier, morte après sa vaccination, il rapporte les mots de Pasteur : « Je suis confiant que mon traitement sera couronné de succès s'il est commencé n'importe quand avant que l'hydrophobie ne s'installe, même si une année ou plus s'écoule entre la morsure et le début du traitement[12]. » Il faut tout de même faire très vite.

Les dons affluent en argent, en vêtements pour le voyage. Sur les six enfants, quatre enfants très sérieusement mordus deviennent de véritables vedettes des médias et embarquent le 9 décembre sur le paquebot qui les mène au Havre sous les vivats de la foule. Ils sont accompagnés par la mère de l'un d'entre eux et par le médecin chargé de les surveiller jusqu'à Paris. Durant la semaine que dure la traversée, les journaux continuent à entretenir le suspense. La fièvre éditoriale est telle que les humoristes s'en emparent, les caricaturistes s'en donnent à cœur joie. Tout le pays vit dans l'attente des nouvelles. Les garçons mettent enfin le pied sur la terre ferme le 21 décembre. Les injections seront presque suivies en temps réel par les Américains. C'est que le câble diffuse les informations en six heures de part et d'autre de l'Atlantique. La vaccination est une réussite, pour tous.

À leur retour à New York, c'est une véritable folie. Austin Fitzgerald, William Lane, Eddie Ryan et Patrick Reynolds sont reçus en triomphe. Leurs noms deviennent aussi célèbres chez eux que celui de Jupille en France. On les exhibe à l'Old Globe Theater durant plus d'un mois et dans une salle de Bowery Street pour que le public, payant, puisse contempler leurs cicatrices tandis que de doctes pédagogues expliquent toutes les phases de la lutte antirabique. Cet engouement ne concerne pas que New York, et c'est la fête jusque dans les plus petites bourgades. Le boom Pasteur fait les beaux jours du moindre des quotidiens locaux. On s'en souviendra lors de la souscription pour le futur Institut Pasteur.

À Paris, en revanche, les petits Américains ne font pas particulièrement recette. Tant qu'à faire dans l'exotisme, on leur préfère les Russes. Il y a là dix-neuf victimes attaquées et mordues par un loup enragé, finalement abattu à coups de hache. L'un d'eux est même un pope, un homme d'Église assailli par la bête qui lui a agrippé la moitié du visage, alors qu'il se rendait paisiblement à la célébration de son office. Les blessures de tous les autres sont presque aussi horribles. Tout s'est déroulé dans la région de Smolensk, sur les bords du Dniepr, à l'est de Moscou, et les mordus arrivent en urgence à Paris pour se faire vacciner. Cinq d'entre eux, affreusement déchiquetés, sont dans un état si grave qu'il faut les hospitaliser d'urgence à l'Hôtel-Dieu. Pasteur prend la décision de faire vite et de rapprocher le nombre d'injections, une première le matin et une seconde le soir, pour chacun d'entre eux. Entre-temps, les plus valides se promènent au Quartier latin, en blouse serrée à la taille et chapka de fourrure, et viennent faire la queue rue d'Ulm deux fois par jour. Folklore garanti pour tous les badauds. Et extraordinaire succès pour Pasteur qui en sauve seize sur dix-neuf.

Au vu de ce véritable exploit, le prince Alexandre d'Oldenbourg veut fonder, sur place à Saint-Pétersbourg, un laboratoire de vaccination qui pourrait prendre en charge toutes les victimes attaquées par les loups enragés. Il s'adresse à Pasteur qui lui dépêche son neveu, Adrien Loir. Chargé de monter le laboratoire, il part le 14 juillet 1886 vers la Russie, emportant comme principal bagage une cage contenant deux lapins enragés.

Si la polémique fait rage à l'extérieur du laboratoire, elle n'épargne pourtant pas les disciples mêmes du maître. Émile Roux est toujours réticent aux vaccinations, et ce en dépit des résultats positifs de la majeure partie des inoculations de moelle rabique atténuée. Les autres, sensibles aux critiques qui fusent de partout, en arrivent à douter de l'intérêt de leur travail. Seul Grancher, imperturbable, continue les injections sans problème de conscience, ni doute quant à leur efficacité. La tension au laboratoire est palpable jusqu'au jour où, au cours d'une injection, Grancher se pique par inadvertance. Comme toujours, Pasteur, attentif, a constaté le faux mouvement et enjoint au médecin de se faire vacciner à son tour. Adrien Loir, pourtant le moins critique des assistants de Pasteur, oppose à Grancher le danger de s'y soumettre. À quoi le médecin rétorque : « Croyez-vous jeune homme, que je répéterais ce geste chaque matin, si je n'étais pas sûr de la méthode[13] ? »

Aussi, dès le lendemain, se soumet-il au protocole habituel. Le petit cénacle constitué de Pasteur, de Grancher, de Loir et de Viala discute, autant du bien-fondé de l'inoculation face à un risque de développement de la rage que de l'innocuité des injections sur des individus qui se révéleraient sains. Pasteur, sûr de lui, est prêt à servir de cobaye, mais les autres refusent de le soumettre au test. Ils le réaliseront sur eux-mêmes. Faut-il que le pouvoir de persuasion du maître soit grand !

C'est Loir qui réalise l'injection de Grancher, puis tend la seringue à ce dernier qui l'inocule à son tour ainsi que Viala. Faut-il le préciser ? Avec la même et unique aiguille, ainsi que cela se pratique tous les jours au laboratoire. Tous, à l'exception de Pasteur, ont reçu la première injection et vont se soumettre aux suivantes.

Quand il apprend la chose, Émile Roux éclate, menace de tout révéler et s'affole d'une telle inconscience. Adrien Loir quant à lui, s'alourdit, souffre de pesanteurs dans les jambes et se traîne tout au long du traitement. Inflexible, Pasteur le fait monter chaque jour chez lui pour noter soigneusement tous ces symptômes. Tout finira bien, mais Amélie Loir, quand elle découvrira le pot aux roses, en tiendra longtemps rigueur à Marie et à Louis Pasteur. En fait, ce dernier a eu une chance folle, car les inoculés auraient pu développer des désordres organiques de toutes sortes. En ce sens, on le sait aujourd'hui, c'est Émile Roux qui avait raison.

Dans le concert des adversaires de la vaccination antirabique, il y a bien sûr aussi les antivivisectionnistes qui s'en donnent eux aussi à cœur joie. Le récit des trépanations, les aboiements de la soixantaine de chiens, d'abord dans les locaux de la rue d'Ulm, ensuite dans le chenil de Villeneuve-l'Étang, qui s'entendent à des lieues alentour ne peuvent qu'émouvoir :

Il y en avait de sournois, de féroces qui, avant de passer par le dépôt de la rue de Pontoise, avaient vécu comme des bandits, cherchant à voler tout ce qui pouvait leur tomber sous les crocs, chiens toujours aux aguets, la queue basse, le regard de travers, prêts à donner un coup de dents. Dès qu'on passait près d'eux, on entendait un grondement de haine. Puis, çà et là, des bohèmes inoffensifs au regard affectueux. Quelque agent de police avait dû les conduire à la fourrière comme on mène au poste des gens sans aveu. Parfois on reconnaissait un chien de famille qu'un désir d'aventure avait entraîné hors de chez lui. Tous, maintenant, voisins de cellule, confondaient leurs aboiements et leurs plaintes. Ils allaient rester prisonniers des mois, des années dans ce vaste hall[14].

C'est du moins ainsi que les voit René Vallery-Radot. Et que les repèrent, enfermés durant des lustres dans leurs cages étroites, tous les amis des animaux. L'on plaint aussi tous les lapins inoculés dont on extrait la moelle à vaccins. C'est d'Angleterre qu'est arrivée cette vague de protection des animaux et, si elle demeure marginale, elle n'en est pas moins un argument, dans la presse, contre les travaux de Pasteur. Celui-ci, toutefois, évite soigneusement d'assister aux trépanations quand le chien, sanglé dans une gouttière, est chloroformé avant que l'on enfonce le trépan dans son crâne. Mais trépanations et injections sont indispensables à ces expériences. Sans elles, et sans la mort par contamination rabique de dizaines de lapins, de chiens et de singes, il ne serait pas possible de penser soigner l'homme. Heureusement pour Pasteur, l'Église manque à ce concert d'opposants. Elle qui, pourtant, soixante ans auparavant, avait, par la voix de son pape, fermement condamné la vaccination antivariolique au prétexte que la variole était un châtiment de Dieu et que pratiquer la vaccination était un défi lancé au ciel.

Le point d'orgue de la controverse est atteint le 6 juillet 1887 dans une grande séance publique à l'Académie de médecine. C'est que, depuis 1830, date à laquelle François Arago a ouvert l'Académie au public, ce dernier s'y presse, de même que les journalistes qui tiennent des rubriques scientifiques dans les périodiques, ce dont les lecteurs sont particulièrement friands. Exposés et portraits de savants s'y déploient, et quelques-uns d'entre eux ont relaté nombre des expériences passées de Pasteur, bien que le savant se méfie d'eux et méprise les journalistes scientifiques. Mais s'il ne daigne pas écrire lui-même dans les revues grand public, il sait s'en servir en chargeant souvent Duclaux de leur rédiger des comptes rendus. Il refuse aux journalistes le droit de porter quelque jugement que ce soit sur ses travaux, excepté les louanges ; et toute plaisanterie, même anodine, déclenche ses foudres. Il n'hésite pas alors à prendre la plume. Non pour rédiger des articles contradictoires mais des lettres d'admonestations au directeur des revues incriminées : « Mais ne compromettez-vous pas trop la dignité de la science par vos plaisanteries inutiles et blessantes. Le persiflage ! mais c'est l'arme de l'ignorance. Que n'imitez-vous votre premier maître en comptes rendus scientifiques, Fontenelle, avec sa douce indulgence pour les fautes et sa discrétion aimable dans l'éloge[15]. » En un mot, la science est affaire de savants et les journalistes ne sont utiles que dans le dithyrambe et la vénération des hommes de science.

On accourt donc ce jour-là à l'Académie comme à un grand procès d'assises. Le prévenu ? Louis Pasteur. Les victimes ? Les vaccinés de la rage. Le procureur ? Michel Peter. Les avocats de la défense ? Les professeurs Jean Martin Charcot, patron de la Salpêtrière, et Paul Brouardel, doyen de la faculté de médecine. Il y a du beau monde dans la salle où s'écrase toute la presse. Et le spectacle est à la hauteur des espérances. Peter accuse : « Presque au moment d'aborder la tribune, je reçois du département de l'Aisne une dépêche signée d'un médecin. Cette dépêche m'apprend qu'un individu nommé Bourgeot, mordu le 24 avril, entré en traitement à l'Institut Pasteur dès le 28, est mort de la rage le 11 juillet[16]. » Brouardel qui fut partie prenante du faux dans l'affaire Rouyer rétorque : « [...] ce n'est pas sans un douloureux étonnement que j'entends traduire à cette tribune, comme un accusé, un homme qui depuis trente ans a fait dans la science tant de brillantes et d'utiles découvertes[17]. » Et Charcot plante les banderilles finales : « L'inventeur de la vaccination antirabique peut, aujourd'hui plus que jamais, marcher la tête haute et poursuivre désormais l'accomplissement de sa tâche glorieuse, sans s'en laisser détourner un seul instant par les clameurs de la contradiction systématique ou par les murmures insidieux du dénigrement[18]. » La cause est donc entendue.

À l'issue de cette séance, les quolibets s'estompent, Pasteur peut se réjouir d'avoir remporté la victoire. Comme la polémique est retombée, il peut proposer à Rochefort : « Monsieur, Il m'a été dit que vous aviez quelque désir de voir dans mon laboratoire l'application de la méthode de prophylaxie de la rage après morsure, que j'ai fait connaître à l'Académie des sciences le 26 octobre dernier. Si vous preniez cette peine, c'est avec un vif plaisir que je vous recevrais. Les inoculations se font tous les jours à 11 h. du matin. Soyez persuadé, Monsieur, que je ne garde aucune amertume particulière des articles que vous avez publiés contre moi dans votre journal[19]. » Dans la victoire, il ne sera pas dit qu'il ne sait pas faire preuve de magnanimité.

La course aux honneurs

(1856-1884)

Dès ses débuts, le but de Pasteur a été l'entrée à l'Académie des sciences. Il est à peine sorti de Normale et commence ses travaux de cristallographie qu'il y songe déjà. Au point de faire un argument, dans sa lettre de demande en mariage de Marie Laurent, des espérances d'Académie des sciences alors qu'il n'a que vingt-six ans. Il y présentera par la suite des communications sur ses travaux à chaque fois que cela sera possible. La première date du 15 mai 1848, et les autres suivent de près, 1849, 1850, 1851, 1853, 1854, avant qu'il n'y pose sa candidature le 20 novembre 1856, à la section de minéralogie. Il fait campagne auprès de nombreux membres de l'Académie, visites et salutations d'usage, et fait antichambre autant de fois qu'il est nécessaire chez les membres influents tout en étant assuré de l'appui de quelques-uns d'entre eux et non des moindres, Sénarmont, Biot, Dumas, Regnault, Thenard, Chevreul notamment. Il ambitionne alors le siège de minéralogie et de géologie qui vient de se libérer alors qu'il n'est ni géologue ni minéralogiste. Il n'habite pas Paris, ce qui est une condition *sine qua non* pour être académicien. Qu'à cela ne tienne, il s'engage à démissionner de son poste de doyen dès qu'il sera élu et en fait la demande expresse au ministre de l'Instruction publique qui lui répond : « Quoiqu'il me soit pénible de priver l'Université d'un de ses auxiliaires distingués dans les sciences... J'accepte donc votre démission de doyen et de professeur à la Faculté de Lille et, cependant, je ne vous déclarerai démissionnaire qu'autant que l'Institut vous ouvrira ses portes[1]. » Prêt, pour pouvoir signer Louis Pasteur membre de l'Institut, à abandonner ses étudiants, ses recherches en cours et ses salaires de professeur et de doyen de faculté. Sans tenir aucun compte des désirs de sa femme qui se trouve très bien à Lille et appréhende d'avoir encore à déménager : « Quant à nous, nous vivons toujours fort tranquillement en attendant l'issue de notre grande affaire. Nous ne savons si nous devons désirer beaucoup sa réussite car si elle a lieu, il faudra absolument quitter Lille, où nous sommes si bien, pour aller à Paris, avec ou sans place, tout d'abord. Cette perspective n'est pas très attrayante[2]... »

C'est dire s'il tient à cette élection. La lutte est si âpre — son concurrent est le minéralogiste Gabriel Delafosse qui fut son professeur à Normale — qu'elle transparaît dans l'opinion publique. Des journaux en rendent compte et certains vont même jusqu'à reprocher à Biot, le doyen de l'Académie, de parrainer le jeune chercheur de façon trop voyante. Une sorte d'abus de pouvoir. Rien de cela ne saurait faire reculer Pasteur, sûr de son bon droit, d'autant qu'il vient de recevoir le 1er décembre 1856 la médaille Rumford de la Royal Society de Londres, assortie d'une coquette somme de 1 750 francs pour ses travaux sur la cristallographie. Pour Marie Pasteur, c'est une aubaine financière de taille — « Cette récompense nous met au niveau de nos affaires, au-dessus même[3] » —, qui se demande si cette somme rondelette doit être consacrée à l'achat d'un terrain à Arbois ou gardée en prévision d'une période de vaches maigres. Pour Louis, c'est un argument massue pour l'Académie : « La discussion des titres a établi à tous que j'étais du bois dont on fait les académiciens[4]. » Mais les choses ne sont pas si simples et beaucoup préfèrent un géologue ou un minéralogiste : « On sait que je suis le candidat de valeur. Mais ils ont peur (un bon nombre du moins) de la chimie. Ils disent que la chimie veut tout envahir. À ce titre j'ai contre moi tous les naturalistes les plus ignares. Tu sais ce qu'est la section de botanique, renouvelée en trois ans par des bouche-trous et des médiocrités. Elle est en masse contre moi[5] ! »

C'est finalement un échec. Les médiocres ont gagné en ce mois de mars 1857, ce qui ne le décourage pas : « Je travaillerai la rage au cœur. Je serai heureux quand je pourrai venir lire un beau mémoire avec ce cri dans le cœur : Crétins que vous êtes, faites-en donc autant[6] ! » Il se défend toutefois d'y attacher tant d'importance et peut en rapporter à Marie qui attend son retour à Lille : « Je t'assure que cet échec ne me fait absolument rien... Cette Académie est à tout prendre une boutique, et je me moquerais d'y entrer ou de ne pas y entrer [7]. »

Il persévère pourtant afin de se faire admettre au plus tôt dans la « boutique » et ne verrait pas d'inconvénient à se retrouver boutiquier parmi des crétins. Nouvelles communications en 1857, prix de l'Académie des sciences en physiologie expérimentale l'année 1859, prix Montyon de l'Académie des sciences en 1859, prix Jecker de l'Académie des sciences en 1860, nouvelle communication en 1860 et prix Alhumbert de l'Académie des sciences en 1862... Après bien des déboires surmontés grâce à une formidable persévérance, Pasteur entre enfin à cette Académie tant convoitée, le 8 décembre 1862, par trente-six voix sur soixante. Il a tout juste quarante ans, et est administrateur et directeur des études scientifiques de l'École normale supérieure.

Comme tout nouvel élu, il est introduit auprès de l'empereur. C'est Jean-Baptiste Dumas qui se charge des présentations aux Tuileries le 19 mars 1863 : « L'Empereur a approuvé la direction de mes études et a ajouté qu'il croyait bien que des animalcules pouvaient jouer un rôle dans le développement de ces maladies. Il a parlé de la malaria de la campagne romaine et a cité à ce sujet des faits singuliers qu'il a observés [8]. » Résultat tangible de cette entrevue : il est chargé par l'empereur de recherches sur les maladies du vin.

À partir de ce jour, Pasteur devient un assidu des soirées de la princesse Mathilde dont le salon regorge de personnalités fidèles à l'Empire. Cette cour suivie lui offre des perspectives. C'est notamment grâce à elle qu'un poste est spécialement créé pour lui à l'École des beaux-arts de Paris le 18 novembre 1863. Il s'agit d'une chaire de géologie, physique et chimie appliquée. En revanche, le courtisan n'est pas prêt à appuyer les sollicitations des autres, et Sainte-Beuve se cassera les dents lorsqu'il lui demandera de plaider la cause de l'un de ses protégés : « En matière d'élection académique, je ne cherche pas ce que le candidat gagne à être élu, mais ce que l'Académie gagne à l'élire[9]. »

C'est toutefois à Compiègne que Pasteur commence à respirer le capiteux parfum de la reconnaissance des puissants. Et quels puissants ! puisqu'il s'agit de l'empereur et de l'impératrice en personne. On s'amuse à la cour impériale et l'on reçoit beaucoup. Napoléon III et l'impératrice Eugénie ont ainsi pris l'habitude de réunir dans leur château de Compiègne des personnalités en vue, tout au long d'une semaine. Aussi les tenants de l'Empire se jalousent-ils d'en faire ou non partie. Hommes politiques, banquiers, diplomates, industriels de renom, membres de la famille impériale, mais aussi et dans une beaucoup moindre mesure peintres, acteurs, savants, écrivains, architectes, s'y côtoient dans un essaim hétéroclite mais affable, réglé par une étiquette impériale beaucoup moins stricte qu'à Saint-Cloud ou aux Tuileries. On est ici essentiellement pour se divertir. Chasse à courre, billard, palet, promenades à pied, à cheval et en voiture, théâtre, charades constituant l'essentiel des activités proposées. Sans obligation aucune, chacun étant libre de disposer de son temps comme il l'entend, les repas à la table impériale n'étant même pas obligatoires, à l'exception du dîner. Mais qui songerait sérieusement à s'y soustraire ? On est ici essentiellement pour se montrer.

Pasteur, qui connaît de réputation ces « Compiègne », ces « séries », comme on les nomme familièrement alors, et le beau monde qui s'y presse tous les automnes depuis 1856, est ému lorsque survient son tour de recevoir l'invitation, rédigée par le Grand Chambellan. Bien qu'il vienne, deux mois plus tôt, de perdre sa fillette de deux ans à peine, c'est un grand honneur que l'on ne refuse pas ; et qu'il ne songe d'ailleurs aucunement à décliner. Il fait même montre à cette perspective d'un engouement assez rare chez lui. C'est que Cuvier et Dumas l'y ont précédé. Sans compter — mais est-ce que ceux-ci comptent véritablement pour lui ? — quelques sculpteurs, Bartholdi, Carpeaux ; peintres, Meissonier, Delacroix, Winterhalter, Gustave Doré ; écrivains, Nisard, Sainte-Beuve, Dumas fils, Flaubert, Gautier, Vigny, Mérimée ; architectes, Garnier, Viollet-le-Duc ; noyés dans la foule des généraux, princes, amiraux, marquises, préfets, ambassadeurs étrangers venant de toute l'Europe.

Approcher d'aussi près l'empereur et l'impératrice, c'est le rêve d'une vie de bonapartiste convaincu. Durant toute une semaine, du 29 novembre au 6 décembre 1865, Pasteur ne regrette qu'une chose, que son père Jean-Joseph soit mort trop tôt — il y a moins de six mois — pour se réjouir avec lui de cet extraordinaire honneur.

Mais quel casse-tête ! En pragmatique, Pasteur se pose d'abord les bonnes questions : comment s'habiller au long de ces journées où se succèdent chasses à courre, curées aux flambeaux, parties de toutes sortes, déjeuners, thés, grands dîners et bals ? Les réceptions sont fastueuses, les salons princiers, les conversations choisies, les invités prestigieux, et il est nécessaire de faire bonne figure, même si l'on se présente en austère savant auréolé de ses communications sur les maladies du vin. Culotte courte, bas de soie et frac pour le soir, jaquette et redingote dans la journée, chemises, chaussures... Il faut même songer à s'habiller chaudement, car il est notoire que l'on a froid à Compiègne en cette saison, malgré des feux flambant dans toutes les cheminées.

Le voyage s'effectue en train spécial, réservé à ces hôtes de marque ; Pasteur y monte, le 29 novembre, accompagné de Jean, son valet de chambre, et arrive à Compiègne à quatre heures. Des voitures attendent les invités à la gare pour les conduire au château. Pasteur grimpe dans l'une d'elles, avec deux compagnons, menée par un postillon poudré.

Arrivés à bon port, dans la salle des Colonnes, un huissier les guide vers leurs appartements. Il partage le sien, deux chambres séparées par un étroit couloir, avec le physiologiste François Achille Longet qui est professeur à la faculté de médecine de Paris. Et se réjouit de ce voisinage. On est entre pairs.

À sept heures, au salon des Aides de camp, a lieu la présentation solennelle des invités au couple impérial. Les dames sont alignées d'un côté, les hommes de l'autre, sur plusieurs rangs en raison du nombre des conviés. L'impératrice passe les femmes en revue tandis que l'empereur fait de même, côté hommes. Pasteur, grâce au banquier Émile Pereire qui lui fait place, se retrouve au premier rang présenté à Napoléon par son chambellan. Leur échange est des plus banals, mais enivre tellement le savant qu'encore tout ému il le rapporte sans tarder à sa femme : « Ah ! il y a longtemps que je désirais vous féliciter sur vos beaux travaux. — Sire, c'est un grand honneur pour moi. — Vous les continuez ? Ils sont si intéressants. — Je m'efforce, Sire, de rester dans la même voie ; c'est seulement en demeurant longtemps dans les mêmes études que l'on peut espérer voir un peu mieux que ses devanciers. — Vous avez bien raison[10]. » Et tout le monde de passer dans la salle de bal pour le dîner...

Plus tard dans la soirée, Pasteur est présenté à l'impératrice et lui parle choléra, infiniment petit, maladies des vins. Puis c'est au tour de l'empereur de s'intéresser à son travail : « [...] et là s'engage une longue conversation où je lui ai parlé de tout, même des droites et gauches d'autrefois... Il m'a dit qu'il serait très heureux de voir mon travail sur les vins, que cela avait beaucoup d'intérêt, et il a été entendu que je devais lui faire voir les choses de visu. Voilà pourquoi j'hésite, soit à partir moi-même, soit à envoyer Jean pour chercher mon microscope et des vins malades et non malades[11]. » On le cajole, on l'entoure, on s'étonne qu'il ait pu si longtemps s'entretenir avec l'empereur... On le voit être appelé à s'asseoir près de l'impératrice, dans son petit cercle choisi où se trouvent l'ambassadeur de Prusse et l'écrivain Jules Sandeau qui fut l'époux de George Sand. Quelle émotion ! Il participe même le lendemain à la chasse à courre, en voiture découverte : « C'est très curieux et très amusant. Il faut voir ce départ de voitures à quatre et six chevaux par le jardin du palais et tout le peuple de Compiègne aux fenêtres et dans la rue et au rendez-vous désigné dans la forêt[12]. » Le cérémonial des promenades l'enchante : « Figure-toi donc dans une magnifique forêt une suite de sept voitures, douze personnes par voiture, dames et messieurs. Piqueur en tête, piqueur à l'arrière, deux postillons poudrés par voiture. C'est un très beau coup d'œil. Beaucoup d'entrain. Grande liberté[13]. »

Ses lettres à Marie sont quotidiennes, curieux mélange de ragots que l'on ne s'attend pas à trouver sous sa plume, d'admiration pour le couple impérial et de satisfaction d'avoir montré à Leurs Majestés des gouttes de sang au microscope. « Ce lord Dudley qui est arrivé ce soir et sur lequel on raconte toutes sortes de choses, qui paraît-il a été réellement fou, vient de se marier avec une jeune Anglaise de dix-neuf ans. Je ne puis te dire la toilette de cette jeune lady. Madame de Lagrenée m'assure que son collier cinq rangs de grosses perles, et qui est en effet magnifique, a coûté sept cent mille francs. Son mari a trois millions de rente[14]. »

Mais le fin du fin, c'est que Napoléon III et Eugénie semblent s'intéresser à ses travaux. Le savant leur organise une petite séance de microscope privée, comme d'autres font la présentation de leurs derniers tours de prestidigitation, ou comme Mérimée qui a donné ici sa fameuse dictée, déclenchant le même enthousiasme de pacotille de la part du couple impérial. Pasteur s'est muni de ses échantillons de vins gâtés, de ses tubes à essai, et de sa bourre d'amiante pour les boucher :

> Dans le fond du cabinet travaille M. Conti qui se lève pour sortir. L'Empereur le prie de rester. Puis il va chercher l'Impératrice, et je commence à montrer à Leurs Majestés et mes figures et les objets mêmes au microscope. Cela dure une grande heure... Nous nous rendons dans le salon de thé de l'Impératrice où les invités du jour sont réunis. L'Impératrice veut porter elle-même tout ce qu'elle peut des objets, et je la suis à quelques secondes d'intervalle, de sorte que l'Impératrice produit l'effet que tu peux penser ainsi transformée en garçon de laboratoire. Là M. Longet était prêt avec sa grenouille. Tout va bien. Chacun est enchanté. On veut voir et comparer le sang humain à celui de la grenouille. Les hommes n'avaient pas eu le temps d'hésiter à se piquer que déjà l'Impératrice avait versé son sang. Et chacun de s'empresser d'examiner le sang de Sa Majesté[15].

On fait dans le frivole, comme tout courtisan qui se respecte, et dans les expériences de salon. Mais, bien qu'ébloui par le charme d'Eugénie — « Je ne saurais te dire tout ce qu'il y a de sérieux et d'aimable et de spirituel dans cette femme. Je ne vois personne ici qui ne soit séduit. Elle met tout le monde à l'aise avec une affabilité charmante[16] » —, et par l'élégance de sa personne — « L'Impératrice vêtue d'un charmant manteau de laine rouge, sorte de peignoir ou paletot sac robe, garni seulement d'une dentelle en point d'Angleterre autour du cou, en cheveux[17]... » —, Pasteur ne perd pas le nord pour autant : « M. Conti près de qui j'ai dîné hier et à qui j'ai parlé vers à soie, en lui disant que j'avais oublié de toucher cette question avec l'Empereur afin seulement de pouvoir m'aider de son désir pour obtenir un congé du ministre sans aucune difficulté, m'apprend en revenant de la promenade qu'il a parlé à l'Empereur de la question et que l'Empereur m'autorise à dire au ministre que Sa Majesté désire que j'aie toutes les facilités[18]. » La flagornerie finit toujours par payer. Son enthousiasme est tel qu'il en écrit du château de Compiègne à Jean-Baptiste qui vient d'avoir quatorze ans : « Adieu. Porte-toi bien. Nous nous verrons mercredi et nous causerons longuement. Sois toujours bien appliqué. Tu comprends par l'honneur que je viens d'avoir d'être invité par l'Empereur à passer huit jours auprès de lui, quel est le prix du travail et de la bonne conduite. Travaille donc à ton tour afin d'avoir un jour, s'il plaît à Dieu, la même satisfaction[19]. »

La grande affaire de l'année 1867 en France, c'est l'Exposition universelle qui s'ouvre le 1er avril pour se clore en novembre. Cinquante-deux mille exposants, six millions de visiteurs dont des hôtes de marque comme le tsar Alexandre II ou le roi de Prusse Guillaume Ier, des innovations étonnantes — ascenseur hydraulique, rotative capable d'imprimer vingt mille exemplaires d'un journal à l'heure, premiers bateaux-mouches sur la Seine —, et une nouvelle heure de gloire pour Pasteur. Un Grand Prix lui est attribué grâce à l'empereur et à l'appui de Victor Duruy. Il lui est solennellement remis au palais de l'Industrie le 1er juillet, en présence de Napoléon III, d'Eugénie et du jeune prince impérial, mais aussi de la grande-duchesse de Russie, du prince de Galles ou du sultan Abdül-Aziz. Parmi les autres récipiendaires, on distingue Ferdinand de Lesseps, auréolé de la construction du canal entre Méditerranée et mer Rouge qui sera inauguré deux ans plus tard, ou le peintre Meissonier. Le soir, un grand dîner réunit les lauréats au cours duquel l'impératrice Eugénie lui assure : « C'est surtout vous, monsieur Pasteur, que l'Empereur a été fier de présenter aux suffrages universels[20]. » Deux jours plus tard, à l'École normale, l'administrateur Louis Pasteur renvoie l'élève Lallier...

L'année 1873 est une année faste, avec son élection à l'Académie de médecine le 25 mars et, six jours plus tard, sa nomination de commandeur de l'ordre de la Rose, octroyée par l'empereur du Brésil qu'il s'empresse de remercier par une lettre à son ministre à Paris : « L'honneur que j'ai eu de voir Sa Majesté et de m'entretenir quelques instants avec Elle dans mon laboratoire marquera dans mes souvenirs et je me féliciterai toujours d'avoir reçu un témoignage d'estime d'un souverain qui pendant son séjour en France a fait preuve d'une si haute intelligence et d'un sentiment si éclairé de l'influence des sciences et de leurs progrès sur la prospérité des empires[21]. »

Malgré son allégeance à l'Empire, la République ne lui tient pas rigueur de ses prises de position politiques. À peine rétablie, sous la pression de Paul Bert, lui-même fervent républicain, l'Assemblée octroie, le 12 juillet 1874, une récompense nationale, assortie d'une rente viagère de 12 000 francs à celui « qui a livré généreusement tant de millions à notre agriculture et à notre industrie ». C'est vrai qu'il vient de laisser, au domaine public, des brevets d'invention qu'il aurait pu lui-même exploiter. Par la suite, il saura se prévaloir de cette récompense républicaine. Mais elle ne lui a pas été accordée sans qu'il combatte pour l'obtenir. Phase un : sa maladie au service du pays. Il démissionne de son poste d'enseignant en raison de son hémiplégie, avec certificats médicaux des docteurs Godélier et Andral, tout en demandant à garder son appartement rue d'Ulm, son laboratoire et le salaire afférent. Et en n'ayant garde d'omettre que ce sont toutes les recherches poursuivies au service de la France et de son économie, son travail ininterrompu, qui ont occasionné son hémorragie cérébrale. Phase deux : la recherche d'appuis éminents. Des lettres sont adressées au ministre de l'Instruction publique Jules Simon et à Jean-Baptiste Dumas afin qu'ils soutiennent sa démarche. Il rend visite à Mac-Mahon : « Il m'a reçu et écouté avec bonté[22]. » Et il n'hésite pas à s'adresser à Adolphe Thiers, d'abord en tant que président de la République, ensuite, après sa chute, comme illustre confrère à l'Institut :

Il résulte de ce qui précède que, dans toute la force de l'âge, et par la conséquence même des services que j'ai rendus à la Science et à mon pays, je suis placé dans l'impossibilité matérielle de recueillir pour ma famille et pour moi-même le fruit de mes efforts, auxquels j'aurais droit par le développement simple et régulier de ma carrière universitaire et scientifique. Cette situation exceptionnelle me paraît rentrer dans les considérants de la loi, non abrogée, du 17 juillet 1856, relative aux pensions à accorder à des fonctionnaires, lorsque par des services éminents rendus à l'État ces fonctionnaires auront mérité une récompense extraordinaire, et que l'insuffisance de leur fortune particulière rendra cette pension nécessaire[23].

Il rappelle par ailleurs que l'empereur avait approuvé cette récompense et l'avait même nommé sénateur par décret, non promulgué mais signé le 27 juillet 1870. Il n'est pas question qu'il laisse échapper l'aubaine et elle ne lui échappera pas. Dans les années 1880, alors qu'il est en pleines campagnes de vaccinations, contre le charbon, le rouget du porc puis la rage, Pasteur n'en demeure pas moins un champion de la course aux honneurs. Il est à l'Académie de médecine et à l'Académie des sciences qui ne lui suffisent pas. Ses regards sont dorénavant tournés vers son but ultime, l'Académie française. Il ne ménage ni son temps ni sa peine pour arriver à ses fins. N'est-ce pas ainsi, dans le souci de se ménager une personnalité de poids à l'Académie et de poser les premiers jalons à une éventuelle candidature, qu'il avait écrit en 1874 à monseigneur Dupanloup afin qu'il daigne célébrer le mariage de son fils Jean-Baptiste avec Jeanne Boutroux dans la cathédrale Sainte-Croix d'Orléans, une lettre qu'il avait commencée par un « Monseigneur et illustre confrère » puisque lui-même siégeait à l'Académie des sciences ? « Madame Pasteur très fervente catholique me supplie... d'écrire à Votre Grandeur pour lui demander qu'Elle veuille bien donner la bénédiction nuptiale... Je cède enfin à ses instances, mais avec toutes sortes de scrupules de conscience, et parce que Votre Grandeur, habituée à beaucoup pardonner, daignera accepter mes humbles excuses[24]. »

Le 21 juillet 1883, à l'initiative de Paul Cambon et de Pierre Foncin, la société historique de Saint-Simon fonde l'Alliance française, destinée à maintenir et étendre l'influence de la France par la propagation de sa langue, tant dans les colonies qu'à l'étranger. Moins d'un an plus tard, le 10 mars 1884, un conseil d'administration est nommé à l'Alliance française de Paris. Et qui y trouve-t-on ? Pasteur. Ce conseil est constitué de façon un peu hétérogène puisqu'on y rencontre également Ferdinand de Lesseps et Jules Verne mais aussi Ernest Renan et Hippolyte Taine, par ailleurs gens d'influence. Ces deux derniers ont déjà revêtu l'habit vert, Lesseps est un concurrent potentiel. Alors qu'il est tout entier penché sur le virus rabique, le savant arrive encore à postuler dans une structure, à mille lieues de ses préoccupations quotidiennes, où il se retrouve avec des personnalités aux idées radicalement opposées aux siennes. Ce n'est bien sûr qu'une nomination anecdotique, mais où il côtoie deux écrivains de poids, déjà Immortels, et le grand savant regarde avant tout vers l'Académie française...

L'Histoire glisse souvent une pointe d'ironie dans la vie de Pasteur. Lorsqu'il entre enfin sous la Coupole, il y est reçu par Ernest Renan, cet auteur sulfureux dont, jadis, un certain administrateur de l'École normale supérieure pourchassait les œuvres. S'en souvient-il avec dérision durant le très bel hommage que lui rend l'auteur de *La Vie de Jésus* ? « Votre vie scientifique est comme une traînée lumineuse dans la grande nuit de l'infiniment petit, dans ces derniers abîmes de l'être où naît la vie. Vous avez cette flamme divine, ce souffle indéfinissable qu'inspirent la science, l'art et la littérature[25]. » Pasteur n'en manifeste rien, tout à la solennité du moment... Mais, le soir même, au dîner qui réunit toute la famille pour célébrer l'événement, « il ne manqua pas de tomber sur Renan avec violence et de toute sa rancune, son contradicteur courtois devenait un ennemi comme tous ceux qui lui tenaient tête et ne partageaient pas ses théories[26] ».

Quant au fauteuil, le 17, pour lequel il a postulé et qu'il va occuper, c'est celui d'Émile Littré à qui il est bien obligé de rendre hommage. À lui, ce positiviste et, partant, libre-penseur, doublé d'un fervent républicain, franc-maçon de surcroît et qui, l'un des premiers, a réclamé la déchéance de Napoléon III, mais médecin de formation et auteur d'un encyclopédique *Dictionnaire de la langue française*. Ce prédécesseur avait d'ailleurs eu toutes les peines du monde à se faire élire ici, toute la réaction catholique, monseigneur Dupanloup en tête, s'y étant vigoureusement opposée. Ce n'est qu'à sa deuxième candidature qu'il fut élu, grâce aux républicains rentrés d'exil comme Victor Hugo et Adolphe Thiers. Dupanloup démissionna d'ailleurs plutôt que de devoir siéger dans la même assemblée que ce pernicieux philologue !

C'est pourtant à ce fauteuil que Pasteur a posé sa candidature. À celui de ce devancier dont il va devoir saluer l'œuvre. Ce qui n'avait pas échappé à Marie Pasteur elle-même lorsqu'elle avait appris la mort de Littré : « Le jour où nos 25 moutons mouraient si joliment, nous apprenions aussi la mort de M. Littré et je voyais poindre à l'horizon certain discours qu'il faudra bien faire bon gré mal gré. On a déjà parlé de cela en haut lieu à l'intéressé lequel n'a pas l'air de s'effrayer trop[27]. »

L'homme en question ne s'alarme de rien, pas même d'un possible échec, tant il est assuré d'entrer sans problème dans la docte assemblée. Pourtant, ses concurrents ne sont pas des moindres. Sully Prudhomme, le poète qui sera le premier prix Nobel de littérature, et Ferdinand de Lesseps, l'homme du canal de Suez, pas encore englué dans le scandale de Panamá. Ou même le protégé de Victor Hugo, l'écrivain et critique littéraire Paul de Saint-Victor qui avait, lui aussi, été exilé par Napoléon III. Pasteur, quant à lui, est parrainé par le dramaturge Ernest Legouvé. C'est que l'auteur d'*Adrienne Lecouvreur* est apparenté aux Vallery-Radot, grand-oncle de René et témoin à son mariage avec Marie-Louise. Pasteur compte également parmi les académiciens sur deux vieilles connaissances, Jean-Baptiste Dumas et Désiré Nisard. Le premier est le seul scientifique de l'Académie, Claude Bernard étant mort trois ans plus tôt. Le second sait manier la langue à merveille et même la langue de bois. Il faudra à ces deux mentors faire preuve d'un art consommé de la diplomatie pour empêcher Pasteur, lorsqu'il leur soumettra son discours de réception, d'énoncer sur Littré des assertions injurieuses du type : « J'ai à vous retracer la vie d'un libre-penseur dont l'indépendance a consisté dans l'obligation qu'il s'était imposée de ne pas penser du tout sur certains sujets[28]. »

Tout en jouant les effarouchés — « Je me laisserai faire et serai le premier consolé s'il surgit quelque combinaison qui m'éloigne[29] » —, il adresse sa candidature au fauteuil de Littré, le 27 juin 1881, à Camille Doucet, alors secrétaire perpétuel, et mène campagne par des visites aux uns et aux autres, ne négligeant personne. Il est même fier de ceux sur lesquels il peut s'appuyer : « Aujourd'hui que vous êtes sur le premier rang de ma liste le caractère de la victoire sera celui que vous rêviez : toutes portes ouvertes. J.-B. Dumas, Nisard, Boissier, Caro, de Broglie, de Falloux sont très résolus[30]. » Et dire qu'il pensait autrefois pis que pendre de l'auteur de la loi de 1850 sur la liberté de l'enseignement, celle, honnie, qui mettait l'Université sous la coupe du préfet et de l'évêque, et son beau-père hors jeu ! Mais tout parrainage est bon à recueillir lorsqu'il s'agit de la bonne cause, la sienne...

Il est élu le 8 décembre 1881 par vingt voix sur trente-trois votants. Quatre mois et demi plus tard, le 27 avril 1882, il est reçu sous la Coupole. Tous les Immortels sont présents, à l'exception de Victor Hugo qui ne décolère pas. Son poulain n'a eu aucune chance et sa ferveur républicaine s'est opposée en vain à l'entrée d'un bonapartiste bon teint, fût-il Pasteur, sous la Coupole. En outre, pourquoi un scientifique entrerait-il à l'Académie française ? Se présenterait-il, lui, à l'Académie des sciences ? L'argument serait peut-être de poids si Pasteur était le premier homme de science à y entrer. Ce qui n'est pas le cas. Le grand poète sait aussi être d'une parfaite mauvaise foi. Toute la famille de Pasteur assiste à la cérémonie, Marie, les enfants et leurs conjoints, ainsi que la princesse Mathilde dont il est demeuré l'un des fidèles courtisans, venus l'admirer revêtu du traditionnel habit vert. Pasteur est enfin reconnu par ses pairs, même si ceux-ci n'ont pas grand-chose à voir avec ses propres préoccupations expérimentales : « Vous n'aurez pas chez nous d'expériences à faire ; mais cette modeste observation, que vous maltraitez si fort, suffira pour vous procurer de bien douces heures. Nous vous communiquerons nos hésitations ; vous nous communiquerez votre assurance. Vous nous apporterez surtout votre gloire, votre génie, l'éclat de vos découvertes. Soyez le bienvenu, Monsieur[31] ! » L'entrée à l'Académie est l'apothéose d'une carrière. Une fin en soi. La finalité suprême pour la plupart des heureux élus.

Elle ne suffit toutefois pas au savant. Et la politique alors ? Pourquoi ne serait-il pas sénateur à l'exemple de Dumas son maître, de Sainte-Beuve, d'Auguste Scheurer-Kestner ? D'ailleurs, il a déjà été nommé sénateur par l'empereur, et seules la guerre et l'abdication de ce dernier l'ont empêché d'occuper son siège. Ce qu'il ose rappeler au cours de sa campagne, alors qu'il est question d'une élection à une chambre sénatoriale de la République : « Vous n'oublierez pas que j'avais été nommé sénateur le 27 juillet 1870 "pour services rendus à la Science", que cette nomination fut sans effet, et qu'elle était si peu politique que la République a honoré ces mêmes services d'une récompense également exceptionnelle[32]... » Et il signe ses lettres et affiches « L. Pasteur, Membre de l'Institut[33] ».

Il décide donc de se présenter aux élections sénatoriales du Jura, début 1876, et s'installe pour mener sa campagne à l'hôtel de l'Europe de Lons-le-Saunier, en compagnie de son fils Jean-Baptiste. Le 15 janvier, il écrit à ses électeurs : « Je ne suis point un homme politique. Je ne suis lié à aucun parti. N'ayant jamais étudié la politique, j'ignore beaucoup de choses ; mais ce que je sais pertinemment, c'est que j'aime ma patrie et que je l'ai servie de toutes mes forces : telle est ma profession de foi[34]. » Et dans une lettre suivante : « Avec plus de confiance qu'auparavant, avec un sentiment plus aiguisé du devoir et du patriotisme, je persiste à me porter le candidat du parti conservateur, du parti de l'ordre et de la loi, et de nouveau je viens vous demander votre suffrage[35]. »

Il n'hésite pas à faire valoir ses droits dans la presse locale, à l'*Avenir du Jura*, au *Journal du Jura*, au *Courrier du Jura*, à *Sentinelle du Jura*, n'épargnant pas sa plume. Notamment au rédacteur en chef d'*Avenir du Jura* :

> Combien ma manière de voir diffère de la vôtre ! Suivant moi, c'est un des grands malheurs de la France qu'il y ait dans nos assemblées tant d'hommes politiques. Et puis, il est si facile de se dire homme politique, alors même que des connaissances spéciales n'y donnent aucun droit. Qu'elle est funeste cette erreur que la politique est tout dans les affaires du pays ! Je dirais d'elle volontiers ce que Talleyrand disait de l'esprit « qu'il sert à tout, mais ne suffit à rien ». Avec un sentiment de bienveillance dont je vous remercie, vous invitez les électeurs sénatoriaux du Jura à se garder d'enlever M. Pasteur à ses travaux. Demandez à mes amis ce qu'il leur a fallu d'efforts pour me déterminer à poser ma candidature. Oui, la science est mon culte et ma vie ; et, si je ne m'étais pas senti animé du désir de la servir au Sénat, comme j'espère encore la servir dans mon laboratoire, si Dieu me prête vie, je n'aurais jamais cédé à leurs pressantes sollicitations[36].

Qui sont ces amis si impatients de le voir au pouvoir ?

Il prend également part à des réunions électorales à Lons-le-Saunier, dont l'une présidée par Jules Grévy, le président de la République. La polémique s'engage bientôt et il ne ménage ni sa peine ni sa plume pour attaquer sur sa vie privée un certain Paul Besson, député conservateur mais légitimiste, qu'il pense être son plus dangereux adversaire : « “Si la femme de César ne doit pas même être soupçonnée”, plus scrupuleux encore doit être celui qui aspire au périlleux honneur de peser dans les destinées de sa patrie[37]. »

Ses proclamations insistent essentiellement sur son patriotisme et la supériorité des hommes de science lorsqu'ils sont aux affaires. Pour lui, la France de 1792 a vaincu grâce à ses savants, Monge, Carnot, Fourcroy, Guyton de Morveau, Berthollet. C'est grâce à l'extraction du cuivre pour les armes, au tannage accéléré des cuirs pour les godillots des soldats, aux ballons de Fleurus et au salpêtre, que la Révolution française a vaincu l'Europe coalisée contre elle.

En revanche, la France de 1870 a été écrasée par une Allemagne qui faisait la part belle à ses savants : « Sans rien sacrifier du développement de son agriculture et de son industrie, cette nation rivale a su porter, depuis un demi-siècle, la meilleure part de ses ressources et de sa considération sur les travaux de l'esprit dans ce qu'ils ont de plus élevé et de plus libre, sur les progrès de la Science dans ce qu'ils ont de plus désintéressé, à ce point que le nom de l'Allemagne est lié à celui d'Enseignement et d'Université[38]. » C'est faire bon marché de l'enthousiasme des troupes révolutionnaires et du talent de leurs chefs pour la première, de l'impéritie du gouvernement de Napoléon III dont il était autrefois si admiratif et de la puissance de l'armée prussienne pour l'autre.

Les deux élus, les députés Tamisier et Thurel, sont en fait des candidats républicains. Les Jurassiens ne s'y sont pas trompés qui se sont souvenus du passé bonapartiste du savant. Ce qu'il réfute dans un de ses discours électoraux :

On m'accuse d'avoir eu des attaches à la famille impériale, d'avoir reçu de l'argent sur la cassette de l'Empereur et d'avoir passé six mois chez une princesse de la famille impériale. — Je vais rétablir les faits. — Je fus chargé par le Ministère des Travaux publics de chercher un remède à la maladie des vers à soie, maladie qui faisait perdre chaque année plus de cent millions à la France. Ce remède, grâce à de longues et patientes expériences, je l'ai découvert et je suis allé l'expérimenter en Autriche dans un vaste domaine légué à l'Empereur par une de ses parentes. Voilà l'explication de six mois que j'ai passé chez une prétendue princesse de la famille impériale. Quant à l'argent que j'aurais touché sur la cassette de l'Empereur, c'est une infâme calomnie. Ce que l'on n'a pas dit, c'est que l'Empereur est mort en me devant quatre mille francs. Ces quatre mille francs représentaient les frais de mon voyage en Autriche avec ma famille[39].

Le 30 janvier, le sort en est jeté, il est battu avec soixante-deux voix contre quatre cent quarante-six et quatre cent quarante-cinq voix à Tamisier et Thurel, ses autres adversaires Besson et le général Picard, bonapartiste, étant également battus avec, respectivement, cent cinquante-trois et cent quatre-vingt-trois voix. Il annonce le jour même sa défaite à Marie en ces termes : « Je suis très, très heureux de mon échec au scrutin — Dieu ! que j'aurais été embarrassé de mon succès. Que je souffrais hier, en voyant toutes ces têtes de délégués, de me dire :

voilà les juges de ma vie et de mes travaux[40] ! » Gageons que leurs têtes auraient été beaucoup plus sympathiques s'il avait été élu !

La dernière grande gloire de sa carrière, Pasteur la doit à son gendre René Vallery-Radot qui rédige les mémoires de son beau-père, sous la haute autorité de ce dernier qui ne laisse rien au hasard pour la postérité. Un vaste panégyrique qui, dès sa sortie, fait du grand homme cette figure sanctifiée qui est parvenue jusqu'à nous. Le livre sort le 28 janvier 1884 aux éditions Hetzel, dont l'auteur maison le plus reconnu est Jules Verne, sous le titre *Histoire d'un savant par un ignorant*, sans nom d'auteur. Comme toujours, Pasteur n'est pas le dernier à ménager sa peine pour le succès de librairie. Il demande son aide à Dumas afin que le livre fasse l'objet d'une séance à l'Académie des sciences, et consulte John Tindall, à qui il fait parvenir l'ouvrage, sur le nom d'un traducteur pour une éventuelle version anglaise : « L'auteur est mon gendre, M. Vallery-Radot, littérateur de mérite, déjà connu pour quelques ouvrages distingués. Son affection pour moi lui a inspiré ce livre qui est un résumé de mes études depuis quarante ans, mises à la portée des gens du monde[41]. » Le livre connaît un succès immédiat et est très rapidement l'objet de nouvelles éditions. Toute la presse s'empare de la biographie et en profite pour, de nouveau, brosser le portrait du génial savant. L'heure est à l'hagiographie.

Et pourtant, Pasteur n'est pas encore le bienfaiteur de l'humanité qu'il deviendra après la vaccination contre la rage, dont il pense immédiatement qu'elle va lui valoir la plus grande renommée qui soit. Joseph Meister est à peine vacciné, son sort encore hasardeux et la vaccination demeurée secrète qu'il écrit à Marcou aux États-Unis : « As-tu entendu dire qu'il y avait eu en Amérique un prix proposé contre la rage ? J'en serais fort aise, par la pensée qu'il me serait acquis certainement[42]. » Dès lors qu'elle a réussi, c'est la gloire, rue à son nom à Lille en 1885 : « Que dis-tu de la Rue Pasteur dans la grande ville de Lille ? Peu de nouvelles m'ont fait autant plaisir que celle-là[43] » —, village d'Algérie baptisé Pasteur en 1892, plaque commémorative sur son laboratoire d'Ulm lors de la célébration du centenaire de l'École en 1892... Si le savant est comblé, l'homme l'est-il enfin ?

Le Grand Œuvre
(1887-1888)

Devant l'afflux des patients à son laboratoire de la rue d'Ulm, Pasteur pense rapidement à instituer un établissement spécialisé dans les soins et les inoculations. Afin de rester maître de la situation, il ne tient pas à faire appel à l'État, ni même à la municipalité de Paris en ce qui concerne le terrain. Il songe à une institution privée, et même à plusieurs, réparties dans toute l'Europe. Il s'en ouvre à l'Académie des sciences à la séance du 1er mars 1886 : « La prophylaxie de la rage après morsure est fondée. Il y a lieu de créer un établissement vaccinal contre la rage[1]. » À l'issue de la réunion, une souscription est ouverte à la tête de laquelle est placé l'amiral Edmond Jurien de La Gravière, membre de l'Académie des sciences, celui-là même qui avait organisé la fuite de l'impératrice Eugénie en 1870.

Un généreux donateur avait précédé le mouvement et incité le savant à faire appel à la largesse de ses concitoyens. Le 12 janvier 1886, en effet, Pasteur reçut la somme de quarante mille francs, une fortune à l'époque, du comte de

Laubespin, un homme politique qui n'en oubliait pas d'être philanthrope et qu'il remercia en ces termes : « Mon intention est... de fonder à Paris un établissement modèle sans avoir recours à l'État, à l'aide de dons et de souscriptions internationales. J'ai la confiance qu'un seul établissement à Paris pourrait suffire, non seulement pour la France, mais pour l'Europe, la Russie, même l'Amérique du nord. Quant à l'Amérique du sud, le Brésil, l'Australie etc., de jeunes savants pourraient venir s'instruire des détails de la méthode à Paris. Votre don, Monsieur le Comte, pourra très utilement figurer en tête de la liste des dons à venir, si vous le permettez[2]. »

Les journaux se chargent d'annoncer la souscription à longueur de colonnes, les dons affluent de toutes parts. On organise des galas, des lectures. Des personnalités célèbres y assistent, artistes, musiciens, comédiens, poètes, Gounod, Massenet, Saint-Saëns, Sully Prudhomme, Coquelin aîné de la Comédie-Française. Le 11 mai est donné un grand gala que l'on baptise du beau nom de Scientia — science en latin — au palais du Trocadéro. Dans l'euphorie de la souscription, Pasteur a droit à un grand bonheur, celui d'apprendre deux jours plus tard la naissance d'un petit-fils, que l'on prénomme Louis Pasteur en hommage au grand-père pour lequel il sera toujours Loulou et dont il n'aura de cesse de marcher sur ses traces.

Les mécènes sont généreux, comme Mme Boucicaut, veuve du fondateur du Bon Marché, le baron de Rothschild, le tsar Alexandre III ou l'empereur du Brésil Pedro II que Pasteur sollicite avec beaucoup d'habileté : « J'ai dit entre autres choses que cet établissement unique à Paris pourra suffire pour toute la France, et même pour toute l'Europe et l'Amérique du Nord. Il n'y aurait lieu de fonder un établissement semblable que dans l'Amérique du Sud, au Brésil, au Chili. J'ai, en outre, émis le vœu qu'une souscription publique fasse les frais de cet établissement et si je recueille des sommes assez importantes, ce que j'espère[3]. » Les souscripteurs sont de toutes origines et conditions sociales, du régiment des lanciers du Bengale au directeur du *Herald Tribune* ou au facteur rural français.

Mais les premiers à répondre à l'appel du savant sont les habitants d'Alsace-Lorraine, territoire annexé par l'Allemagne depuis plus de quinze ans. À la tête des souscripteurs que publient les onze journaux impliqués dans la campagne se trouve le jeune Joseph Meister, son premier patient : « Je n'ai pas moins été heureux et touché lorsque, parmi la foule des noms des souscripteurs, que je voudrais pouvoir remercier tous individuellement, j'ai aperçu celui de mon jeune petit ami, Joseph Meister[4]. » Les dons les plus modestes ne sont pas les moins touchants. Certains versent quelques dizaines de centimes, oboles qui sont reçues par le savant avec la même reconnaissance que les gros chèques des autres. C'est pourquoi Pasteur prend la peine de répondre à une classe de troisième du lycée de Bordeaux qui a réuni cent cinquante francs : « Croyons-le, peut-être que l'établissement dont je rêve la grandeur et la prospérité futures trouvera parmi vous des travailleurs ardents à le servir et à porter loin le renom de notre chère patrie. C'est mon vœu le plus cher en ce moment. Je vous embrasse tous affectueusement[5]. »

Au total, la souscription va s'élever à plus de deux millions cinq cent mille francs. Somme que recueille le Crédit foncier dont Pasteur devient membre du conseil d'administration. « Un capital considérable doit être placé pour donner annuellement un revenu suffisant à payer le matériel et le personnel[6]. » Car il est évident pour Pasteur que les vaccinations doivent être gratuites et offertes à tous. Quoique certains journaux se posent la question de savoir s'il en sera de même pour les Allemands. Car les Allemands seuls sont réticents à souscrire, d'autant qu'ils ont, eux, résolu le problème de la rage par le port obligatoire de la muselière pour leurs chiens. La guerre de 1870 est encore dans toutes les mémoires et l'annexion de l'Alsace-Lorraine est une pierre d'achoppement. Même en matière scientifique, c'est le patriotisme qui prime. Quant aux journaux, la plupart célèbrent ce véritable « Festival Pasteur », tandis que d'autres, à l'instar d'Henri Rochefort, dénigrent le « delirium pastorien ». Ne va-t-il pas jusqu'à comparer l'Institut Pasteur aux délirants châteaux que Louis II de Bavière vient de faire construire dans son pays ? Mais ces contestataires sont largement minoritaires.

Néanmoins, l'argent n'est que le nerf de la guerre antirabique. Il faut aussi trouver un terrain propice à l'édification de l'établissement, et à Paris, bien entendu. Pasteur en a repéré un qui le satisfait pleinement, situé boulevard du Port-Royal en face du Val-de-Grâce, auquel agrée aussi le docteur Grancher. Ses autres collaborateurs, et notamment Émile Duclaux, trouvent le terrain beaucoup trop étriqué. Il faut que Duclaux déploie des trésors de persuasion pour décider Pasteur à accepter de s'exiler jusque dans la plaine de Grenelle vers un vaste terrain plus approprié. C'est que le savant n'a pratiquement jamais quitté son quartier de la rue d'Ulm, là où il a poursuivi ses études, là où se trouve son cher laboratoire. Les terrains maraîchers repérés par Duclaux sont, par contre, très étendus et l'on peut en toute sérénité y envisager l'avenir, ce qui décide Pasteur à s'incliner.

La résolution est donc finalement prise en faveur de ce site, l'architecte désigné, Félicien Brébant, les travaux peuvent commencer. Le terrain est acheté quatre cent trente mille francs, la construction en coûtera sept cent soixante-dix mille. Et la première pierre en est posée rue Dutot par Émile Duclaux qui n'attend pas la fin de la construction pour lancer, avec l'aval de Pasteur, une publication mensuelle, qu'il nomme *Annales de l'Institut Pasteur*. Car il a bien fallu donner un nom à cet établissement, ce qui a occasionné nombre de débats au sein de l'équipe. Pasteur tient à « Institut », en référence à celui des Sourds-Muets qu'il admire, et à l'Institut de France. Il aimerait Institut de la Rage, mais ses collaborateurs ne l'entendent pas de cette oreille et lui imposent Institut Pasteur, auquel, dans un premier temps et bien que flatté, il répugne. Les statuts qu'il rédige en sont déposés. Ils précisent bien les priorités, vaccinations contre la rage et études des maladies contagieuses. L'Institut se donne donc dès l'origine une fonction de centre de vaccinations, de laboratoire de recherche et d'enseignement, avec à sa tête un directeur, élu pour six ans, assisté d'un conseil d'administration de douze membres. Pasteur en est d'autorité le premier directeur, nommé à vie. Émile Duclaux et Émile Roux seront ses deux successeurs.

L'Institut est bientôt reconnu d'utilité publique, et donc habilité à recevoir des legs, par le président Jules Grévy. Mais ce sera son successeur, Sadi Carnot, qui l'inaugurera un an plus tard. Les bâtiments ont l'allure d'une fabrique avec immense maison de maître et présence d'une haute cheminée d'usine, surgissant dans une zone encore à peine construite. Chenils et clapiers renforcent cette impression.

L'inauguration, le 14 novembre 1888, est solennelle, alors que les bâtiments ne sont pas encore achevés. Elle réunit dans la bibliothèque où trônent les bustes des plus généreux donateurs — le comte de Laubespin, Mme Boucicaut, don Pedro II du Brésil, le baron Edmond de Rothschild, etc. —, le président de la République, le président du Conseil, Charles Floquet, de nombreux ministres, le préfet de la Seine, Eugène Poubelle, le prince d'Oldenbourg, des ambassadeurs et des personnalités du monde scientifique. Les membres de l'Institut sont presque au grand complet, de Jules Simon au duc de Broglie, de Léon Say à Victor Duruy, d'Henri Wallon à Joseph Bertrand en tenue d'apparat. Les étudiants des facultés y ont envoyé des délégations et les élèves de l'École normale supérieure ont naturellement leur propre délégué, le futur zoologiste Maurice Caullery. On y remarque même, avec intérêt, Pierre Savorgnan de Brazza, le fameux explorateur du Congo et fondateur de Brazzaville. De nombreux journalistes, toutes tendances politiques confondues, sont là également pour rapporter dans leurs colonnes les moindres détails de la cérémonie. Qui fera leur une à tous. À midi et demi, Pasteur entre au bras de son fils. Il est mal remis de son attaque de l'année précédente et marche avec difficulté. Mais il se tient droit, arborant fièrement le cordon de commandeur de la Légion d'honneur et la grand-croix de Sainte-Anne, conférée par le tsar de Russie. Les invités sont si nombreux que des membres de l'Institut Pasteur ne peuvent même pas assister à la cérémonie. C'est le cas notamment d'Émile Roux, le directeur de l'enseignement à l'Institut. Et d'Alexandre Yersin qui en écrira à sa mère : « J'ai vu le président de la République et plusieurs ministres mais il y avait tellement de monde que je n'ai pu trouver de place dans la salle, non plus que M. Roux ; aussi, comme toi, je me suis contenté de la lecture des journaux[7]. »

La musique, les drapeaux, les discours émeuvent et fatiguent le savant au point qu'il n'a pas la force de lire son discours, d'autant qu'il a désormais des difficultés d'élocution, et délègue ce soin à son fils Jean-Baptiste. « Hélas ! j'ai la poignante mélancolie d'y entrer comme un homme vaincu par le temps[8]. » Il rappelle qu'il n'a pas voulu que son nom soit associé à l'Institut : « Mes objections persistent contre un titre qui réserve à un homme l'hommage d'une doctrine[9]. » On l'a connu moins modeste. En ce 14 novembre 1888, il brosse également les grandes lignes de son programme : « Notre institut sera à la fois un dispensaire pour le traitement de la rage, un centre de recherche pour les maladies infectieuses et un centre d'enseignement pour les études qui relèvent de la microbie[10]. »

Dès le départ, l'enseignement de la microbie, comme on dit encore alors, est confié à Émile Roux, secondé par un préparateur qui n'est autre qu'Alexandre Yersin. Mais très vite, devant l'engouement pour ce cours, il devra engager d'autres professeurs, de l'école pasteurienne évidemment, tels Élie Metchnikoff, futur prix Nobel de physiologie et de médecine, et Amédée Borrel qui mènera par la suite des études sur la théorie virale du cancer. Parmi les tout premiers auditeurs de l'année 1889 se trouve Alphonse Laveran. Il deviendra le spécialiste du paludisme et de la trypanosomiase et recevra le prix Nobel de physiologie et de médecine. Les cours ont lieu tous les après-midi afin que, le matin, les auditeurs puissent assurer leurs charges de médecins, d'internes et de pharmaciens des hôpitaux, de préparateurs ou de vétérinaires. Car c'est parmi eux qu'ils se recrutent. Ces cours où les manipulations sont prépondérantes et les conférences qui sont parallèlement données à l'Institut sur des sujets qui font l'actualité, comme la peste en 1899, atteignent une renommée internationale. Comme la microbiologie avance à grands pas, on enseigne à toutes les sessions des expériences et des données nouvelles. Certes, la rage est à l'honneur mais également la poliomyélite, la variole, la fièvre jaune, le paludisme, la maladie du sommeil...

Il n'y a jusqu'aux chefs d'État qui aimeraient que leurs élites viennent renforcer leur savoir, en matière de biologie, auprès du maître incontestable de l'expérimentation. Comme la Sublime Porte qui lui écrit : « Palais de Yildiz à Constantinople, le 5 juin. Illustre Maître, Sa Majesté Impériale le Sultan, mon magnifique maître, ayant appris par la rumeur publique qui a retenti dans la partie éclairée de tous les pays qu'un nouvel astre bienfaisant a de nouveau lui dans cette glorieuse France, dont la civilisation et le progrès ont éclairé dans les temps modernes l'humanité tout entière, m'a fait l'honneur de me charger de soumettre à sa sanction impériale, après l'avoir élue, la nomination d'une commission scientifique officielle qui doit se rendre à Paris, déléguée auprès de vous, et de vous prier, de sa part, de la bien accueillir et de la ranger parmi vos élèves étrangers, en l'admettant dans votre laboratoire cosmopolite, afin qu'elle puisse y étudier la gravité malfaisante des microbes[11]. »

Les auditeurs, tous de langue française, viennent aussi bien d'Autriche que de Russie, d'Arménie que de Chine, du Liban que du Japon, de Colombie que des États-Unis, d'Iran, d'Indochine, de Nouvelle-Zélande que du Transvaal, attirés par les exceptionnelles qualités d'enseignant d'Émile Roux. Si l'assistance offre un spectacle extraordinairement diversifié, par les mœurs et les tenues vestimentaires, on y cherche en vain quelques femmes, rarissimes. On a calculé que les cours d'Émile Roux et de ses acolytes ont formé, jusqu'à la Première Guerre mondiale, plus de deux mille microbiologistes dans le monde. Sans compter les pasteuriens parisiens qui sont partis fonder ou diriger d'autres instituts Pasteur. Et qui ont, à leur tour, diffusé ce savoir. Tels Alexandre Yersin en Indochine, Émile Marchoux au Sénégal, Maurice Nicolle à Constantinople, Charles Nicolle, son frère cadet futur prix Nobel de médecine, à l'Institut de Tunis fondé par Adrien Loir, Albert Calmette à Saigon, les frères Edmond et Étienne Sergent à Alger, puis, plus tard, le Belge Jules Bordet, autre futur prix Nobel, à Bruxelles, ou André Thiroux à Madagascar. Ils sont aujourd'hui une trentaine d'instituts répartis dans le monde entier.

Par la suite, Émile Roux fera construire un hôpital pour y appliquer les consignes pasteuriennes d'isolement strict des malades. Deux pavillons seront réalisés pour ce faire, le premier en 1900, le second en 1903, où tout sera conçu pour y établir une hygiène maximale, sols faciles à laver, mobilier métallique, chambres individuelles où le personnel soignant entre par un couloir intérieur les desservant toutes et ressort par le balcon. Pour la première fois au monde, on prendra ici les mesures nécessaires pour éviter les transmissions bactériennes ou virales des maladies contagieuses.

Toutefois, dès sa création, l'Institut ne vit que grâce à l'esprit de Pasteur lui-même à qui rien n'échappe et qui pousse ses collaborateurs à approfondir leurs connaissances, à chercher et innover sans relâche. Comme l'écrira Calmette : « On le tenait au courant des recherches qui se poursuivaient ; il suggérait ou discutait les expériences à faire et Mme Pasteur, qui, en épouse de savant, s'intéressait à tout, qui devinait les pensées et les sentiments de chacun avant qu'ils ne s'exprimassent, veillait avec une touchante sollicitude à ce que nul souci, à ce qu'aucune préoccupation n'assombrît les méditations ou les rêves d'avenir auxquels les travailleurs de la maison s'abandonnaient avec enthousiasme et confiance[12]. » Et de la confiance, il leur en faut. Car en dépit de la renommée universelle de l'Institut, être pasteurien à l'époque n'est pas de tout repos. Impossible, avec cette étiquette, de postuler à un poste de médecin des hôpitaux, de professeur titulaire de chaire à la faculté de médecine ou à l'école vétérinaire. L'on se moquera volontiers de ces professeurs sans chaire, de ces médecins sans patients, de ces pharmaciens sans officine. Entrer en pasteurisme, en ces temps-là c'est, toutes proportions gardées, entrer dans une communauté claustrale à laquelle on voue sa vie et ses recherches, communauté reconnue mais qui suscite la suspicion et l'envie. C'est de cette maison mère que l'esprit doit essaimer dans le monde entier pour prêcher la bonne parole du pasteurisme : « Il faudra former dans l'établissement de Paris de jeunes savants qui iront porter la méthode dans les lointains pays[13]. » Un véritable apostolat.

Mission accomplie

(1886-1895)

À l'approche du soixante-dixième anniversaire de Pasteur, des comités se créent pour lui organiser un jubilé. Le premier, au Danemark, envisage d'instituer à cette occasion une bourse qui sera attribuée au projet de recherche d'un jeune biologiste. Puis la Suède décide d'ouvrir une souscription nationale pour instaurer un prix qui portera le nom de Pasteur. Le projet fait boule de neige et la IIIe République ne peut pas être en reste. En France, le scandale de Panamá bat son plein dès le 16 décembre 1892. Le 20, cinq députés et cinq sénateurs voient leur immunité parlementaire levée, Déroulède et Clemenceau se battent en duel et, le 27 décembre, la République fête Pasteur. En pleine effervescence politique, comme pour réconcilier la nation.

Quatre mille personnes y ont été conviées. Dans le grand amphithéâtre de la Sorbonne, toute l'Europe semble présente. Les étudiants danois télégraphient : « Depuis les temps les plus reculés, les Danois assoiffés de Science se sont désaltérés à la source inépuisable de la France. En vous acclamant, noble fils de France, nous acclamons votre belle patrie. Vive la France[1]. » Robert Koch a envoyé « ses félicitations cordiales pour la journée d'aujourd'hui au savant de tant de mérite et de génie[2] ». Parmi les invités, on compte des compatriotes de Pasteur, tel le maire de Dole, des membres de l'Institut, de l'Académie de médecine, de l'Académie des sciences, de la faculté des sciences de Lille, de l'École vétérinaire, de la faculté de médecine de Paris, de l'École normale supérieure, de l'École polytechnique, de l'École centrale, d'écoles d'agriculture de Roumanie comme de Pologne ou de Russie, des délégations d'étudiants et de sociétés savantes...

Pasteur entre dans l'amphithéâtre au bras du président de la République, Sadi Carnot, et monte s'asseoir sur l'estrade pour recevoir l'hommage de tous les hôtes présents. Le docteur Lister est là, avec la délégation anglaise, que le vieux savant accueille avec émotion. Le ministre de l'Instruction publique, Charles Dupuy, se lance alors dans un discours qui ne ménage pas les éloges, et dans un style ampoulé cher à l'époque : « Un jour viendra où quelque nouveau Lucrèce chantera dans un nouveau Poème de la Nature le maître immortel dont le génie a engendré de pareils bienfaits[3]. » Les discours s'enchaînent, les panégyriques ne tarissent pas. Chaque délégué dépose sur une table placée à cet effet l'adresse destinée au savant, le cadeau qu'il a apporté. Les élèves de l'École normale ont notamment fait faire par Émile Gallé, l'artiste verrier nancéen, une somptueuse coupe de cristal brun-rouge dans l'épaisseur de laquelle se révèlent le microscope du savant et le monde mystérieux de l'infiniment petit, côtoyant le chien de Jupille et de Meister. Un chef-d'œuvre de l'Art nouveau. Dans le livre des télégrammes, ouvert dans ce but, on peut lire tous ceux qui ont été expédiés, du monde entier, instituts d'hygiène, savants de tous bords, sociétés d'agriculture, facultés des sciences, chambres de commerce... tous contribuent à faire de cette journée une cérémonie d'hommages universels.

Pasteur, trop épuisé, ne peut répondre, et c'est Jean-Baptiste qui lit son discours de remerciement :

> Vivez dans la paix sereine des laboratoires et des bibliothèques. Dites-vous d'abord ; « Qu'ai-je fait pour mon instruction ? » Puis à mesure que vous avancerez : « Qu'ai-je fait pour mon pays ? » Jusqu'au moment où vous aurez peut-être cet immense bonheur de penser que vous avez contribué en quelque chose au progrès et au bien de l'humanité. Mais, que les efforts soient plus ou moins favorisés par la vie, il faut, quand on approche du grand but, être en droit de se dire : « J'ai fait ce que j'ai pu »[4].

Apothéose. La cérémonie se clôt sur l'accolade du président de la République qui mourra un an et demi plus tard, poignardé par un anarchiste.

Dès octobre 1886, l'état de santé de Pasteur avait recommencé à inquiéter ses proches. Il a désormais le souffle court, ses jambes gonflées ne le portent plus et la tachycardie est omniprésente. Grancher lui ordonne un régime et lui suggère un repos dans le Midi. Il n'est plus à ce moment-là qu'un homme amoindri qui marche avec effort et parle avec difficulté. C'est alors qu'un riche mécène des sciences, Raphaël Bishoffsheim, lui offre de venir se reposer, en famille, dans une villa qu'il possède en Italie, sur la Riviera, à une quinzaine de kilomètres de la frontière, et qui a déjà compté, comme invités, Sainte-Claire Deville, Gambetta, Léon Say...

Tout le monde l'encourage à s'y rendre. En novembre, Pasteur, son épouse, sa fille, son gendre et ses petits-enfants s'installent ainsi à Bordighera à la villa Etelinda, édifiée quatorze ans auparavant par Charles Garnier. Le grand édifice s'élève dans un somptueux jardin ornementé d'orangers, de camélias et de rosiers. C'est de là que Pasteur mène une partie de son combat contre les adversaires du vaccin antirabique. Malgré que l'hiver soit l'un des plus froids jamais enregistrés ici, le chercheur semble se remettre, bien que très lentement : « J'ai pleine confiance que mon cœur deviendra plus solide, que j'aurai de manière permanente moins d'essoufflements, un pouls plus régulier et moins d'enflure aux jambes. Sur ces symptômes divers je sens déjà une petite amélioration[5]. » Et son médecin l'encourage à rester sur la Riviera et à s'occuper de lui : « Je suis bien heureux d'apprendre que votre santé s'améliore. Vivez un peu la vie dans ce pays enchanteur. Vous avez bien mérité le repos. Laissez faire le soleil de Bordighera[6]. »

Mais repos pour Pasteur ne signifie pas absence d'activités, ni de projets. Sa correspondance est abondante, quotidienne. La vue des nombreux tuberculeux en cure sur la Côte d'Azur, à Menton notamment, lui inspire de nouvelles pistes de recherche. « Je serais bien tenté d'entreprendre avec vous, si vous le désirez, les essais suivants dont nous avons parlé à Arbois : cobayes inoculés par moitié de bacilles tuberculeux, moitié traités dès le début par injections hypodermiques de moelle saine, par sang pur, par bouillons purs[7]... », expose-t-il à Grancher, complètement investi rue d'Ulm dans les vaccinations antirabiques, dont il réalise une centaine par heure. L'affaire du jeune Rouyer mobilise les autres et Adrien Loir vient visiter son oncle en catastrophe.

Pasteur profite de son exil doré pour recevoir quantité de sommités, des scientifiques comme le docteur Nicolas Gamaleïa ou des politiques comme le prince Napoléon. Ou rendre visite à l'un de ses voisins, tel Charles Garnier, l'architecte de l'Opéra de Paris qu'il a achevé onze ans plus tôt et qui s'est construit ici sa demeure, vaste et fastueux édifice de style mauresque. Lors d'une de ses promenades dans les jardins, il croise la silhouette endeuillée de l'impératrice Eugénie, mais ne l'aborde pas.

L'heureux séjour prend toutefois fin, d'une façon inattendue et brutale. On est en plein carnaval et les espiègles bandes de masques ont parcouru la ville en s'époumonant. Ce ne sont que facéties, sarcasmes, rires et chansons. À peine les joyeux drilles sont-ils tous couchés que, le 23 février 1887 à l'aube, dans les premiers rayons d'un beau soleil hivernal, la villa est soudain prise de soubresauts d'une rare violence. C'est un tremblement de terre dont l'épicentre se situe à quelques kilomètres. Et dont des répliques rapprochées rendent le séjour insupportable et dangereux. Marie Pasteur, encore bouleversée, en fera le récit à Jean-Baptiste, en poste à Rome : « Je ne pourrai jamais assez te dire quelle affreuse angoisse nous avons éprouvée. Les petits étaient encore dans leur chambre et nous dans la nôtre. Le jour commençait à poindre derrière mes persiennes, et je me mettais en devoir de me lever pour aller recevoir les Cendres. Je dis tout à coup : Qu'est-ce que c'est ? Un tremblement de terre ! Ton père me répond : C'est vrai ! Alors ce fut un crépitement et un balancement épouvantable dans toute la maison. Puis au bout d'une minute tout cessa et les enfants entrèrent chez nous plus morts que vifs. Puis recommença une formidable secousse et tous se tenaient sur le lit de ton père, moins moi. J'étais pétrifiée devant ce groupe navrant[8]. » Mais c'est surtout la peur panique pour la petite Camille, âgée de six ans et demi, qui s'en souviendra longtemps, souvenir que ne gardera pas Loulou, alors bébé d'à peine neuf mois. Pasteur lui-même aura du mal à oublier : « Ce que nous avons pensé, éprouvé est indicible. Je n'y puis encore penser sans qu'un frisson parcoure tout mon corps[9]. »

La villa est lézardée, inhabitable, la région tout entière cède à la panique tandis que ses habitants se répandent sur les routes dans une confusion indescriptible. Le télégraphe est endommagé et les nouvelles ne passent plus. Le chemin de fer est impraticable sur des kilomètres. Les uns s'échappent vers la France, les autres rallient l'Italie. C'est également la fuite immédiate pour la famille Pasteur qui met une journée entière en voiture pour rejoindre Menton, puis gagne Marseille par le train pour s'installer à l'hôtel Terminus. Mais rentre bientôt à Arbois sans demander son reste. La petite cité jurassienne est sûre où, de mémoire d'homme, on n'a aucun souvenir d'incidents telluriques de ce genre. La commotion est telle que jamais les Pasteur ne voudront retourner dans le Midi.

Pendant deux mois, c'est donc de Franche-Comté que Pasteur conduit les expérimentations antirabiques, mais il lui faut bientôt rentrer à Paris pour faire face à une opposition de plus en plus virulente menée notamment par Peter. Il s'implique totalement dans son Institut, en rédige les statuts et se fait élire secrétaire perpétuel de l'Académie des sciences le 18 juillet 1887.

Le 23 octobre suivant, il est victime d'une deuxième attaque d'hémiplégie qui régresse peu à peu. Mais l'activité physique ne suit pas la vivacité intellectuelle, ainsi qu'il le livre à Grancher : « Je ne peux plus écrire une lettre, je marche de plus en plus difficilement, je parle de plus en plus mal. Par surcroît, depuis quelques jours, j'ai beaucoup de peine à m'asseoir [10]... » Comme on l'a vu, sa quasi-aphasie l'empêchera de lire son discours lors de l'inauguration de son Institut. Ce qui le conduira bientôt, le 4 février 1889, à démissionner de son poste de secrétaire perpétuel de l'Académie de médecine, faute de pouvoir y prendre la parole. L'Académie le nommera secrétaire honoraire.

Il est présent à l'inauguration de son institut le 14 novembre 1888 et à son jubilé le 27 décembre 1892. En dépit de ses faibles forces, il apparaît encore en public, notamment à Lille pour une allocution à la Société des secours des Amis de la science, le 29 mai 1894, et pour le centenaire de l'École normale à l'occasion duquel il reçoit les élèves à l'Institut Pasteur, alors qu'il vient d'être victime d'une nouvelle attaque. Le 13 juin 1894, il quitte l'Institut Pasteur pour Villeneuve-l'Étang. Ici, tout est dévolu à la fabrication du sérum antidiphtérique sous la houlette d'Émile Roux. Une centaine de chevaux s'agitent dans les boxes des écuries des Cent-Gardes et l'on en attend d'autres, animaux de réforme ou chevaux de course mis à l'encan. Ils sont récupérés ici pour servir la santé publique. Jusqu'au valeureux cheval du maréchal Canrobert qui, outre de promener quelquefois Loulou sur son dos, contribue à sauver des enfants du terrifiant croup.

Pasteur est encore à même de suivre le travail de ses pasteuriens, mais ce sont désormais ses petits-enfants qui mobilisent son attention et ses dernières forces. À la fin octobre, il n'est plus que l'ombre de lui-même. Le 25 octobre, il se fait pourtant conduire de nouveau à l'Institut Pasteur, le temps pour lui d'assister à la remise de décoration d'Émile Roux qui est fait commandeur de la Légion d'honneur par le président de la République Jean Casimir-Perier. Ce sera sa dernière apparition officielle.

En effet, le 1er novembre suivant, alors qu'il s'apprête à sortir pour rejoindre ses petits-enfants, il est pris d'une crise d'urémie aiguë qui lui fait perdre connaissance pendant plusieurs heures. Sa respiration est saccadée et irrégulière, il est pâle et affaibli. L'angoisse de ses proches est au paroxysme et tout le monde s'attend au pire. Au point qu'ils organisent une veille autour de lui, vingt-quatre heures sur vingt-quatre, et, notamment, la nuit. Un emploi du temps drastique se met en place : ils veilleront par duos comprenant à chaque fois un membre de la famille et un chercheur, avec affichage des horaires de garde. Chacun s'y plie avec ferveur, Roux, Calmette, Borrel, Chantemesse, Queyrat, Viala et tous les autres. Metchnikoff, qui n'est pas d'astreinte, passe régulièrement. Jusqu'au 25 décembre, ils le veilleront sans discontinuer. Contrairement à toutes les prévisions, Pasteur se remet quasi miraculeusement, mais il est excessivement diminué et éprouve d'énormes difficultés d'élocution. Certes, le corps ne suit plus, mais la tête est toujours en éveil.

Le 1er janvier, il se sent même assez en forme pour recevoir les souhaits de bonne santé de ses proches et ceux d'Alexandre Dumas fils, son confrère à l'Académie française, qui est venu le saluer, accompagné d'une de ses filles : « J'ai voulu bien commencer l'année, je vous apporte tous mes vœux[11]. » Mais il est clair pour tous que malgré les rémissions, le savant n'est plus en état de se déplacer seul, car la paralysie s'aggrave progressivement.

Il s'éteint paisiblement, entouré des siens, le 28 septembre 1895 à Villeneuve-l'Étang, une main tenant celle de Marie et l'autre un crucifix. Il est quatre heures quarante de l'après-midi. Dès cinquante-cinq ans, il avait rédigé un testament léguant l'essentiel de ses biens à son épouse et ainsi rédigé : « Ceci est mon testament. Je laisse à ma femme tout ce que la loi me permet de lui laisser. Puissent mes enfants ne jamais s'écarter de la voie du devoir et garder toujours pour leur mère la tendresse qu'elle mérite. Paris, ce 29 mars 1877. Arbois, ce 25 août 1880[12]. » Il demeure un bel hommage à Marie Pasteur, en un siècle où les héritages laissaient la femme sans biens propres dans le plus grand des dénuements. Et place dans les mains de Jean-Baptiste et de Marie-Louise le devoir de pourvoir aux besoins de leur mère. Son corps embaumé est ramené le 1er octobre à Paris, à l'Institut Pasteur, où a été dressée une chapelle ardente et où l'on vient en nombre s'incliner sur sa dépouille.

À la nouvelle de sa mort, c'est toute la France qui prend le deuil. Le gouvernement décide d'obsèques nationales à la cathédrale Notre-Dame de Paris. Les lettres de condoléances affluent de toutes parts et notamment de chimistes, médecins et biologistes du monde entier. Parmi eux, le vieux concurrent allemand du savant, Robert Koch, qui télégraphie : « Profondément ému par la perte universellement sentie que l'Institut Pasteur vient de faire dans la personne de son génial fondateur, l'Institut berlinois des maladies infectieuses envoie sa participation intime à la douleur générale[13]. » Ou Céline Pouchet : « Madame, permettez à la fille de Pouchet, dont les luttes avec l'illustre savant ont été si retentissantes, de s'associer à votre immense douleur et au deuil de toute la France[14]. »

Le 5 octobre, c'est un long convoi, accompagné de soldats de tous les corps d'armée lui rendant les honneurs militaires, qui part de l'Institut Pasteur jusqu'à l'île de la Cité et qui pénètre dans la cathédrale. Le parcours est jalonné d'un public recueilli qui se découvre au passage du cercueil. Des couronnes de fleurs ont été envoyées de partout. L'une d'elles pourtant est plus remarquable que les autres. C'est celle qui a été apportée par des vignerons d'Arbois venus en délégation rendre hommage à leur compatriote et, surtout, au savant qui n'eut de cesse de les écouter pour tenter de résoudre leurs problèmes. Elle est composée de plus de cent kilos de grappes de raisin ! Comme une sorte de biou funéraire. Le président de la République, Félix Faure, préside la cérémonie solennelle à Notre-Dame de Paris. Et Raymond Poincaré prononce son éloge funèbre devant le catafalque dressé sur le parvis : « L'avenir le rangera dans la radieuse lignée des apôtres du bien et de la liberté[15]. » L'assistance est nombreuse et hétérogène. « Les habits noirs, les cravates blanches et les chapeaux hauts de forme coudoient la blouse et la casquette de l'homme de peine. Tous prennent le goupillon et aspergent d'eau bénite le corps du savant qui avait démontré, dans sa personne, l'accord de la science et de la foi[16]. » En attendant une inhumation définitive à l'Institut Pasteur, le corps est déposé, à l'issue de la cérémonie, dans un caveau de la cathédrale.

Il est enterré un an plus tard, le 26 décembre 1896, dans un sarcophage de porphyre rouge, à l'intérieur de la crypte de l'Institut. C'est Marie Pasteur qui en a demandé les plans, en forme de croix latine, à Charles Girault, l'architecte du Petit Palais. Il la conçoit sur le modèle du fameux mausolée de Galla Placidia, à Ravenne, qui renferme d'ailleurs une somptueuse mosaïque du « bon pasteur » ! Il mettra un an à en achever l'édification, l'ornementation étant dévolue au peintre Luc-Olivier Merson et au mosaïste Auguste Guilbert-Martin. Le défunt sera ainsi veillé pour l'éternité par les figures tutélaires des trois vertus théologales, la Foi, l'Espérance et la Charité, auxquelles a été adjointe celle de la Science dont Pasteur disait qu'elle est la mère, la fille et la sœur des trois autres. Comme une alliance éternelle sur son tombeau entre la science et la religion.

Parmi les papiers retrouvés par ses proches figure le projet d'un livre sur « l'esprit en matière des sciences. » Truffés de notes emplies d'aphorismes, de citations et de biographies d'hommes illustres, tant philosophes que savants ou hommes politiques, de Cicéron à Galilée, Descartes, Buffon, Bacon ou Claude Bernard. Et même Jésus. On ne saura jamais la forme qu'il comptait leur donner et c'est vraiment regrettable. Grâce à sa plume élégante et bien trempée, son style d'une rare efficacité, ses réflexions personnelles, l'ensemble aurait pourvu la littérature scientifique d'un best-seller. Celui d'un philosophe de la science qu'il n'eut pas le temps de devenir, ayant trop passé sa vie à l'expérimenter : « La science a été la passion maîtresse de ma vie, je n'ai vécu que pour elle, la pensée de la patrie relevant mon courage, j'associais sa grandeur à la grandeur de la science[17]. »

ANNEXES

REPÈRES CHRONOLOGIQUES

1822. *27 décembre* : Louis Pasteur naît à Dole (Jura), fils de Jean-Joseph Pasteur et de Jeanne-Antoinette Roqui.

1823. *15 janvier* : baptême.

1825. *10 mars* : Joséphine Pasteur, sœur de Louis, naît à Dole (Jura).

1826. *4 juin* : Émilie Pasteur, sœur de Louis, naît à Marnoz (Jura).

1827. Les Pasteur s'installent à Arbois (Jura), faubourg de Courcelles.

1831. *Septembre* : Louis Pasteur entre au collège d'Arbois.

1838. *Fin octobre* : il arrive à Paris et intègre l'Institution Barbet.
Novembre : Jean-Joseph Pasteur vient chercher son fils à Paris et le ramène à Arbois.

1839. *Septembre* : Louis Pasteur entre au collège royal de Besançon (Doubs).

1840. *29 août* : il est reçu bachelier ès lettres à Besançon.
28 décembre : un poste de maître d'études lui est attribué au collège royal de Besançon.

1841. *Août* : Louis Pasteur est recalé à Dijon (Côte-d'Or) au baccalauréat ès sciences.

1842. *13 août* : il est reçu à Dijon au baccalauréat ès sciences.
26 août : admissible au concours d'entrée à l'École normale, il renonce pourtant à passer les épreuves suivantes à Paris.
Octobre : Institution Barbet à Paris, où il est reçu comme pensionnaire.

1843. Louis Pasteur est reçu à l'École normale, à la quatrième place.

1844. Il intègre l'École normale.

1845. Il est licencié ès sciences.

1846. *17 septembre* : agrégé de physique, il entre bientôt comme agrégé-préparateur au laboratoire de Balard à l'École normale.

1847. *28 août* : Louis Pasteur soutient ses deux thèses devant la faculté de Paris, l'une en physique sur la polarisation rotatoire des liquides, l'autre en chimie sur les arsénites.

1848. *15 mai* : Balard présente à l'Académie des sciences une communication de Pasteur sur les relations entre forme cristalline et composition chimique et la cause de la polarisation rotatoire.

21 mai : Jeanne-Antoinette Roqui, épouse de Jean-Joseph Pasteur et mère de Louis, meurt à Arbois.

16 septembre : Louis Pasteur est nommé professeur de physique au lycée de Dijon.

23 octobre : Biot rend compte à l'Académie des sciences des travaux de Pasteur sur le paratartrate.

29 décembre : Louis Pasteur est nommé professeur-suppléant de chimie à la faculté des sciences de Strasbourg.

1849. *20 janvier* : il s'installe à Strasbourg.

10 février : il demande la main de Marie Laurent à son père, recteur de l'université de Strasbourg.

29 mai : Louis Pasteur et Marie Laurent, née le 15 janvier 1826 à Clermont-Ferrand, se marient à Strasbourg.

1850. *2 avril* : Jeanne, premier enfant de Louis et Marie Pasteur, naît à Strasbourg.

15 novembre : Joséphine Pasteur, sœur cadette de Louis, meurt à Arbois de tuberculose.

1851. *8 novembre* : Jean-Baptiste, deuxième enfant de Louis et Marie Pasteur, naît à Strasbourg.

1852. *9 septembre au 6 octobre* : Louis Pasteur parcourt l'Allemagne et l'Autriche à la recherche d'acide racémique.

7 novembre : il est nommé professeur titulaire de chimie à la faculté des sciences de Strasbourg.

1853. *17 mars* : Émilie Pasteur, sœur de Louis, meurt à Voiteur (Jura).

12 août : Louis Pasteur est fait chevalier de la Légion d'honneur.

1er octobre : Cécile, troisième enfant de Louis et Marie Pasteur, naît à Strasbourg.

9 novembre : Louis Pasteur reçoit le prix de la Société de pharmacie pour ses travaux sur l'acide racémique.

1854. *3 juillet* : il fait une communication à l'Académie des sciences sur le dimorphisme.

2 décembre : il est nommé doyen de la faculté des sciences de Lille et titulaire de la chaire de chimie.

1855. *20 août* : il fait une communication à l'Académie des sciences sur l'alcool amylique.

1856. *20 novembre* : il pose sa candidature à l'Académie des sciences, dans la section de minéralogie.

1er décembre : la médaille Rumford de la Royal Society de Londres lui est attribuée pour ses travaux sur la cristallographie.

1857. *Mars* : il échoue à l'élection à l'Académie des sciences. Le fauteuil est attribué à Gabriel Delafosse, un des pionniers de la cristallographie.

Avril : rédaction d'un *Mémoire sur la fermentation appelée lactique*.

3 août : il fait sa première communication sur la fermentation lactique à la Société d'agriculture de Lille.

22 octobre : Louis Pasteur est nommé administrateur et directeur des études scientifiques de l'École normale supérieure.

30 novembre : il reprend sa communication sur la fermentation lactique devant l'Académie des sciences.

1858. *19 juillet* : Marie-Louise, quatrième enfant de Louis et Marie Pasteur, naît à Paris.

1859. *10 septembre* : Jeanne, fille de Louis et Marie Pasteur, meurt à Arbois de fièvre typhoïde, à l'âge de neuf ans et demi.

1860. *30 janvier* : Louis Pasteur reçoit le prix Montyon décerné par l'Académie des sciences pour ses travaux de physiologie expérimentale.

Septembre : il monte par deux fois à la mer de Glace pour effectuer des expériences visant à réfuter la théorie de la génération spontanée.

1861. *23 décembre* : Louis Pasteur reçoit le prix Jecker décerné par l'Académie des sciences pour ses travaux sur les générations spontanées.

1862. *2 février* : Jean-Baptiste Biot meurt à Paris.

1er décembre : Louis Pasteur reçoit le prix Alhumbert décerné

par l'Académie des sciences pour ses recherches sur les générations spontanées.
8 décembre : il est reçu à l'Académie des sciences dans la section de minéralogie.
17 décembre : à partir de cette date, Louis Pasteur assiste à une série de cours donnés par Claude Bernard au Collège de France

1863. *19 janvier* : Jules Raulin entre au laboratoire de l'École normale, comme agrégé-préparateur de Pasteur.
16 mars : révolte du ragoût de mouton à l'École normale.
20 avril : Louis Pasteur fait une communication à l'Académie des sciences sur la putréfaction.
29 juin : nouvelle communication à l'Académie des sciences sur la putréfaction.
24 juillet : Camille, cinquième et dernier enfant de Louis et Marie Pasteur, naît à Paris.
Été : Louis Pasteur s'installe avec Gernez, Duclaux et Lechartier à Arbois pour ses études sur le vin.
18 novembre : il est nommé professeur à l'École des beaux-arts de Paris, en géologie, physique et chimie.

1864. *2 février* : premier cours à l'École des beaux-Arts.
7 avril : conférence sur la génération spontanée dans le grand amphithéâtre de la Sorbonne.
18 juin : communication à l'Académie des sciences sur les maladies des vins.
22 juin : Louis Pasteur démontre le bien-fondé de ses expériences sur la génération spontanée au Muséum d'histoire naturelle, devant la commission d'enquête créée par l'Académie des sciences.

1865. *6 juin* : il part pour Alès (Gard), afin d'y étudier la pébrine du ver à soie.
15 juin : Jean-Joseph Pasteur, père de Louis, meurt à Arbois.
11 septembre : Camille, fille de Louis et Marie Pasteur, meurt à Paris d'une tumeur au foie, à l'âge de deux ans.
29 novembre au 6 décembre : Louis Pasteur séjourne au château de Compiègne (Oise), invité par le couple impérial.

1866. *1er février à fin juin* : il est à Alès, avec Gernez et Maillot, pour ses recherches sur les maladies du ver à soie.
23 mai : Cécile, fille de Louis et Marie Pasteur, meurt à Chambéry (Savoie) de fièvre typhoïde, à l'âge de douze ans et demi.

1867. *1er juillet* : Louis Pasteur se voit attribuer le Grand Prix de l'Exposition universelle pour ses travaux sur la fermentation.
3 juillet : il renvoie l'élève Lallier de l'École normale, déclenchant « l'affaire Sainte-Beuve ».
5 septembre : il se voit attribuer un laboratoire personnel au sein de l'École normale.
15 octobre : fin de l'affaire Sainte-Beuve et réintégration des élèves de l'École normale. Louis Pasteur est démis de ses fonctions d'administrateur et de directeur scientifique de l'École.

1868. *17 février* : Louis Pasteur publie *Études sur le vinaigre*.
15 août : il est fait commandeur de la Légion d'honneur.
19 octobre : une première attaque d'hémiplégie le laisse paralysé du côté gauche.
Pasteur est nommé docteur en médecine *honoris causa* de l'université de Bonn.

1869. *Décembre* : il se rend avec sa famille à la Villa Vincentina, près de Trieste, pour y mener un élevage de ver à soie exempt de pébrine et de flacherie.

1870. *Avril* : publication de l'*Étude sur la maladie des vers à soie.*
9 juillet : la France déclare la guerre à la Prusse.
27 juillet : Louis Pasteur est nommé sénateur par Napoléon III.
4 septembre : Napoléon III est déchu de ses fonctions.

1871. *5 janvier* : l'École normale est bombardée, puis c'est le tour du Muséum d'histoire naturelle dans la nuit du 8 au 9.
11 janvier : les Prussiens entrent à Arbois.
18 janvier : Louis Pasteur renvoie à l'université de Bonn son diplôme de docteur en médecine *honoris causa*.
Juin à août : séjour à Clermont-Ferrand, où il étudie les problèmes de fermentation de la bière à la brasserie de Chamalières.
Septembre : voyage en Angleterre pour étudier la fermentation de la bière.

1873. *25 mars* : élection à l'Académie de médecine.
31 mars : Louis Pasteur est élevé au grade de commandeur dans l'ordre de la Rose au Brésil.

1874. *12 juillet* : sur proposition de Paul Bert, l'Assemblée nationale lui vote une rente viagère de 12 000 francs.
15 octobre : Jean-Baptiste Pasteur, fils de Louis, épouse Jeanne Boutroux.

Novembre : Louis Pasteur reçoit la médaille Copley décernée par la Royal Society de Londres pour ses travaux sur les fermentations.

Il achète une vigne à Arbois pour pouvoir y mener ses expériences sur les maladies du vin.

1875. *Juin* : Louis Pasteur s'installe à Arbois pour y poursuivre ses études sur les fermentations.

1876. *30 janvier* : il est battu aux élections sénatoriales du Jura.

Juin : Louis Pasteur publie *Études sur la bière*.

1877. *30 avril* : communication à l'Académie des sciences sur la maladie du charbon.

1878. *Septembre* : Louis Pasteur initie les expériences sur le charbon du mouton, non loin de Chartres.

1879. *28 août* : il achète à Arbois la maison du père Gaidot, mitoyenne de la tannerie.

4 novembre : Marie-Louise Pasteur, fille de Louis, épouse René Vallery-Radot.

1880. *22 janvier* : Louis Pasteur est élu membre de la Société centrale de médecine vétérinaire.

30 juillet : Virginie Vichot, sœur de Louis Pasteur, meurt à Arbois.

27 août : Louis Pasteur achète la maison d'Arbois à ses neveux, Estelle et Joseph.

17 septembre : naissance de Camille Vallery-Radot, petite-fille de Louis Pasteur.

1881. *28 février* : communication sur l'atténuation du virus du charbon par apport d'oxygène à l'Académie des sciences.

5 mai : un troupeau de moutons est vacciné pour la première fois contre le charbon.

2 juin : tous les moutons vaccinés ont survécu. Pasteur peut triompher.

Juillet : Louis Pasteur est fait grand-croix de la Légion d'honneur.

4 juillet : Henri Sainte-Claire Deville meurt à Paris. Pasteur prononce son éloge funèbre.

8 décembre : Louis Pasteur est élu à l'Académie française au fauteuil d'Émile Littré.

1882. *27 avril* : réception à l'Académie française par Ernest Renan.

15 novembre-4 décembre : séjour à Bollène (Vaucluse) pour étudier le rouget du porc.

30 octobre : Adrien Loir, neveu de Pasteur par alliance, entre au laboratoire de son oncle, rue d'Ulm.

1883. *14 juillet* : une plaque commémorative est apposée sur la maison natale de Louis Pasteur à Dole.

21 juillet : l'Alliance française est fondée par Paul Cambon et Pierre Foncin.

18 septembre : Louis Thuillier meurt à Alexandrie du choléra qu'il était venu étudier sur place.

1884. *28 janvier* : René Vallery-Radot, gendre de Pasteur, publie la première biographie en date de son beau-père, *Histoire d'un savant par un ignorant*, sans toutefois la signer.

10 mars : Louis Pasteur entre au conseil d'administration de l'Alliance française de Paris.

11 avril : Jean-Baptiste Dumas meurt à Cannes.

10 août : Louis Pasteur fait une communication sur les méthodes préventives contre la rage au Congrès international de médecine de Copenhague.

1885. *6 juillet* : première injection antirabique sur le jeune Joseph Meister.

20 octobre : première injection antirabique sur Jean-Baptiste Jupille.

26 octobre : Louis Pasteur présente sa *Méthode pour prévenir la rage après morsure* à l'Académie des sciences.

9 novembre : première injection antirabique sur Louise Pelletier.

6 décembre : mort de Louise Pelletier.

Décembre : la vaccination antirabique est appliquée à quatre jeunes Américains.

1886. *1er mars* : une souscription est ouverte pour la fondation d'un Institut contre la rage.

Mars : dix-neuf Russes originaires de Smolensk sont vaccinés contre la rage.

13 mai : Louis Pasteur Vallery-Radot, petit-fils de Louis Pasteur, naît à Paris.

26 novembre : l'enfant Jules Rouyer meurt après avoir été vacciné contre la rage. Le père porte plainte.

1887. *Janvier* : parution du premier numéro des *Annales de l'Institut Pasteur*.

23 février : la terre tremble à Bordighera durant le séjour des Pasteur.

6 juillet : grande séance publique à l'Académie des sciences, où Charcot et Brouardel défendent la vaccination de la rage par Pasteur.

18 juillet : Louis Pasteur est élu à la charge de secrétaire perpétuel de l'Académie des sciences.

23 octobre : il subit une deuxième attaque d'hémiplégie.

1888. *14 novembre* : l'Institut Pasteur est inauguré à Paris par le président de la République.

1889. *4 février* : Louis Pasteur démissionne de son poste de secrétaire perpétuel de l'Académie des sciences et rejoint la section de minéralogie. Il est élevé au titre de secrétaire perpétuel honoraire.

1892. *27 décembre* : le jubilé de Louis Pasteur est célébré dans le grand amphithéâtre de la Sorbonne.

1894. *1er novembre* : une crise d'urémie fait perdre connaissance au savant.

1895. *28 septembre* : il meurt à Villeneuve-l'Étang d'une crise d'urémie.

1er octobre : son corps est ramené à l'Institut Pasteur à Paris.

5 octobre : des funérailles nationales sont organisées en hommage à Louis Pasteur dans la cathédrale Notre-Dame de Paris.

1896. *26 décembre* : Louis Pasteur est enterré dans la crypte de l'Institut Pasteur.

RÉFÉRENCES BIBLIOGRAPHIQUES

ŒUVRES DE LOUIS PASTEUR

Correspondance (1840-1895), réunie et annotée par Louis Pasteur Vallery-Radot, Flammarion, 1940-1951, 4 volumes :
— Tome I, *Lettres de jeunesse. L'étape de la cristallographie (1840-1856).*
— Tome II, *La Seconde Étape. Fermentions, générations spontanées, maladies des vins, des vers à soie, de la bière (1857-1876).*
— Tome III, *L'Étape des maladies virulentes. Virus-vaccin du choléra des poules, du charbon, du rouget, de la rage (1877-1884).*
— Tome IV, *L'Étape des maladies virulentes (suite). Vaccinations de l'homme contre la rage. Dernières années (1885-1895).*
Œuvres de Pasteur, réunies par Louis Pasteur Vallery-Radot, Masson, 1929-1932, 7 volumes.
— Tome I, *Dissymétrie moléculaire*, 1922.
— Tome II, *Fermentations et générations dites spontanées*, 1922.
— Tome III, *Études sur le vinaigre et sur le vin*, 1924.
— Tome IV, *Études sur la maladie des vers à soie*, 1926.
— Tome V, *Études sur la bière. Ses maladies, causes qui la provoquent. Procédé pour la rendre inaltérable, avec une théorie nouvelle de la fermentation*, 1928.
— Tome VI, *Maladies virulentes. Virus, vaccins, prophylaxie de la rage*, 1933.
— Tome VII, *Mélanges scientifiques et littéraires*, 1939.
Études sur le vin, Éditions Jeanne Laffitte. Réimpression de 1875.
Le Traitement de la rage, Marpon et Flammarion, 1886.
Lettres et Discours, Bibliophiles comtois, 1927.

Quelques réflexions sur la science en France, Gauthier-Villars, 1871.
Recherches sur la dissymétrie moléculaire (1860-1883), Christian Bourgois, 1986.
Résultats de l'application de la méthode pour prévenir la rage après morsure, Gauthier-Villars, 1886.
Une correspondance entre un savant français et un savant prussien : M. Pasteur, membre de l'Institut de France ; M. Naumann, doyen de la Faculté de Bonn. Les Principaux Libraires, 1871.
Louis PASTEUR et John TYNDALL, *Les Microbes organisés, leur rôle dans la fermentation, la putréfaction et la contagion*, 1878.
Louis PASTEUR et Émile ROUX, *Sur les maladies virulentes, et en particulier sur la maladie appelée vulgairement choléra des poules*, Masson, 1880.

OUVRAGES SUR LOUIS PASTEUR

Pasteur. Cahiers d'un savant (sous la dir. de Françoise BALIBAR et Marie-Laure PRÉVOST), Zulma 1995.
Éric ANCELET, *Pour en finir avec Pasteur. Un siècle de mystification scientifique*, Marco Pietteur, 1998.
Évelyne BARON, *Quand le bon Pasteur va au charbon*, Musée des pays de Seine-et-Marne, 1996.
Louis BLARINGHEM, *Pasteur et le transformisme*, Masson, 1923.
François BOURNAND, *Un bienfaiteur de l'Humanité. Pasteur, sa vie, son œuvre*, Tolra, 1896.
J.-F. BOUTET, *Pasteur et ses élèves. Histoire abrégée de leurs découvertes et de leurs doctrines*, Garnier, 1898.
Jacques CASSABOIS, *Monsieur Pasteur*, Messidor/La Farandole, 1986.
Deny COCHIN, *Quatre Français. Pasteur, Brunetière, Chevreul, Vandal*, Hachette, 1912.
Vincent-Pierre COMITI, « Pasteur et l'Académie française », in *Histoire des sciences médicales*, n° 3, 1986.
Hilaire CUNY, *Louis Pasteur et le mystère de la vie*, Seghers, 1970.
François DAGOGNET, *Méthodes et doctrine dans l'œuvre de Pasteur*, Paris, PUF, 1967.
François DAGOGNET, *Le Vivant*, Bordas, 1988.
François DAGOGNET, *Pasteur sans la légende*, Empêcheurs de tourner en rond, 1994.

Pierre DARMON, *Pasteur*, Fayard, 1995.

Patrice DEBRÉ, *Louis Pasteur*, Flammarion, 1994.

Albert DELAUNAY, *L'Institut Pasteur des origines à aujourd'hui*, France Empire, 1962.

Albert DELAUNAY, *Pasteur et la microbiologie*, PUF, coll. « Que sais-je ? », 1967.

Albert DELAUNAY, *Présence de Pasteur*, Fayard, 1973.

René DUBOS, *La Leçon de Pasteur*, Albin Michel, 1988.

René DUBOS, *Louis Pasteur. Franc-tireur de la science*, PUF, 1955, La Découverte, 1995.

Émile DUCLAUX, *Pasteur, histoire d'un esprit*, Charaire et Cie, 1896.

P.F. FRANKLAND, Mrs P. FRANKLAND, *Pasteur*, The Macmillan Co, 1930.

Pierre GASCAR, *Du côté de chez Monsieur Pasteur*, Odile Jacob, 1986.

Gerald GEISON, *The Private Science of Pasteur, the private life of Pasteur*, Princeton University Press, 1995.

André GEORGE, *Pasteur*, Albin Michel, 1958.

Jean JACQUES, *Pasteur et son double*, Hachette, 1992.

Ernest KAHANE, *Pasteur. Pages choisies. Introduction et commentaires*, Éditions Sociales, 1957.

Bruno LATOUR, *Pasteur, bataille contre les microbes*, Fernand Nathan, 1985.

Bruno LATOUR, *Pasteur livre du centenaire*, Perrin, 1994.

Pierre-Yves LAURIOZ, *Louis Pasteur. La réalité après la légende*, Éditions de Paris, 2003.

Jean-Marie LE GUEVELLOU, *Pasteur*, Hachette 1979.

Adrien LOIR, *À l'ombre de Pasteur (Souvenirs personnels)*, Le Mouvement sanitaire, 1938.

A. LOMOND, *Pasteur, sa vie, son œuvre, ses continuateurs*, Gedalge, 1923.

Louis LUMET, *Pasteur, sa vie, son œuvre*, Hachette, 1922.

Élie METCHNIKOFF, *Trois fondateurs de la médecine moderne : Pasteur, Lister, Koch*, F. Alcan, 1933.

Henri MONDOR, *Pasteur*, Corréa, 1945.

Jacques NICOLLE, « Un maître de l'enquête scientifique. Louis Pasteur et l'affaire de la Bière », in *Atomes*, n° 86, mai 1953.

Jacques NICOLLE, *Pasteur, sa vie, sa méthode, ses découvertes*, Gérard et Cie, 1969.

Désiré NISARD, *Souvenirs et notes biographiques*, 2 volumes, Calmann Lévy, 1888.

Steve PARKER, Jean-François DONNOT, *Pasteur et les microbes*, Éditions du Sorbier, 1993.
Louis PASTEUR VALLERY-RADOT, *Pasteur. Images de sa vie suivies de quelques épisodes dramatiques de sa carrière scientifique*, Flammarion, 1947.
Louis PASTEUR VALLERY-RADOT, *Abrégé de la vie de Pasteur*, Flammarion, 1950.
Louis PASTEUR VALLERY-RADOT, *Pasteur inconnu*, Flammarion, 1954.
Louis PASTEUR VALLERY-RADOT, *Les Plus Belles Pages de Pasteur*, Flammarion, 1943.
Gabriel PERREUX, *Pasteur au pays d'Arbois. Histoire d'un Arboisien par un Arboisien*, Les Presses jurassiennes, 1962.
Maurice PERROD, *Pasteur candidat au Sénat*, Declame Impr., 1923.
Xavier PRÉVILLE (de), *Pasteur, un médecin sans diplôme*, Tolra, 1923.
Daniel RAICHVARG, *Louis Pasteur. L'empire des microbes*, Découvertes Gallimard, 1995.
Charles RICHET, *La Gloire de Pasteur*, Renouard Impr., 1916.
Charles RICHET, *L'Œuvre de Pasteur*, Félix Alcan, 1923.
Claire SALOMON-BAYET (sous la dir.), *Pasteur et la révolution pastorienne*, Payot, 1986.
Henry SIMONNET, *L'Œuvre de Louis Pasteur*, Masson et Cie, 1947.
Joseph VALLERY-RADOT, *Pasteur. Images de sa vie*, Hachette, 1967.
Maurice VALLERY-RADOT, *Un génie au service de l'homme*, Pierre-Marcel Favre, 1985.
Maurice VALLERY-RADOT, *Pasteur*, Perrin, 1994.
Maurice VALLERY-RADOT, *Pasteur savant et artiste*, Hervas, 1995.
[René VALLERY-RADOT], *M. Pasteur. Histoire d'un savant par un ignorant*, Hetzel, 1883.
René VALLERY-RADOT, *La Vie de Pasteur*, Flammarion, 1900, 2 vol.
René VALLERY-RADOT, *Madame Pasteur*, Émile-Paul Frères, 1901.
A. VENTARD, « La maison natale de Pasteur », in *Folklore paysan*, mars-avril 1939, 2e année, n° 2.

AUTRES OUVRAGES

Le Centenaire de l'École normale, 1795-1895, Hachette et Cie, 1895.
Centième anniversaire de la naissance de Pasteur, Hachette, 1922.
Le Jubilé de M. Pasteur, Gauthiers-Villars, 1892.

L'Institut Pasteur. Contributions à son histoire, (sous la dir. MORANGE, Michel), La Découverte, 1991.
L'Œuvre de Casimir Joseph Davaine, charbon, septicémie, parasitisme, microbisme..., Baillière, 1889.
« Recherches sur les relations qui peuvent exister entre la forme cristalline, la composition chimique, et le sens de pouvoir rotatoire », *Comptes rendus des séances de l'Académie des sciences*, 23 octobre 1848.
Claude BERNARD, *Introduction à la médecine expérimentale*, Baillière, 1865.
Ernest BOSC, *De la vivisection. Étude physiologique, psychologique et philosophique. Histoire, vivisection et science, expériences monstrueuses, crimes et infamies, découvertes de Pasteur, microbioculture*, Éditions Chamuel, 1894.
N. BERNARD et M. BLANCHARD, G. DUHAMEL, *Les Initiateurs français en pathologie infectieuse : Pasteur, Roux, Nicolle, Widal, Calmette, Laveran*, Flammarion, 1942.
Patrice BOURDELAIS et Jean-Yves RAULOT, *Une peur bleue. Histoire du choléra en France 1832-1854*, Payot, 1987.
Maryline CANTOR, *Félix Archimède Pouchet, savant et vulgarisateur*, Z'éditions, 1994.
Louis-Ferdinand CÉLINE, *Semmelweis (1818-1865)*, Gallimard, 1952.
Charles CHAMBERLAND, *Le Charbon et la vaccination charbonneuse*, Tignol, 1883.
Marie CRESSAC, *Le Docteur Roux, mon oncle*, L'Arche, 1951.
Anne DIARA, *Un débat français vu par la presse 1858-1869, L. Pasteur, F.A. Pouchet et la génération spontanée*, Actes du Muséum de Rouen, 1984.
Casimir Joseph DAVAINE, « Recherche sur les infusoires du sang dans la maladie connue sous le nom de "sang de rate" », *Comptes rendus des séances de l'Académie des sciences*, 1863.
Émile DUCLAUX, *Le Microbe et la Maladie*, Masson, 1886.
Émile DUCLAUX, *L'Hygiène sociale*, Félix Alcan, 1902.
Madame Émile DUCLAUX, *La Vie d'Émile Duclaux*, Barnéoud, 1906.
Jean Henri FABRE, *Souvenirs entomologiques*, Delagrave, 1879-1913.
Pierre Victor GALTIER, *Traité des maladies contagieuses et de la police sanitaire des animaux domestiques*, Beau, 1880.
Pierre Victor GALTIER, *La Rage envisagée chez les animaux et chez l'homme au point de vue de ses caractères et de sa prophylaxie*, Bourgeon, 1886.

Lisette GODARD, *Le Goût de l'aigre. Essai de gastronomie historique*, Quai Voltaire, 1991.

R. J. GODLEE, *Lord Lister*, Macmillan & C°, 1918.

Bert HANSEN, « La réponse américaine à la victoire de Pasteur contre la rage. Quand la médecine fait pour la première fois la "une" », *in* Michel MORANGE (dir.), *L'Institut Pasteur. Contribution à son histoire*, La Découverte, 1991.

HAUY, *Traité de cristallographie*, Bachelier, 1822.

HÉMON, Félix, *Bersot et ses amis*, Hachette, 1911.

ROBERT KOCH, *L'Inoculation préventive du charbon. Répliques à M. Pasteur*, Fischer, 1883.

KOPAEZEWSKI Wladislas, *Les Bâtisseurs de la science moderne. Pasteur et la bactériologie*, Maroc-Matin, 1945.

Émile LAGRANGE, *Monsieur Roux*, Goemaere, 1955.

Bruno LATOUR, *Les Microbes : guerre et paix*, Anne-Marie Métailié, 1984.

Ernest LAVISSE, « À l'École normale, l'ancienne discipline », in *Revue de Paris*, 1914.

Justus von LIEBIG, *Traité de chimie organique*, Fortin et Masson, 1840-1844.

John LISTER, « On the Antiseptic Principal in the Practice of Surgery », in *The Lancet*, 21 septembre 1867.

Eilhard MITSCHERLICH, « Sur le rapport qui existe entre les proportions chimiques et la forme cristalline. Premier mémoire sur l'identité de la forme cristalline chez plusieurs substances différentes, et sur le rapport de cette forme avec le nombre des atomes élémentaires dans les cristaux », in *Annales de chimie et de physique*, 1820.

Henri MOLLARET et Jacqueline BROSSOLET, *Alexandre Yersin, le vainqueur de la peste*, Fayard, 1985.

John Turberville NEEDHAM, *Nouvelles observations microscopiques avec des découvertes intéressantes sur la composition et décomposition des corps organisés*, Louis-Étienne Gareau, 1750.

Louis PASTEUR VALLERY-RADOT, « Les pastoriens de la Grande Époque 1885-1895 : Roux, Yersin, Calmette, Metchnikoff, Bordet », in *Héros de l'Esprit*, Amiot-Dumont, 1952.

Félix Archimède POUCHET, *Hétérogénie ou Traité de la génération spontanée*, Baillière, 1859.

Félix Archimède POUCHET, *Nouvelles expériences sur la génération spontanée et la résistance vitale*, Masson et fils, 1864.

Félix Archimède POUCHET, Charles MUSSET, Nicolas JOLY, « Expériences sur l'hétérogénie exécutées dans l'intérieur des glaciers de la Maladetta », *Comptes rendus des séances de l'Académie des sciences*, 2 novembre 1863.

Armand de QUATREFAGES DE BRÉAU, *Essai sur l'histoire de la sériciculture et sur la maladie actuelle des vers à soie*, Masson, 1860.

Jean ROSTAND, *La Genèse de la vie. Histoire des idées sur la génération spontanée*, Hachette, 1943.

Jean ROSTAND, *Les Origines de la biologie expérimentale et l'abbé Spallanzani*, Fasquelle, 1951.

Émile ROUX, *Des nouvelles acquisitions sur la rage*, thèse de médecine de la faculté de médecine de Paris, A. Parent, 1883.

Émile ROUX, « L'œuvre médicale de Pasteur », in *Agenda du chimiste*, 1896.

Auguste SCHEURER-KESTNER, *Souvenirs de jeunesse*, Eugène Fasquelle, 1905.

Charles-Emmanuel SÉDILLOT, « De l'influence des découvertes de M. Pasteur sur les progrès de la chirurgie », in *Comptes rendus des séances de l'Académie des sciences*, 1878, t. 86.

Michel SERRES (sous la dir.), *Éléments d'histoire des sciences*, Bordas, 1989.

Susan SHEETS-PYENSON, « Popular Science Periodicals in Paris and London : the Emergence of a Low Scientific Culture 1820-1875 », in *Annals of Science*, 1985.

Andrée TÉTRY, « L'atténuation de la virulence du virus rabique dans l'expérience de Pasteur et son interprétation moderne », in *Revue scientifique*, 1941.

Jean THÉODORIDÈS, *Histoire de la rage*, Masson, 1985.

Jean THOMAS, *Sainte-Beuve et l'École normale*, Les Belles Lettres, 1936.

Jean-Joseph TOUSSAINT, « Sur la bactéridie charbonneuse », *Comptes rendus des séances de l'Académie des sciences*, 1877.

Jean-Joseph TOUSSAINT, « Procédé pour la vaccination des moutons et des jeunes chiens contre la maladie charbonneuse », in *Bulletin de l'Académie de médecine*, 1880.

John TYNDALL, *Les Microbes*, Savy, 1882.

Alfred VULPIAN, *Statistique générale des personnes qui ont été traitées à l'Institut Pasteur après avoir été mordues par des animaux enragés ou suspects*, Fasquelle, 1887.

NOTES

AVANT-PROPOS

1. *Discours de réception de L. Pasteur à l'Académie française*, in Institut de France. Académie française. *Discours prononcés dans la séance publique tenue par l'Académie française, pour la réception de M. Pasteur, le 27 avril, Paris, 1882.*

UNE ENFANCE ARBOISIENNE (1822-1839)

1. *Correspondance de Pasteur (1840-1895) réunie et annotée par Louis Pasteur Vallery-Radot*, tome I, Flammarion, 1940-1951.

2. *Œuvres de Pasteur, réunies par Louis Pasteur Vallery-Radot*, Masson, 1922-1939, 7 vol. In tome VII, « Mélanges scientifiques et littéraires, 1939 », « Allocution prononcée, le 14 juillet 1883, à l'occasion de l'apposition d'une plaque commémorative sur la maison natale de Pasteur à Dole ».

3. *Correspondance, op. cit.*, tome I, lettre du 1er janvier 1848.

4. *Ibid.*, lettre du 8 juillet 1842.

5. Paul Jamot, *Pasteur portraitiste, in* la *Gazette des Beaux-Arts*, mars 1913.

LES ANNÉES BISONTINES (1839-1842)

1. *Correspondance, op. cit.*, tome I, lettre du 7 décembre 1840.

2. *Ibid.*, lettre du 26 janvier 1840.

3. Durant Gréville in *L'Intermédiaire des chercheurs et des curieux*, 10 septembre 1888.

4. Louis Pasteur Vallery-Radot, *Pasteur inconnu*, Flammarion, 1954.

5. Sacha Guitry, *De 1429 à 1942. De Jeanne d'Arc à Philippe Pétain*, Solar, 1951.

6. *Correspondance, op. cit.*, tome I, lettre du 31 mai 1841.

7. *Ibid.*, lettre du 7 décembre 1840.

8. *Ibid.*, lettre du 8 juin 1840.

9. *Ibid.*, lettre du 17 janvier 1842.

10. *Ibid.*, lettre du 1er mars 1842.

11. Référence à venir sur épreuves.

12. *Ibid.*, tome I, lettre du 31 mai 1841.

13. *Ibid.*, tome I, lettre du 18 décembre 1841.

14. *Ibid.*, tome I, lettre du 26 janvier 1840.

15. *Ibid.*, tome I, lettre du 23 juin 1841.

16. *Ibid.*, tome I, lettre du 8 septembre 1846.

17. René Vallery-Radot, *La Vie de Pasteur*, Flammarion, 1900.

18. *Correspondance, op. cit.*, tome I, lettre du 20 janvier 1841.

19. *Ibid.*, lettre du 1er mars 1842.

20. *Ibid.*, lettre du 14 juin 1841.

21. *Ibid.*, lettre du 17 janvier 1842.

22. Adrien Loir, *À l'ombre de Pasteur. (Souvenirs personnels)*, Le Mouvement sanitaire, 1938.

23. *Correspondance, op. cit.*, tome I, lettre du 30 avril 1842.

24. *Ibid.*, lettre du 23 janvier 1842.

25. *Ibid.*, lettre du 23 janvier 1842.

26. *Ibid.*, lettre du 23 avril 1848.

27. *Ibid.*, lettre du 23 avril 1848.

PARIS, ENFIN ! (1842-1848)

1. *Correspondance, op. cit.*, tome I, lettre du 22 avril 1842.

2. *Ibid.*, tome I, lettre du 9 décembre 1842.

3. *Ibid.*

4. *Ibid.*, lettre du 23 octobre 1842.

5. *Ibid.*, lettre du 9 décembre 1842.

6. *Œuvres de Pasteur, op. cit.*, tome VII, « Discours prononcé, le mardi 11 mai 1886, au banquet de la Conférence Scientia ».

7. *Correspondance, op. cit.*, tome I, lettre du 23 octobre 1842.
8. *Ibid.*, lettre du 19 décembre 1843.
9. *Ibid.*, lettre du 27 février 1843.
10. *Ibid.*
11. *Le Centenaire de l'École normale, 1795-1895*, Hachette et Cie, 1895.
12. *Ibid.*
13. *Correspondance, op. cit.*, tome I, lettre du 12 septembre 1844.
14. *Ibid.*, lettre du 8 septembre 1846.
15. René Vallery-Radot, *op. cit.*
16. *Correspondance, op. cit.*, tome I, lettre du 7 novembre 1846.
17. Patrice Debré, *Pasteur*, Flammarion, 1994.
18. *Correspondance, op. cit.*, tome I, lettre [fin 1846].
19. *Ibid.*, lettre du 5 février 1852.
20. *Correspondance, op. cit.*, tome 1, lettre du 5 février 1882.
21. Eilhard Mitscherlich, « Sur le rapport qui existe entre les proportions chimiques et la forme cristalline. Premier mémoire sur l'identité de la forme cristalline chez plusieurs substances différentes, et sur le rapport de cette forme avec le nombre des atomes élémentaires dans les cristaux », in *Annales de chimie et de physique*, 1820.
22. *Œuvres de Pasteur, op. cit.*, tome I, « Dissymétrie moléculaire », 1922, p. 325.
23. « Recherches sur les relations qui peuvent exister entre la forme cristalline, la composition chimique, et le sens de pouvoir rotatoire », *Comptes rendus des séances de l'Académie des sciences*, 23 octobre 1848.
24. *Correspondance, op. cit.*, tome I, lettre du 20 février 1848.
25. *Ibid.*, lettre du 16 avril 1848.
26. *Ibid.*, lettre du 23 avril 1848.
27. *Ibid.*, lettre du 23 avril 1848.
28. *Ibid.*, lettre du 23 avril 1848.
29. *Ibid.*, lettre du 23 avril 1848.

UNE AFFAIRE DE FAMILLE (1848-1851)

1. *Correspondance, op. cit.*, tome I, lettre du 20 novembre 1848.
2. *Ibid.*, lettre du 6 décembre 1848.

3. *Ibid.*, lettre du 10 février 1849.

4. *Ibid.*, lettre du 1er mars 1849.

5. *Ibid.*, lettre du 31 mars 1849.

6. *Ibid.*

7. *Ibid.*

8. *Ibid.*, lettre du 3 avril 1849.

9. *Ibid.*

10. *Ibid.*, tome III, lettre du 29 mai 1884.

11. *Ibid.*, tome I, lettre du 23 mai 1844.

12. *Ibid.*

13. *Ibid.*, tome III, lettre du 16 avril 1880.

14. *Ibid.*, tome IV, lettre du 20 août 1891.

15. René Vallery-Radot, *Madame Pasteur*, Émile-Paul frères, 1901.

16. Émile Roux, *Discours prononcé à l'occasion de la mort de Madame Pasteur*, 1910.

17. Louis Pasteur Vallery-Radot, *op. cit.*

18. *Correspondance, op. cit.*, tome I, lettre du 10 novembre 1853.

19. *Ibid.*, lettre du 1er mars 1849.

20. Auguste Scheurer-Kestner, *Souvenirs de jeunesse*, Eugène Fasquelle, 1905.

21. *Correspondance, op. cit.*, tome I, lettre [probablement 1849].

22. *Ibid.*, lettre [juillet 1850].

23. René Vallery-Radot, *op. cit.*

24. *Correspondance, op. cit.*, tome I, lettre du 29 décembre 1851.

25. *Ibid.*

26. Pierre Darmon, *Pasteur*, Fayard, 1995.

À LA POURSUITE DU RACÉMIQUE (1852-1854)

1. *Correspondance, op. cit.*, tome I, lettre du 5 février 1852.

2. *Ibid.*, lettre [août 1852].

3. *Ibid.*, lettre du 29 août 1852.

4. *Ibid.*

5. *Ibid.*

6. *Ibid.*, lettre du 7 septembre 1852.

7. *Ibid.*, lettre [fin octobre 1852].

8. *Ibid.*, lettre du 12 septembre 1852.

9. *Ibid.*, lettre du 15 septembre 1852.
10. *Ibid.*, lettre du 23 septembre 1852.
11. *Ibid.*, lettre du 12 septembre 1852.
12. *Ibid.*, lettre du 18 septembre 1852.
13. *Ibid.*, lettre du 12 septembre 1852.
14. *Ibid.*, lettre du 27 septembre 1852.
15. *Ibid.*, lettre du 18 septembre 1852.
16. *Ibid.*, lettre du 20 septembre 1852.
17. *Ibid.*
18. *Ibid.*, lettre du 15 septembre 1852.
19. *Ibid.*, lettre du 18 septembre 1852.
20. *Ibid.*, lettre du 20 septembre 1852.
21. *Ibid.*, lettre du 23 septembre 1852.
22. *Ibid.*
23. *Ibid.*, lettre du 27 septembre 1852.
24. *Ibid.*, lettre du 23 septembre 1852.
25. *Ibid.*, lettre du 27 septembre 1852.
26. *Ibid.*
27. *Ibid.*
28. *Ibid.*
29. *Ibid.*, lettre du 30 septembre 1852.
30. *Ibid.*
31. *Ibid.*, lettre du 1er octobre 1852.
32. *Ibid.*
33. *Ibid.*
34. *Ibid.*, 2e lettre du 1er octobre 1852.
35. *Ibid.*, lettre [octobre 1852].
36. Pierre Darmon, *op. cit.*
37. René Vallery-Radot, *op. cit.*
38. *Correspondance*, *op. cit.*, tome I, lettre [24 mai 1853].
39. *Ibid.*, lettre [août 1853].
40. Adrien Loir, *op. cit.*

LE FERMENT, C'EST VITAL (1854-1857)

1. *Œuvres de Pasteur*, *op. cit.* , tome VII, « Mélanges scientifiques et littéraires », 1939.

2. *Ibid.*, tome VII, « Discours prononcé le 7 décembre 1854 à

l'occasion de l'installation solennelle de la faculté des lettres de Douai et de la faculté des sciences de Lille ».

3. *Correspondance, op. cit.*, tome I, lettre du 7 décembre 1854.

4. *Œuvres de Pasteur, op. cit.*, tome VII.

5. René Vallery-Radot, *op. cit.*

6. *Correspondance, op. cit.*, tome I, lettre du 11 janvier 1856.

7. *Ibid.*, lettre du 10 décembre 1856.

8. René Vallery-Radot, *op. cit.*

9. *Œuvres de Pasteur, op. cit.*, tome VII, « Mémoire sur l'alcool amylique » 1855-1856.

10. *Ibid.*, « Mémoire sur la fermentation appelée lactique », avril 1857.

POIGNE DE FER À NORMALE (1857-1867)

1. René Vallery-Radot, *op. cit.*

2. Ernest Lavisse, « À l'École normale, l'ancienne discipline », in *Revue de Paris*, 1914.

3. *Ibid.*

4. *Ibid.*

5. *Ibid.*

6. *Ibid.*

7. *Ibid.*

8. *Correspondance, op. cit.*, tome II, lettre du 26 mars 1863.

9. Ernest Lavisse, *op. cit.*

10. *Ibid.*

11. *Ibid.*

12. Louis Pasteur Vallery-Radot, *op. cit.*

13. *Ibid.*

14. *Ibid.*

15. Jean Thomas, *Sainte-Beuve et l'École normale 1834-1867*, Les Belles Lettres, 1936.

16. *Ibid.*

17. *Ibid.*

18. *Correspondance, op. cit.*, tome II, lettre du 3 juillet 1867.

19. *Ibid.*, lettre du 6 juillet 1867.

20. *Ibid.*, lettre [juillet 1867].

21. Jean Thomas, *op. cit.*

22. *Correspondance, op. cit.*, tome II, lettre du 17 juillet 1867.

23. *Ibid.*, lettre du 20 juillet 1867.

LE GERME C'EST LA VIE (1859-1864)

1. Virgile, *Géorgiques*, Les Belles Lettres, 1995, livre III.

2. Buffon, *Histoire universelle*, tome III, *in* Pierre Darmon, *Le Mythe de la procréation à l'âge baroque*, Le Seuil, 1984.

3. Jean Rostand, *Les Origines de la biologie expérimentale et l'abbé Spallanzani*, 1951.

4. John Turberville Needham, *Nouvelles observations microscopiques avec des découvertes intéressantes sur la composition et la décomposition des corps organisés*, Louis Étienne Gareau, 1750.

5. *Correspondance, op. cit.*, tome II, lettre du 9 janvier 1860.

6. Félix Archimède Pouchet, *Hétérogénie ou Traité de la génération spontanée*, Baillière, 1859.

7. *Œuvres de Pasteur, op. cit.*, tome II, « Fermentations et générations spontanées », 1922, « Mémoire sur les corpuscules organisés qui existent dans l'atmosphère. Examen de la doctrine des générations spontanées ».

8. *Ibid.*

9. *Correspondance, op. cit.*, tome I, lettre du 2 novembre 1846.

10. *Ibid.*, tome II, lettre du 10 août 1860.

11. *Ibid.*, lettre du 15 septembre 1860.

12. *Œuvres de Pasteur, op. cit.*, tome II.

13. *Correspondance, op. cit.*, tome II, lettre du 6 juin 1860.

14. Félix Archimède Pouchet, Charles Musset, Nicolas Joly, « Expériences sur l'hétérogénie exécutées dans l'intérieur des glaciers de la Maladetta », *Comptes rendus des séances de l'Académie des sciences*, 2 novembre 1863.

15. *Correspondance, op. cit.*, tome II, lettre du 28 février 1859.

16. *Œuvres de Pasteur, op. cit.*, tome II.

17. *Ibid.*

18. René Vallery-Radot, *op. cit.*

19. *Correspondance, op. cit.*, tome II, lettre du 19 juillet 1864.

20. Article de Victor Meunier dans *L'Opinion nationale*, in *Correspondance, op. cit.*, tome II, lettre du 17 juillet 1864.

21. *Ibid.* lettre du 17 juillet 1864.

22. *Ibid.*, lettre du 17 juillet 1864.
23. *Ibid.*, lettre du 20 février 1875.
24. Adrien Loir, *op. cit.*

DRAMES INTIMES (1859-1869)

1. *Correspondance, op. cit.*, tome II, lettre du 30 décembre 1857.
2. *Ibid.*, lettre du 24 août 1859.
3. *Ibid.*, lettre [17 juin 1865].
4. *Ibid.*, lettre du 1er septembre 1865.
5. *Ibid.*, lettre du 29 juillet 1865.
6. *Ibid.*, lettre du 11 septembre 1865.
7. *Ibid.*
8. *Ibid.*, lettre du 18 septembre 1865.
9. *Ibid.*, lettre du 16 avril 1866.
10. *Ibid.*, lettre du 22 novembre 1865.
11. *Ibid.*, lettre du 7 juin 1866.
12. René Vallery-Radot, *op. cit.*
13. *Ibid.*
14. *Ibid.*
15. *Ibid.*
16. *Ibid.*
17. *Correspondance, op. cit.* tome II, lettre du 27 novembre 1868.
18. *Ibid.*, lettre du 11 décembre 1868.
19. René Vallery-Radot, *op. cit.*
20. *Correspondance, op. cit.*, tome II, lettre [1869].
21. *Ibid.*, lettre du 19 février 1869.
22. *Ibid.*
23. *Œuvres de Pasteur, op. cit.*, tome IV, 1926, « Étude sur la maladie des vers à soie, moyen assuré de la combattre et d'en prévenir le retour ».

SOUS LE SIGNE DE BACCHUS (1863-1879)

1. Louis Lumet, *Pasteur, sa vie, son œuvre*, Hachette, 1922.
2. Émile Duclaux, *Pasteur, histoire d'un esprit*, Charaire et Cie, 1896.

3. *Correspondance, op. cit.* tome I, lettre du 11 août 1863.

4. *Ibid.*, tome I, lettre du 28 août 1863.

5. *Œuvres de Pasteur, op. cit.*, tome III, « Étude sur le vinaigre et sur le vin », 1924, « Études sur le vin. Ses maladies, causes qui les provoquent. Procédés nouveaux pour le conserver ».

6. Émile Duclaux, *op. cit.*

7. *Correspondance, op. cit.* tome II, lettre du 19 novembre 1874.

8. *Ibid.*, lettre du 29 novembre 1874.

9. *Œuvres de Pasteur, op. cit.*, tome III.

10. Alfred Vergnette de la Motte, *Le Vin*, La Maison rustique, 1866.

11. *Correspondance, op. cit.*, tome II, lettre du 15 avril 1872.

12. *Ibid.*, lettre du 7 juin 1875.

13. *Ibid.*, lettre du 22 février 1877.

14. *Ibid.*, lettre du 1er avril 1879.

15. *Ibid.*, lettre du 28 juillet 1879.

16. *Ibid.*, lettre du 30 juillet 1879.

17. *Ibid.*, lettre du 18 août 1879.

18. *Ibid.*, lettre du 10 novembre 1879.

LA ROUTE DE LA SOIE (1865-1870)

1. *Correspondance, op. cit.*, tome II, lettre [mai 1865].

2. *Ibid.*, lettre du 17 mai 1865.

3. Adrien Loir, *op. cit.*

4. Jean Henri Fabre, *Souvenirs entomologiques*, Delagrave, 1879-1913, chapitre XXIII.

5. *Œuvres de Pasteur, op. cit.*, tome IV.

6. *Correspondance, op. cit.*, tome II, lettre du 19 décembre 1865.

7. *Ibid.*, lettre du 28 février 1866.

8. *Ibid.*, lettre du 7 juin 1866.

9. *Ibid.*, lettre du 6 juin 1866.

10. *Ibid.*, lettre du 19 février 1867.

11. *Œuvres de Pasteur, op. cit.*, tome IV.

12. *Correspondance, op. cit.*, tome II, lettre du 13 février 1867.

13. *Ibid.*, lettre du 9 avril 1866.

14. Émile Duclaux, *op. cit.*

15. *Ibid.*

16. *Correspondance, op. cit.*, tome II, lettre du 16 mars 1870.

17. *Ibid.*, lettre du 9 décembre 1869.
18. *Ibid.*, lettre [mars 1870].

LA BELLE ÉQUIPE (1867-1878)

1. Adrien Loir, *op. cit.*
2. *Ibid.*
3. *Correspondance, op. cit.*, tome III, lettre du 19 septembre 1883.
4. Adrien Loir, *op. cit.*
5. *Ibid.*
6. Émile Roux, « L'œuvre médicale de Pasteur », in *Agenda du chimiste*, 1896.
7. *Correspondance, op. cit.*, tome IV, lettre du 9 septembre 1892.
8. Adrien Loir, *op. cit.*
9. Mme Émile Duclaux, *La Vie d'Émile Duclaux*, Barnéoud, 1906.

DÉFAITE ET REVANCHE (1870-1876)

1. *Correspondance, op. cit.*, tome II, lettre du 5 septembre 1870.
2. *Ibid.*, lettre du 19 janvier 1870.
3. *Ibid.*, lettre du 17 septembre 1870.
4. Académie des sciences, 9 janvier 1871.
5. *Correspondance, op. cit.*, tome II, lettre du 18 janvier 1871.
6. *Ibid.*
7. *Ibid.*, lettre du 1er mars 1871.
8. *Correspondance, op. cit.*, tome II, lettre du 9 mars 1871.
9. René Vallery-Radot, *op. cit.*
10. *Correspondance, op. cit.*, tome II, lettre du 16 mars 1871.
11. *Ibid.*, lettre du [13 janvier 1871].
12. *Ibid.*, lettre du 7 mars 1871.
13. *Ibid.*, lettre du 16 mars 1871.
14. *Ibid.*
15. *Ibid.*, lettre du 29 mars 1871.
16. *Ibid.*, lettre du 29 mars 1871.
17. Adrien Loir, *op. cit.*

18. *Correspondance, op. cit.*, tome II, lettre du 9 mai 1871.
19. *Ibid.*, lettre du 14 avril 1871.
20. *Ibid.*, lettre du 5 juillet 1871.
21. *Ibid.*, lettre du 4 avril 1871.
22. *Ibid.*, lettre du 13 juin 1871.
23. *Ibid.*, lettre du 4 août 1871.
24. *Ibid.*, lettre du 16 juillet 1871.
25. *Ibid.*, lettres du 22 juin 1871 et 16 juillet 1871.
26. René Vallery-Radot, *op. cit.*
27. *Correspondance, op. cit.*, tome II, lettre du 8 septembre 1871.
28. *Ibid.*, lettre du 9 septembre 1871.
29. *Ibid.*, lettre du 24 décembre 1871.

SUS AUX MICROBES (1874-1880)

1. Pierre Darmon, *op. cit.*
2. *Ibid.*
3. René Vallery-Radot, *op. cit.*
4. Élie Metchnikoff, *Trois fondateurs de la médecine moderne : Pasteur, Lister, Koch*, F. Alcan, 1933.
5. *Correspondance, op. cit.*, tome II, lettre du 10 février 1874.
6. *Ibid.*
7. René Vallery-Radot, *op. cit.*
8. *Ibid.*
9. *L'Œuvre de Casimir Joseph Davaine, charbon, septicémie, parasitisme, microbisme...*, 1889.
10. *Correspondance, op. cit.*, tome II, lettre du 28 juillet 1877.
11. *Œuvres de Pasteur, op. cit.*, tome VI, « Maladies virulentes. Virus, vaccins, prophylaxie de la rage », 1933.
12. *Correspondance, op. cit.*, tome III, lettre ouverte à Robert Koch du 25 décembre 1882.
13. Élie Metchnikoff, *op. cit.*
14. *Œuvres de Pasteur, op. cit.*, tome VI.
15. *Ibid.*, tome VI, « Sur les bactéridies charbonneuses dans le sol ».
16. Émile Roux, *op. cit.*
17. *Œuvres de Pasteur, op. cit.*, tome VI, « Étiologie du charbon ».
18. *Correspondance, op. cit.*, tome III, lettre du 4 juin 1881.

LA RAGE AU CŒUR (1880-1884)

1. Émile Duclaux, *op. cit.*

2. Émile Roux, « L'œuvre médicale de Pasteur », in *Agenda du chimiste*, 1896.

3. *Œuvres de Pasteur, op. cit.*, tome VI.

4. Émile Roux, *op. cit.*

5. Adrien Loir, *op. cit.*

6. *Œuvres de Pasteur, op. cit.*, tome VI.

PASSAGE À L'ACTE (1885-1886)

1. *Correspondance, op. cit.*, tome III, lettre du 22 septembre 1884.

2. *Ibid.*

3. Charles Nicolle, *L'Expérimentation humaine*, leçon au Collège de France, cité par Patrice Debré, *op. cit.*

4. *Correspondance, op. cit.*, tome III, lettre du 19 octobre 1884.

5. *Ibid.*, tome IV, lettre du 15 novembre 1885.

6. *Ibid.*, lettre du 12 juin 1885.

7. *Œuvres de Pasteur, op. cit.*, tome VI.

8. *Ibid.*

9. *Correspondance, op. cit.*, tome IV, lettre du 13 juillet 1885.

10. *Ibid.*, lettre du 21 août 1885.

11. Louis Pasteur Vallery-Radot, *op. cit.*

12. *Correspondance, op. cit.*, tome IV, lettre du 22 août 1885.

13. *Ibid.*, lettre du 27 novembre 1885.

14. Louis Pasteur Vallery-Radot, *op. cit.*

15. *Correspondance, op. cit.*, tome IV, lettre du 17 octobre 1885.

16. *Ibid.*, lettre du 20 octobre 1885.

17. Émile Mâle, *Souvenirs et correspondance de jeunesse*, Créer, 2001.

18. *Correspondance, op. cit.*, tome IV, lettre du 12 novembre 1885.

19. *Ibid.*, lettre de novembre 1885.

20. *Ibid.*, lettre du 23 janvier 1886.

21. *Ibid.*, lettre du 14 janvier 1886.

22. *Ibid.*

1. *Correspondance, op. cit.*, tome IV, lettre du 9 janvier 1886.
2. « Au laboratoire de M. Pasteur », in *Journal des débats*, 11 mars 1896.
3. Henri Mollaret, Jacqueline Brossolet, *Alexandre Yersin, le vainqueur de la peste*, Fayard, 1985.
4. *Ibid.*
5. *Œuvres de Pasteur, op. cit.*, tome VI.
6. Article d'Henri Rochefort dans *L'Intransigeant*, 7 janvier 1887, cité par Pierre Darmon, *op. cit.*
7. René Vallery-Radot, *op. cit.*
8. *Ibid.*
9. Adrien Loir, *op. cit.*
10. Bert Hansen, « La réponse américaine à la victoire de Pasteur contre la rage. Quand la médecine fait pour la première fois la "une" », *in* Michel Morange (dir.), *L'Institut Pasteur. Contribution à son histoire*, La Découverte, 1991.
11. *Ibid.*
12. *Ibid.*
13. Adrien Loir, *op. cit.*
14. René Vallery-Radot, *op. cit.*
15. *Correspondance, op. cit.*, tome II, lettre [septembre 1866].
16. *Compte rendu des séances de l'Académie des sciences*, séance du 6 juillet 1887.
17. *Ibid.*
18. *Ibid.*
19. *Correspondance, op. cit.*, tome IV, lettre du 25 novembre 1886.

LA COURSE AUX HONNEURS (1856-1884)

1. *Correspondance, op. cit.*, tome I, s.d., note 1 p. 331.
2. *Ibid.*, lettre du 10 décembre 1856.
3. *Ibid.*, lettre du 10 décembre 1856.
4. *Ibid.*, lettre du 7 mars 1857.
5. *Ibid.*, lettre du 10 mars 1857.
6. *Ibid.*
7. *Ibid.*, lettre du 11 mars 1857.

8. *Œuvres de Pasteur, op. cit.*, tome VII, lettre du 22 mars 1863.

9. Louis Pasteur Vallery-Radot, *op. cit.*

10. *Correspondance, op. cit.*, tome II, lettre du 30 novembre 1865.

11. *Ibid.*

12. *Ibid.*, lettre du jeudi soir.

13. *Ibid.*, lettre du samedi 10 heures du matin.

14. *Ibid.*, lettre du dimanche matin.

15. *Ibid.*, lettre du lundi matin.

16. *Ibid.*, lettre du lundi 4 heures.

17. *Ibid.*, lettre du dimanche matin.

18. *Ibid.*, lettre du mardi 4 heures.

19. *Ibid.*, lettre du 4 décembre 1865.

20. René Vallery-Radot, *op. cit.*

21. *Correspondance, op. cit.* tome II, lettre [avril 1873].

22. *Ibid.*, lettre du 20 novembre 1873.

23. *Ibid.*, lettre du 25 octobre 1872.

24. Louis Pasteur Vallery-Radot, *op. cit.*

25. *Discours de réception de L. Pasteur à l'Académie française, op. cit.*

26. Adrien Loir, *op. cit.*

27. Correspondance, *op. cit.*, tome III, lettre du 4 juin 1881.

28. Louis Pasteur Vallery-Radot, *op. cit.*

29. Correspondance, *op. cit.*, tome III, lettre du 5 juin 1881.

30. *Ibid.*, lettre du 24 juin 1881.

31. *Discours de réception de L. Pasteur à l'Académie française, op. cit.*

32. *Correspondance, op. cit.*, tome II, lettre du 15 janvier 1876, parue dans le *Journal du Jura* du 20 janvier 1876.

33. *Ibid.*

34. *Ibid.*

35. *Ibid.*, lettre du 21 janvier 1876, parue dans le *Journal du Jura* du 22 et la *Sentinelle du Jura* du 23.

36. *Ibid.*, lettre du 22 janvier 1876, parue dans l'*Avenir du Jura* et le *Journal du Jura* le 25, et dans la *Sentinelle du Jura* du 26.

37. *Ibid.*, lettre du 21 janvier 1876, parue dans le *Journal du Jura* du 22 et la *Sentinelle du Jura* du 23.

38. *Ibid.*, affiche du 29 janvier 1876, reproduite dans le *Journal du Jura* du 29 janvier.

39. *Ibid.*, discours du 29 janvier au théâtre de Lons-le-Saunier, reproduit dans la *Sentinelle du Jura* du 30.

40. *Ibid.*, lettre du 30 janvier 1876.
41. *Ibid.*, tome XXX, lettre [décembre 1883].
42. *Ibid.*, tome IV, lettre du 7 septembre 1885.
43. *Ibid.*, lettre du 29 mai 1885.

LE GRAND ŒUVRE (1887-1888)

1. Séance de l'Académie des sciences, 1er mars 1886.
2. *Correspondance, op. cit.* tome IV, lettre du 12 janvier 1886.
3. *Ibid.*, lettre du 2 mars 1886.
4. *Ibid.*, lettre du 18 mai 1886.
5. *Ibid.*, lettre de 1886.
6. *Œuvres de Pasteur, op. cit.*, tome VII.
7. Henri Mollaret, Jacqueline Brossolet, *op. cit.*
8. *Œuvres de Pasteur op. cit.*, tome VII.
9. *Ibid.*
10. *Ibid.*
11. *Correspondance, op. cit.*, tome V.
12. Adrien Loir, *op. cit.*
13. *Œuvres de Pasteur op. cit.*, tome VII.

MISSION ACCOMPLIE (1886-1895)

1. *Le Jubilé de M. Pasteur*, Gauthiers-Villars, 1892.
2. *Ibid.*
3. *Ibid.*
4. *Ibid.*
5. *Correspondance, op. cit.* tome IV, lettre du 5 janvier 1887.
6. René Vallery-Radot, *op. cit.*
7. *Correspondance, op. cit.* tome IV, lettre du 27 décembre [1886].
8. *Ibid.*, lettre du 24 février 1887.
9. *Ibid.*, lettre du 27 février 1887.
10. *Ibid.*, lettre du 11 février 1890.
11. René Vallery-Radot, *op. cit.*
12. *Correspondance, op. cit.*, tome IV.
13. Pierre Darmon, *op. cit.*

14. Adrien Loir, *op. cit.*

15. Louis Pasteur Vallery-Radot, *Abrégé de la vie de Pasteur*, Flammarion, 1950.

16. Xavier de Préville, *Pasteur, un médecin sans diplôme*, Tolra, 1923.

17. *Œuvres de Pasteur*, *op. cit.*, tome VII, « Discours prononcé le 6 mai 1882 aux fêtes d'Aubenas », 1939.

ANNEXES

FOLIO BIOGRAPHIES

Attila, par ÉRIC DESCHODT
Joséphine Baker, par JACQUES PESSIS
Balzac, par FRANÇOIS TAILLANDIER
Baudelaire, par JEAN-BAPTISTE BARONIAN
James Brown, par STÉPHANE KOECHLIN
Le Caravage, par GÉRARD-JULIEN SALVY
Jules César, par JOËL SCHMIDT
Cézanne, par BERNARD FAUCONNIER
Cléopâtre, par JOËL SCHMIDT
Colette, par MADELEINE LAZARD
James Dean, par JEAN-PHILIPPE GUERAND
De Gaulle, par ÉRIC ROUSSEL
Diderot, par RAYMOND TROUSSON
Marlene Dietrich, par JEAN PAVANS
Fellini, par BENITO MERLINO
Freud, par RENÉ MAJOR et CHANTAL TALAGRAND
Gandhi, par CHRISTINE JORDIS
Geronimo, par OLIVIER DELAVAULT
Billie Holiday, par SYLVIA FOL
Ibsen, par JACQUES DE DECKER
Jésus, par CHRISTIANE RANCÉ
Janis Joplin, par JEAN-YVES REUZEAU
Kafka, par GÉRARD-GEORGES LEMAIRE
Kerouac, par YVES BUIN
Louis XVI, par BERNARD VINCENT
Michel-Ange, par NADINE SAUTEL
Modigliani, par CHRISTIAN PARISOT
Molière, par CHRISTOPHE MORY
Marilyn Monroe, par ANNE PLANTAGENET
Mozart, par JEAN BLOT
Pasolini, par RENÉ DE CECCATTY
Pasteur, par JANINE TROTEREAU
Picasso, par GILLES PLAZY

Shakespeare, par CLAUDE MOURTHÉ
Jacques Tati, par JEAN-PHILIPPE GUESRAND
Tchekhov, par VIRGIL TANASE
Toussaint Louverture, par ALAIN FOIX
Boris Vian, par CLAIRE JULLIARD
Van Gogh, par DAVID HAZIOT
Verlaine, par JEAN-BAPTISTE BARONIAN
Virginia Woolf, par ALEXANDRA LEMASSON
Stefan Zweig, par CATHERINE SAUVAT

Composition Nord Compo
Impression Maury-Imprimeur
45330 Malesherbes
le 5 mai 2008.
Dépôt légal : mai 2008.
Numéro d'imprimeur : 137459.

ISBN 978-2-07-034128-3. / Imprimé en France.